SPARITA
RAGAZZA
DEL POSTO

LIBRI DI LISA REGAN

In lingua inglese

Detective Josie Quinn

Vanishing Girls

The Girl With No Name

Her Mother's Grave

Her Final Confession

The Bones She Buried

Her Silent Cry

Cold Heart Creek

Find Her Alive

Save Her Soul

Breathe Your Last

Hush Little Girl

Her Deadly Touch

The Drowning Girls

Watch Her Disappear

Local Girl Missing

The Innocent Wife

Close Her Eyes

My Child is Missing

Face Her Fear

Her Dying Secret

Remember Her Name

Husband Missing

LISA REGAN

SPARITA RAGAZZA DEL POSTO

Tradotto da Alessandro Cataoli

bookouture

*Per Jessie Botterill,
che rende possibile tutto questo.*

UNO

Aveva otto anni la prima volta che aveva sentito in quanti modi diversi le ossa possono rompersi. Alcune si scrocchiano. Altre scricchiolano come la ghiaia sotto le scarpe. Altre ancora, addirittura, scoppiano. Quel giorno aveva sentito anche altri suoni. Era andata in garage solo per vedere se suo padre aveva riparato la gomma della bicicletta, come le aveva promesso. Lui faceva molte promesse, ma non sempre le manteneva. Di solito, la mamma finiva per fare al posto suo tutto quello che le aveva promesso di fare, scusandosi per tutto il tempo. Ma quella era una promessa importante e lui gliel'aveva già fatta tre volte e in tre occasioni diverse.

«Sì, ti aggiusterò la bicicletta. Te lo prometto.»

Ma quando era arrivata al garage, non aveva visto suo padre. Al suo posto c'era un gruppo di uomini. Alcuni di loro li conosceva, anche se non sapeva come si chiamavano. Altri non li aveva mai visti. Erano riuniti intorno a qualcosa sul pavimento. In un primo momento aveva sentito il cuore sollevarsi per l'eccitazione. La sua bicicletta! Erano venuti ad aiutare suo padre a riparare la gomma. Una promessa mantenuta, finalmente. Si era immaginata che avesse aspettato così tanto a ripararla perché aveva bisogno che qualcuno gli desse una mano.

Quando aveva sentito un lamento di agonia, aveva capito di essersi sbagliata. Guardando alla destra degli uomini, aveva visto la bicicletta appoggiata al muro del garage, con la gomma della ruota anteriore ancora sgonfia. Per un attimo era rimasta delusa. Poi aveva sentito un altro suono: uno schiaffo umido seguito da un rumore simile a quello che faceva la sua pistola ad acqua quando spruzzava il getto verso l'alto e l'acqua disegnava un arco sul muro. Poi era seguito un gorgoglio. Aveva sentito qualcosa stringersi nel suo petto e una sensazione strana a respirare.

Gli uomini non l'avevano ancora vista e adesso lei aveva paura di quello che sarebbe potuto succedere se si fossero accorti di lei. La porta di casa sembrava distante chilometri e lei non riusciva ad andare avanti. Gli uomini stavano parlando, la loro postura si allentava e lei cominciava a temere che si girassero e la vedessero. In modo automatico, i suoi piedi l'avevano portata in un angolo del garage di fronte alla sua bicicletta. Aveva trovato un nascondiglio dietro uno spazzaneve e si era piegata su se stessa nella forma più piccola che il suo corpo potesse assumere. Si era concentrata sulla sensazione di pizzicore che provava in mezzo al petto e sul modo in cui il suo respiro sembrava farsi affannoso e bloccarsi quando cercava di prendere aria.

In quel preciso momento era iniziato il rumore delle ossa che si rompevano.

Sembrava che fossero passati giorni quando il rumore era cessato, quando quegli uomini si erano disperdersi.

Non sentiva le gambe e nemmeno il cemento freddo su cui si era seduta. Anzi, ogni sensazione le sembrava intorpidita, come in un sogno. Aveva appena cominciato a chiedersi se fosse stato davvero tutto un sogno quando era apparso uno di quegli uomini. L'aveva guardata dall'alto in basso, con le sopracciglia folte aggrottate per la preoccupazione. Lei non si era spaventata nemmeno quando lui si era abbassato e l'aveva rimessa in piedi, tirandola via dal suo nascondiglio. Lo riconosceva, era uno dei buoni amici di suo padre, ma non sapeva come si chiamasse veramente. Suo padre lo chiamava Mulo, ma lei sapeva che era solo un soprannome, perché una volta aveva chiesto a sua madre come mai l'amico di suo padre portasse il nome di un animale. «È un soprannome, tesoro. Un po' come io chiamo te Perla, perché sei preziosa.»

«Cosa hai visto, tesoro?» le aveva chiesto Mulo con voce calma e bassa.

Perla non aveva risposto. Non ne voleva parlare. Voleva soltanto che la sua bicicletta fosse riparata. Voleva soltanto tornare dentro casa dai suoi giocattoli e dimenticare l'esistenza del garage.

Lui l'aveva presa nello stesso modo in cui suo padre la portava quando era solo una bambina, con l'avambraccio infilato sotto le cosce come fosse una sedia. Dentro casa era tutto silenzioso, illuminato dal sole e caldo. Mulo l'aveva adagiata sul divano, con attenzione, quasi fosse fatta di vetro.

«Ascolta, tesoro...» aveva detto. «Che ne dici di evitare di parlare di questa cosa con i tuoi genitori? Sei d'accordo? Hanno molte cose a cui pensare e si arrabbierebbero se venissero a sapere che ci hai visti.»

Perla aveva annuito perché non voleva pensarci per niente. Mai e poi mai. Per quanto la riguardava, non era mai successo.

«Brava bambina.» le aveva detto Mulo e le aveva dato un buffetto sulla testa.

DUE

Josie stringeva il volante con una tale forza che sentiva male alle mani. La nebbia davanti a loro era una coltre impenetrabile che inghiottiva tutto ciò che li circondava. Una veloce occhiata al tachimetro le disse che stavano viaggiando ad appena venticinque chilometri all'ora. Con quel ritmo, avrebbero impiegato ore per percorrere i restanti dieci chilometri che li separavano da casa. La debole luce del giorno si faceva strada attraverso la fitta foschia grigia intorno a loro. Di quel passo, la nebbia si sarebbe diradata per quando sarebbero arrivati. L'orologio digitale sul cruscotto le ricordava che erano quasi le sette e mezza del mattino. Aveva gli occhi secchi e appannati. Lei e suo marito, Noah, stavano viaggiando da oltre dodici ore ed erano tutti e due sfiniti.

Dal sedile del passeggero, Noah brontolò: «Avremmo dovuto restare a Saint Thomas un giorno in più.»

«E rischiare di rimanere bloccati lì nel bel mezzo di un uragano?» gli rispose Josie. «No, grazie.»

«Rimanere intrappolati insieme in una stanza d'albergo non sarebbe stato tanto male...» ribadì lui.

Josie sentì la sua mano calda sulla coscia e sorrise,

pensando alla settimana che avevano appena trascorso in un resort in riva al mare. Il pensiero di tutte le ore che avevano trascorso, nudi, loro due soli, il mondo intero un lontano ricordo, le fece salire un rossore gioioso sulle guance. Diciotto mesi dopo il loro matrimonio erano finalmente andati a Saint Thomas per una vera e propria luna di miele. Lavoravano entrambi per il Dipartimento di Polizia di Denton, Josie come detective e Noah come tenente. Denton era una piccola, ma vivace città incastonata tra le montagne della Pennsylvania centrale. Sebbene l'area principale della città si trovasse in una vallata, il resto era in gran parte distribuito tra tortuose strade di montagna come quella che stavano percorrendo. Erano arrivati in aereo a Philadelphia due ore prima, dopo che il volo aveva subito diverse ore di ritardo. Percorrendo l'Interstatale erano quasi riusciti ad arrivare a casa, ma poi si erano imbattuti in una serie di incidenti causati dalla fitta nebbia. Era stata un'idea di Josie quella di uscire dall'autostrada e raggiungere Denton prendendo le strade secondarie. Ma nonostante le conoscesse alla perfezione, la nebbia rappresentava comunque una sfida più grande di quanto entrambi avessero previsto.

Noah le strinse la coscia. «Accosta e basta. Aspetteremo che si diradi. È la scelta più sicura da fare. Tra l'altro, mi viene in mente almeno una cosa che potremmo fare in questa macchina per passare il tempo...»

Josie sorrise, prendendo seriamente in considerazione l'idea di accettare la proposta. Il loro lavoro li teneva costantemente occupati e li lasciava esausti. Certe volte la brutalità delle immagini che erano costretti a vedere giorno dopo giorno era troppo grande da sopportare per entrambi. Molto spesso non riuscivano a fare altro che sopravvivere. La settimana di vacanza aveva fatto miracoli per tutti e due. Lei non si era mai sentita così legata a lui e l'elettricità tra di loro era più palpabile di quando avevano iniziato a frequentarsi. Per quanto fosse esausta, ogni cellula del suo corpo desiderava perdersi tra le sue carezze.

Come se le leggesse nel pensiero, Noah aggiunse: «Per essere assolutamente chiari, stavo parlando di dormire.»

Lei gli lanciò una breve occhiata, notando il suo ghigno malizioso, e rise. «Scommetto che potrei farti cambiare idea.»

«Fatti sotto.» disse lui.

Ma anche accostare era un bell'azzardo, dato che potevano vedere al massimo un metro e mezzo davanti a loro e che quella particolare strada piegava e si arrampicava sul fianco di una grande montagna. C'erano crinali a cui non avrebbe osato rischiare di avvicinarsi troppo. Josie consultò la sua mappa mentale della zona, valutando quanti chilometri avevano già percorso su quella strada. Se i suoi calcoli erano corretti, erano vicini a un'ampia zona erbosa alla loro destra, dove avrebbero potuto fermarsi in sicurezza per un'ora o due.

«Potrei accostare qui...» cominciò Josie, ma poi un suono squarciò la densa bruma intorno a loro.

«L'hai sentito?» le chiese Noah, abbassando il finestrino.

«Sembrava un grido!» disse Josie. Premette un pulsante sul cruscotto, spegnendo il basso ronzio del riscaldamento, mentre l'auto continuava ad avanzare, e tenne gli occhi puntati davanti a sé sforzandosi di tendere le orecchie.

Un altro grido rimbombò nell'aria, più vicino. Poi una figura sfrecciò nella nebbia davanti all'auto. Tutto ciò che Josie riuscì a distinguere fu una corporatura snella, il bagliore di vestiti bianchi e lunghi capelli scuri. Schiacciò sul pedale del freno, ma non ce ne fu bisogno perché la figura era sparita. La nebbia divorava ogni cosa.

Noah appoggiò una mano sul cruscotto. «Che diavolo era?»

«Credo fosse una ragazza...» disse Josie.

Rimasero in ascolto per un po', ma non arrivarono altri suoni. «Accosta.» le disse Noah. «Non importa dove.»

L'auto avanzò di qualche metro e Josie la guidò con cura sul ciglio ghiaioso della strada, augurandosi che ci fosse abbastanza spazio per fermarsi senza finire in qualche precipizio. Noah disse: «Lascia le quattro frecce accese, così non perderemo l'auto in questa nebbia.»

Scesero dal veicolo, girandosi lentamente in ogni direzione, cercando di avvistare qualcosa, qualsiasi cosa.

Il mondo era stranamente silenzioso. Era come se la nebbia avesse smorzato ogni suono. I deboli accenni di luce del giorno la penetravano a malapena. Josie non riusciva nemmeno a sentire il canto degli uccelli. Noah puntò un dito verso la loro sinistra. «È andata in quella direzione.»

Attraversarono la strada, Josie in testa. «Ehilà?» chiamò.

Raggiunto il lato opposto della strada, si ritrovarono di fronte a diversi tronchi d'albero di notevole spessore. «Questa è una foresta.» disse Josie. «Si estende per chilometri fino alla vecchia fabbrica tessile vicino alla Denton East High School.»

Fecero ancora qualche passo tra gli alberi, chiamando a turno la ragazza, ma senza ricevere neanche una risposta.

Josie si voltò verso la strada. Riuscì a scorgere il bagliore giallo delle frecce della loro auto dall'altra parte. «La vera domanda è: da cosa stava scappando?»

Noah si allontanò dalla vegetazione e tornò verso la macchina. Josie gli andò dietro. Oltre il veicolo c'era un leggero avvallamento del terreno, con un'ampia area erbosa che si estendeva davanti a un'altra linea di alberi. Josie e Noah si fecero strada sull'erba umida di rugiada, riuscendo a vedere solo pochi metri davanti a loro.

Nell'aria fluttuava un lieve motivo musicale. Passo passo che andavano avanti, Josie riuscì a distinguere alcune parole di una canzone uscita da poco, di un'artista esordiente di nome Vyla Grace. Era molto popolare ed era diventata onnipresente, la trasmettevano alla radio e alla televisione, tanto che Josie ne conosceva il testo senza aver mai provato a impararlo.

*Che io rimanga o muoia, racconterò le tue bugie. Tu non
mi ami.*

«Da questa parte.» disse Noah. Le prese la mano e la
trascinò con sé, cambiando direzione per seguire la musica.

Tienimi qui. A te che importa... Tu non mi ami.

Li raggiunse il basso rombo del motore di un'auto poco
distante. Qualcuno che aveva accostato... o che aveva avuto un
incidente?

Qualcosa scricchiolò sotto il piede di Josie e la fece scivolare. Riuscì a tenersi in piedi grazie alla mano di Noah. Quando
recuperò l'equilibrio, guardò in basso e vide che era scivolata su
una confezione di fondotinta. Lo specchietto era incrinato e
briciole di polvere d'avorio erano sparse sull'erba. Continuarono
ad avanzare, seguendo una scia di oggetti: una spazzola per
capelli dal manico blu con folti ciuffi di capelli marroni aggrovi-
gliati tra le setole; un tubetto di lucidalabbra rosa; un cellulare
che giaceva riverso a faccia in giù, con la spessa protezione di
gomma rosa a forma di bottiglia, sulla quale l'etichetta riportava
la scritta "Lacrime di ragazzi".

La musica si faceva più forte.

*Racconterò le tue bugie, racconterò le tue bugie finché
non morirò perché tu hai un cuore selvaggio. Tu non
mi ami.*

Poi arrivò una serie di grugniti e di fruscii. Noah aprì la
bocca per chiamare, ma Josie gli strinse la mano, intimandogli di
rimanere in silenzio. Si concentrò sul suono, che veniva da
destra. Indicandogli di andare in quella direzione, fece cenno a
Noah di seguirla attraverso la nebbia. Quando i rumori divennero più nitidi, la canzone, il motore dell'auto e quelli che

sembravano grugniti e tonfi di una lotta, il cuore di Josie prese a battere a velocità doppia.

In lontananza, una coppia di luci rosse dei freni brillava penetrando la fitta foschia. Più avanti, Josie vide per la prima volta due piedi, con indosso un paio di scarpe da ginnastica a scacchi rosa. I contrassegni delle suole le identificavano come una marca popolare tra gli studenti delle scuole superiori. Un paio di blue jeans. Poi la figura completa emerse dalla nebbia. La ragazza giaceva sulla schiena. Un uomo in abito grigio chiaro le stava sopra a cavalcioni e le stringeva le mani intorno alla gola. «Dov'è?» ringhiava. «Dove diavolo è?»

«Ehi!» gridò Josie, lasciando la mano di Noah e lanciandosi sull'uomo con tutto il suo peso. Insieme, ruzzolarono lontano dalla ragazza. Atterrando sulla schiena, Josie sentì la rugiada bagnarle la maglietta e i capelli. Il peso dell'uomo gravava su di lei, il suo respiro affannoso le scaldava l'orecchio. Si accorse a malapena della voce di Noah che urlava il suo nome. Facendo leva sui fianchi, fece sobbalzare da una parte l'uomo. Lui non fece resistenza, ma rotolò di lato e si rimise in piedi. Si allontanò barcollando. «Fermo!» lo avvertì Josie, alzandosi di scatto. D'istinto, la mano destra cercò la pistola al fianco, ma non la trovò, perché non era in servizio. Stava tornando da quella cavolo di luna di miele.

L'uomo si immobilizzò. Si guardò alle spalle e la squadrò. La nebbia vorticava intorno a lui, ma dato che si trovavano a pochi metri di distanza, riusciva a vederlo abbastanza chiaramente in faccia: doveva avere tra i trenta e i quarant'anni, stimò Josie. Capelli scuri, spettinati. Barbetta incolta lungo la mascella. Gli occhi marroni impazziti per il panico. Gocce di sangue spiccavano sul bianco della camicia.

«Polizia di Denton.» disse Josie. «Resta fermo!»

Ogni goccia di sangue lasciò il colore del suo viso. L'orrore si insinuò nella sua espressione, gli occhi si spalancarono. Poi si voltò e corse via.

TRE

Con la coda dell'occhio, Josie vide Noah cadere sulle ginocchia accanto alla ragazza. Davanti a lei, la nebbia minacciava di inghiottire completamente la sagoma dell'uomo. Allora Josie gli corse dietro, cercando di non perderlo di vista. L'uomo si allontanò dalla strada e si infilò nella boscaglia, con Josie alle calcagna. Lo perse di vista quando si addentrarono tra gli alberi, ma il suo respiro affannato e il rumore dei ramoscelli che schioccavano sotto i suoi piedi la aiutarono a rimanere sulle sue tracce. L'aria era densa e umida. In una manciata di secondi Josie si ritrovò fradicia, con il sudore che si mescolava all'umidità dell'aria.

«Fermati!» gli intimò alle sue spalle.

La nebbia ricopriva tutto, ma Josie sapeva che si stava avvicinando a lui perché riusciva a sentire l'affanno del suo respiro, la pesantezza crescente dei suoi passi. Una leggera pendenza del terreno lo rallentava, permettendo a lei di avvicinarsi abbastanza da vederlo di nuovo. La tonalità di grigio dei suoi abiti si mimetizzava benissimo con quello della foschia mattutina, ma i suoi capelli scuri lo rendevano facilmente individuabile.

«Fermo!»

Lui si guardò alle spalle, come se fosse spaventato dalla sua vicinanza, ma non rallentò. Al contrario, aumentò i giri di braccia e gambe con i lembi della giacca che svolazzavano ai suoi fianchi. Intorno a loro, gli alberi si diradavano, lasciando il posto a grandi macigni. Controllando la sua mappa mentale della zona, Josie si rese conto che stavano arrivando su un crinale che si affacciava sul Roaring Creek. Si trattava di un torrente grande e largo che si snodava attraverso le montagne e sfociava nel fiume Susquehanna, nei pressi del Denton's East Bridge. La caduta dalla loro attuale posizione sarebbe stata pericolosa, tanto più che tutti i torrenti della città e dei dintorni erano gonfi e impetuosi a causa delle recenti piogge di inizio ottobre. «C'è un precipizio davanti a te!» gli urlò Josie. «Devi fermarti o cadrai!»

Colse un'esitazione nell'andatura dell'uomo. Poi inciampò, le sue scarpe eleganti scivolavano nel fango e nel sottobosco, ma proseguì, arrampicandosi su un grosso macigno. Si fermò, traballando sul bordo. Josie si chiese se potesse vedere il torrente sottostante o se lo strapiombo non rivelasse altro che grigio, come tutto il resto intorno a loro. Non osava avvicinarsi. Se lo avesse spaventato, sarebbe potuto precipitare nell'acqua. Perciò, si fermò alla base del masso e aspettò che lui recuperasse l'equilibrio. Lo scroscio costante del torrente sottostante raggiunse le sue orecchie. Lui si voltò un attimo verso di lei.

Il sudore gli imperlava l'attaccatura dei capelli e il labbro superiore. Sotto la barba scura, il suo viso era di un bianco spettrale. Le mani gli tremavano lungo i fianchi. Nei suoi occhi scuri si leggeva un'unica emozione: paura. Si voltò verso l'abisso.

«Qualunque cosa stia succedendo, non devi scappare.» gli disse Josie. «Voglio solo parlare con te. Tutto qui.»

Ma lui non le rispose, così Josie continuò: «La farò facile. Non dobbiamo nemmeno parlare di quello che stava succedendo poco fa o del motivo per cui stai scappando. Cominciamo con i nomi. Il mio è Josie. Qual è il tuo?»

Lui lanciò una rapida occhiata da sopra una spalla, ma continuò a non risponderle.

«D'accordo...» disse Josie. «Non importa che tu mi dica il tuo nome. Non dobbiamo parlare affatto se non ti va, ma perché non scendi da lì? È un lungo salto fino al Roaring Creek. Potresti farti male se cadi.»

Quando parlò, la sua voce era così sommessa che lei quasi non sentì quello che diceva. «Non ho intenzione di buttarmi. Voglio saltare.»

«Anche questo te lo sconsiglio.» disse Josie. «Non devi farlo. Qualunque cosa ti stia accadendo, possiamo parlarne. Possiamo capire insieme cosa si può fare per darti una mano.»

«Nessuno può aiutarmi.» ribatté lui e con il busto si protese in avanti.

Josie fece un passo, cercando di avvicinarsi di più all'uomo. «Questo non lo puoi sapere.» disse lei. «Non lo puoi sapere finché non provi a chiedere aiuto. Ascolta, in questo momento ti prego soltanto di scendere da quella roccia e nient'altro.»

Senza guardarla, lui chiese: «Mi ucciderà? Il salto?»

Josie si prese un attimo. La verità era che non lo sapeva. Dipendeva da quanto era alta l'acqua, da quanto era mossa, dal modo in cui avrebbe toccato la superficie, dal punto del torrente in cui sarebbe entrato, dalla presenza o meno di tronchi e scogli e dalle sue abilità nel nuoto.

«Correrò il rischio.» disse lui. E si buttò.

Josie si slanciò in avanti, sdraiandosi a pelle d'orso sopra al masso, con entrambe le mani tese per afferrarlo, in qualsiasi modo, anche per i vestiti se ci fosse riuscita. Sentì le dita che sfioravano appena il tessuto dei pantaloni e poi lui sparì. La sua caduta fu silenziosa. Sconvolta e scossa, si arrampicò fino alla sommità del macigno e guardò verso il basso, ma non vide nulla, a parte una pesante nebbia grigia.

QUATTRO

Il sole era sorto e faceva un valoroso tentativo di penetrare la nebbia, ma Josie aveva ancora bisogno dell'applicazione "Trova il mio dispositivo" sul suo telefono per tornare al punto in cui aveva lasciato Noah. Prima di vederlo, sentì della musica provenire dall'auto che avevano scoperto prima. Questa volta si trattava di una canzone pop, le cui ricche note si diffondevano tra gli alberi.

Ti amerò in ogni istante della mia vita. L'eternità non ci separerà mai.

Proprio come lei lo aveva lasciato, Noah era inginocchiato accanto alla ragazza, solo che adesso le stava praticando la rianimazione cardiopolmonare. Josie si mise a correre, schivando altri oggetti nell'erba: un tubetto di mascara, un mazzo di chiavi, un caricabatterie per il telefono e un pacchetto di gomme. Noah si stava chinando verso la bocca della ragazza, inclinandole il mento e soffiandole aria nei polmoni. Due respiri. Poi intrecciò le mani, una sopra l'altra, sul petto della ragazza e iniziò le compressioni. Il sudore gli appiccicava la maglietta bianca al corpo e gli impregnava i capelli castano chiaro. Josie si accucciò accanto a lui e lo scostò per dargli il cambio. Noah non protestò. Al contrario, cadde all'indietro, senza più energie. Mentre Josie accostava la propria bocca alle labbra fredde della ragazza, Noah tirò fuori il telefono.

«Oh Dio...» disse. «Sono passati quasi venti minuti.»

Josie iniziò a sua volta a farle le compressioni, contandole nella sua testa; intanto, Noah componeva il numero della centrale di polizia sul telefono, forniva la loro posizione approssimativa e un breve resoconto della situazione.

Dopo aver soffiato ancora una volta nei polmoni della ragazza, Josie disse: «Non ho visto l'altra ragazza. Il sospettato si è buttato nel Roaring Creek. Abbiamo bisogno di una squadra di ricerca.»

Noah ripeté la sua richiesta mentre Josie continuava con le compressioni. Gocce di sudore le scivolarono dal naso e caddero sulla maglietta scura della ragazza. Non aveva idea di quanti minuti fossero passati quando Noah le diede a sua volta il cambio. I muscoli delle braccia e delle spalle le bruciavano, eppure aveva l'impressione che il freddo del corpo della ragazza le si fosse aggrappato ai palmi delle mani.

Era già in arresto cardiaco e, visto quanto a lungo avevano praticato la rianimazione cardiopolmonare senza ottenere alcuna risposta, Josie iniziava a pensare che non l'avrebbero recuperata.

«Noah!» disse toccandogli la spalla. «È morta.»

Lui si scrollò di dosso la sua mano, praticandole altre due respirazioni di rianimazione prima di riprendere le compressioni. «Non posso fermarmi.»

Guardandolo, Josie si rese conto dal modo in cui la sua mascella era bloccata e la sua fronte aggrottata, che stava rivivendo un'esperienza simile, che risaliva a più di quattro anni prima, quando avevano trovato sua madre nel giardino di casa, stesa e priva di sensi. In quell'occasione Noah era rimasto pietrificato e Josie aveva cercato di riportarla indietro, senza però riuscirci. E sapeva bene che la paralisi di quel momento era qualcosa di cui si era sempre pentito. Perciò, adesso non si sarebbe fermato fino all'arrivo dei soccorritori.

Josie aspettò che i suoi muscoli affaticati lo costringessero a rallentare e poi lo spinse da una parte. «Lascia fare a me.»

Dandosi il cambio, continuarono a praticare la rianimazione cardiopolmonare, anche se la ragazza diventava sempre più fredda sotto le loro mani. La luce del sole attraversava la nebbia intorno a loro; ne era evaporata gran parte quando arrivarono l'ambulanza e le auto di pattuglia. Il primo paramedico ad avvicinarsi fu Sawyer Hayes. Pur non essendo consanguinei, lui e Josie avevano condiviso l'affetto della loro nonna, Lisette. Il loro rapporto non era privo di conflitti, ma quando i loro sguardi si incrociarono, lui sembrò capire subito la situazione. Guardò il viso della ragazza e poi di nuovo Josie, facendole un cenno, si abbassò accanto a Noah e lo scostò con le mani. Anche il suo collega si avvicinò e i due valutarono la giovane, dando così a Josie e Noah modo di allontanarsi e di riprendere fiato.

Per la prima volta, Josie poté guardare da vicino la ragazza: era formosa, aveva lunghi capelli scuri, ormai sporchi di erba e di terriccio. Aveva gli zigomi alti, un naso stretto e labbra sottili. Anche a quell'ora del mattino, Josie poteva vedere che portava un trucco pesante su una pelle dal colorito olivastro, con tanto di ciglia finte. Un piccolo piercing a diamante scintillava sulla narice sinistra. Nonostante tutto, stesa com'era davanti a loro, aveva un aspetto giovane, la sua pelle appariva morbida, senza segni e senza macchie. Sulla maglietta nera che indossava si leggeva la parola AMORE stampata a lettere scintillanti.

Sawyer si fermò davanti a Josie. «Sono passati più di trenta minuti, secondo quanto ha detto Fraley alla centrale. Se n'è andata.»

Josie pensò all'uomo con le mani strette intorno alla gola

della ragazza. «Chiamerò la dottoressa Feist e la Squadra di Raccolta delle Prove.»

«Lo farò io.» disse Noah, con il telefono già in mano, allontanandosi dalla scena.

Ai due agenti in uniforme che si avvicinarono, Josie fece un resoconto di tutto ciò che era accaduto e li incaricò di delimitare un perimetro della scena e di inviare le altre unità intervenute nella foresta per cercare l'uomo e l'altra ragazza che avevano visto. Quando si furono dispersi, Sawyer disse: «Ma sembra a me o si sente della musica?»

«Sì.» disse Josie. «Viene dalla macchina.»

Per la prima volta da quando avevano accostato, Josie ebbe modo di osservare l'ambiente circostante e tutto ciò che non erano riusciti a vedere nel fitto della nebbia. Girò intorno alla berlina, notandone la distanza dalla strada e il fatto che entrambe le portiere anteriori erano aperte. Non c'erano danni alla carrozzeria dell'auto, quindi probabilmente avevano accostato come avevano fatto lei e Noah. L'erba sul lato del guidatore presentava segni di trascinamento che portavano al punto in cui ora riposava la ragazza morta. Intorno a lei giacevano gli oggetti su cui aveva rischiato di inciampare. Sullo stesso lato, vicino alla ruota posteriore dell'auto c'era una grande borsa marrone, rovesciata. Accanto c'era uno zaino rosa, dal quale erano fuoriusciti dei vestiti: un paio di jeans neri e una camicia bianca. Al lato del passeggero c'erano altri oggetti. Un'altra borsa, questa più piccola e nera, giaceva abbandonata, con la cerniera strappata per metà. Intorno un flacone di ibuprofene, un assorbente maxi, una penna, un piccolo portafoglio e un cellulare, questo con una semplice custodia viola. Poi c'era un borsone, riverso su un fianco, dal quale erano stati estratti dei vestiti che erano stati gettati nell'erba. Josie notò un altro paio di jeans neri e una maglietta bianca insieme a quello che sembrava un pigiama di cotone.

«La dottoressa Feist e la Squadra di Raccolta delle Prove

stanno arrivando.» annunciò Noah, tornando al suo fianco. «Ho chiamato anche Gretchen, visto che si tratta di qualcosa di più di un semplice incidente stradale. Con che cosa abbiamo a che fare?»

Josie fu sollevata nel vedere che parte della tensione aveva abbandonato il suo volto. Il suo sguardo era attento, concentrato sul presente.

«Due ragazze, da quello che posso dire.» riepilogò. «Credo che abbiano accostato. Impossibile dire se l'uomo fosse in macchina con loro o meno...»

«No, non era in macchina con loro.» disse Noah. «C'è un'altra macchina, più avanti, accostata sul margine della strada. Uno dei ragazzi della pattuglia sta facendo una ricerca sulla targa per vedere a chi appartiene. Poi verranno a fare delle ricerche anche sulla targa di questo veicolo.»

«Ottimo.» disse Josie. «Quindi è probabile che il tizio le stesse seguendo. Loro hanno accostato, lui le ha superate e ha accostato a sua volta.»

«Non avrebbero potuto vederlo avvicinarsi nella nebbia.» osservò Noah.

«Si è avvicinato alla loro auto. Sembra che la ragazza che stava al volante sia stata trascinata fuori dal veicolo.»

Josie rimase con il fiato sospeso quando guardò con maggior attenzione il lato del passeggero. «Noah, guarda.»

Senza toccare niente, Noah si avvicinò. Sul cruscotto color canapa c'era uno spruzzo di sangue: le gocce erano troppo numerose per essere contate. Anche sul sedile c'erano due grosse gocce di sangue, che si stavano asciugando in un colore marrone bruciato.

«Ha attaccato anche la passeggera. Ma lei gli è sfuggita.»

«Non ho visto armi.» disse Josie. «Non sembrava averne quando mi sono avvicinata a lui abbastanza per parlarci.»

Noah puntò un dito contro il cruscotto. «Guarda la direzione dello spruzzo. Si vede bene che le ha sbattuto la testa contro il cruscotto e le ha rotto il naso. I nasi rotti possono sanguinare molto.»

«Speriamo che le abbia fatto solo questo. Ha rovistato nella borsa di entrambe.» gli fece notare Josie. «Stava cercando qualcosa. Noah, l'altra ragazza è ancora dispersa in questi boschi ed è ferita.»

«Farò intervenire altre squadre di ricerca.» disse Noah, con il telefono già in mano. «Dovremmo vedere se riusciamo a identificarla.»

Josie non voleva contaminare la scena più di quanto non avessero già fatto passandoci in mezzo, ma con un'altra ragazza dispersa tra i boschi, spaventata e sola, aveva bisogno di maggiori informazioni al più presto. Si avvicinò all'ambulanza e chiese un paio di guanti di lattice. Di solito, quando erano in servizio, lei e Noah ne portavano un paio con loro, ma tecnicamente erano ancora in vacanza.

Sawyer le passò un paio di guanti e lei se li infilò. Trovò un portafoglio sul lato del conducente dell'auto. Scattò una foto della sua posizione per documentare con precisione dove si trovava prima di spostarlo, prima di raccoglierlo.

«Dina Hale.» lesse Josie dalla patente di guida della ragazza. «Diciotto anni. Viveva a Denton.»

Noah riattaccò la chiamata, mise il telefono in tasca e, da sopra la sua spalla, studiò la foto della patente. La ragazza aveva i capelli ben acconciati e lucidi. Esibiva un ampio sorriso e, sebbene uno degli incisivi frontali fosse appena un po' storto rispetto all'altro, questo non toglieva nulla al suo splendore. «È sicuramente quella che guidava.»

Josie tenne la patente in alto in modo che Noah potesse scattare una foto con il telefono. Poi la rimise a terra in modo che la Squadra di Raccolta delle Prove la potesse prelevare e sottoporre al trattamento di analisi. Ci volle un po' di tempo per setacciare il lato opposto del veicolo, ma trovarono il portafoglio dell'altra ragazza, documentandone la posizione prima di raccoglierlo.

«Alison Mills.» disse Josie. «Anche lei di Denton. Diciassette anni.»

I capelli di Alison erano ricci e di un castano più chiaro rispetto a quelli di Dina. Mentre la pelle di Dina era olivastra, quella di Alison era pallida e lentigginosa. Per la foto della patente Alison aveva fatto un sorriso a denti stretti, come se fosse perplessa di essere riuscita a ottenere la patente. Se Josie avesse dovuto indovinare in base alle foto di ciascun documento, avrebbe desunto che Dina doveva essere la più sicura ed estroversa delle due ragazze. Un senso di tristezza le appesantì il cuore. Erano migliori amiche? Era solo una delle tante domande che avrebbero dovuto porre ad Alison.

Ma per prima cosa, dovevano trovarla.

Noah scattò una foto della patente e Josie la rimise al suo posto. «Abbiamo tempo prima che arrivino la dottoressa Feist e la Squadra di Raccolta delle Prove per elaborare tutto quanto.» disse. «Gretchen sta arrivando. La scena è in sicurezza. Andiamo a unirci alle ricerche di Alison Mills.»

CINQUE

Josie condivise la foto della patente di Alison Mills con i suoi colleghi. Poi lei e Noah si unirono alle squadre di ricerca nel bosco di fronte al luogo in cui giaceva il corpo di Dina. La luce del sole tagliava ciò che restava della nebbia, riscaldando la giornata e offrendo una chiara visibilità della foresta. Non c'era modo di sapere con precisione da che parte fosse scappata la ragazza; tutto ciò che Josie e Noah sapevano era che si trovava sul lato opposto della strada rispetto al crinale che scendeva verso il Roaring Creek. Se avesse corso in linea retta dal punto in cui l'avevano vista l'ultima volta e avesse continuato in quella direzione, alla fine sarebbe arrivata a Denton da est, in prossimità della fabbrica tessile abbandonata. Se avesse proseguito nel bosco, avrebbe raggiunto le Cataste, una formazione rocciosa dietro la Denton East High School dove, col tempo, diverse grandi lastre di pietra si erano sovrapposte l'una sull'altra, formando delle sporgenze rocciose appiattite sulle quali gli studenti si ritrovavano spesso per fumare, bere e fare altre cose discutibili. Oppure poteva essersi allontanata e aver trovato la strada che correva parallela alla fabbrica e alla Denton East

High School e aver raggiunto il centro di Denton. Ma era facile perdere l'orientamento camminando nel bosco, ogni direzione sembrava uguale alle altre e Josie sapeva che in quella parte della foresta che circondava Denton c'erano pochi punti di riferimento naturali, se non nessuno. La ragazza poteva aver girato in tondo.

Josie, Noah e gli altri membri delle squadre di ricerca arrancavano tra gli alberi, chiamando il suo nome. Poteva essersi stancata e aver smesso di correre. Poteva aver deciso di provare a tornare verso l'auto. Dopo tutto, aveva lasciato il telefono a Widow's Ridge Road. Non aveva modo di sapere che Josie e Noah si erano fermati né tantomeno che lavoravano per il Dipartimento di Polizia di Denton. Uno strano uomo era emerso dalla nebbia su una tortuosa strada di montagna e aveva aggredito lei e la sua amica. Era ferita e sanguinante. Ed era in preda al panico.

Passarono diverse ore. Il sole si alzò nel cielo. Sebbene la temperatura scendesse precipitosamente di notte, le giornate di metà ottobre a Denton tendevano a diventare più calde di anno in anno. Josie e Noah erano fradici di sudore e affamati quando si arresero e tornarono al punto da cui erano partiti. Altri membri delle squadre di ricerca avevano trovato gocce di sangue fresche, ma non Alison. Avviandosi a ritroso verso il tornante al quale avevano lasciato il veicolo, Josie scorse Gretchen in piedi sul ciglio della strada, intenta a scarabocchiare sul suo fidato taccuino. Vicina alla cinquantina, Gretchen era la più esperta della squadra investigativa. Prima di entrare nella polizia di Denton, aveva lavorato per quindici anni come detective alla sezione Omicidi al Dipartimento della città di Philadelphia.

Accanto a lei, un agente in uniforme faceva da sentinella, osservando tutti i veicoli che rallentavano al loro passaggio e facendo loro cenno di proseguire. Gretchen alzò lo sguardo quando li vide avvicinarsi e, infilandosi la penna dietro l'orecchio, scosse la testa. «Pensavo che il capo Chitwood vi avesse dato precise istruzioni di non lavorare durante la vostra luna di miele e, se non ricordo male, questo doveva essere il vostro ultimo giorno di vacanza.»

Noah rise. «L'avevo detto a Josie che ci conveniva restare un giorno in più!»

Josie si asciugò il sudore dalla fronte con il dorso di una mano. «Ora comincio a pensare che rimanere bloccati per un uragano non sarebbe stato poi così male. Che cosa puoi dirci?»

Gretchen allungò una mano verso i suoi corti capelli brizzolati a spazzola, prese gli occhiali da lettura per la stanghetta, li fece scivolare sul naso e sfogliò una pagina del suo taccuino. «Il corpo di Dina Hale è stato trasportato all'obitorio. L'auto che guidava è intestata a un uomo di nome Guy Hale, che abita allo stesso indirizzo di Dina. Suppongo che sia suo padre, vista la differenza di età. I ragazzi della Squadra di Raccolta delle Prove stanno finendo qui, poi dovranno sequestrare entrambi i veicoli. Terrò le squadre di ricerca impegnate su Alison Mills. Lei ha la precedenza. Ci sono anche squadre di ricerca sul suo aggressore. Lo stanno cercando lungo tutto il Roaring Creek e il fiume.»

Noah si passò una mano tra i capelli bagnati. «L'avete identificato?»

Gretchen annuì. «Crediamo che l'uomo che avete visto sia Elliott Calvert. Quarant'anni, di Denton. Quella è la sua macchina. Ho cercato una copia della sua patente sul terminale dati nella mia auto, così potete darmi conferma che sia l'uomo che avete visto.»

Cercò il cellulare nella tasca posteriore dei jeans, appoggiandolo sopra il taccuino e dopo aver fatto qualche passaggio, girò lo schermo in modo che Josie e Noah potessero vedere la foto della patente di Elliott Calvert.

Noah scosse la testa. «Io non sono riuscito a vederlo bene in faccia.»

«È lui.» disse Josie. «Ne sono certa.»

«Ha dei precedenti?» chiese Noah.

«No.» disse Gretchen. «Qualche infrazione al codice della strada, ma niente di più. Ho fatto una rapida ricerca, intanto che aspettavo che la squadra di Hummel si occupasse della scena. Ha degli account sui social media che usa poco, ma sono riuscita a capire che lavora per lo Studio Stamoran. Si occupa di architettura. Inoltre, è sposato e sembra che lui e sua moglie abbiano appena avuto una bambina.»

Josie scosse la testa. «Non riesco nemmeno a immaginare di dover dire a sua moglie quello che è successo oggi.»

«Che storia sarebbe quella di un quarantenne sposato e padre di un neonato che aggredisce due adolescenti in un posto così remoto?» si domandò Noah. «Cosa stava cercando?»

«Ne verremo a capo.» sentenziò Gretchen. «Come ho detto, abbiamo messo delle unità alla ricerca di quest'uomo, ma dobbiamo dare la priorità ad Alison Mills, soprattutto se è ferita. E qualcuno dovrà andare a casa sua e parlare con i genitori. Finora abbiamo mantenuto il riserbo sull'intera vicenda, ma si spargerà la voce che la polizia sta cercando delle persone. Non voglio che scoprano dai social media o dalla stampa che la figlia è scomparsa. Speriamo di trovarla prima che ciò accada, però i suoi genitori devono sapere cosa sta succedendo. Avrò bisogno del vostro aiuto per questa cosa. Mettner e Amber sono via per il fine settimana e non torneranno prima di lunedì.»

Il detective Finn Mettner era l'ultimo arrivato della squadra investigativa, nonché il membro più giovane. Si era fatto strada tra i ranghi delle forze dell'ordine di Denton ed era stato promosso al ruolo di detective dall'attuale capo del Dipartimento di Polizia, Bob Chitwood. Amber Watts era la sua fidanzata e l'addetta stampa della loro squadra.

«Ci andiamo noi a parlare con la famiglia della ragazza.» annunciò Josie.

«Perfetto.» rispose Gretchen. Attraverso gli occhiali da

lettura, li guardò dall'alto in basso. Poi annusò l'aria e si stropicciò il naso. «Magari prima fatevi una doccia e cambiatevi i vestiti.»

Josie abbassò lo sguardo sui jeans e la maglietta sporchi di sudore e poi su Noah, che non aveva un aspetto migliore.

«Certo. Nessun problema.»

SEI

Josie e Noah trascinarono i bagagli dentro casa. Istintivamente, Josie si mise ad ascoltare il ticchettio che il loro Boston Terrier, Trout, faceva con gli artigli camminando sul pavimento di parquet. Aspettandosi di vederlo correre verso di loro come faceva sempre quando tornavano a casa, provò una momentanea ondata di eccitazione che le fece aumentare il battito cardiaco, ma poi si ricordò che lo avevano lasciato per tutta la settimana dalla loro amica Misty Derossi e suo figlio Harris, di sei anni. Noah si fermò davanti alla porta e sorrise. «È strano, vero? Che non ci sia Trout, intendo.»

Josie sorrise a sua volta. «Sono convinta che Misty e Harris lo stanno viziando così tanto che non vorrà nemmeno più tornarci a casa con noi.» Persino il cagnolino di Misty e Harris, Pepper, un incrocio fra un Chihuahua e un Bassotto, adorava Trout.

Noah sollevò entrambe le valigie e iniziò a salire i gradini. «Questa è la verità.»

Josie lo seguì. «Ma lo andremo comunque a riprendere stasera. Non vedo l'ora di rivederlo.»

«Anch'io.» disse Noah al di sopra delle sue spalle. «Per quanto sia stato meraviglioso poter dormire accanto a mia moglie per una settimana, senza avere nel mezzo un cane scorreggione.»

Nel giro di una ventina di minuti si erano entrambi fatti la doccia e cambiati con un paio di pantaloni freschi di bucato e le polo del loro dipartimento e avevano recuperato le pistole e i distintivi del corpo di polizia da una cassetta di sicurezza che tenevano nascosta in casa. In cucina, Josie aprì il frigorifero, aspettandosi di essere investita da un muro di cattivi odori e di trovare un mucchio di prodotti scaduti. Invece, c'era un grande contenitore Tupperware con un biglietto sul coperchio, scritto, come Josie riconobbe, con la calligrafia di Misty.

So che nessuno di voi avrà voglia di mettersi ai fornelli
quando tornerete, quindi vi ho preparato uno stufato.
Qualche minuto nel microonde dovrebbe bastare.
P.S. Trout ha detto che vuole venire a vivere con noi per
sempre.
Sto scherzando. Gli mancate. Un pochino. Non vedo
l'ora di rivedervi, piccioncini. Buona cena!
Misty.

Josie stava ancora ridendo quando inserì il contenitore nel microonde.

«Che cosa dice?» chiese Noah.

Lei gli porse il biglietto e lui lo lesse e mentre lo stufato si riscaldava e un profumino delizioso già si sprigionava dal microonde, le disse: «Non mi dispiace nemmeno che Misty abbia insinuato che nessuno di noi due sa cucinare.»

Diversi anni prima, dopo che Josie si era separata dal suo primo marito, Ray Quinn, Misty aveva iniziato a frequentarlo.

Il loro figlio, Harris, era nato dopo la morte di Ray e quello che per Josie era iniziato come un semplice contributo al mantenimento di Harris era presto sbocciato in una delle relazioni più importanti sia nella sua vita che in quella di Noah. Per la maggior parte della sua infanzia e da adulta, Josie non aveva avuto amicizie femminili particolarmente strette, anzi ne aveva avute a malapena, ma l'amicizia con Misty aveva rivoluzionato le cose e l'aveva trasformata in una persona migliore, tanto che ormai non riusciva a immaginare la vita senza di lei. Il suo sostegno nel corso degli anni era stato estremamente prezioso e aveva aiutato in diversi modi sia Josie che Noah a sopportare le pressioni del lavoro. Questo le fece tornare alla mente la scena alla quale avevano assistito quella mattina e si chiese ancora una volta quanto fossero state intime Dina e Alison. Il loro era stato un rapporto superficiale o erano migliori amiche? A prescindere da quale fosse la natura della loro relazione, delle vite sarebbero state distrutte con la morte di Dina: la famiglia di Dina non sarebbe mai stata la stessa e anche Alison non sarebbe più tornata la stessa di prima, dopo gli eventi di quella mattina. Josie non poteva immaginare quanto dovesse essere spaventata quella ragazza in quel momento: in fuga, da sola, ferita e con la sola certezza che anche la sua amica era stata aggredita.

Josie assaggiò a malapena lo stufato di Misty, anche se gliene fu grata. Lei e Noah non mangiavano da ore e avrebbero avuto bisogno di carburante per quello che sarebbe successo nelle ore successive. Risaliti in macchina, Josie controllò il telefono. «Nessuna novità da Gretchen.» disse. «Ha fatto perlustrare alle unità la vecchia fabbrica tessile, ma non hanno trovato nulla. Dove può essere andata questa ragazzina?»

«E chi può dirlo?» disse Noah mentre inseriva l'indirizzo di Alison Mills nel navigatore. «Deve essere riuscita a raggiungere i margini del bosco. Con tutte quelle persone in giro a cercarla per così tante ore, sembra strano che a questo punto non l'abbiano ancora trovata. Mi sorprende che non abbiano trovato nulla alla vecchia fabbrica.»

Josie uscì dal vialetto. «Il che significa che è riuscita ad arrivare dall'altra parte del bosco, magari all'altezza della Denton East High School, dove adesso si stanno dirigendo le squadre di ricerca. Oppure, forse anche più avanti, in un'area popolata. Però nessuno che la vedesse la riconoscerebbe e saprebbe di doverla segnalare alla polizia...»

«Ma è stata aggredita.» sottolineò Noah, mentre attraversavano le strade di Denton. «Ed è ferita; anche se ha solo il naso rotto, potrebbe essere ancora stordita, disorientata, spaventata. Perché non dovrebbe chiedere alla prima persona che incontra di chiamare la polizia per lei?»

«Perché potrebbe essersi fermata da qualche parte, sanguinante, priva di sensi o incapace di reagire agli stimoli esterni. Se è come dici tu e l'uomo le ha sbattuto la testa contro il cruscotto, potrebbe anche avere una commozione cerebrale.» sottolineò Josie, augurandosi che non ci fossero altri motivi.

«Se fosse davvero ferita così gravemente, l'avremmo trovata nella foresta molto prima che raggiungesse la città.»

«Non necessariamente.» obiettò Josie. «Ricordi quella volta che quel signore affetto da demenza era scappato dal reparto per malati di Alzheimer di Rockview Ridge?»

Josie si muoveva attraverso la griglia di strade del centro di Denton, in direzione della zona settentrionale della città, una zona molto meno popolata.

«Me ne ero dimenticato.» disse Noah emettendo un sospiro. «Eravamo in trenta a cercarlo.»

«E tutti quanti eravamo passati proprio davanti al posto in cui si trovava, ti ricordi?» disse Josie. «Perché in qualche modo si era nascosto in mezzo alle sterpaglie e si era addormentato. Nessuno pensava che ci sarebbe finito dentro, perché di norma si cammina intorno a una fitta boscaglia, non in mezzo!»

«Non se si è affetti da demenza, a quanto pare...» osservò Noah. «I cani lo trovarono in pochi minuti. Direi che abbiamo bisogno di far intervenire le squadre con i cani per trovare questa ragazza. Mando un messaggio a Gretchen.» disse tirando fuori il telefono. «Le dico di richiedere l'assistenza dell'unità cinofila dello sceriffo per proseguire le ricerche di Alison Mills.»

Le dita di Noah picchiettarono sullo schermo del telefono. Josie si concentrò sulla guida. Intorno a loro, il verde riempiva lo spazio tra le case. Ampie strade residenziali con i marciapiedi lasciavano il posto a strette strade di montagna delimitate da sottili sponde sterrate, proprio come la strada in cui avevano trovato le ragazze quella mattina sul lato più orientale di Denton.

«Ci siamo.» annunciò Josie, rallentando accanto a una cassetta delle lettere di un rosso luminoso.

Si infilò in un lungo vialetto che si inerpicava su per una collina fino a dove si trovava la casa a due piani dei Mills, squadrata e dai rivestimenti chiari, circondata da alberi. Non c'erano veicoli nel vialetto e i portelloni del garage annesso erano chiusi. Josie e Noah fermarono l'auto e si avvicinarono alla porta d'ingresso. Noah suonò il campanello. Passarono un paio di minuti. Suonò di nuovo. Alla fine, Josie sentì dei passi dall'altra parte della porta, che finalmente venne aperta. Davanti a loro apparve una donna sulla quarantina. Josie notò subito la somiglianza con Alison: i capelli ricci e castani, la pelle chiara e le lentiggini sparse sul viso. Era più alta di Josie e indossava una camicetta gialla con scollo a V e un paio di jeans. Era a piedi scalzi. Le unghie dei piedi erano smaltate di blu.

«Mrs. Mills?» chiese Josie.

«Sì, sono Marlene Mills. Io... di cosa si tratta?»

«Lei è la madre di Alison Mills?»

L'espressione della donna si fece confusa. Josie la osservò mentre spostava lo sguardo tra loro, passando per il nome e il distintivo del Dipartimento di Polizia di Denton ricamati sul lato sinistro delle loro magliette e per le pistole che portavano nella fondina, con gli occhi che si spalancavano ogni secondo che passava. Con voce stridula, Mrs. Mills disse: «Che è accaduto? Cosa sta succedendo? Dov'è Alison?»

«Mrs. Mills, io sono il tenente...» cominciò a dire Noah.

Mrs. Mills lo interruppe, con la voce ormai giunta al massimo del grido. «Dov'è la mia Alison? Cosa le è successo? Per favore, ditemelo. È morta?»

SETTE

Josie fece un passo avanti e afferrò la madre di Alison per le braccia prima che crollasse, intanto che Noah si piazzava rapidamente al fianco destro della donna, facendole scivolare un braccio intorno alla vita. Insieme, la tennero in piedi; intanto Josie le parlò con voce pacata all'orecchio sinistro. «Mrs. Mills, deve calmarsi. Dobbiamo parlarle di sua figlia. È davvero importante.»

Gli occhi della donna brillavano per le lacrime, mentre si voltava a cercare il volto di Josie. «Mi dica la verità. È morta? La supplico, deve dirmi la verità. La polizia non viene a bussare alla tua porta per parlare dei tuoi figli, a meno che la notizia non sia... Oh, Dio del cielo. Ditemelo e basta.»

«Non crediamo che Alison sia morta.» disse Noah.

Mrs. Mills si immobilizzò per un attimo, girando la testa per guardarlo. «E questo che vorrebbe dire? Come sarebbe che non *credete* che sia morta? Ditemelo chiaramente!»

Ancora tra le loro braccia, cominciò a dimenarsi, cercando di rimettersi in piedi. La liberarono e Josie disse: «Mrs. Mills, le garantisco che le spiegheremo tutto, ma prima abbiamo bisogno che si calmi. Possiamo entrare in casa per sederci?»

Mrs. Mills cominciò a tremare dalla testa ai piedi. Si prese un momento per guardarli attentamente, con gli occhi lucidi di lacrime. Annuì e li condusse all'interno di un ampio e arioso soggiorno decorato con varie tonalità di grigio, dalle pareti al divano componibile con i suoi cuscini decorativi e la coperta arrotolata. Sul bordo della coperta, Josie vide ricamate in bianco le parole "La famiglia Mills". Sui tavolini c'erano diverse fotografie incorniciate di Alison e una che la ritraeva con la madre e un uomo che Josie immaginò fosse suo padre.

«Il padre di Alison è in casa?» si informò Josie.

Mrs. Mills si accasciò in un angolo del divano, scuotendo la testa e facendo un cenno verso il cuscino accanto al suo, invitando Josie e Noah a prendere posto.

«Di tutti i posti dove poteva finire, si trova a Hong Kong per lavoro. Oh, Signore... dite che dovrei chiamarlo? Che ora sarà laggiù? Ma non credo che avrà importanza, no? Ha il diritto di sapere cosa sta succedendo.»

I suoi occhi vagarono per la stanza e si posarono sul tavolino da caffè, dove era appoggiato un cellulare in mezzo a una serie di altri oggetti, tra cui due telecomandi, una rivista, una pila di posta e una scatola di fazzoletti. Josie prese il telefono e glielo porse.

«Mrs. Mills...» disse Noah, «prima dobbiamo parlare con lei.»

La madre di Alison si lasciò cadere il telefono in grembo e con le mani che svolazzavano intorno al viso, che adesso stava prendendo una colorazione rosea, disse: «Mi dispiace. Mi dispiace tanto. Sono un disastro. Dovete capire che con tutto quello che abbiamo passato con Alison, anche se adesso ce lo siamo lasciato alle spalle, sono sempre in ansia, mi capite? In attesa di un'altra tegola, come si suol dire.»

Josie si segnò mentalmente di tornare su questa dichiarazione in un secondo momento per scoprire cosa avevano dovuto affrontare con Alison per rendere Marlene così nervosa. «Mrs.

Mills, alle sette e mezza circa di questa mattina, il tenente Fraley e io stavamo tornando da una gita fuori città. Stavamo percorrendo la Widow's Ridge Road. C'era abbastanza nebbia da non riuscire a vedere a più di un metro o due dal muso della nostra macchina. Abbiamo visto una figura attraversare la strada e abbiamo deciso di accostare per vedere se ci fosse qualcuno che aveva bisogno di assistenza. Quando siamo scesi dall'auto, abbiamo visto che anche un altro veicolo aveva accostato. Quel veicolo è intestato a Guy Hale.»

«Il padre di Dina.» precisò Marlene. «Dina la accompagnava sempre. Alison non ha ancora una macchina sua. Hanno avuto un incidente? Dove sono? Oh Gesù. Sono all'ospedale, vero? Devo andare subito da loro. Devo solo trovare la mia borsa e...»

Noah alzò una mano per farla tacere. «Per favore, Mrs. Mills. Ci lasci finire.»

«Non crediamo che sia stato un incidente.» continuò Josie. «Presumibilmente, avevano accostato proprio a causa della nebbia. Quando ci siamo avvicinati all'auto di Mr. Hale, abbiamo visto un uomo che sembrava stesse aggredendo Dina. Crediamo che Alison sia scappata dalla scena dell'aggressione e che sia lei la figura che abbiamo visto attraversare la strada.»

Mrs. Mills scosse la testa dall'uno all'altra. «Un'aggressione? Non capisco. No, è assurdo. Perché mai avrebbero dovuto aggredire una coppia di ragazzine? Non ha senso. Dov'è andata Alison? Sta bene?»

«Non siamo riusciti a localizzarla.» disse Noah. «È per questo che siamo qui.»

«Oh...» disse Mrs. Mills. Prese di nuovo il telefono. «La chiamerò. La chiamo e le dico di tornare a casa. Anzi no, vado a prenderla, perché non ha la macchina. Ma certo. Non posso pretendere che torni a casa da sola. Come fa ad arrivare? Non può mica farsela tutta a piedi!» Una risata nervosa e acuta le sfuggì dalla gola.

Josie le si avvicinò e le appoggiò una mano sul braccio. «Mrs. Mills, Alison ha lasciato il telefono sulla scena del crimine.»

«Cosa? No. No! Non lo farebbe mai. Voi non capite come sono questi ragazzi di oggi. Per loro il telefono è come l'aria che respirano. Non lo dimenticherebbe mai da nessuna parte.»

Josie continuò: «Lo abbiamo registrato tra le prove.»

«Mrs. Mills...» riprese Noah. «C'è dell'altro. Crediamo che Alison possa essere stata ferita durante un alterco di qualche entità con quest'uomo.»

Mrs. Mills si portò entrambe le mani al petto. «Non posso crederci. Ma com'è possibile? Cosa vuol dire? Che credete che sia stata ferita? Perché non mi dite semplicemente che cosa è successo?» chiese alzando la voce fino a strillare.

Stavano cercando di dirle che cosa era successo, ma si stava rivelando molto difficile mantenerla concentrata. Con calma, Josie disse: «Quello che sta succedendo è che sua figlia è riuscita a scappare dal suo aggressore inoltrandosi nel bosco. Abbiamo mandato subito delle squadre a cercarla. Non l'abbiamo ancora trovata, ma faremo tutto il possibile per riportarla a casa, Mrs. Mills. Glielo garantisco.»

«E cosa stavate dicendo, che è ferita? Cosa le è successo?»

«Non ne siamo sicuri...» rispose Josie. «Ma abbiamo trovato del sangue sulla scena. In base alla sua posizione, sul sedile anteriore del lato passeggero del veicolo, ipotizziamo che appartenga ad Alison.»

Sotto le sue mani, il petto di Mrs. Mills si gonfiò e il suo viso perse tutto il colore. Josie ebbe paura che stesse per svenire. Noah si alzò e si mise su un ginocchio ai suoi piedi. «Mrs. Mills, so che è molto spaventata, ma stiamo facendo tutto il possibile per trovare sua figlia. Ora ho bisogno che faccia dei respiri profondi. Può farlo per me?»

Lei scosse violentemente la testa, ma lo guardò negli occhi. Lui annuì e si portò una mano al petto, facendo movimenti molto ampi, cominciando a inspirare ed espirare lentamente. «Tenga gli occhi su di me...» le disse, «così va bene. Inspiri ed espiri. Piano e con calma.»

Dopo un paio di minuti, la madre di Alison cominciò a imitare il respiro profondo di Noah e un po' di colore le tornò sul viso. Josie si diresse verso il retro della casa e trovò la cucina. Sullo scolapiatti c'erano dei bicchieri puliti. Ne riempì uno con l'acqua del rubinetto e tornò in soggiorno, porgendolo a Mrs. Mills, che ne bevve qualche sorso e poi porse il bicchiere a Noah, che lo mise sul tavolino da caffè. «Mi dispiace tanto...» si scusò Mrs. Mills.

«Non c'è bisogno che si scusi.» le assicurò Josie. «Comprendiamo che la situazione è terribile ed è per questo che vogliamo trovare sua figlia il prima possibile.»

«E per questo...» riprese Noah, con il sorriso gentile ancora al suo posto mentre si sedeva sul bordo del tavolo da caffè di fronte a Mrs. Mills, «abbiamo bisogno del suo aiuto.»

Marlene fece ancora qualche profondo respiro, prese il telefono, lo lasciò cadere di nuovo e disse: «È tutto quello che siete in grado di dire? Le ragazze stavano guidando, hanno accostato, sono state aggredite da un uomo, Alison è rimasta ferita e poi è scappata? Pensate che le abbia sparato? O che l'abbia accoltellata? Potrebbe essere stesa in un fosso da qualche parte, in fin di vita?»

«Non sembra che siano state usate delle armi.» le disse Josie. «Potrebbe aver sbattuto la faccia sul cruscotto ed essersi rotta il naso. Non c'era abbastanza sangue da far pensare che la sua vita sia in pericolo per un'emorragia.»

«La detective Quinn e io abbiamo perlustrato l'area circostante con le squadre di ricerca tutta la mattina.» aggiunse Noah. «È stato trovato altro sangue, ma si tratta solo di poche gocce.»

«È una cosa positiva, vero?» chiese Mrs. Mills in tono speranzoso.

«Crediamo di sì.» affermò Josie.

«E invece Dina? Sapete dirmi se sta bene? Oddio, magari è il caso che chiami suo padre.» Prese di nuovo il telefono.

Josie incrociò lo sguardo di Noah. Non potevano dirle che Dina Hale era morta prima che la famiglia della ragazza fosse avvisata. Per non parlare del fatto che una notizia del genere l'avrebbe fatta agitare ancora di più.

«Ci penserà qualcuno della nostra squadra a parlare con il padre di Dina.» le garantì Noah. «Per il momento abbiamo bisogno di farle qualche altra domanda.»

Josie tirò un lento respiro di sollievo quando Mrs. Mills lasciò cadere il telefono e tornò a guardare Noah, troppo distratta e sopraffatta per rendersi conto che non aveva risposto alla sua domanda se Dina stesse bene o meno. «Domande? Quali domande?»

OTTO

«Cominciamo con questa mattina.» suggerì Josie. «Quando è stata l'ultima volta che ha visto sua figlia?»

«Oh, non questa mattina.» rispose Mrs. Mills. «Ha dormito a casa di Dina ieri sera. Lavorano insieme. È così che si sono conosciute, per via del lavoro.»

«Dove lavorano?» chiese Noah.

«All'Hotel Eudora. La mia amica Sadie lavora lì come addetta alle pulizie. L'anno scorso mi ha detto che il reparto di organizzazione degli eventi cercava ragazze sotto i vent'anni da inserire nell'organico della ristorazione in occasione di eventi speciali. Lavorano solo nei fine settimana per poche ore. In pratica, vanno in giro portando vassoi di piatti o bevande e li offrono agli ospiti. Qualche volta servono da mangiare e puliscono i piatti sporchi. Qualsiasi cosa sia necessaria al reparto di ristorazione, insomma. Si occupano del catering per matrimoni, feste, convegni, conferenze, eventi aziendali di ogni tipo. Tutto ciò che deve essere servito. È un modo per guadagnare facilmente. Spesso ricevono anche ottime mance.»

Josie le chiese: «Dovevano lavorare ieri sera?»

«Sì, c'era una festa aziendale. Di solito si protraggono fino a tardi e so che questa mattina avevano un brunch per un'organizzazione no-profit locale, così Alison aveva deciso di fermarsi a casa di Dina, che avrebbe dovuto riaccompagnarla a casa dopo il lavoro. Tutto questo è...» Di nuovo, si premette entrambe le mani sul petto e prima che si facesse prendere da un'altra crisi isterica, Noah le chiese: «Quand'è stata l'ultima volta che ha sentito Alison per telefono?»

Mrs. Mills prese il telefono ma non lo guardò. «Ieri sera. Verso mezzanotte. Mi ha mandato un messaggio per dirmi che era arrivata a casa di Dina e che...» a questo punto esitò, il respiro si fece più veloce. Digitando un codice di accesso nel telefono, fece alcuni passaggi e poi girò lo schermo prima verso Josie e poi verso Noah.

Sono arrivata da Dina senza problemi. Nottata lunga ma con parecchie mance. Notte, mamma. Ti voglio un mondo di bene.

Gli emoji dei sacchi di denaro seguivano la parola "mance" e diversi emoji di cuori e baci seguivano la fine del messaggio. Alla fine, dopo la fila di cuori, c'era l'emoji della ruota panoramica.

«Per cosa starebbe la ruota panoramica?» chiese Josie.

Mrs. Mills girò di nuovo lo schermo per poter guardare il messaggio e si lasciò sfuggire una piccola risata. «Niente, è una sciocchezza. Io e Alison abbiamo iniziato questo... non so neanche come chiamarlo. Gioco? Tradizione? In pratica, quando ci scambiamo dei messaggi aggiungiamo sempre almeno un emoji che non ha nulla a che fare con quello che ci stiamo scrivendo. Mi rendo conto che è una cosa veramente stupida, ma ci divertiamo un sacco. Infatti, vedete, le ho risposto con l'emoji della forchetta.» Di nuovo, girò lo schermo verso di loro, scorrendo verso l'alto in modo che potessero vedere la sua risposta.

Sono contenta di sentirlo. Buonanotte. Anch'io ti voglio un mondo di bene. Ci vediamo domani.

Mrs. Mills aveva concluso il messaggio con tre cuori e una forchetta.

Josie sorrise. «È una cosa dolce...»

«È iniziato tutto per caso.» spiegò Mrs. Mills. «Quando ho comprato questo telefono e l'ho usato per la prima volta, aggiungevo a caso degli emoji ai miei messaggi. Ormai è diventata una cosa che facciamo sempre.»

«Sa a che ora dovevano essere all'albergo questa mattina?» si informò Noah.

«Non saprei dirlo. So che dovevano andarci presto. Anche se si trattava di un brunch, tutte le ragazze devono arrivare di prima mattina per dare una mano con i preparativi.»

«Nessuno dall'Hotel Eudora le ha telefonato quando hanno visto che Alison non è arrivata al lavoro oggi?» le chiese Josie.

«No, ma non avrebbero dovuto. Voglio dire, sì, sono il suo contatto di emergenza, com'è ovvio che sia, ma ha quasi diciotto anni. Chiamerebbero direttamente lei se non si presentasse al lavoro. Lo stesso vale per Dina. Potrebbero averle chiamate entrambe. Non lo so.»

«Come le ha spiegato poco fa la detective Quinn, abbiamo preso il telefono di Alison come prova.» le ricordò Noah. «Il telefono di Alison è a suo nome, dal momento che è ancora minorenne?»

«Sì.» rispose Mrs. Mills. «Abbiamo un piano tariffario familiare.»

«Prima di restituirglielo, avremmo bisogno che lei ci desse il permesso di esaminare il contenuto del telefono di sua figlia, Mrs. Mills.»

Con gli occhi spalancati, la madre di Alison spostò lo sguardo dall'uno all'altra. «Esaminare il contenuto?»

Josie disse: «Dato che le ragazze sono state aggredite questa mattina, la procedura standard prevede che ci assicuriamo che nessuno le abbia molestate nei giorni o nelle settimane precedenti l'incidente di oggi. Uno dei modi in cui procediamo è controllare tutta la messaggistica e i contenuti delle piattaforme dei social media delle ultime settimane. Sa se qualcuno di recente ha importunato una delle due ragazze?»

Mrs. Mills scosse lentamente la testa. «No, non ne so niente. Sono sicura che, se fosse successa una cosa del genere, Alison me ne avrebbe parlato. Mi rendo conto che tutti quanti dicono così dei propri figli: *"Oh, a me dicono tutto. So tutto quello che fanno sia in rete che di persona, con chi parlano e di che cosa parlano..."* anche se di solito sono un mucchio di fesserie, ma Alison è molto brava con queste cose. Non voglio che abbia segreti con noi. Le abbiamo sempre detto che, se si fosse mai trovata in qualche pasticcio, volevamo che il suo primo pensiero fosse "È meglio che chiami mamma e papà per chiedere aiuto" e non "Mamma e papà non devono mai scoprirlo". Comunque, se volete guardare nel suo telefono, fate pure.»

«Grazie.» disse Josie. «E per quanto riguarda Dina? Alison le ha mai detto se Dina aveva qualche problema con qualcuno?»

Un altro lento scuotimento della testa. «No. Niente.»

«Alison e Dina erano intime?» chiese Josie.

«Sì. Sono andate subito d'accordo quando si sono incontrate l'anno scorso all'hotel. Non frequentano la stessa scuola, ma si vedono quasi ogni fine settimana al lavoro, così sono diventate migliori amiche. Alison ha molti altri amici, ma se dovessi dire chi è la sua amica più cara, quasi sicuramente direi che è Dina.»

Noah chiese: «Alison o Dina si sono mai messe nei guai a scuola o con la legge?»

Josie sapeva che avrebbero potuto verificare queste informazioni senza problemi una volta tornati in centrale, ma era sempre utile scoprire dai genitori quanto fossero al corrente della vita dei loro figli, quanto ne fossero coinvolti. Capitava che un genitore dicesse alla polizia che i figli erano degli angeli senza difetti e poi si scopriva che i suddetti si erano messi nei guai a scuola per settimane o anche più; oppure che i figli erano stati denunciati per qualche infrazione che avevano commesso di cui i genitori non erano neanche lontanamente a conoscenza. Altre volte i genitori sapevano esattamente cosa combinavano i loro figli e i loro amici.

«Non Alison, ma so che Dina ha avuto problemi di taccheggio in passato.» disse Mrs. Mills. «Mia figlia me ne aveva parlato.»

«E l'uso di droghe?» chiese Josie.

La madre di Alison strinse le labbra per un attimo e poi lasciò andare un lungo sospiro. «Se mia figlia ha fatto uso di droghe, non me ne ha mai parlato. Sospetto che lei e Dina abbiano fumato dell'erba almeno una volta, ma non ci metterei la mano sul fuoco. Ho fatto il discorsetto ad Alison parecchie volte. L'unica volta che ho pensato che avesse fumato dell'erba, l'ho messa sotto torchio per ricordarle i rischi di assumere droghe e alcol, ma lei ha negato, negato, negato. Se da allora ha fatto uso di stupefacenti, non sono riuscita a capirlo e non ho trovato nulla in casa che me lo faccia sospettare. Nemmeno mio marito, e anche lui le ha parlato degli effetti della droga e dell'alcol.»

«Ha detto che suo marito è a Hong Kong.» disse Noah. «Da quanto tempo si trova là?»

Alla menzione del marito, Mrs. Mills abbassò lo sguardo sul suo telefono. Lo schermo era spento. Con il pollice passò sopra il vetro, ma non lo animò. «Da circa due mesi. Lavora per una grande azienda che vende e installa impianti a energia fotovoltaica in tutto il mondo. Sfortunatamente, il progetto a cui sta lavorando ora lo obbliga a restare negli uffici di Hong Kong. Prima aveva un'attività in proprio che si occupava di impianti energetici domestici e poi, beh, ci sono state delle complicazioni. Molte complicazioni. E dopo c'è stata la storia di Alison. Stiamo ancora pagando le spese mediche pregresse.»

«Che tipo di problemi ha avuto suo marito con la sua attività?» le domandò Noah.

Mrs. Mills strinse il telefono tra le mani, cominciò a dondolare in avanti e indietro, con un movimento lento e ritmico, come un metronomo dell'ansia.

«Il suo socio in affari, Billy, è deceduto. Erano grandi amici fin dall'infanzia. Facevano tutto insieme. L'attività stava finalmente iniziando a crescere e un giorno hanno avuto un terribile incidente d'auto e... le autorità hanno dato la colpa a Clint.»

Si guardò i piedi, scuotendo la testa. «Non si è mai perdonato. Non ci riuscirà mai. Dovevano fare delle valutazioni e poi, dopo, sarebbero dovuti andare a cena fuori. Clint era alla guida. Alison era in macchina. Clint... si è distratto. Era al telefono con un cliente. Non aveva il vivavoce, quindi teneva il telefono in mano. Davanti a lui c'era un trattore con rimorchio che ha perso uno degli pneumatici... sapete come prendono fuoco, si disintegrano e schizzano dappertutto sulla strada? Clint è riuscito a evitare la maggior parte dei frammenti, ma nel tentativo di togliersi di mezzo un frammento piuttosto grosso, ha perso il controllo dell'auto. È uscito di strada e si è ribaltato. È stato terribile. E per questo motivo, da allora non è stato più lo stesso di prima. Non avrebbe potuto, dopo aver perso Billy. In più, Alison è rimasta ferita nell'incidente. Si è rotta l'anca e le hanno dovuto mettere un paio di chiodi. Poi l'area in cui le avevano messo i punti di sutura si è infettata, ma non ce ne siamo accorti subito perché aveva un gesso molto pesante. È andata in setticemia. Abbiamo rischiato di perderla. Sono dovuti intervenire di nuovo un paio di volte solo per operare la ferita. È stata in ospedale per mesi e mesi e ha dovuto sottoporsi a diversi interventi chirurgici. In pratica, l'ospedale era diventato la nostra seconda casa! Poi abbiamo dovuto affrontare la fisioterapia e le visite di controllo. Siamo finiti sul lastrico.»

«Mi dispiace sentirlo.» disse Josie. «Poco fa, quando ha detto "tutto quello che ha passato Alison", si riferiva all'incidente e ai problemi di salute?»

Mrs. Mills annuì. «Sì.»

«E sta ancora risentendo di quelle lesioni in qualche modo?»

«No, no. È successo tre anni fa, ma non per questo sono meno preoccupata per lei. Per questo ho perso la testa quando vi ho visti arrivare. So che si è ripresa, ma sapete come va la vita.» disse arrestando il suo dondolio e alzando le mani, con i palmi rivolti verso l'alto. Il telefono le cadde di nuovo in grembo. «Magari ti stai occupando di una cosa e nel frattempo ti succede qualcosa di completamente diverso e ne rimani schiacciato! Come quello che è capitato a noi. Per tutto questo tempo mi sono preoccupata che si fratturasse di nuovo l'anca o che facesse qualcosa che l'avrebbe rovinata, e non mi è mai passato per la mente nemmeno per un secondo che potesse sparire o essere aggredita!»

«Non abbiamo ancora molte informazioni.» le disse Noah. «Ma indagheremo attentamente sull'uomo che abbiamo trovato sulla scena del crimine. Abbiamo ragione di credere che avesse preso di mira le due ragazze.»

Mrs. Mills prese ancora una volta il telefono, ma il suo corpo rimase immobile. «Che le avesse prese di mira? In che senso?»

«Non ne siamo sicuri.» disse Josie. «Ma c'era molta nebbia. Era mattina presto. Le ha superate, ha accostato, è sceso e poi si è avvicinato alla loro auto. Crediamo che stesse cercando qualcosa.»

«E cosa potrebbe essere? Cosa potrebbero avere due ragazzine di diciotto anni che un uomo adulto possa cercare?» chiese Mrs. Mills incredula.

«Non lo sappiamo ancora.» disse Noah.

«Non può essere che si sia trattato di uno scambio di persona?» suggerì Mrs. Mills.

«È certamente possibile.» concordò Josie. «Non conosciamo ancora tutti i fatti. Il nome Elliott Calvert le suona familiare?»

La madre di Alison scosse la testa.

Josie fece un cenno a Noah, che tirò fuori il telefono, cercò la foto della patente di Elliott Calvert e la mostrò a Mrs. Mills, che però non diede segno di riconoscerlo. «Non l'ho mai visto in vita mia.»

«Ne è assolutamente certa?» chiese Josie. «Si prenda un momento per pensarci. È possibile che quest'uomo frequenti gli stessi ambienti della vostra famiglia? Potrebbe essere un collega? Suo? Di sua figlia? Di suo marito?»

«No, non direi. Non lo riconosco. Di sicuro non è un mio collega. Non posso parlare per Alison. È possibile che lavori con mio marito, ma perché avrebbe dovuto aggredire nostra figlia?»

Noah indicò il telefono che Mrs. Mills teneva in grembo. «Mrs. Mills, credo che questo sia un buon momento per chiamare suo marito. Una volta che avrà parlato con lui, potremo inviargli questa foto così, magari, potrà dirci se riconosce Elliott Calvert.»

«D'accordo, certo.» disse lei, che sembrava sollevata di avere qualcosa da fare, un'azione concreta da compiere. «Quando avrò fatto, potreste accompagnarmi dove l'avete vista? Nel posto dove è successo?»

«Non c'è più niente lì, Mrs. Mills.» le disse Noah. «I veicoli sono stati portati via. Tutti gli effetti personali sono stati registrati come prove. Probabilmente le squadre di ricerca sono ancora su Widow's Ridge Road, ma...»

«Vi prego.» implorò lei, con la voce che si incrinava. «Per favore. Devo vederlo.»

«Certo.» disse Josie. «Inoltre, abbiamo chiesto l'assistenza dell'unità cinofila dello sceriffo perché qualche volta i cani riescono a trovare le persone disperse più velocemente delle squadre di soli uomini. Sarebbe utile se potesse darci un oggetto personale di sua figlia che abbia ancora il suo odore.»

«C'è una felpa che indossa sempre in casa.» disse la madre. «La prego in continuazione di metterla a lavare, ma è raro che lo faccia.»

«Sarebbe perfetto.» disse Josie. «Aspetteremo qui. Nel frattempo, lei contatti suo marito e prenda la felpa. Poi la porteremo dove abbiamo trovato le ragazze.»

NOVE

Le auto della polizia costeggiavano Widow's Ridge Road dove
Josie e Noah si erano imbattuti in Elliott Calvert che aggrediva
Dina Hale. A distanza di diverse ore, il sole splendeva luminoso
in un cielo azzurro e immacolato, con brezze morbide e calde
che spiravano tra gli alberi. Gli uccellini cinguettavano felici,
svolazzando da un ramo all'altro. La giornata sembrava fin
troppo allegra per poter ospitare la terribile vicenda che si era
verificata quella mattina sul ciglio della strada. Marlene Mills
era seduta sul sedile posteriore della loro auto, con il cellulare
stretto in una mano e la felpa nera con cappuccio di sua figlia
nell'altra. Era rimasta in silenzio per quasi tutto il tempo da
quando avevano lasciato la sua casa. Ogni tanto Josie le lanciava
un'occhiata nello specchietto retrovisore. Sembrava perennemente stordita.

Mentre Josie cercava di trovare un posto dove lasciare la
loro auto tra tutti gli altri veicoli, Noah chiese a Mrs. Mills:
«Cosa ha detto suo marito, signora?»

«Come? Oh. Ha detto che prenderà il primo volo di ritorno.
Anche se ho qualche dubbio che riuscirà a prendere un volo
diretto con così poco preavviso. E, in ogni caso, gli ci vorrebbero

comunque più di diciotto ore, e i voli diretti non arrivano a Philadelphia, quindi dovrebbe atterrare a New York, al JFK Airport, il che comporterebbe diverse ore di macchina per arrivare qui...»

«E di Elliott Calvert?» le chiese Noah. «Suo marito le ha detto se lo conosce? L'ha riconosciuto dalla foto?»

«No, non l'ha riconosciuto.» rispose Mrs. Mills. «Non abbiamo idea di chi fosse quest'uomo o del perché abbia aggredito le ragazze. Magari vi converrebbe chiedere a Dina o ai suoi genitori...»

Prima che Mrs. Mills potesse chiedere di nuovo delle condizioni di Dina, Josie sbottò: «Ecco un posto!»

Trovò uno spazio tra i veicoli e vi infilò la macchina. Davanti a loro si vedeva il nastro giallo a delimitare il perimetro della scena del crimine ancora legato agli alberi lungo il ciglio della strada. Quando scesero e si diressero verso l'area circoscritta, Josie notò che tutto lo spiazzo era stato ripulito. Le auto di Dina e di Calvert non c'erano più, così come gli effetti personali che avevano trovato disseminati sul ciglio della strada. Gretchen era rimasta praticamente nello stesso punto in cui l'avevano lasciata ore prima e stava scribacchiando furiosamente sul suo taccuino e al contempo stringeva il cellulare tra l'orecchio e la spalla.

«Sei ancora qui?» le disse Noah mentre si avvicinavano.

Gretchen alzò la penna in un gesto che indicava che dovevano darle un minuto. Mrs. Mills strinse tra le braccia e il petto la felpa della figlia e si guardò intorno nello spiazzo vuoto dietro il nastro. «È qui che è successo?»

«Sì.» confermò Josie, indicando pressappoco il punto in cui si erano fermate le auto quella mattina e la direzione in cui era andata Alison.

Mrs. Mills fece un lento giro su sé stessa, osservando le volanti della polizia in fila. «Tutte queste persone stanno cercando la mia bambina?»

«Sì.» disse ancora Josie. «Anche se a questo punto è possibile che sia arrivata fino in città.»

Mrs. Mills tirò fuori il telefono dalle pieghe della maglietta e controllò lo schermo. «Se è arrivata in città, perché non ha fermato qualcuno per chiedergli di usare il telefono? Avrebbe dovuto chiamare i soccorsi o chiedere a qualche passante di farlo per lei. Oppure avrebbe potuto chiamare me. Conosce il mio numero a memoria, anche senza guardare la rubrica. Gliel'ho insegnato quando aveva quattro anni, usando una canzone.»

Mrs. Mills iniziò a canticchiare il suo numero di telefono sulle note di una filastrocca per bambini dal ritmo familiare. Si interruppe bruscamente quando Gretchen si avvicinò e allungò una mano. «Detective Gretchen Palmer. Lei deve essere la madre di Alison Mills. Mi dispiace molto di incontrarla in queste circostanze. Immagino che i miei colleghi le abbiano già spiegato tutto.»

Mrs. Mills annuì e porse la felpa a Gretchen. «Ho portato questa per i cani.»

Gretchen la prese e la ringraziò. «Lo sceriffo dovrebbe arrivare tra venti minuti. Per questo sono ancora qui. Come potete vedere, entrambi i veicoli sono stati portati via e la scena è stata analizzata. Dovremmo poter togliere questo nastro adesso...»

Via via che Gretchen parlava, Mrs. Mills si allontanò e prese a camminare avanti e indietro per la lunghezza del nastro della scena del crimine, facendoci scorrere sopra le dita e fissando l'area vuota al di là del nastro, come se stesse cercando qualcosa. Sua figlia? Una spiegazione? Entrambe le cose?

Josie abbassò la voce: «Ancora non sa che Dina è morta.»

«D'accordo.» disse Gretchen. «Ho bisogno che voi due avvisiate la famiglia di Dina.»

«Nessun aggiornamento su Alison o su Calvert?» chiese Noah. «Le squadre di ricerca hanno trovato un cellulare e riteniamo che sia quello di Calvert.» disse Gretchen. «Era a qualche chilometro di distanza da qui, poco prima che il torrente sfoci nel Susquehanna. Era incastrato tra due rocce sull'argine del fiume.»

«Potrebbe essere il telefono di chiunque, non credi?» osservò Noah.

Gretchen fece una scrollata di spalle. «Potrebbe essere, ma a pochi metri dal cellulare hanno trovato anche un gemello con le iniziali *EC*. Per questo, secondo me, non è azzardato pensare che sia il telefono di Calvert. Otterremo un mandato. Poi, qualcuno dovrà fare visita a sua moglie per farle sapere cosa sta succedendo e scoprire cosa sa - ammesso che sappia qualcosa - sul motivo per cui quest'uomo ha aggredito le ragazze.»

«Possiamo occuparcene noi dopo aver parlato con la famiglia di Dina.» propose Josie.

«Ottimo.» disse Gretchen. Poi fece un cenno in direzione di Marlene Mills. «Invece da lei che cosa avete ottenuto?»

Josie e Noah le fecero un riassunto della loro conversazione con la madre di Alison. Gretchen annuiva mentre parlavano, scribacchiando sul suo taccuino. «Quindi, non aveva idea di cosa facessero le due ragazze o di cosa potessero avere che quest'uomo stava cercando?»

«Neanche mezza.» disse Noah. «Forse avremo più fortuna con i genitori di Dina.»

Mrs. Mills tornò da loro, con la stessa aria sconvolta che aveva avuto in macchina. «Mrs. Mills.» disse Gretchen. «Come le ho appena detto, è in arrivo un'unità cinofila che ci aiuterà nelle ricerche di sua figlia. Ci chiediamo se il motivo per cui non ha chiesto a qualcuno di chiamare lei o i soccorsi, ammesso che sia arrivata in città, non sia perché ha paura. Anche se sarebbe comprensibile, visto quello che ha passato stamattina.»

La madre di Alison annuì.

«Sua figlia, come si comporta sotto stress?» continuò Gretchen. «Riesce a mantenere la calma? Si fa prendere dall'isteria? Non riesce più a ragionare?»

Mrs. Mills si morse il labbro inferiore. «Alison è solo una bambina. L'unico vero stress che ha subito è stato dopo l'incidente, quando è stata in ospedale per tutti quei mesi.»

«Questo si può definire un grande stress, Mrs. Mills.» le fece notare Gretchen. «In quell'occasione come ha reagito?» «Era apatica.» rispose Mrs. Mills. «Quello che intendo dire è che lei odia gli aghi e quando doveva farsi le punture piangeva sempre. Ma per tutto il resto rimaneva muta. Era difficile farla uscire da quello stato. Come mai me lo chiede?»

«Sto solo cercando di capire come potrebbe aver reagito questa mattina.» le spiegò Gretchen con un sorriso. «Se è abbastanza spaventata e non ragiona lucidamente, può darsi che invece di chiedere aiuto a qualcuno abbia deciso di nascondersi. È logico che non si sia sentita tranquilla ad avvicinarsi a un estraneo dopo essere appena stata aggredita proprio da un estraneo.»

Il sollievo allentò le rughe sul viso della madre di Alison. «Oh, sì. Ha ragione. Questo ha senso. Dove pensate che sia?»

Le rispose Josie: «Speravamo che potesse dircelo lei. C'è un posto dove potrebbe andare, magari più vicino alla Denton East High School che a casa vostra? Un posto in cui potrebbe sentirsi a suo agio per nascondersi in attesa di tranquillizzarsi?»

«Intendete dire, come la casa di un'amica?» chiese Mrs. Mills.

Josie preferì non stare a specificare che se Alison si fosse rifugiata a casa di un'amica, si sarebbe aspettata che l'amica le dicesse di chiamare la polizia o sua madre o che Alison le chiedesse di farlo al posto suo. «Sì.» disse Josie. «O in qualsiasi altro posto in cui potrebbe aver deciso di nascondersi.»

«No. Non lo so.»

«Non importa.» disse Gretchen. «Valeva la pena di chiederglielo. Mrs. Mills, le siamo grati per l'aiuto che ci sta dando. Ci sono altre due cose che abbiamo bisogno di chiederle.»

«Ma sì, certo. Qualsiasi cosa.» disse Mrs. Miller in tono deciso.

«Adesso occorre che torni a casa; la detective Quinn e il tenente Fraley la accompagneranno, nel caso in cui Alison trovi il modo di tornare. La seconda cosa è che, una volta arrivata, ci faccia una lista di tutti gli amici di sua figlia con i relativi numeri di telefono. Anzi, se per caso se la sente e vuole fare ancora di più, potrebbe chiamare tutti i numeri di quella lista e chiedere se l'hanno vista e, in caso contrario, chiedere loro di farsi richiamare o di contattare la polizia.»

«Nessun problema.» disse Mrs. Mills. «Posso farlo senz'altro. Comincio subito.»

Noah si avviò per accompagnarla verso la macchina. Josie guardò Gretchen. «Se Elliott Calvert è uscito dal Roaring Creek vicino alla città e anche Alison Mills è arrivata in città, quante probabilità ci sono che si incontrino?»

«Sono andati in direzioni opposte.» le fece notare Gretchen.

«Sì, ma supponendo che entrambi siano arrivati nel centro di Denton, non sarebbero stati molto distanti l'uno dall'altra una volta arrivati là. Lei è riuscita a sfuggirgli una prima volta, ma se ce n'è stata una seconda...»

«Farò tutto il possibile per assicurarmi che non ci sia una seconda volta.» la interruppe Gretchen. «Parteciperò alle ricerche. Nel frattempo, voi fate il giro delle famiglie. Voglio trovare questa ragazza viva.»

DIECI

Gli Hale vivevano in una strada di casette a schiera di una zona periferica della città, in un complesso tra i cinque e i dieci chilometri a monte del luogo in cui Josie e Noah avevano trovato Elliott Calvert che aggrediva Dina. Ogni casa era identica. Solo i numeri civici, le automobili nei vialetti e le particolari decorazioni con le quali i singoli proprietari avevano voluto abbellire l'esterno permettevano di distinguerle l'una dall'altra. Nel vialetto della casa degli Hale era parcheggiata una berlina Toyota sportiva di colore rosso ciliegia. Josie e Noah la aggirarono e suonarono il campanello.

Sentirono la voce di una donna prima che la porta si aprisse. «Hai dimenticato di nuovo le chiavi? È l'ora che tu diventi più responsabile. Ti è andata bene, perché stavo per uscire per...»

Si interruppe di colpo quando aprì la porta e vide Josie e Noah sulla soglia di casa. Nel vederli, proprio come aveva fatto Marlene Mills, le caddero le braccia lungo i fianchi e mormorò: «Oh cazzo.»

La donna di fronte a loro era tutto l'opposto di Marlene Mills: indossava jeans strappati, pesanti stivali neri e una maglietta nera aderente che metteva in risalto l'ampia scollatura. I capelli erano tinti di un viola intenso, aveva un anello al naso e una schiera di tatuaggi su entrambe le braccia. Josie stimò che avesse tra i trentacinque e i quarant'anni.

«Lei è Mrs. Hale?» provò Josie. «La madre di Dina?»

La donna borbottò un'altra imprecazione, poi disse: «Sì, sono sua madre. Britta Hale. A giudicare dalle vostre facce mi pare di capire che vogliate entrare.»

«Purtroppo è così.» le disse Noah esibendo il suo distintivo, imitato subito da Josie. «Io sono il tenente Noah Fraley della Polizia di Denton e questa è la mia collega, la detective Josie Quinn.»

Mrs. Hale diede appena un'occhiata ai loro identificativi di polizia prima di fare un passo indietro e far loro cenno di entrare. La casa degli Hale era molto più piccola di quella dei Mills e, sebbene le pareti e i mobili fossero di un generico colore canapa, il resto dell'arredamento ricordava uno stile di stampo New Age. Su una parete del soggiorno c'era un dipinto che mostrava una figura su sfondo blu, contornata da una luce bianca, seduta nella posizione del loto con i chakra che brillavano dalla sopra la testa fino al bacino. Sul tavolino da caffè c'era un piatto di colore verde acqua che conteneva una serie di cristalli. Su una libreria nell'angolo, Josie scorse diversi libri di cui una buona metà dei titoli aveva a che fare con l'arte del tatuaggio, mentre l'altra metà con la spiritualità. Su uno scaffale c'era un porta-incenso di legno da cui sporgeva un bastoncino mezzo bruciato. Sopra c'era una foto in cui si vedevano Britta, Dina e un uomo che presumibilmente doveva essere Guy; erano a Disney World e sorridevano davanti al castello di Cenerentola. Dina aveva evidentemente qualche anno di meno.

Né Josie né Noah si sedettero, né tantomeno Mrs. Hale offrì loro un posto dove accomodarsi; al contrario, rimase in piedi di fronte a loro e incrociò le braccia sul petto, guardandoli con circospezione.

Noah si schiarì la gola. «Mr. Hale è in casa?»

«Ehm, no.» disse Mrs. Hale con voce incerta. «È al lavoro. È il proprietario del salone di tatuaggi Razor in città. Volete che... devo chiamarlo?»

Josie si accorse che la sua maschera da dura si stava incrinando.

Considerando quanto aveva detto Marlene riguardo al fatto che Dina si era già messa nei guai in passato per taccheggio e forse anche per qualche reato legato alla droga, era facile immaginare che inizialmente Mrs. Hale avesse pensato che fossero lì per qualche motivo di poco conto; ma ogni secondo che passava, Josie si rendeva conto che Mrs. Hale stava mentalmente passando in rassegna altre possibilità, ben peggiori.

Josie credeva fermamente che, quando si devono dare cattive notizie, fosse meglio strappare il cerotto velocemente; aspettare o anticipare la notizia non la rendeva più facile da ascoltare. «Mrs. Hale...» disse. «Dovrà chiamare suo marito. Mi dispiace molto informarla che sua figlia Dina è stata uccisa questa mattina.»

Il momento rimase sospeso tra di loro, come se ci fossero voluti diversi secondi perché le parole di Josie attraversassero la stanza, atterrassero e venissero assorbite. Mrs. Hale emise un piccolo sussulto. Poi chiuse gli occhi e ondeggiò sui piedi. Noah si mosse verso di lei nel caso stesse per svenire, ma prima di raggiungerla gli occhi di Mrs. Hale si aprirono di scatto e lei alzò una mano per fermarlo.

«Possiamo chiamare noi suo marito, se vuole.» le disse Josie.

Mrs. Hale scosse la testa. «No. Lo faccio io.»

Con il corpo inclinato di lato, si lasciò cadere sulla sedia più vicina. Tirò fuori un cellulare dal reggiseno. Dopo alcuni passaggi, scorrimenti e colpetti, lo portò all'orecchio. Josie non sentì la voce di Guy Hale all'altro capo, ma Mrs. Hale dire: «Devi tornare subito a casa. No, niente domande. Vieni a casa e basta. Subito.»

Riattaccò e scaraventò il cellulare sul tavolino e stringendo i palmi delle mani tra le ginocchia, si mise a oscillare in avanti, con il corpo scosso dai tremiti. I capelli le scivolarono giù, coprendole entrambi i lati del viso e scoprendo sul collo il tatuaggio di una farfalla blu che spiegava le ali. Il suo pianto silenzioso colpì Josie come una pugnalata che, nel profondo della sua anima, sortì l'effetto di guardarsi allo specchio. Anche lei aveva pianto lacrime come quelle. Le lacrime di un dolore talmente grande e talmente inimmaginabile, così in contrasto con la realtà come la conosceva, che non riusciva nemmeno a prendere abbastanza aria per emettere un suono. Da una parte, Josie avrebbe voluto avvicinarsi a quella donna e accoglierla tra le sue braccia, ma allo stesso tempo l'ultima cosa che voleva fare era oltrepassare il limite. Ognuno reagisce al dolore in modo diverso: ci sono persone che non vogliono essere neanche lontanamente sfiorate, in particolar modo da uno sconosciuto. E, a parte questo, Josie doveva mantenere un minimo di professionalità.

Dopo alcuni minuti, Mrs. Hale alzò lo sguardo verso di loro e si asciugò le lacrime con i palmi delle mani.

«Mrs. Hale, noi staremo fuori fino all'arrivo di suo marito.» le disse Noah. «Si prenda il tempo che le serve.»

Detto questo si incamminarono verso la porta d'ingresso, ma Mrs. Hale li fermò dicendo: «Aspettate! Per favore. Vi prego, restate.»

Voltandosi, Josie disse: «Certo.»

Questa volta Mrs. Hale fece un cenno verso il divano di fronte a lei, per indicare che si accomodassero. Si fissarono per un lungo momento di imbarazzo. Mrs. Hale tirò su col naso. «Allora vorrei farvi delle domande, ma aspetterò che arrivi Guy. Non dovrebbe volerci molto.»

Passò un altro quarto d'ora. Poi, da fuori giunse il rumore degli pneumatici sull'asfalto, della portiera di un'auto che sbatteva e di passi che salivano i gradini davanti alla porta d'ingresso, che venne aperta di botto.

«Britta! Britta!»

Guy si immobilizzò sul posto quando guardò alla sua sinistra e li vide tutti seduti. Aveva lunghi capelli castani tirati indietro in una coda di cavallo, profondi occhi marroni e il pizzetto. Come sua moglie, aveva le braccia ricoperte di tatuaggi. Indossava un giubbotto di pelle sopra una maglietta bianca con la scritta: "Negozio di tatuaggi Razor".

«Mr. Hale...» disse Josie.

Lui aveva già notato le lacrime della moglie, poi i due detective seduti sul divano. «Oh no...» disse. «No. No. Dov'è Dina?»

Josie e Noah si alzarono in piedi, pronti a mostrargli i loro distintivi e a presentarsi, ma Mrs. Hale li precedette: «È morta.»

Il marito la fissò, con il viso che gradualmente perdeva tutto il suo colore. Le ginocchia gli cedettero e sbatterono contro il pavimento. Mrs. Hale si alzò dalla poltrona, gli si avvicinò e insieme piansero. Josie e Noah aspettarono che si ricomponessero. Quando finalmente si alzarono su gambe tremanti, Mrs. Hale tornò a sedersi sulla poltrona; invece, Mr. Hale si appollaiò sul bracciolo, con un braccio intorno alle spalle della moglie. «Raccontateci cos'è successo.» disse.

Josie e Noah descrissero ciò che avevano visto e vissuto quella mattina.

«Aspettate...» disse alla fine Mr. Hale. «State dicendo che un uomo ha visto che le ragazze avevano accostato sul ciglio della strada nella nebbia e ha deciso di avvicinarsi alla loro auto per aggredirle?»

«Crediamo che stesse cercando qualcosa.» spiegò Josie. «È molto probabile che avesse scelto come obiettivo le ragazze.»

«Non vive qui vicino.» disse Noah. «Ma era sulla strada alla stessa ora di Dina e Alison, la mattina presto. È molto probabile che si fosse appostato, per osservarle, e che le abbia seguite e abbia colto un'opportunità. Oppure potrebbe essere casuale. Non abbiamo ancora abbastanza informazioni per stabilirlo, ma dal momento che stava cercando qualcosa, stiamo valutando l'ipotesi che avesse puntato le ragazze per un motivo ben specifico.»

Mr. e Mrs. Hale si guardarono, ma nessuno dei due proferì parola, così Josie continuò: «L'uomo che ho visto... il suo nome è Elliott Calvert. Vi suona familiare?»

«No.» disse il marito e, guardando la moglie, chiese: «Potrebbe essere uno dei clienti del bar?»

«Non saprei.» rispose lei e, girandosi verso Josie e Noah, aggiunse: «Lavoro all'Atlas Taproom. Capitano diversi clienti che vanno e vengono. È un posto molto frequentato. Avete una sua foto?»

Noah tirò fuori la foto della patente di Elliott Calvert e la mostrò a entrambi, ma nessuno dei due diede segno di riconoscerlo. Alla fine, Mrs. Hale disse: «Non l'ho mai visto. Ho buona memoria per le facce; è fondamentale nel mio lavoro. Tu lo riconosci? È mai venuto nel tuo negozio?»

Mr. Hale scosse la testa. «Mai visto.»

«Beh, abbiamo destinato metà delle nostre forze a dargli la caccia in questo momento.» disse Josie. «E l'altra metà sta cercando Alison. Non ci fermeremo finché non lo avremo trovato.»

Mrs. Hale tirò di nuovo su col naso. «E Dina? Dov'è adesso?»

«All'obitorio.» disse Noah. «Vi daremo i recapiti del medico legale, in modo che possiate contattarlo per sapere quando il corpo di Dina vi potrà essere restituito.»

Un singhiozzo proruppe dalla gola di Britta Hale, facendola tremare dalla testa ai piedi. Il marito le passò entrambe le braccia intorno alla vita, sussurrandole qualcosa in modo impercettibile tra i capelli e ondeggiando avanti e indietro insieme a lei.

Josie si alzò in piedi. «Mr. Hale, Mrs. Hale... abbiamo ancora diverse domande da farvi, ma possiamo tornare in un altro momento. Oppure potete venire alla stazione di polizia quando ve la sentite. Qualsiasi cosa sia più comoda per voi.»

Noah scrisse velocemente il nome e il numero di telefono del medico legale, la dottoressa Anya Feist, sul retro di uno dei suoi biglietti da visita e lo porse a Mr. Hale. Poi seguì Josie verso la porta.

«Aspettate.» li fermò Mrs. Hale. «Per favore. Io non... le domande che dovete farci... vi aiuteranno a capire perché tutto questo è successo alla nostra bambina?»

Josie si voltò verso di lei. «Sì, ci aiuteranno. Ma, Mrs. Hale, non è assolutamente necessario che ci rispondiate proprio adesso.»

«No, voglio farlo. Voglio parlare adesso. Voglio che troviate questo Calvert e lo sbattiate in galera a vita. Voglio sapere perché se l'è presa con la mia Dina. Per favore. Rimanete.»

Josie e Noah guardarono prima il marito e poi la moglie e Josie poté vedere che cercavano di farsi forza nel modo in cui irrigidivano la postura, raddrizzavano la colonna vertebrale e sporgevano il mento in avanti. Stavano cercando di essere forti per la figlia e questo spezzava il cuore a Josie.

«D'accordo.» concesse, tornando sul divano, con Noah al suo fianco. «Ma quando avrete bisogno di smettere, ditelo e vi lasceremo in pace.»

«Cosa volete sapere?» chiese Mrs. Hale, asciugandosi le lacrime dalle guance.

«Cominciamo da ieri sera. Marlene Mills ci ha detto che Alison è rimasta da voi a dormire.» ricapitolò Noah.

Mrs. Hale alzò lo sguardo sul marito, che annuì. «Sì, sono state qui. Britta era al lavoro.»

«Il mio turno inizia verso le quattro o le cinque del pomeriggio, ma la maggior parte delle volte non torno a casa prima delle quattro del mattino. A quell'ora dormono tutti. Stanotte sono tornata a casa e sono crollata. Dina ha iniziato a chiudere a chiave la porta della sua camera da letto anni fa, così ho smesso di andare a controllarla quando rientro dal lavoro.»

«Io ero già qui.» disse Mr. Hale. «Le ragazze sono tornate a casa dal lavoro dopo le undici, da una festa aziendale. Erano esauste. E questa mattina dovevano tornare al lavoro presto.

Dina sa bene che Alison è sempre la benvenuta in casa nostra. Avevano fame e Dina mi ha chiesto di preparare per loro del formaggio grigliato. E io l'ho fatto, anche se ha diciotto anni, perché ho visto quanto erano stanche e Dina mi ha fatto quella cosa del labbro imbronciato...» si interruppe bruscamente, ansimando, con il respiro congelato.

La moglie gli accarezzò il braccio e con voce rauca, disse: «Dina gli fa il broncio da quando aveva due anni e ogni volta riesce a conquistarlo.»

Mr. Hale si leccò le labbra secche e provò a continuare. «Sono andate a letto. Non le ho sentite alzarsi, ma quando mi sono svegliato alle nove non c'erano più.»

«Quindi nessuno di voi due ha avuto notizie di Dina dopo che sono uscite di casa?» chiese Josie.

Entrambi scossero la testa e Mrs. Hale disse: «No, ma non è insolito. Ormai ha diciotto anni. Sta per diplomarsi. Le abbiamo dato la massima indipendenza possibile. Di solito non si fa sentire, a meno che non abbia bisogno di qualcosa.»

«Il telefono di Dina è stato trovato sulla scena dell'aggressione.» disse Josie. «Il telefono è a suo nome o è sul vostro piano tariffario?»

«Sul nostro.» disse Mr. Hale.

«In questo caso...» disse Josie, «dovremo avere il vostro permesso per esaminarne il contenuto prima di restituirvelo.»

Mr. Hale fece una scrollata di spalle e guardò sua moglie, che scrollò a sua volta le spalle. «Certo.» disse lei. «Immagino di sì. Cosa pensate di trovare?»

«Allo stato attuale non siamo in grado di dirlo.» disse Josie.

«Ma se c'è qualcosa che, in qualsiasi modo, collega Dina a Calvert, dobbiamo scoprirlo.»

«Sapete se Dina ha avuto problemi con qualcuno negli ultimi giorni o nelle ultime settimane?» si informò Noah.

«Non che noi sappiamo.» rispose Mr. Hale, passandosi una mano sul pizzetto, e guardò la moglie per averne conferma e lei annuì.

«Dina usciva regolarmente con qualcuno?» chiese Noah. «O si vedeva saltuariamente con qualcuno?»

Entrambi i genitori scossero la testa e la madre disse: «No. Se lo faceva, non ce ne ha mai parlato.»

«Direste che Alison era la migliore amica di Dina?» chiese Josie.

«Sì.» disse la madre. «Erano diventate migliori amiche, e siamo molto contenti che si siano conosciute.»

«Alison è una brava ragazza e ha avuto una buona influenza sulla nostra Dina.» aggiunse il padre.

Mrs. Hale abbassò lo sguardo sul suo grembo. «Prima di conoscere Alison, frequentava i compagni di scuola.»

«Un branco di scoppiati.» si lamentò il padre. «Non facevano altro che starsene con le mani in mano e drogarsi. E taccheggiare. Dina si è messa nei guai un sacco di volte. Per un periodo è stata dura. I suoi voti erano un disastro. Ma poi ha cambiato atteggiamento. Così ha trovato lavoro all'hotel e ha iniziato a guadagnare bene per la sua età. È così che ha a conosciuto Alison.»

«Dina non ha più avuto problemi almeno nell'ultimo anno.» spiegò la madre. «E ci sta anche da più tempo.»

Mr. Hale abbassò lo sguardo sulla moglie, tirandosi di nuovo il pizzetto. Josie sentì vibrare il telefono in tasca, ma non gli diede importanza.

«Sarebbe possibile per voi due fornirci una lista di tutti i suoi amici, passati e presenti?» chiese Noah.

«Certamente.» disse Mrs. Hale. «Ma non abbiamo i numeri.

Cercare nella rubrica del suo telefono sarebbe il modo migliore per recuperarli.»

«Se Dina avesse avuto problemi con qualcuno, ve lo avrebbe detto?» chiese Josie.

Mrs. Hale sospirò. «Non lo so. Non è che non si fidasse di noi, ma siamo tutti e tre talmente impegnati, e con noi due che lavoriamo prevalentemente di notte... Quello che voglio dire è che Guy arriva a casa più o meno tra le otto e le nove di sera, invece io sono via per la maggior parte del tempo che Dina passa a casa, purtroppo. Non so, io...» Si interruppe e si coprì la bocca con un pugno. Il marito le accarezzò la schiena.

Josie aspettò un attimo e poi chiese: «Vi viene in mente se c'è qualcosa di cui Dina o Alison potessero essere in possesso e di cui qualcuno avrebbe potuto volersi appropriare? Qualcosa che potrebbe avere un certo valore per un'altra persona?»

Entrambi i genitori scossero la testa e Mrs. Hale disse: «Non vi mentirò: Dina faceva uso di droghe. Aveva un brutto problema con l'erba e so che se la procurava da qualche parte. E credo che abbia provato anche altre sostanze, ma questo è solo un mio sospetto. Non l'abbiamo mai sorpresa. Pensavo davvero che avesse smesso da un anno, ma magari non è così. Può darsi che avesse della droga?»

«No...» disse Mr. Hale, riportandosi la mano al mento. «Non è così. Ho, ehm... ho controllato la sua stanza un paio di settimane fa.»

La moglie lo guardò sorpresa e si scostò dal marito. «Cosa? Per quale ragione? Non me ne hai parlato.»

Mr. Hale spostò il palmo della mano verso l'alto a coprirsi la bocca per un secondo, prima di riportarlo sul mento a giocherellare con il pizzetto. Ormai era più che evidente che si trattava di un segnale di nervosismo: Guy Hale stava nascondendo qualcosa. Evitando di guardare la moglie negli occhi, disse: «Non è stato niente di grave. Mi era sembrata molto stanca, così le ho chiesto se si faceva di qualcosa e lei ha giurato di no. Abbiamo litigato e mi ha detto di perquisire la sua stanza. Ero così arrabbiato con lei che l'ho fatto. Mi aveva detto la verità, non ho trovato niente.»

Mrs. Hale aveva la mascella serrata. Con rabbia, distolse lo sguardo dal marito. Josie sapeva che, se Dina era in possesso di sostanze stupefacenti, poteva averle nascoste nella sua auto o nella sua borsa, entrambe in possesso della polizia di Denton. Elliott Calvert era scappato non appena Josie e Noah erano sopraggiunti: quindi, qualunque cosa stesse cercando, non l'aveva trovata. D'altra parte, Dina avrebbe dovuto mettere le mani su una quantità significativa di stupefacenti perché qualcuno arrivasse a ucciderla per appropriarsene. In un'indagine su un'adolescente che aveva fatto regolarmente uso di droghe in passato, non era da escludere che si seguisse questa linea investigativa, ammesso che le droghe avessero realmente avuto un ruolo negli eventi di quella mattina, ma per Josie c'era qualcosa non quadrava: o c'era qualche particolare che Guy Hale non voleva rivelare oppure dovevano saperne di più su Elliott Calvert. O entrambe le cose.

«Avete il mio biglietto da visita.» disse Noah. «Se vi viene in mente qualcos'altro, chiamatemi. E ricordatevi di contattare la dottoressa Feist il prima possibile. Siamo davvero dispiaciuti per la vostra perdita.»

Lasciarono i coniugi Hale seduti sulla poltrona, questa volta leggermente più distanziati l'uno dall'altra. Josie incrociò gli occhi di Mr. Hale mentre se ne andavano e lo fissò. Lui non riuscì a sostenere il suo sguardo.

Josie e Noah si avviarono verso la loro auto in silenzio; lei si fermò davanti alla portiera del lato di guida e tirò fuori il telefono. C'era un messaggio di Gretchen.

È arrivata l'unità cinofila per cercare Alison. Non ci sono sviluppi per adesso. Abbiamo ancora una ragazzina

scomparsa e un sospettato a piede libero. Potete andare
voi da Calvert?

Guardandola da sopra il tettuccio della macchina, Noah le chiese: «Secondo te papà sta nascondendo qualcosa?»

«Senza il minimo dubbio.» rispose lei, rispondendo a Gretchen con un semplice "sì".

Noah lanciò un'occhiata verso la casa e borbottò: «Magari scopriremo di cosa si tratta...»

Josie sentì sbattere una porta e vide il padre di Dina correre lungo il vialetto verso di loro. «Aspettate!» disse.

«Mr. Hale?» disse Josie, infilando in tasca il telefono. «C'è qualcos'altro?»

Lui annuì e lanciò un'occhiata verso casa. La porta era ancora chiusa. Avvicinandosi alla loro auto, abbassò la voce. «Mia moglie non lo sa. Non gliel'ho detto perché... beh, non voglio che si preoccupi.»

«Di che si tratta?» chiese Noah.

«Un paio di settimane fa sono tornato a casa dal lavoro. Mia moglie era al bar e Dina al cinema con Alison... tutta la nostra casa era stata messa sottosopra.»

Josie fece un passo in avanti verso di lui. «Cosa intende dire con "sottosopra"?»

«Come nei film.» rispose lui. «Come se qualcuno fosse entrato e avesse messo tutto a soqquadro, alla ricerca di qualcosa. I libri erano riversi dagli scaffali della libreria sul pavimento. I cuscini del divano erano stati sfilati dalle loro fodere e buttati sul pavimento. Ogni cassetto della cucina era stato svuotato. Lo stesso nel resto della casa. Gli armadi, le nostre camere da letto. Sono rimasto a bocca spalancata fino a quando Dina è tornata a casa. Credo di aver pensato la stessa cosa che pensava Britta: forse aveva ricominciato a drogarsi e a frequentare gente poco raccomandabile. Gli "amici" che aveva allora non erano i tipi di cui mi sarei fidato ciecamente. Un paio di volte ci avevano rubato dei soldi, ma li avevo sempre recuperati. O meglio, Dina se li era sempre fatti restituire.»

«Non ha mai sporto denuncia alla polizia?» gli chiese Josie.

Mr. Hale scosse la testa. «Si prendevano una ventina di dollari ogni tanto. Il massimo che hanno preso è stato sessanta dollari. Alla fine, ho detto a Dina di riferire ai suoi amici che potevano scegliere se restituirli, e allora saremmo stati a posto, oppure di tenerseli, e allora l'avremmo raccontato alla polizia. Ogni volta ho sempre riavuto i soldi indietro. E comunque, da allora non ho mai permesso che venissero qui.»

Noah chiese: «Invece quella volta mancava qualcosa?»

Mr. Hale alzò di nuovo lo sguardo verso la porta d'ingresso per assicurarsi che sua moglie non fosse uscita. Poi scosse lentamente la testa. «No. È questa la cosa strana. Per prima cosa io e Dina abbiamo controllato che non ci fossero stati sottratti oggetti di valore e c'era ancora tutto. Ho una cassaforte sotto il letto. Una piccola cassaforte portatile, niente di che. Ci tengo all'incirca duemila dollari per qualsiasi emergenza. Era stata aperta, ma non avevano preso neanche una banconota. Lo stesso per i gioielli di Britta e Dina. Non mancava niente.»

Josie e Noah si scambiarono uno sguardo incuriosito e Josie chiese: «Non ha chiamato la polizia?»

Lui fece una scrollata di spalle. «Per dire cosa? Che qualcuno era entrato e mi aveva ridotto la casa un disastro? Capite, non avevano nemmeno fatto danni per entrare. Una delle finestre della cucina sul retro era aperta. Chiunque sia stato, gli è bastato far saltare la zanzariera ed è entrato. Oltre alla cassaforte, l'unica cosa rotta era un piatto. La vera rottura di scatole è stata ripulire ogni cosa. Ci sono volute ore.»

«Cosa aveva avuto da dire Dina su questo incidente?» chiese Noah.

«Mi vergogno a dirlo, ma ho dato subito la colpa ai suoi vecchi amici. Le ho urlato contro, le ho detto delle cose piuttosto spiacevoli. L'ho accusata di essere tornata a drogarsi, di aver frequentato persone che avrebbe fatto meglio a evitare. Lei mi ha giurato che non era vero. Quello che vi ho detto poco fa era la verità: l'ho accusata, lei ha negato e io ho perquisito la sua stanza. La sua stanza, la sua auto, la sua borsa. Tutto quanto. E non c'era nulla. Mi ha giurato di non saperne nulla. Alla fine, le ho creduto. Ho pensato che magari si trattava soltanto di un errore, come se avessero sbagliato casa o persona.»

«Avete ancora la cassaforte?» chiese Noah.

Mr. Hale lanciò di nuovo un'occhiata alla porta d'ingresso. Ancora nessuna traccia della moglie. «Era distrutta. Ho dovuto buttarla via. Perché? Pensate che potevate ottenere delle impronte o qualcosa del genere?»

«In realtà le probabilità sono molto, molto scarse...» spiegò Noah, «ma poteva valere la pena di provare. Se le torna in mente qualche altro oggetto che potrebbero aver toccato e su cui potrebbero aver lasciato le loro impronte, si potrebbe fare un controllo. Ma avremmo bisogno delle sue impronte e quelle di sua moglie per poterle eliminare.»

Avrebbero avuto bisogno anche delle impronte di Dina, pensò Josie, ma ci avrebbe potuto pensare la dottoressa Feist a prenderle. Non era il caso di parlarne con un padre in lutto.

«Mia moglie...» riprese Mr. Hale, «io... non voglio spaventarla... ma credo che il peggio ci sia appena capitato, quindi...»

«Se riesce a trovare qualcosa, lo metta in un sacchetto di carta, non di plastica, e lo porti alla stazione di polizia.» si raccomandò Noah. «Se ne occuperanno i nostri agenti della scientifica e se troviamo qualcosa, ve lo faremo sapere.»

Josie lanciò un'occhiata alla facciata della casa. «Non avete telecamere di sorveglianza? O anche un semplice allarme?»

Mr. Hale scosse la testa e fece un gesto circolare indicando le case del vicinato. «Guardate questo posto. È bello, non è vero? Non abbiamo mai problemi in questa zona. Ogni tanto i figli dei vicini giocano a baseball per strada, d'estate. Se rompono una finestra i loro genitori pagano i danni. Niente di complicato. Ci siamo trasferiti in questo quartiere per la sicurezza che offriva.»

Josie sapeva che era proprio così: a Denton c'erano alcuni quartieri, soprattutto quelli ai margini della città, in cui il tasso di criminalità era pari a zero e quel quartiere era uno di questi.

Noah allungò una mano e Mr. Hale la strinse. «La ringrazio di avercelo detto. Se avremo altre domande, ci metteremo in contatto.»

Il padre di Dina rimase in piedi nel vialetto di casa, con le mani infilate nelle tasche dei jeans, e li guardò andare via.

«Questa storia diventa sempre più strana.» commentò Noah facendo manovra e allontanandosi. «Qual è la prossima fermata?»

«La casa di Elliott Calvert.»

UNDICI

Aveva dieci anni la prima volta che aveva sferrato un pugno. Non perché lo volesse, ma perché Mulo sosteneva che tutti quanti dovrebbero saper tirare un pugno, anche le bambine. «Soprattutto le bambine.» aveva ribadito. Perla non aveva ben chiaro che cosa intendesse dire, anche perché a scuola erano sempre i maschi a fare a pugni. Si spingevano l'un l'altro contro i muri e sopra i banchi, rovesciavano il raccoglitore del materiale scolastico di Mrs. Rex, la maestra. Una volta Timmy Tralies aveva spinto la testa di un loro compagno contro la lavagna. Molto forte. A Perla non era piaciuto per niente il suono che aveva fatto e per una frazione di secondo era rimasta congelata, riportata indietro nel tempo al giorno del garage, a quella cosa che non era mai successa e che lei non aveva mai visto. Invece le sue compagne di scuola non passavano mai alle mani. La cosa peggiore che facevano le altre bambine era allontanarsi a vicenda dai gruppi. La madre di Perla l'aveva definita "esclusione sociale". Suo padre invece aveva detto che erano solo delle "piccole stronzette che si comportano da stronzette", cosa che Perla aveva trovato molto divertente, e aveva riso finché la mamma non le aveva lanciato un'occhiataccia. Allora aveva smesso di ridere. Però, quando la mamma era uscita dalla stanza e suo padre le aveva fatto l'occhiolino e una faccia strana, aveva ricominciato a ridere.

«Mi stai ascoltando, tesoro?» le aveva chiesto Mulo scompigliandole i capelli. «Fai attenzione. È importante.»

Perla era tornata a concentrarsi.

Erano nel salotto di casa e il grande televisore trasmetteva un notiziario su un ragazzo che era stato picchiato da un gruppo di altri coetanei all'uscita da scuola, cosa che le ricordava la giornata nel garage. Mulo era lì perché stava aspettando suo padre. Dovevano andare da qualche parte insieme. Andavano sempre in giro insieme.

Scacciando i ricordi di quel momento che seguivano a ruota, Perla aveva borbottato: «Perché la gente fa del male alle altre persone?»

«Certe volte non si può evitare di fare del male alle persone.» le aveva spiegato Mulo.

«La mamma dice che non bisogna mai fare del male a nessuno.» aveva insistito la ragazzina.

Se ci fosse stato suo padre, avrebbe passato un'ora intera a prendersi gioco di questa affermazione, perché non sopportava la "filosofia da deboli" di sua madre. Invece Mulo si era limitato a risponderle: «Se qualcuno cerca di fare del male a te, tu devi rispondergli con la stessa moneta. Ci sono situazioni in cui devi attaccare prima che siano gli altri ad attaccare te. Quando sta per succedere, te ne rendi conto.»

Perla non capiva, ma non voleva continuare a parlare di fare del male alle altre persone.

«Vieni.» le aveva detto Mulo. «Ti faccio vedere come si fa a botte.»

L'aveva fatta mettere in piedi in una posizione a gambe divaricate, con il corpo leggermente girato.

«Non permettergli mai di colpirti all'addome.» si era raccomandato. Le aveva preso le braccia. «Tienile sempre su.» E le aveva fatto stringere le mani a pugno. «Il pollice all'esterno, sempre all'esterno. Tienilo dentro».

Poi Mulo si era messo in ginocchio, in modo da stare all'altezza del viso di Perla. Teneva in alto le sue mani carnose, con i palmi rivolti verso di lei. Erano ruvide, piene di calli e con lo sporco incrostato nelle pieghe sottili. «Coraggio, tesoro, colpiscimi più forte che puoi. Proprio qui. Proprio in mezzo alla mano.»

Perla aveva sferrato un paio di pugni debolucci. «Non mi va più di combattere.» si era lamentata e in quel momento aveva visto nello sguardo di Mulo una sincera compassione. «Tesoro... a nessuno va di combattere, ma certe volte è necessario per difendere ciò che si ha. Dai, Ora riprova.»

DODICI

I Calvert vivevano nella zona occidentale di Denton. Era un'altra zona abbastanza sicura della città. Le case erano da gente molto benestante, ma non erano particolarmente lussuose. Josie sapeva, grazie a un precedente caso, che quella zona era per la maggior parte abitata da famiglie di impiegati. Molte madri rimanevano a casa quando i figli erano piccoli, lasciando ai padri il compito di portare i soldi a casa. Quella dei Calvert era un'elegante villetta in stile Tudor a due piani con aiuole accuratamente potate che correvano lungo la facciata della casa. Le fioriture autunnali si sforzavano di rimanere in posizione stabile sopra la pacciamatura del giardino, facendo i loro ultimi saluti prima dell'arrivo del freddo. Josie e Noah lasciarono la macchina in strada e salirono a piedi lungo il vialetto. Josie suonò il campanello. Un attimo dopo, ad aprire la porta apparve una donna alta e slanciata, con i capelli neri raccolti in uno chignon disordinato. Indossava una canottiera bianca con macchie arancioni sul davanti e un paio di pantaloni rosa. L'insieme era completato da pelose pantofole rosa. Al fianco portava una neonata dalle guance rosee con una tutina e un bavaglino rosa al collo. Sia la tutina che il bavaglino erano punteggiati di macchie arancioni. I pochi capelli biondi che aveva erano legati con un nastro rosa sulla sommità della testa lanuginosa.

«Posso aiutarvi?» chiese la donna.

Josie e Noah le mostrarono i loro distintivi e Josie disse: «Io sono la detective Josie Quinn e questo è il mio collega, il tenente Noah Fraley. Stiamo cercando Elliott Calvert.»

La donna esaminò i loro documenti con un delicato sopracciglio inarcato. «State cercando Elliott? Per quale motivo?»

«Lei è sua moglie?» le chiese Noah.

«Tori.» si presentò spostando la bambina da un fianco all'altro, la quale, senza prestare la minima attenzione a Josie e a Noah, si mise le dita in bocca, producendo una gran quantità di saliva. Un attimo dopo, con la stessa mano cercò di raggiungere lo chignon della madre, che spinse delicatamente la mano della bambina verso il basso, ma un filo di saliva le si impigliò lo stesso tra i capelli e si allungò dalla sua testa alla bocca della bambina.

Josie cominciò a chiedersi come mai a quella donna non fosse ancora venuto in mente che Elliott Calvert potesse aver avuto qualche problema: a Marlene Mills era bastato ritrovarsi sulla soglia di casa due detective della polizia per avere una reazione immediata e viscerale; a Britta Hale erano occorsi pochi istanti dopo il loro arrivo per rimanere scossa, anche prima che le dessero la sconvolgente notizia della morte della figlia. La moglie di Elliott Calvert, invece, sembrava perfettamente rilassata.

«Mrs. Calvert.» disse Josie. «Possiamo entrare?»

La bambina fece un sonoro ruttino e poi, come se ne fosse deliziata, ridacchiò. Mrs. Calvert rise. «Mi dispiace.» disse. Il suo tono rimase completamente calmo e ragionevole quando chiese: «Non avete bisogno di un mandato o qualcosa del genere per entrare in casa della gente senza motivo? È strano, no? Se state cercando Elliott, lo trovate al lavoro. Posso darvi l'indirizzo se mi dite di cosa si tratta. Dopotutto è mio marito.»

«Non abbiamo bisogno di un mandato per parlare con le

persone, Mrs. Calvert.» disse Noah. «E suo marito non è al lavoro. Stiamo cercando di rintracciarlo.»

La bambina cercò di nuovo di infilare le dita nello chignon della madre, questa volta afferrando una ciocca di lunghi capelli; districandola dall'acconciatura e, tenendola, se ne infilò l'estremità in bocca. Stavolta la madre non la fermò. Per la prima volta da quando aveva aperto la porta, un velo di preoccupazione coprì la sua espressione. «Rintracciarlo? Cosa intende dire?»

«Mrs. Calvert...» disse Josie, «verso le sette di questa mattina io e il mio collega stavamo percorrendo Widow's Ridge Road. Eravamo immersi nella nebbia. Stavamo cercando di accostare quando ci siamo imbattuti in suo marito che stava aggredendo una ragazza sul ciglio della strada.»

Mrs. Calvert li fissò per un lungo momento, con diverse emozioni che si susseguivano sul suo viso: sconcerto, scetticismo, paura, confusione, stupore e poi incredulità. Alla fine, si mise a ridere. La bambina rise in risposta, agitando in aria la ciocca di capelli viscidi che teneva stretta nella manina, come in segno di vittoria. «Ora è chiaro che avete sbagliato persona.» esclamò Mrs. Calvert. «È assurdo. Mio marito non potrebbe mai fare una cosa del genere. Senza contare che, come vi ho detto, è uscito per andare al lavoro questa mattina presto.»

Josie e Noah dissero nulla.

Alzando gli occhi al cielo, Mrs. Calvert spostò di nuovo la bambina e guardò altrove. «Va bene. Adesso lo chiamo, così vedrete.»

Josie e Noah rimasero sulla porta e la guardarono mentre spariva in un corridoio e in quella che presumibilmente doveva essere la cucina. Tornò poco dopo con un cellulare premuto all'orecchio. La bambina lo vide e cercò di afferrarlo, ma Mrs. Calvert riuscì a tenerlo lontano dalla sua portata. Passato un lungo minuto, Mrs. Calvert allontanò il telefono e lo guardò come se l'avesse tradita in qualche modo. «Non risponde. Allora... posso chiamare il suo ufficio.»

Facendo saltellare dolcemente la bambina sul fianco, trovò con gesti impacciati il numero che cercava e premette il tasto di chiamata. Passò un altro minuto. Scosse la testa. «Non risponde neanche alla linea diretta. Provo con la centralinista. Magari è ancora in ufficio. Di solito non lavorano il sabato, ma ultimamente hanno avuto un po' di casini.» Di nuovo, trovò un numero e lo chiamò.

«Pronto? Stephanie? Sono Tori Calvert. Mio marito è ancora in ufficio? Potrebbe mettermi in contatto con lui, per favore?»

Seguì silenzio. Tori Calvert aggrottò la fronte. «E questa mattina? Era lì? Non l'ha visto oggi?»

La bambina si slanciò verso il telefono e la madre perse la presa. Josie si precipitò attraverso la porta e afferrò la bambina, proprio mentre cadeva dalle braccia di Mrs. Calvert. La bambina parve pensare che si trattasse di un gioco e lanciò un gridolino di grande entusiasmo.

Josie la strinse a sé e la fece ballonzolare. Mrs. Calvert se ne accorse a malapena, troppo concentrata su quello che stava dicendo la centralinista. «È impossibile.» le rispose. «Mi aveva detto che sarebbe andato a lavorare. Ultimamente lavora come un matto. Continua a dire che è indietro con il contratto di Locke Heights.»

Josie era abbastanza vicina ora per distinguere le flebili parole che uscivano dalla linea. «Mi dispiace, Mrs. Calvert, ma oggi non è venuto.»

Mrs. Calvert non si preoccupò di salutare. Si limitò a premere il comando di fine chiamata e lasciò cadere il telefono sul tavolo dell'ingresso. Si guardò intorno come se non avesse idea di dove si trovava, senza nemmeno accorgersi che nel frattempo la sua bambina era finita tra le braccia di Josie.

«Mrs. Calvert.» provò di nuovo Noah. «Ora possiamo entrare per farle qualche domanda?»

Mrs. Calvert continuò a guardare l'ingresso con i suoi pavimenti in parquet lucidato, le grandi piante finte in vaso e le pesanti sedie di legno finemente lavorate con i tavoli abbinati, come se non lo riconoscesse. Infine, alzò le braccia in aria e le lasciò ricadere lungo i fianchi. «Va bene.» concesse. «Certo, non c'è problema. Accomodiamoci in cucina.»

La seguirono verso il retro della casa, sbucando in una cucina rimodernata in bianco e cromo; l'unica traccia rimasta dello stile Tudor erano le spesse travi di legno che correvano lungo il soffitto. Accostato al tavolo c'era un seggiolone e di fronte una sedia da cucina. Sul vassoio c'era una ciotolina piena di una pappina arancione con un cucchiaio per bambini. Josie ricordava quando il figlio di Misty, Harris, aveva pochi mesi. Considerando la sedia, la pappa, il peso e l'aspetto della bambina tra le sue braccia, Josie stimò che la figlia dei Calvert avesse circa cinque mesi. Indicò la ciotolina sul vassoio del seggiolone e disse: «Patate dolci?»

Mrs. Calvert stava ancora guardando l'ambiente circostante, inconsapevole di tutto. «Cosa ha detto?»

Josie si mise davanti a Mrs. Calvert e disse: «Stava dando da mangiare patate dolci alla bambina?»

Mrs. Calvert sbatté le palpebre, apparentemente tornando in sé. Gli occhi le luccicavano di lacrime. Solo in quel momento si accorse che la sua bambina era tra le braccia di Josie e sorridendole, la ringraziò e gliela prese per rimetterla nel seggiolone. «Sì, va matta per le patate dolci.» sussurrò Mrs. Calvert. «Ma credo che le piaccia di più infilarle dappertutto, tranne che in bocca.»

La bambina schiaffeggiò entrambe le mani sul vassoio, facendo "dadadada" e poi una risata argentina. Cercò di prendere il bicchierino e il cucchiaio, ma la madre arrivò per prima, li prese e poi le infilò in bocca una cucchiaiata di patate. «Prego, accomodatevi.» disse Mrs. Calvert.

Presero ciascuno posto a tavola e Noah disse: «È una bambina molto allegra.»

Mrs. Calvert fece un sorriso malinconico. «Sì, vero? Penso che siamo stati molto fortunati. La fase della dentizione non è una passeggiata, ma mia madre dice che è normale.»

«Cinque mesi?» chiese Josie.

Mrs. Calvert sembrò sorpresa e annuì. «Sì, la prossima settimana farà cinque mesi. Si chiama Amalise.»

«È un bel nome.» disse Josie.

«Era l'unico nome su cui eravamo d'accordo.» borbottò la madre. Con la cucchiaiata successiva, Amalise schioccò le labbra e poi fece un lungo "buhbuhbuh" spruzzando sé stessa, la sedia e la madre con le patate dolci, per poi fare un'altra risatina.

Mrs. Calvert si alzò e andò al lavandino, prendendo una manciata di tovaglioli di carta e passandoli sotto il rubinetto. «Siete proprio sicuri che mio marito sia l'uomo che state cercando?» chiese.

«Sì...» rispose Josie, «siamo sicuri.»

Mrs. Calvert tornò a sedersi e pulì con il tovagliolo il viso della bambina, che invece si dimenava, girando la testa da una parte all'altra per evitare di essere pulita. Quando Mrs. Calvert finì, riprese a darle da mangiare. «Dov'è mio marito?» chiese, con un tono di voce appesantito dalla rassegnazione.

«Non lo sappiamo.» disse Josie. «Quando lo abbiamo visto, è scappato via. Io l'ho inseguito nel bosco e l'ho visto saltare da uno strapiombo nel Roaring Creek. Sulla riva del torrente, a qualche chilometro di distanza, le squadre di ricerca hanno trovato quelli che crediamo siano il suo telefono e uno dei suoi gemelli; quindi, riteniamo che sia sopravvissuto al salto e che con tutta probabilità si stia spostando a piedi.»

Mrs. Calvert incrociò lo sguardo di Josie e, inorridita, disse: «Si è buttato?»

«Mi dispiace dirglielo, ma è così.» rispose Josie.

«Ha... ha detto qualcosa?»

Amalise si sporse dal lato della sedia e tese una mano ricoperta di pappina a Josie, che finse di prendere e mangiare un po' di patate dolci, per la gioia della bambina. «Mi ha chiesto se il salto lo avrebbe ucciso. Prima che potessi rispondergli, ha detto che avrebbe corso il rischio. E a quel punto si è buttato.»

Mrs. Calvert raschiò l'ultima cucchiaiata di patate dolci dalla ciotolina e la diede ad Amalise che, invece di inghiottire, si mise entrambe le mani in bocca e poi schiacciò la poltiglia arancione tra le dita.

«Mi scusi...» disse Mrs. Calvert. «È solo che... faccio molta fatica a capire cosa sta succedendo. Può ripetermi cosa è successo esattamente? Voglio dire, come fa a sapere che l'uomo che ha visto era davvero mio marito? Prima di tutto, cosa ci faceva in Widow's Ridge Road e, seconda di poi, cosa poteva volere da due ragazzine?»

«È quello che stiamo cercando di capire.» disse Noah.

Parlando a turno, ricostruirono per lei gli eventi della mattinata e Josie concluse, dicendo: «L'auto che si è fermata vicino al veicolo delle ragazze era una Nissan Altima, registrata a nome di suo marito a questo indirizzo.»

Mrs. Calvert sbatte le palpebre per trattenere le lacrime. Guardò Amalise che si spalmava le patate dolci sui capelli, ma non la fermò. Rimase seduta in quel modo per diversi minuti. Noah si alzò e recuperò un altro mucchietto di fazzoletti di carta bagnati. Asciugò delicatamente il viso e le mani della bambina, poi cercò di togliere dai capelli quello che poteva. Infine, sbattendo le palpebre per tornare al presente, Tori Calvert disse: «Grazie. Mi dispiace. Sono un po' shoccata, a dire il vero. Questa cosa è venuta fuori dal nulla. Elliott non è il tipo di persona che farebbe mai una cosa del genere. Sto solo cercando di capire cosa diavolo stia succedendo.»

«Ce ne rendiamo conto.» disse Josie. «Anche noi stiamo cercando di capire cosa è successo e perché.»

«Le ragazze stanno bene? Avete detto che erano in due.»

«Sì, erano due.» rispose Noah. «Una di loro è deceduta e l'altra è ferita e dispersa.»

Le lacrime le rigarono le guance pallide. «Oh, mio Dio. È davvero difficile da credere. E voi pensate che mio marito abbia ucciso una di queste ragazze?»

«Vorremmo parlargli di quello che è successo.» disse Josie. «Mrs. Calvert, quando ha visto suo marito per l'ultima volta?»

La donna usò i fazzoletti bagnati raccolti tra le mani per asciugarsi gli occhi, ma riuscì solo a sporcarsi la guancia di patata dolce. Non sembrava comunque che le importasse. «Ieri sera, sul tardi. È rientrato verso l'una di notte. Ero arrabbiata e abbiamo litigato e Amalise si è svegliata. Allora Elliott è andato nella sua cameretta per tranquillizzarla e poi ha finito per addormentarsi sulla sedia a dondolo accanto alla sua culla. Sapevo che oggi sarebbe uscito prestissimo per andare in ufficio perché me l'aveva detto quando stavamo discutendo. Sa bene che non deve svegliarmi quando dormo, perché con la bambina mi rimangono poche ore di sonno. Quindi deve essersi alzato, si è vestito ed è uscito. Amalise mi ha svegliato alle sette. L'ho sentita sul monitor.»

«Per quale motivo avete litigato?» si informò Noah.

Mrs. Calvert agitò in aria il mucchietto di fazzoletti. «Per la bambina, che altro? Per caso voi avete figli?»

«No.» risposero all'unisono.

«Lasciate che ve lo dica, non è come sembra. Non fraintendetemi, adoro la mia bambina e morirei per lei. Farei qualsiasi cosa per lei. Lei è la mia vita ora. Ma tutto questo comporta un sacco di lavoro e poche ore di sonno.»

Josie stava per dire: «Me lo ricordo.» ma si fermò. Aveva aiutato Misty con Harris quando era più piccolo, perciò, anche se non aveva un figlio suo, aveva visto in prima persona quanto fosse stato faticoso per la sua amica. Josie, Noah e la madre di Ray avevano fatto tutto il possibile per sostenere Misty, soprattutto durante il primo anno. Così, Josie disse: «Sono sicura che è estenuante, e con suo marito che sta tanto fuori casa per lavoro, deve essere molto più difficile.»

Mrs. Calvert annuì. Amalise si batté un palmo della mano contro la bocca, emettendo altri rumori che la deliziarono. «È molto più difficile. Non ho nessuno a cui chiedere aiuto qui a Denton. Siamo entrambi trapiantati. Prima di trasferirci qui abbiamo vissuto a New York. La famiglia di mio marito vive ancora là. La mia, invece, vive ancora più lontano, a nord di New York. Mia madre è venuta qualche volta a darmi una mano, soprattutto all'inizio. Ho avuto un parto cesareo e ci sono volute settimane prima che riuscissi a gestire Amalise da sola. Ma anche se di tanto in tanto viene ad aiutarmi, non sempre è sufficiente. Quando Elliott è a casa, la maggior parte delle volte, passa neanche dieci minuti con la bambina, poi si mette a guardare la televisione o se ne sta al telefono. È molto stressante e litighiamo spesso.»

«Vi siete conosciuti a New York?» chiese Josie.

Mrs. Calvert rise. «Più o meno. Vivevamo entrambi a New York, ma ci siamo conosciuti su un sito di incontri. Sei anni dopo, eccomi qui.»

Guardò Amalise con affetto, ma Josie vide una profonda tristezza dentro il suo sguardo e si chiese a cosa avesse rinunciato quella donna. «Vi siete trasferiti qui per lavoro?» chiese.

Mrs. Calvert sospirò, incurvando le spalle. «Per il lavoro di Elliott. È un architetto. Un tizio che conosceva dai tempi dell'università ha aperto uno studio qui un sacco di anni fa e ha offerto a Elliott un posto di lavoro dopo che ci siamo sposati. Sembrava l'ideale. Io ero una ballerina della compagnia di balletto Allard a New York. Avrei potuto continuare a ballare ancora per qualche anno, ma Elliott mi convinse a ritirarmi prima per poter mettere su famiglia. Ci appariva come lo scenario perfetto. Io ero pronta a tutto e anche lui, o così pensavo, fino a quando non è arrivata la bambina. Immagino che non fosse quello che ci eravamo aspettati. Non che me ne penta.» Allungò una mano in avanti e solleticò la pancia grassottella di Amalise, suscitando un gridolino di gioia. Suo malgrado, anche Mrs. Calvert rise. «Ora ho questa piccola coccinella. Non rinuncerei a lei per nulla al mondo.»

«A parte il fatto di essere diventato da poco genitore, suo marito è sottoposto a qualche tipo di stress?» si informò Noah.

Mrs. Calvert scrollò le spalle. «Sono mesi che lavora a un grosso progetto in ufficio. Fa molti straordinari. Non sembra particolarmente stressato, ma passa pochissimo tempo a casa. Il progetto di Locke Heights. Non ha fatto che parlare di questo per mesi e mesi. Mi sembra che ormai le nostre vite ruotino intorno a questo. Non vedo l'ora che sia tutto finito, così finalmente potremo...» Si interruppe e rimase a occhi spalancati quando si rese conto che il contratto di Locke Heights non aveva più importanza. «Lo arresterete, vero?» sussurrò.

«Sì.» disse Josie. «Non possiamo evitarlo.»

Noah chiese: «Le vorrei mostrare le foto delle due ragazze che abbiamo visto questa mattina per vedere se le riconosce. Le va bene?»

Mrs. Calvert annuì.

Noah tirò fuori le foto delle patenti di Dina e Alison sul suo telefono e fece il giro del tavolo per mostrargliele. Lei scorse con il dito diverse volte avanti e indietro tra le due foto, ma scosse la testa. «Non le ho mai viste prima e se le ho viste, non me lo ricordo.»

«Quando siamo arrivati a Widow's Ridge Road, suo marito stava chiedendo "dov'è?" a una delle ragazze.» disse Josie «Le viene in mente di cosa potrebbe trattarsi?»

Confusa, la moglie di Clavert chiese: «Dov'è cosa?»

Le rispose Noah: «Crediamo che stesse cercando qualcosa

e, di qualunque cosa si trattasse, dava l'idea di pensare che ce l'avessero quelle due ragazze. Ha idea di cosa potesse cercare?»

La bambina tenne gli occhi puntati sulla madre, provando un nuovo suono: "Mamamama".

«No, non saprei dirlo, davvero...» disse Mrs. Calvert, «e ve lo ripeto di nuovo, non riesco a convincermi che vi stiate concentrando sulla persona giusta. Mio marito potrà anche non essere all'altezza come neogenitore, ma tutto quello di cui mi state parlando adesso è completamente e inequivocabilmente fuori dal suo carattere. È un uomo dolce e affascinante. È un uomo gentile. Non ho mai visto nemmeno uno straccio di prova che possa essere violento con qualcuno.»

«Suo marito assume dei farmaci?» le chiese Josie.

Mrs. Calvert scosse di nuovo la testa. «Prende il Prilosec per il bruciore di stomaco. Tutto qui.»

«Sostanze stupefacenti?» chiese Noah.

«No. Non Elliott.»

«Che lei sappia, ha mai assunto droghe in passato?» chiese Josie.

«No. Non che io sappia. Se l'ha fatto prima che ci conoscessimo, non me ne ha mai parlato e nemmeno nessuno della sua famiglia o della sua cerchia di amici me ne ha mai parlato.»

«E l'alcol?» chiese Noah. «Beve?»

Amalise batté i palmi delle manine contro il seggiolone, come se fosse impaziente ora che le patate dolci non arrivavano più.

«Una birra ogni tanto.» rispose lei. «Niente di più. Di solito nei fine settimana, se sta guardando una partita o qualche programma che gli interessa. Guarda un sacco di sport. Quando uscivamo, prima della mia gravidanza, beveva di più, ma non è mai stato un problema.»

«Mrs. Calvert...» disse Josie, «le viene in mente una qualsiasi ragione per cui suo marito avrebbe dovuto aggredire due ragazze di diciotto anni?»

«No. Non me ne viene in mente nessuna.»

«Suo marito possiede armi da fuoco?» chiese Noah.

«Una pistola? Elliott? Figuriamoci.»

«Per quanto ne sappiamo, suo marito è in fuga.» disse Noah. «Le viene in mente qualche posto dove potrebbe andare se cercasse di sfuggire alle forze dell'ordine? Un posto dove potrebbe nascondersi?»

Amalise batté di nuovo le mani, tornando al verso che faceva "dadadada".

«No, sinceramente non mi sembra.» ammise Mrs. Calvert. «Magari in ufficio? È l'unico altro posto che frequenta oltre a casa. Non abbiamo avuto modo di farci delle amicizie qui, quindi non so dove potrebbe andare se cercasse di nascondersi.»

«Lei o suo marito possedete altre proprietà oltre a questa casa?» continuò Noah.

«No.» disse Mrs. Calvert. «Abbiamo solo questa casa.»

Josie pensò di chiedere informazioni sul piano telefonico dei Calvert, ma i cellulari non erano considerati proprietà coniugale, anche se collegati allo stesso conto, il che significava che Tori Calvert non poteva dare loro il permesso di frugare nel telefono del marito. Sarebbe stato più facile e veloce ottenere un mandato per accedere al contenuto del telefono di Elliott.

Josie e Noah si alzarono e la ringraziarono per il suo tempo. «Se suo marito torna a casa o la contatta...» aggiunse Josie, «la prego di chiamare subito la polizia. Oppure contatti direttamente me.» disse consegnando a Mrs. Calvert il suo biglietto da visita.

«Potrebbe anche prendere in considerazione l'idea di andare a stare da sua madre finché non capiamo cosa sta succedendo qui.» le suggerì Noah.

Mrs. Calvert alzò lo sguardo dal biglietto di Josie, con un'evidente espressione sbigottita sul volto. «Pensate che Elliott mi farebbe del male? È per questo che lo dice?»

«Non lo sappiamo.» ammise Josie. «Ma in base al suo

comportamento di oggi, siamo preoccupati per la sicurezza sua e di Amalise. Non lo veda come un obbligo, ma solo come un suggerimento: pensiamo che sarete più al sicuro fuori città, almeno per qualche giorno.»

«No.» disse lei scuotendo ancora una volta la testa. «No. Elliott non farebbe mai del male a me o alla nostra bambina. Mai.»

«Mi sembra giusto.» disse Josie. «Ma vorremmo comunque che ci chiamasse se dovesse vederlo o sentirlo.»

TREDICI

Era tardi e, stando a quello che diceva Gretchen, non c'erano stati progressi nelle ricerche di Alison Mills o di Elliott Calvert. Il capo Chitwood le aveva ordinato di andare a casa a riposare e intanto lui avrebbe supervisionato le operazioni di ricerca per tutta la notte. Aveva anche insistito affinché Josie e Noah, che non avrebbero dovuto tornare al lavoro prima del giorno successivo, chiudessero la serata e andassero a casa; e per quanto Josie volesse continuare a lavorare, sapeva che il capo aveva ragione: avevano bisogno di riposarsi e di mangiare per continuare a lavorare.

Prima però, passarono a casa di Misty per prendere Trout e Josie si sentì piuttosto sollevata quando scoprì che il biglietto di Misty era davvero uno scherzo e che il cane voleva effettivamente tornare a casa con loro. Nel momento in cui i suoi padroni varcarono la porta di casa, Trout arrivò di corsa nell'ingresso ed entrambi si misero sul pavimento per salutarlo. Era estasiato di vederli, scodinzolava come un forsennato e saltava su e giù per leccarli in faccia, emettendo piccoli uggiolii acuti di eccitazione. Un attimo dopo il cagnolino di Misty, Pepper, si unì alle feste di Trout e ci volle del bello e del buono prima che i due cani si calmassero.

Di lì a poco, Harris li raggiunse, attraversando il corridoio come un razzo atterrando tra le braccia di Josie. «Siete tornati! Siete tornati!» gridò. Josie lo strinse forte e seppellì il viso tra i suoi capelli, inalando il profumo dello shampoo all'anguria e al succo d'uva. Indossava un pigiamino della serie animata *PAW Patrol* e teneva in una mano un pupazzetto di dinosauro. Nel guardare i suoi folti capelli biondi e i brillanti occhi azzurri, la somiglianza con il defunto marito Ray le tolse quasi il fiato. Più cresceva e più momenti come quello coglievano Josie alla sprovvista. Misty, in piedi sulla soglia della cucina, con un panno in mano, li guardava sorridendo. «Ve n'è capitato uno tosto stavolta, vero?» disse.

Josie si rimise in piedi. «Mentre tornavamo a casa, per giunta. Scusaci tanto se siamo venuti così in ritardo. Però abbiamo gradito molto lo stufato che ci hai lasciato.»

«Eccome.» disse Noah, ancora in ginocchio. «È stato un bel pensiero.»

Harris saltò sulla schiena di Noah e i due continuarono a fare la lotta sul pavimento in mezzo all'ingresso. Era la loro nuova abitudine. Confuso, Trout saltellava avanti e indietro tra loro due e Josie, incerto sul da farsi. Alla fine, si mise ad abbaiare a Noah e Harris.

«Ragazzi, smettetela adesso.» disse Misty. «Venite in cucina. Mangiamo un boccone.»

Detto fatto, Josie sentì lo stomaco brontolare e seguì Misty, con Trout che le urtava la gamba mentre la seguiva. Guardando alle sue spalle, vide Noah, che si era messo in piedi e che teneva Harris sulla schiena e girava su sé stesso. Le risatine del bambino riempirono tutto il piano di sotto.

La casa era un punto di orgoglio per Misty. Era una grande dimora in stile vittoriano in uno dei quartieri storici della città e Misty l'aveva arredata con sontuosi mobili di antiquariato, alcuni dei quali risalenti per l'appunto all'epoca vittoriana. Sembrava sempre uscita da una rivista. Poi era arrivato Harris e da quando era nato, gran parte della mobilia d'epoca era stata sostituita con pezzi d'arredamento più pratici che, come era prevedibile, erano stati macchiati o rovinati dal bambino.

La cucina era pervasa dai profumi di un arrosto. A qualunque ora Josie e Noah andassero a trovarla, Misty aveva sempre qualcosa nel forno e sui fornelli e non si poteva fare a meno di chiedersi come facesse, dato che era una madre single con un lavoro a tempo pieno. Noah entrò nella stanza, facendo penzolare Harris per le caviglie.

«Per favore, smettila.» disse Josie. «Mi rende davvero nervosa quando lo fai.»

«Ma dai, sta bene.» dissero all'unisono Noah e Misty. Con grande maestria, Noah lo sollevò e lo mise in piedi.

Harris si aggrappò immediatamente alla coscia di Noah e cercò di arrampicarsi sul suo corpo. «È divertente, JoJo.»

Josie scosse la testa. Fra tutti e tre, era lei la più ansiosa quando si trattava della sicurezza di Harris, anche della madre, che era propensa a lasciargli più libertà, indipendenza e spazio per giocare.

Pochi istanti dopo erano tutti seduti intorno al tavolo a cenare, mentre Trout se ne stava sdraiato sotto il tavolo, con il suo corpicino caldo contro piedi di Josie. Misty si informò su come fosse andato il viaggio di nozze e poi l'argomento della conversazione si spostò sul compleanno di Harris, che avevano festeggiato il mese prima con una piccola riunione di amici di Misty e una torta. Harris voleva una festa con tutti i suoi compagni di scuola, ma Misty gli aveva spiegato che i suoi compagni di scuola avevano già feste di compleanno prenotate ogni fine settimana e quindi aveva dovuto rimandare quella di Harris nella seconda metà ottobre.

«Voglio una casa gonfiabile.» annunciò Harris. «Una grande con lo scivolo.»

Noah rise. «Sembra divertente. Posso salirci anch'io?» Harris lo guardò. «Non lo so. Sei piuttosto grande. Mamma, possiamo prenderne una abbastanza grande da contenere lo zio Noah?»

Misty scosse la testa. «Non ho detto di sì alla casa gonfiabile, Harris.»

«Per via del giardino?»

«Cosa c'è che non va nel giardino?» le domandò Josie.

Misty sospirò. «Non è abbastanza grande per la casa gonfiabile che ha in mente lui, anche se potrei permettermi di affittarne una per i bambini. E io sospetto che abbia già detto a tutti che ne affitterà una.»

Guardò suo figlio con la fronte aggrottata in un'espressione esagerata. Lui ridacchiò, ma non ammise nulla. Misty continuò: «Quello che voglio dire è che sicuramente ci giocherebbero per ore, ma è troppo grande per il nostro giardino.»

«Falla mettere nel nostro.» disse Josie voltandosi a guardare Noah. Aveva la bocca piena di arrosto, ma annuì con decisione.

Misty rise. «Non posso organizzare la festa per il compleanno del mio bambino di sei anni a casa vostra. Che sciocchezza!»

«Perché no?» ribadì Noah. «Abbiamo un sacco di spazio. Oltretutto, tu hai guardato il nostro di "bambino" per una settimana.»

«Avete un bambino?» chiese Harris.

«Parlava di Trout.» disse Josie.

Harris ridacchiò. «Trout non è il vostro bambino! Anche se voi lo trattate come se lo fosse.»

Questa volta ridacchiò Misty. «Non ha tutti i torti.»

Noah scosse la testa. «E ne vado fiero. Dammi retta, organizza la festa a casa nostra e prendi la casa gonfiabile che vuole lui.»

E Josie aggiunse: «E assicurati che possa salirci sopra anche un uomo adulto, mi raccomando.»

Harris si alzò in piedi sulla sedia e puntò entrambi i pugni in aria. «Questa sarà la migliore festa di compleanno di tutti i tempi!»

Noah si era messo al volante e guidava verso casa, Josie teneva Trout in grembo. Lo portarono a fare una passeggiata e lui continuava a voltarsi verso di loro ogni pochi metri, timoroso che sparissero di nuovo da un momento all'altro. Una volta rientrati, finalmente, si misero a letto e Josie sospirò con piacere di essere tornata nella sua casa e di essersi riunita al suo cane. La cena con Harris e Misty le aveva lasciato una sensazione di calore e, mentre si addormentava, si sentì in colpa per essersi sentita così allegra quando la famiglia Hale era stata completamente distrutta, il mondo di Tori e Amalise Calvert era stato stravolto e la felicità e la sicurezza della famiglia Mills erano appese a un filo.

«Smettila.» le disse con tono delicato Noah dal suo lato del letto.

Trout, che era rimasto ai loro piedi, si insinuò lentamente in mezzo a loro.

«Smettila di fare cosa?» gli chiese Josie.

«Di sentirti male perché sei felice.» disse lui.

Stavano insieme da cinque anni, erano sposati da poco più di un anno e Josie non riusciva ancora a capire come riuscisse a leggerle nella mente e, soprattutto, a interpretare le sue emozioni. Talvolta non le capiva nemmeno lei. «Non posso farci niente.» si giustificò.

«Cerca di sforzarti.» le rispose Noah ancora più delicatamente.

Josie lo sentì allungarsi sopra la schiena di Trout per accarezzarle il braccio, facendo scorrere con tocco leggero le dita su e giù, dalla spalla al polso. Le sue carezze avevano un effetto rilassante.

«Lo vediamo ogni giorno quanto è difficile trovare la felicità.» aggiunse. «Com'è facile mandarla in frantumi e spazzarla via in una manciata di secondi.»

«Lo so...» concordò Josie. «Per questo mi sento in colpa a goderne.»

«Ti dico una cosa: quello che stai provando in questo momento...» rispose Noah, «gli Hale ucciderebbero per averlo. Anzi, sono più che sicuro che rinuncerebbero a qualsiasi cosa pur di provare il tipo di pace che stiamo provando noi due adesso. E sai che ho ragione. È così che mi sono sentito quando è morta mia madre.»

«Ed è così che mi sono sentita io quando è morta mia nonna.» sussurrò Josie. «Certe volte, quando mi manca di più, sento ancora che farei di tutto per provare un briciolo di pace, un briciolo di gioia.»

«Ed è quello che provi adesso.» le fece notare Noah. «L'hai provato anche quando eravamo in vacanza.»

Josie prese la mano di Noah nella sua quando questa si spostò sul polso e stringendola, disse: «Molta di quella gioia era dovuta a te, in particolare a quella cosa che fai con il tuo...»

«Josie!» la interruppe lui, ridendo sommessamente. «Sai cosa voglio dire. Sto solo dicendo che è giusto che noi siamo felici.»

Lei voleva credergli.

QUATTORDICI

Josie si svegliò prima che facesse giorno, con il petto ansimante alla ricerca disperata d'aria. Le immagini dei sogni scivolavano fuori dalla memoria via via che sbatteva gli occhi. Si rese conto che la sua mente era stata occupata durante il sonno, talmente occupata da indurre il suo corpo a credere che si stesse affaticando. Ora che era sveglia, non riusciva a ricordare i dettagli esatti di quello che aveva sognato, riusciva a ricordare solamente che stava correndo nel bosco. Non stava scappando da qualcuno; piuttosto stava cercando qualcuno. Aveva senso, visto il caso in cui si erano imbattuti il giorno precedente. Accanto a lei, sia Noah che Trout dormivano della grossa. L'orologio digitale della sveglia sul comodino segnava le quattro e mezza del mattino. La sua terapeuta le aveva insegnato diversi esercizi di respirazione per le occasioni più disparate. Benché non fosse ancora convinta che funzionassero, continuava a ripeterli. Chissà che un giorno non avrebbe notato una differenza. A mano a mano che il suo corpo si calmava, si augurava di riuscire a riaddormentarsi. Lo desiderava.

Ma la sua mente continuava a tornare su Elliott Calvert.

Non ho intenzione di buttarmi. Voglio saltare.

Qualunque cosa stesse cercando, lo aveva reso così disperato da aggredire due ragazzine; eppure, in piedi sul precipizio del Roaring Creek, non gli era importato affatto di vivere o morire. Aveva paura, questo era evidente, ma era anche disperato. Cosa poteva rendere un uomo così tormentato da perdere ogni controllo e considerazione per la propria vita?

E, ancor più importante, dove diavolo era finito?

Josie si girò e recuperò il cellulare dal comodino, controllando se ci fossero messaggi da parte del capo Chitwood o da parte di altri membri del dipartimento, ma non c'era nessuna notifica. Così, mandò lei un messaggio al capo:

Ci sono progressi nelle ricerche?

La risposta di Chitwood arrivò nel giro di un minuto.

No. Rimettiti a dormire.

Josie non prestò attenzione alle sue istruzioni e scrisse:

Mi mandi la posizione del luogo in cui sono stati trovati il telefono e il gemello.

I secondi dell'orologio sul suo telefono scorrevano minuto dopo minuto. Praticamente riusciva a sentire i brontolii di protesta del capo, da qualunque parte della città si trovasse in quel momento. Dopo sei minuti, nel messaggio seguente apparve la foto di una mappa con una freccia che indicava un luogo al centro. Poi un altro messaggio:

Non sto scherzando, Quinn: torna a dormire.

Josie si mise a sedere, allungando le gambe oltre la sponda

del letto. Alle sue spalle giunse la voce di Noah, impastata di sonno. «Cosa stai facendo?»

Usò il pollice e l'indice per ingrandire sullo schermo il luogo in cui erano stati trovati gli oggetti personali di Elliott Calvert. Josie era cresciuta a Denton e, a parte quando era andata a studiare all'università, ci aveva sempre vissuto e la conosceva più a fondo della maggior parte dei suoi colleghi.

«Josie.» disse Noah, con voce più vigile.

Calvert era emerso dal Roaring Creek a poco più di tre chilometri dal punto in cui vi si era gettato. Inoltre, era uscito dal lato del torrente che si allontanava dalla città. La zona era molto boscosa e il terreno era impervio. Quando Josie lavorava di pattuglia, due ragazzi erano andati a caccia in quella zona e uno di loro era caduto e si era rotto una gamba. L'altro era andato a chiamare i soccorsi. Quando finalmente aveva trovato una strada e aveva chiesto aiuto a qualcuno, erano già passate tre ore. Quando le autorità erano intervenute, si erano rese conto di non poter far arrivare nessun veicolo fino al luogo in cui si trovava il ragazzo ferito. Avevano provato ad avvicinarsi con i fuoristrada, ma alla fine lei e un altro agente lo avevano trasportato a piedi con una barella. E quella non era stata l'ultima volta che avevano dovuto intervenire in quel posto, perché era molto frequentato per la caccia al cervo.

«Josie.» ripeté Noah. Trout continuava a russare, ignaro.

«So dov'è Calvert.» disse.

Un gemito si levò dal lato del letto di Noah. «C'è qualche possibilità di mandare un messaggio con la posizione al capo e lasciare che se ne occupi lui?»

«Il capo non può attraversare quella parte del bosco a piedi. La gamba gli dà ancora fastidio.»

Noah la toccò con il palmo di una mano che sul fianco aveva un peso e un calore consolatori. «No, ma ha a disposizione molti agenti di pattuglia che possono muoversi agilmente in quei boschi.»

Josie sventolò il telefono nella sua direzione per fargli vedere la mappa. «Non è proprio facile da spiegare. Non ci sono punti di riferimento, ma so che cosa devo cercare.»

Sentì il letto spostarsi, sentì Trout mugugnare in segno di protesta per essere stato disturbato, e poi le labbra di Noah che si posavano sul suo collo e risalivano fino all'orecchio, posandovi baci leggeri. Poi sussurrò: «Va bene. Vestiamoci.»

L'alba stava sorgendo quando Josie, Noah, il capo Chitwood e due agenti in uniforme si riunirono sul lato della strada più vicino al punto in cui Elliott Calvert era riemerso dal Roaring Creek. C'era un po' di nebbia, ma non così tanta come il giorno prima; pertanto, non avrebbero avuto problemi di visibilità. Le radio gracchiavano mentre le controllavano per assicurarsi che funzionassero tutte. Il capo Chitwood si incamminò lungo lo stretto ciglio della strada. Due auto scendevano verso la città. Fece loro cenno di proseguire. Uno dei conducenti si fermò, abbassando il finestrino per fare qualche domanda al capo. Josie non riuscì a sentire neanche una parola della loro conversazione, soltanto la voce squillante del capo, che rispondeva con fastidio e sventolava le braccia magre in aria, gesticolando perché il conducente si spostasse di lì. Quando si voltò verso di loro, Josie poté vedere che il suo viso pallido e pieno di cicatrici da acne era diventato rosso peperone.

«Che razza di impiccioni.» bofonchiò il capo unendosi al loro circolo e, passandosi una mano sulla ciocca vagabonda di capelli bianchi che gli ricadeva sulla fronte calva, disse: «Io rimango qui e nel frattempo voi cominciate le ricerche.»

«Abbiamo già perlustrato questa zona.» ribatté uno degli agenti in uniforme, Brennan. «Calvert qui non c'è.»

«Quinn pensa che sia ancora in questa zona.» ribatté Chitwood. «Pensa si nasconda in un capanno... un appostamento per cacciatori.»

Brennan fece una mezza risata sarcastica. «Perché, pensate che non abbiamo controllato gli appostamenti da caccia?»

«Sa, detective...» aggiunse il suo collega, un agente di nome Daugherty, «questa non è la nostra prima ricerca all'aperto.»

Josie annuì. «Certo che lo so. Non lo stavo insinuando. Quante altane avete trovato?»

La fissarono e Daugherty disse: «Non c'erano appostamenti da caccia. Abbiamo trovato solo due altane sugli alberi. Tutto qui.»

Brennan aggiunse: «Come facciamo a sapere se c'è un capanno per l'avvistamento dei cervi in questi boschi? Non c'è mica un registro. Chiunque può montarne uno, purché abbia il permesso dal proprietario del terreno. Potrebbe non essercene neanche mezzo oppure potrebbe essercene una dozzina.»

Daugherty disse: «Se ce ne fosse stata una dozzina li avremmo sicuramente visti.»

Gli occhi di Brennan si diressero verso di lui.

Daugherty fece un'alzata di spalle. «Sono autoportanti. Non è possibile non vederli.»

«Non è vero.» disse Josie. «Non tutti sono autoportanti.» Tirò fuori il telefono e recuperò la schermata della cartina che il capo le aveva inviato. «Questa proprietà, da Roaring Creek a questa strada dove ci troviamo, appartiene ad Al Funk.»

Ottenendo solo altri sguardi vuoti, Josie continuò: «Ora ha ottant'anni e vive a Rockview Ridge.»

«La casa di riposo?» chiese Brennan.

«Sì.» disse Josie. «Mia nonna, quando era viva, lo conosceva bene. Ci aveva presentati. Possiede questa terra da oltre cinquant'anni e la usava come terreno di caccia. Anche i suoi figli, i suoi nipoti e i suoi pronipoti cacciano. Ha persino permesso alla famiglia allargata e agli amici di venire qui a cacciare.»

«E con questo?» disse Daugherty. «Le abbiamo detto che

abbiamo trovato solo due altane sugli alberi. Entrambe vuote. Nessun appostamento per i cervi.»

Un paio di fari tagliarono la luce del primo mattino, precedendo un'auto che si stava arrampicando sulla strada stretta e che rallentò quando li raggiunse. Il capo le fece cenno di proseguire.

Josie scosse la testa. «Mr. Funk ce l'ha un appostamento da caccia. È grande e ben mascherato, soprattutto in questo periodo dell'anno, quando il fogliame è verde. La sua famiglia lo usa ancora per lasciarci le provviste per tutto l'anno. Se Elliott Calvert l'avesse trovato - e a giudicare dal fatto che non è stato trovato da nessun'altra parte, sembrerebbe proprio così - ci si sarebbe potuto nascondere per qualche tempo. Il nipote di Mr. Funk teneva una cassetta di munizioni in metallo all'appostamento, piena di barrette di cereali e bottigliette d'acqua. Con molta probabilità Calvert sta aspettando che le operazioni di ricerca si plachino e che sorga il sole per poter uscire allo scoperto. A quel punto sparirà.»

«Come fa a saperlo?» le chiese Daugherty, con una nota di accusa nella voce.

«Perché a quell'altezza ci sono stati degli incidenti. Uno dei pronipoti di Funk è caduto e si è rotto una gamba qualche anno fa.»

«Se noi non l'abbiamo trovato quando lo cercavamo...» disse Brennan, «come avrebbe fatto Calvert a trovarlo?»

«Mr. Funk mi ha raccontato di aver lasciato penzoloni dall'appostamento un pezzo di corda da arrampicata arancione brillante, in modo che sia più facile da individuare e che ci si possa arrampicare all'interno.» spiegò Josie. «Se non avete visto la corda durante la ricerca, è perché Calvert l'ha tirata su quando è entrato dentro. Ci metterei la mano sul fuoco.»

«Avete finito di interrogare la detective Quinn?» disse il capo Chitwood. «Il nostro uomo ha aggredito due ragazzine. Il che lo rende un pericolo per la mia città. Se va in giro per questi boschi a nascondersi in un appostamento da caccia, voglio che lo troviate. Immediatamente.»

I due agenti guardarono ovunque, tranne che verso Josie, e annuirono.

«Andiamo.» li esortò Noah. «Ci divideremo per coprire quanto più terreno possibile.»

Mentre si inoltravano nel bosco, Josie disse: «Mr. Funk l'ha costruito da solo. È in mezzo a tre alberi. Due alberi di carya e una catalpa.»

«E l'ha costruito tutto da solo?» chiese Brennan.

«Esatto.» rispose Josie. «Con il legno. L'ha incastrato tra gli alberi e l'ha dipinto con la vernice spray per mimetizzarlo. C'è anche molto fogliame intorno agli alberi che rende la scala difficile da individuare, ed è per questo che la corda da arrampicata gli era utile. Se ho ragione, e Calvert ha tirato su la corda in modo che non sia più visibile, allora dovrete guardare con molta attenzione.»

Si allontanarono, ma mai abbastanza da perdersi di vista l'uno con l'altro. Procedendo lentamente, si addentrarono nel sottobosco sempre più fitto, scavalcando radici di alberi e grandi rocce. Gli unici suoni che si sentivano erano i loro passi e il cinguettio e il canto degli uccelli che svolazzavano da un albero all'altro. Nell'aria frizzante aleggiava una leggera brina che evaporava mano a mano che il sole si faceva strada tra le chiome degli alberi. Josie rimase qualche metro avanti a Noah e agli altri, facendo del suo meglio per seguire a memoria la strada che portava all'appostamento. Le aree boschive di Denton e dintorni erano piene di diverse formazioni rocciose, la maggior parte delle quali era ben nota agli abitanti del luogo, ma quella che Josie stava cercando e che segnalava l'area poco prima dell'appostamento di Mr. Funk era piccola e nascosta tra gli alberi; la conosceva solo perché lei e il vecchio proprietario ne avevano parlato nelle occasioni in cui si erano incontrati alla casa di riposo a Rockview Ridge e quando lei gli aveva chiesto come faceva a trovare l'area in cui aveva costruito l'appostamento ogni volta che andava a caccia, lui le aveva risposto che gli bastava cercare un piccolo masso arrotondato dalla cui sommità spuntava quello che sembrava l'orecchio di un gatto.

Non ci volle molto per trovare quella roccia. Per allora, il sudore le si era accumulato alla base della spina dorsale e aveva lasciato una sottile patina fresca sulla pelle nuda delle braccia. Guardò alle sue spalle dove vide Noah e i due agenti in uniforme che arrancavano per starle dietro. «È proprio qui sopra.» sussurrò.

Noah accelerò il passo, invece gli altri mantennero la loro andatura, senza nemmeno alzare lo sguardo dai loro piedi.

Proprio come Josie ricordava, circa un metro e mezzo oltre la formazione a orecchio di gatto c'era uno dei tre tronchi d'albero che sostenevano l'appostamento di Mr. Funk: il tronco spesso e nodoso dell'albero di catalpa. Si fermò quando lo raggiunse, con il viso rivolto verso la cima dell'albero. In alto, tra i rami verdeggianti, si intravedeva una piccola porzione di una delle pareti dell'appostamento. Per come era dipinta, in effetti si mimetizzava così bene che Josie dubitò di averla effettivamente vista. Un kudzu si arrampicava su un lato dell'albero, estendendosi lungo alcuni dei suoi rami come vene arrotolate. Un groviglio di liane pendeva come una tenda. Josie lo scansò e lo superò. Notò gli altri due alberi e, ora che si trovava al loro centro, vide la base dell'appostamento proprio sopra la sua testa.

Il viso di Noah apparve nell'apertura che lei aveva appena attraversato. «È questo.» disse. «Avevi ragione. Non vedo nessuna corda arancione da nessuna parte, però. Dov'è la scala?»

Josie indicò uno degli alberi di carya dove la scala era stata costruita con due assi di legno, a loro volta dipinte con un motivo mimetico e inchiodate nel tronco.

Con lo sguardo Noah seguì i pioli della scala fino all'appostamento. «È davvero ripida.»

«E alto...» esclamò Brennan mentre si posizionava al fianco di Daugherty sotto l'appostamento. «Come si fa a entrare nella tenda una volta raggiunta la cima di quest'albero?»

«C'è una piattaforma di un metro per due, appena fuori dalla porta dell'appostamento.» spiegò Josie. «Ci si sale sopra.»

«Un appostamento con una veranda?» chiese Daugherty. «Qualcosa del genere.» disse Josie.

«È praticamente una casa sull'albero...» osservò Brennan. Da sopra le loro teste si sentì uno scricchiolio e tutti guardarono in alto.

«È lassù.» dichiarò Noah. «Mettiamoci in posizione.»

Si allontanarono da sotto l'appostamento e circondarono gli alberi. Josie trovò un punto in cui poteva vedere parte della piattaforma da cui si accedeva all'interno. Noah era andato a sistemarsi a diversi metri di distanza e la guardò negli occhi. «C'è qualche possibilità che Mr. Funk o qualcuno della sua famiglia abbia lasciato un'arma da fuoco carica lassù?»

Josie scosse la testa. «No. Sono troppo attenti per una svista del genere.»

Noah annuì. Poi si portò le mani alla bocca e chiamò: «Elliott Calvert! Siamo della Polizia di Denton. Per favore, scenda da questo appostamento da caccia.»

Non ci fu alcun suono e nessun movimento in cima all'albero. Noah ripeté l'avvertimento e aspettarono. Dopo la terza volta, Brennan disse: «Siamo sicuri che sia lassù?»

«Elliott Calvert!» gridò Josie. «Sono la detective Josie Quinn del Dipartimento di Polizia di Denton. Ci siamo incontrati ieri. La prego di uscire.»

Ci fu un altro scricchiolio. Josie ebbe l'impressione di aver visto la porta cieca aprirsi, ma non poteva esserne sicura al cento per cento a causa dei rami dell'albero, con il loro fitto fogliame. «Mr. Calvert?» chiamò ancora.

Si udirono dei passi e poi i rami tremarono. Josie tenne gli occhi piantati sulla piattaforma, in attesa di scorgere Elliott Calvert.

«Signore, scenda subito.» lo avvertì Brennan. «Deve venire con noi.»

Quello che accadde un attimo dopo non durò che pochi secondi, ma nella mente di Josie ogni istante si allungò in un montaggio al rallentatore. Una mano spuntò tra i rami che nascondevano la piattaforma alla vista dal suolo. Noah urlò: «Josie, attenta!» Seguendo la mano, il volto di Elliott Calvert spuntò oltre il bordo della piattaforma. Nella sua mente, Josie si sforzò di elaborare ciò che stava vedendo, mentre il resto del corpo di Calvert scivolava nel vuoto e precipitava sopra di lei con braccia e gambe che si agitavano all'impazzata. Il corpo di Noah impattò contro il corpo di Josie con tale forza da farle uscire tutto il respiro dai polmoni e la mandò a sbattere con il fianco sinistro contro la dura terra del sottobosco. Ogni singola fibra del suo corpo perse di sensibilità. Non c'era aria. La mente completamente vuota. Solo il volto di Noah che fluttuava sopra di lei. Il suo sguardo preoccupato. Josie si rendeva conto che le stava toccando il viso, ma non sentiva nulla. Poi arrivarono dei rantoli, profondi e gutturali: il suono dell'agonia.

«Josie, cerca di riprendere fiato...» finalmente le parole di Noah riuscirono a fare breccia e le vie respiratorie si aprirono e Josie aspirò quanta più aria possibile. Noah la fece mettere a sedere e lei si guardò intorno per capire da dove provenissero quei rantoli.

«È Calvert.» le spiegò Noah.

A poco più di un metro di distanza, Elliott Calvert giaceva a terra e si contorceva, tenendosi un braccio stretto al petto. Il suo volto era passato da un colore cenerino a una tonalità spaventosa di verde. Gli agenti Brennan e Daugherty erano rimasti impalati a guardarlo che rotolava da un fianco all'altro e dava di stomaco.

Noah aiutò Josie a rimettersi in piedi. «È saltato giù. Ti sarebbe atterrato dritto addosso.»

«Grazie.» disse lei.

Il corpo di Calvert fu scosso da un rantolo secco. Avvicinandosi, Josie vide del sangue fresco colare tra le dita della mano destra che reggeva il polso sinistro.

«Credo si sia rotto qualcosa.» commentò Daugherty. «È venuto giù come un meteorite.»

«È un bel volo fino a terra.» aggiunse Brennan.

«Più che volo...» lo corresse Noah, «direi salto.»

Josie lo guardò e si spazzolò i vestiti, ignorando il dolore che le bruciava tutto il fianco sinistro. Si avvicinò e si puntellò su un ginocchio accanto a Calvert. Prese dalla tasca un paio di guanti di lattice, se li infilò con uno schiocco e gli mise una mano sulla spalla. «Mr. Calvert. Mi faccia vedere questo braccio.»

Respirando a denti stretti, l'uomo chiuse gli occhi e rotolò lentamente sulla schiena. Quando la mano destra allentò la presa sulla sinistra, il suo corpo fu scosso da un tremito.

«Sta andando in shock.» disse Josie. «Chiamate il capo. Dobbiamo far venire un'ambulanza.»

Brennan iniziò a parlare alla radio.

«Non c'è ambulanza che possa arrivare fin quassù.» le fece notare Noah. «Ci toccherà portarlo a braccio.»

Calvert spalancò gli occhi. «No. No. No.»

Con delicatezza, Josie spinse la sua mano destra da parte per poter valutare con più precisione il danno che si era procurato al braccio sinistro.

«Oh Dio.» esclamò Brennan.

Josie si irrigidì, cercando di non lasciar trasparire dalla sua espressione il disgusto nel vedere il pezzo d'osso frastagliato che aveva perforato la carne dell'avambraccio di Calvert e gocciolava sangue. Alle sue spalle, Daugherty ebbe un conato di vomito.

Josie ripiegò le dita di Calvert intorno alla ferita aperta, facendo attenzione a evitare l'osso che sporgeva e mantenendo una leggera pressione sulla ferita. Il sangue fuoriusciva e colava tra le sue dita. Si voltò e gridò in modo che l'agente alle sue spalle potesse sentirla sopra i conati di vomito. «Daugherty, torna di corsa alle auto, vai a prendere la cassetta di pronto soccorso dalla tua volante e portala qui. Fa' più in fretta che puoi.»

Daugherty si rimise in piedi, con un filo di saliva che gli pendeva dal mento.

«Subito.» disse Josie. «Corri.»

Asciugandosi il viso con il dorso della mano, Daugherty prese a correre, dirigendosi verso la strada.

Noah scosse la testa. «Dobbiamo ridurre al minimo qualsiasi tipo di movimento.»

Josie toccò con la mano libera la fronte di Calvert. Anche attraverso il guanto, poteva sentire quanto la sua pelle fosse diventata fredda e umida. Allora gli posò le dita sul lato della gola per sentire il battito, che galoppava sotto i suoi polpastrelli.

«Credo che sia il caso di accompagnarlo fuori di qui.» suggerì Noah.

«Non penso che sia possibile.» disse Brennan.

«Dobbiamo portarlo via da questo posto prima che sia troppo tardi.» dichiarò Josie. «Potrebbero volerci delle ore prima che i soccorsi riescano ad arrivare qui e non possiamo permetterci di perdere così tanto tempo. Brennan, intanto che aspettiamo Daugherty con la cassetta di pronto soccorso, trovami un bastone lungo quanto il tuo avambraccio, più largo è meglio è. Noah, dammi la tua giacca.»

Noah aveva intuito le sue intenzioni senza che glielo avesse detto. Si sfilò la giacca e cominciò a ricavarne un'imbracatura. Brennan corse via in cerca di un bastone. Le urla di dolore di Calvert si ridussero a grugniti e mugolii. Pochi minuti dopo, Daugherty tornò con la cassetta del pronto soccorso. «Il capo ha detto che l'ambulanza ci aspetterà al nostro ritorno.»

Con l'aiuto di Noah, Josie usò rotoli interi di garza sterile per avvolgere la ferita da cui sbucava l'osso, per evitare che venisse a contatto con qualsiasi cosa. Quando Brennan tornò con il bastone, lo legarono all'avambraccio di Calvert, immobilizzandolo come meglio potevano. Brennan aiutò Josie a mettere Calvert seduto e Noah gli infilò la testa tra le braccia annodate della giacca. Lacrime rigavano il viso di Calvert mentre Josie aiutava Noah a fissare il braccio rotto nell'imbracatura di fortuna. Insieme, lo aiutarono a mettersi in piedi e Noah si infilò sotto il braccio buono di Calvert, sorreggendolo e avviandosi verso il limitare del bosco, con Brennan e Daugherty al seguito.

Tutti e quattro fecero a turno per fare da stampella a Calvert, accompagnandolo tra gli alberi. Per due volte cadde a terra, perché le sue ginocchia malandate cedettero. Miracolosamente, entrambe le volte lo ripresero prima che il suo braccio ferito entrasse in contatto con rocce, rami o terreno. Per tre volte fu assalito dai conati di vomito. Il sudore gli colava a rivoli lungo i lati del viso e il naso. Gli unici suoni che si sentivano erano il suo respiro affannato, le sue occasionali grida di dolore e il canto degli uccellini sugli alberi.

Sembrava che fossero passate ore quando riuscirono a raggiungere la strada, dove, come aveva promesso il capo, trovarono un'ambulanza ad aspettarli con i portelloni aperti.

Sawyer e un altro paramedico si precipitarono non appena avvistarono gli agenti che emergevano dal bosco insieme a Calvert. Lo fecero salire sul retro dell'ambulanza e iniziarono a prestargli le prime cure, scambiandosi risultati e istruzioni. Sulla barella, Calvert sembrava piccolo, quasi fragile. Era difficile immaginare che fosse lo stesso uomo che il giorno prima aveva aggredito ferocemente due ragazze.

Josie rimase in piedi davanti ai portelloni dell'ambulanza. «Vado a chiamare sua moglie, Mr. Calvert.» annunciò.

Gli occhi di Elliott Calvert trovarono i suoi e si spalancarono. «No, non la chiami. Non chiami mia moglie. Qualsiasi cosa voglia fare, non la chiami.»

Sawyer si avvicinò a Josie e afferrò le maniglie dei portelloni. «Dobbiamo portarlo subito al Denton Memorial Hospital. Dovrà essere operato.»

Josie annuì. Mentre Sawyer chiudeva le porte, Elliott Calvert continuava a urlare: «Non chiamate mia moglie. Qualsiasi cosa vogliate fare, non chiamate mia moglie. Non è sicuro. Vi scongiuro.»

QUINDICI

Josie trovò una confezione di panna da cucina dietro un tavolo nascosto in un angolo buio della mensa dell'ospedale. Appoggiò due bicchieri di carta pieni di caffè fumante sulla superficie appiccicosa del tavolo e iniziò a versarvi la panna. Da quello che poteva vedere, lo zucchero, per non parlare delle bacchette per mescolare, erano una richiesta eccessiva. Con un sospiro, mise i coperchi ai bicchieri e li portò attraverso un labirinto di corridoi fino a trovare il reparto del pronto soccorso. Lei e Noah avevano seguito l'ambulanza, mentre il capo era tornato in centrale. Una volta che Calvert era stato portato in ospedale, si era calmato notevolmente, ma sembrava ancora che potesse svenire dal dolore da un momento all'altro. Dopo che Josie gli aveva letto i suoi diritti e lo aveva informato che era in arresto per aver aggredito Dina Hale, lo avevano portato in pochi istanti nel reparto di radiologia e, nel frattempo, lei era andata a cercare un caffè, in attesa di aggiornamenti.

Noah era appoggiato al bancone della postazione degli infermieri, tutto preso a scrivere sullo schermo del suo telefono. Josie gli mise davanti una tazza di caffè. «Niente zucchero.» lo avvertì.

«Va bene lo stesso.» rispose lui posando il telefono sul bancone, prendendo il caffè e rimuovendo la linguetta di plastica che proteggeva il coperchio per berne un sorso. Con una smorfia, fissò la tazza. «Ho la sensazione che me ne pentirò più tardi.»

«Lo stesso.» disse Josie, bevendo tre sorsi abbondanti di una sostanza così acida e severa da poter passare a malapena per caffè.

«Pensi che abbiano lasciato qualche sostanza detergente nella caffettiera?» chiese Noah.

Lei fece cenno di sì. «Non lo escluderei. Hai parlato con il medico di turno?»

«Sì. Calvert sta per essere operato. Dato che è sotto la nostra custodia, il capo manderà un agente di pattuglia a sorvegliarlo finché non starà abbastanza bene da lasciare l'ospedale. Oh, e ho chiamato la moglie di Calvert.»

«Come l'ha presa?» chiese Josie.

Noah scrollò le spalle. «Bene, per quanto ci si possa aspettare.»

«Quanto le hai detto?»

«Le ho raccontato tutto.»

Lei posò la tazza di caffè accanto a lui e lo guardò negli occhi. «Compreso il fatto che l'ultima cosa che ha detto in ambulanza prima che lo portassero qui è stata di non chiamare sua moglie perché "non è sicuro"?»

«L'ho fatto.»

Josie sospirò. Non poteva fare a meno di pensare alla dolce e sorridente Amalise. «Per caso le hai suggerito di prendere la bambina e lasciare la città per qualche giorno?»

Noah prese la sua tazza di caffè, ne bevve un sorso e storse il naso. «Ha ripetuto la stessa cosa che ci ha detto ieri: Elliott non farebbe mai del male né a lei né alla loro bambina.»

«Il che significa che c'è qualcun altro coinvolto in quello che sta succedendo qui.» concluse Josie. «Qualunque cosa abbia spinto Elliott ad attaccare Alison e Dina.»

«Allora dobbiamo scoprire di chi si tratta.» concluse Noah. «Oggi concentreremo tutte le nostre forze su questa indagine e vedremo cosa riusciamo a scoprire. Alison Mills è ancora dispersa. Qualunque cosa sappia potrebbe dare una svolta all'intera faccenda. Se troviamo qualche motivo per credere che Tori e la bambina siano in pericolo imminente, allora sarà bene parlare con lei in modo molto più serio. È tutto ciò che possiamo fare.»

Josie si lasciò sfuggire un altro sospiro, finì il suo caffè e si guardò intorno. Il Pronto Soccorso era piuttosto affollato per essere una domenica mattina. Infermieri e medici si affaccendavano, passando da una stanza all'altra, da una tenda all'altra. In tutto il reparto suonavano diversi segnali acustici e campanelli per chiamare il personale medico. I familiari entravano e uscivano alla ricerca dei loro cari. «Calvert rimarrà in sala operatoria per ore.» disse poi.

«Anche quando si sveglierà dall'intervento, potrebbe non essere in grado di parlare con noi.» aggiunse Noah.

«È vero.» concordò Josie. «Ma abbiamo molto terreno da coprire in questa indagine. Dato che siamo già qui, perché non ne approfittiamo per andare di sotto a vedere se la dottoressa Feist ha finito l'autopsia di Dina Hale?»

SEDICI

L'obitorio municipale si trovava nel seminterrato del Denton Memorial Hospital. Usciti da un ascensore, Josie e Noah si incamminarono lungo un corridoio costellato di stanze dismesse dalle pareti bianche che col tempo si erano sporcate assumendo una tonalità di grigio. Le loro scarpe scalpicciavano su un pavimento di piastrelle ingiallite che cominciavano a spaccarsi per l'età. Quanto all'odore dell'obitorio, lo si sentiva prima ancora di raggiungerlo: era il tanfo della decomposizione umana che si mescolava con una serie di sostanze chimiche, che servivano a ben poco per mascherare il nauseante sentore della morte. La dottoressa Anya Feist presiedeva una grande sala per gli esami a fianco della quale aveva il suo ufficio privato. Josie e Noah la trovarono nella sala esami, in camice blu navy, con i capelli biondo argentati raccolti sotto una cuffia aderente. Era in piedi accanto a uno dei lunghi tavoli di acciaio inossidabile che correvano lungo la parete in fondo alla stanza e stava lavorando al computer portatile. Alzò lo sguardo quando li vide entrare e tornò a scrivere, dicendo: «Mi avete battuto sul tempo. Avrei chiamato uno di voi a breve...»

Su uno dei tavoli autoptici giaceva un corpo, avvolto da un lenzuolo bianco.

«Eravamo già qui...» disse Josie, «e abbiamo pensato di fare un salto giù.»

La dottoressa Feist alzò una mano dalla tastiera e fece loro segno di avvicinarsi al cadavere. «Ho parlato con i genitori della ragazza ieri pomeriggio. È stato straziante.»

«Ci credo.» disse Josie con voce sommessa.

La dottoressa smise di scrivere e si voltò verso di loro, con un sorriso a denti stretti. «In questo tipo di lavoro non c'è caso che non sia straziante.»

Josie e Noah si avvicinarono al corpo. «Cosa può dirci di Dina Hale?»

La Feist li raggiunse. «Era una diciottenne caucasica in buona salute e ben sviluppata. Nessuna anamnesi significativa.» Si avvicinò al tavolo e ripiegò con cura il lenzuolo all'altezza delle spalle di Dina. La ragazza aveva gli occhi chiusi, il volto apparentemente sereno. Il medico legale indicò un punto sulla gola. «Ho trovato delle ecchimosi intorno al collo e alla gola.»

Josie si chinò in modo da poter vedere i lievi segni a forma di punta delle dita sparsi sulla pelle della ragazza.

«Aveva anche petecchie negli occhi...» proseguì la dottoressa Feist, «il che indica che è stata privata dell'ossigeno prima del decesso.»

«Beh, questa non è una sorpresa.» commentò Noah. «Abbiamo colto il colpevole in flagrante. La causa della morte è lo strangolamento?»

Il medico legale annuì. «Precisamente. L'ha strangolata con una forza tale da fratturare l'osso ioide.»

Josie ricordava da alcuni casi precedenti che lo ioide è un osso a forma di ferro di cavallo che si trova nella gola, appena sotto la mandibola e che funge da attaccamento per la lingua. Sapeva anche che l'osso ioide si frattura pressappoco in un terzo dei casi di strangolamento perché per romperlo occorre una pressione notevole.

«Beh...» disse Josie, «in tal caso dovremo aggiornare il mandato d'arresto con l'accusa di omicidio...»

«Ha scoperto dell'altro?» domandò Noah.

«Non ho trovato alcun segno di violenza sessuale, se è questo che si sta chiedendo. Però, sì, c'è qualcos'altro. Qualcosa di preoccupante.» rispose la Feist.

Si spostò verso il lato destro del tavolo autoptico e sollevò il lenzuolo, rimboccandolo sul corpo della ragazza in modo che si vedessero solo l'avambraccio e la mano. Sollevando l'avambraccio, indicò le dita della mano: due dita e il pollice portavano i resti di unghie acriliche spezzate. Le altre due unghie erano ricoperte da spessi grumi di colla per unghie. Sembrava che avesse cercato di limare via i bordi frastagliati. Le punte di tutte e cinque le dita erano arrossate e leggermente tumefatte.

Noah le chiese: «Pensa che si sia rotta le unghie durante la colluttazione con Calvert?»

«Non c'erano unghie sulla scena dell'aggressione.» disse Josie.

«Avvicinatevi.» li esortò la dottoressa. «Non sono le unghie rotte che hanno destato la mia preoccupazione...»

«E allora cosa dobbiamo osservare?» le chiese Josie.

La Feist alzò i polpastrelli della ragazza in modo che Josie e Noah li potessero osservare più da vicino. Oltre al rossore e al gonfiore, Josie notò quelle che sembravano piccole punture nel letto ungueale. Alzò lo sguardo e vide che la dottoressa Feist aveva un'espressione pensierosa. «Dottoressa...» disse Noah. «Questa è una di quelle cose che non può dirci con precisione, dico bene? Perché se lo dovesse testimoniare al processo, dovrebbe esserne sicura, dal punto di vista medico.»

La dottoressa Feist annuì e ripose il braccio di Dina sotto il lenzuolo.

Noah incrociò le braccia sul petto. «Ci dica allora con che cosa sono compatibili queste ferite.»

Sul viso del medico legale si disegnò un'ombra che si tradusse in una smorfia di dolore quando spostò lo sguardo sul corpo della ragazza. «Queste ferite sono compatibili con la possibilità che qualcuno le abbia trafitto la carne sotto le unghie con qualche oggetto.»

«Che le abbiano trafitto la carne con che cosa?» volle sapere Josie.

«Con un ago, direi. Queste hanno tutto l'aspetto di punture.»

«Cioè, pensa che qualcuno le abbia infilato degli aghi sotto le unghie?» chiese Noah.

«Precisamente.» confermò la dottoressa Feist. «E penso anche che abbia subito una deungulazione, perché le mancano due unghie su questa mano e un'unghia sull'altra.»

«Sta suggerendo che le avrebbero strappato le unghie?» precisò Noah.

«Non potrei dichiararlo nello specifico, però...»

Noah alzò una mano per interromperla. «Dottoressa, non le sto chiedendo che cosa ha scritto nel suo rapporto; le sto chiedendo cosa ne pensa lei: Anya Feist. Qui ci siamo solo io, Josie e lei. Dobbiamo sapere con cosa abbiamo a che fare.»

Lo sguardo della dottoressa Feist scivolò di nuovo sul viso di Dina Hale e, con un pesante sospiro, disse: «La mia conclusione è che questa ragazza potrebbe essere stata torturata. La deungulazione e l'inserimento di aghi sotto le unghie sono forme di tortura che risalgono al Medioevo e, forse, anche più indietro nel tempo.»

«Torturata?» le fece eco Josie. «È una studentessa delle superiori.»

«Vi sto solo dicendo quello che penso. Le ferite che presenta sono compatibili con la tortura.»

«Oltre a questo, c'è altro che dovremmo sapere?» domandò Noah.

La dottoressa Feist alzò le mani in aria e le lasciò ricadere sui fianchi. «Se ci fosse qualcos'altro, ve l'avrei detto. Ascoltate, non è compito mio dirvi perché una studentessa delle superiori sia stata torturata in questo modo. Questo sta a voi scoprirlo. Tutto quello che posso riferirvi è quanto ho trovato e, in via confidenziale, quello che penso, che è ciò che mi avete chiesto.»

«Non ci sono altri segni sul corpo oltre a quelli lasciati da Calvert quando l'ha strangolata?» le domandò Noah.

«Nessuno.»

«Potrebbe essere questo il punto.» ipotizzò Josie.

Entrambi si voltarono a guardarla. «Le ferite sulle unghie non sono molto visibili. Se non si guarda troppo da vicino, non le si notano nemmeno. Al massimo ci si potrebbe accorgere che le unghie non sono in buono stato, ma saranno migliaia le donne che si ritrovano le unghie un disastro per colpa dell'acrilico e nessuno avrebbe motivo di andare a pensare che siano state torturate.»

Noah guardò di nuovo la mano di Dina. «Chiunque l'abbia ridotta in questo stato, non voleva che risultasse evidente. Mi chiedo per quale motivo...»

«Perché stavano cercando di ottenere qualcosa da lei.» spiegò Josie. «Se non avessero avuto bisogno di lei, l'avrebbero fatta fuori.»

«Pensa che sia stato Calvert a ridurla in questo modo?» domandò Noah alla dottoressa.

«Se è stato lui, non l'ha fatto ieri. Dal loro aspetto, direi che le ferite sono state provocate da tre a cinque giorni fa, più o meno.»

«E questo non esclude che sia stato Calvert.» osservò Josie.

«Quindi pensi che sia stato lui a farle una cosa del genere?» le chiese Noah.

«Penso che ci sono molte cose che ancora non sappiamo.»

DICIASSETTE

Una volta tornati alla macchina, Noah si mise al volante e mise in moto per il comando di polizia. Nel frattempo, Josie teneva la testa fuori dal finestrino aperto per prendere qualche boccata d'aria fresca, convinta che lo sgradevole odore dell'obitorio le fosse rimasto attaccato ai capelli e ai vestiti; oppure, magari, era solo il marcio puzzolente di un caso che presentava un'infinità di domande e neanche una risposta. Poco dopo, la stazione di polizia di Denton apparve davanti a loro: era un imponente edificio di tre piani in pietra grigia con un campanile sul lato est che lo faceva assomigliare più a un castello che a una centrale della polizia. Era stato il municipio della città di Denton fino a quando, più di settant'anni prima, il Comune lo aveva convertito nel comando della polizia e lo aveva così fatto iscrivere nel registro storico, il che significava che potevano essere apportati pochi interventi di ammodernamento; ma Josie lo amava così com'era, tanto che anche solo vederlo la riempiva di una curiosa sensazione di pace.

Lasciarono l'auto nel parcheggio comunale sul retro dell'edificio. Josie fu felice di vedere che la porta dell'ingresso al piano terra non era stata presa d'assalto dai giornalisti; in effetti, trovava sorprendente che il pubblico non avesse ancora sentito parlare di quello che era successo sulla Widow's Ridge Road, ma era facile presumere che quel silenzio fosse dovuto alla posizione remota del luogo in cui era avvenuta l'aggressione. Qualunque fosse la spiegazione, Josie ne fu sollevata.

Insieme a Noah salì le scale che portavano alla sala comune del secondo piano. Si trattava di una grande sala piena di scrivanie, schedari, una stampante che molto probabilmente aveva più anni della stessa Josie e un televisore affisso alla parete, che tenevano quasi sempre spento. Solo la squadra investigativa, composta da Josie, Noah, Gretchen e Finn Mettner, e la responsabile dei rapporti con la stampa, Amber Watts, avevano una scrivania fissa; tutte le altre venivano utilizzate all'occorrenza dagli agenti delle pattuglie per le pratiche o le telefonate. L'ufficio del capo si trovava all'estremità opposta della stanza. Josie fu sorpresa di vedere che la porta era aperta e di sentire dall'interno la voce del capo. «Non me ne frega niente se è nel Consiglio comunale. Per quanto mi riguarda potrebbe anche essere il re di tutta questa dannata contea. Non sto chiamando per discutere di queste stronzate da primadonna. Questo è il mio bilancio. Pensa che non sappia fare un bilancio? L'ho già detto al sindaco e lo dico anche a lei, e lo dirò a chiunque altro, che qui abbiamo bisogno di un'unità cinofila. Ha idea di quante volte all'anno dobbiamo chiamare lo sceriffo per farci prestare i loro cani? Pensa che questo dipartimento non lo debba rimborsare per questi interventi? Mi occorrono un cane, un agente e un programma di addestramento. Le dico che ne vale la pena e se non vuole credermi...» Qui interruppe bruscamente la sua arringa e quando riprese a parlare, la sua voce suonava strana e incerta, la spacconeria e l'indignazione di un attimo prima erano scomparse. «Oh, sì. Sì, credo di sì. Eccome. Quando vuole, allora. Faccia un salto in centrale e ne riparleremo. Se pensa di poter coinvolgere anche il resto del Consiglio, tanto meglio. Sì, certo. D'accordo. A presto.»

Josie bussò alla porta aperta e si sorprese ancora una volta quando il capo alzò lo sguardo e sorrise. Sul campo e persino al telefono con un membro del Consiglio comunale, il capo era ancora quello che era sempre stato: abbaiava ordini e si comportava in generale con fare irritato nei confronti di tutto e di tutti; ma, negli ultimi tempi, alla stazione di polizia, soprattutto quando lui e Josie si trovavano da soli, aveva un atteggiamento quasi piacevole.

«Pierce Fuller...» mormorò il capo, «membro del Consiglio comunale. Lo conosci?»

Josie scosse la testa.

Il capo guardò il telefono sulla scrivania come se fosse Pierce Fuller in persona. «Pensa di potermi procurare l'unità cinofila di cui abbiamo bisogno. Vedremo se è una persona seria o se è solo uno dei tanti che spara cazzate come il resto di quei maledetti politici.»

Per quattro anni e mezzo il capo Chitwood era stato abrasivo, spinoso e burbero; un atteggiamento scorbutico su cui la squadra scherzava spesso. Ma quando, un anno prima, la nonna di Josie era sul suo letto di morte, lui si era dimostrato di una gentilezza inaspettata. In seguito, pochi mesi prima, avevano lavorato insieme a un caso di omicidio che lo aveva costretto ad aprirsi con Josie e la loro squadra, e lei aveva scoperto quanto di più importante c'era da sapere su Bob Chitwood, e quasi ogni dettaglio aveva un sapore drammatico. E lui aveva tutto il diritto di essere infelice.

«Comunque...» aggiunse il capo, «entra, Quinn. Hai saputo qualcosa da Calvert?»

«No.» rispose lei. «Era ancora in sala operatoria quando abbiamo lasciato l'ospedale.»

«Peccato.» Un altro sorriso luminoso. «Gli parlerai dopo che sarà uscito. A quel punto, gli farai sputare qualcosa.»

Erano passati cinque mesi da quando Josie e la sua squadra avevano risolto il caso che aveva distrutto la famiglia del capo venticinque anni prima e consumato gran parte della sua esistenza. Cinque mesi da quando il capo aveva rischiato di morire per aiutare Josie a chiudere quella storia. In quegli stessi giorni Josie e la squadra si erano imbattuti in Daisy Sims, una ragazzina di sedici anni che, nel corso di quelle indagini si era scoperto essere la sorellastra molto più giovane del capo. Una sorellastra di cui nessuno era a conoscenza, nemmeno l'uomo che le aveva fatto da padre. Dopo che Josie aveva fatto eseguire due volte il test del DNA per avere conferma della loro parentela, il capo aveva ottenuto rapidamente la custodia della ragazza e i due avevano trascorso gli ultimi mesi a conoscersi e a elaborare il loro insolito, pressoché improbabile, legame di parentela, nonché tutti i fatti sorprendenti e strazianti che l'indagine aveva portato alla luce.

Eppure, nonostante tutti i drammi che aveva subito, Josie non lo aveva mai visto in quel modo. Stava ancora fissando il suo sorriso, la luce nei suoi occhi.

«Quinn!» ripeté. «Vieni dentro!»

Il capo era felice.

Josie si avvicinò alla sua scrivania e gli porse un bicchiere di carta del Komorrah's Koffee. «Il suo Red Eye.» borbottò.

Lui la ringraziò e prese il caffè, sorseggiandolo lentamente e poi emettendo un lungo sospiro di piacere. «Perfetto.» le disse, con il sorriso ancora stampato sul viso.

Chi era l'uomo che aveva di fronte?

«Signore, riguardo a Dina Hale...»

«Hai parlato con la dottoressa Feist? È riuscita a completare l'autopsia?»

«Sì, ed è arrivata a conclusioni inaspettate.»

«Siediti. Dov'è Fraley?» le chiese, ma invece di aspettare la sua risposta, urlò a squarciagola: «Fraley, porta il tuo culo nel mio ufficio!» Il volume era quello tipico, ma il tono di disappunto non c'era stavolta e siccome Noah non apparve immediatamente sulla porta, il capo si alzò e si diresse verso la sala grande.

Josie si sedette su una delle sedie in vinile per gli ospiti che si trovavano di fronte alla scrivania del capo. Dando un'occhiata alla stanza, si rese conto che Chitwood le aveva finalmente dato un tocco personale: da quando aveva preso posto in quell'ufficio, i cimeli e i riconoscimenti dei molti anni in cui aveva prestato servizio nelle forze dell'ordine erano rimasti a raccogliere polvere negli scatoloni di cartone sul pavimento dietro la sua scrivania. Ora quegli scatoloni non c'erano più e alle pareti erano appesi certificati di encomio, lettere di apprezzamento, premi di servizio e fotografie incorniciate nelle quali il capo era stato immortalato insieme alle squadre operative con cui aveva lavorato. Sulla sua scrivania c'era una cornice a tre facce. Da dove era seduta, Josie poteva vederne solo il retro, ma stimò che potesse contenere solo foto di dieci centimetri per quindici. Dalla porta sentiva Noah e il capo che parlavano, ma non riusciva a capire l'oggetto della conversazione. Lentamente si sporse in avanti, cercando di intravedere cosa raffiguravano le foto in quella cornice. Un colpetto sulla spalla la fece saltare dalla sedia. Il capo le passò davanti ridendo. «Non provarci nemmeno a fare la furba, Quinn...» le disse.

Girando intorno alla scrivania, ruotò la cornice verso di lei in modo che potesse vederla: in una riconobbe una sorella che il capo aveva perso decenni prima; un'altra, che lei stessa aveva scattato, ritraeva lui e Daisy nel giorno in cui ne aveva ottenuto l'affidamento. La squadra li aveva portati fuori a cena per festeggiare. Era la prima foto di loro due insieme mai scattata. Chitwood toccò l'ultima foto, che ritraeva una donna che Josie non riconosceva, una foto più vecchia. «Questa è mia madre.» spiegò.

Noah entrò portando una pila di fogli tra le braccia e, prendendo posto sulla sedia accanto a quella di Josie, gliene passò la metà. Poi guardò verso la piccola scrivania e la sedia da ufficio che il capo aveva installato nell'angolo e che, per il momento, conteneva due libri in brossura, un blocco da disegno e un contenitore di matite. «Dov'è Daisy?» gli domandò Noah.

Il capo la portava spesso al lavoro con sé, perché non era pronto a lasciarla sola dopo tutto quello che aveva passato; Amber e Mettner la accompagnavano in giro quando il capo doveva fare più turni e lei si annoiava. Anche Josie, Noah e Gretchen, la cui figlia adulta, Paula, viveva insieme a lei, davano il loro contributo.

«Ha passato la notte da Gretchen e Paula.» gli disse. «Non volevo che rimanesse sveglia tutta la notte con me, seduta qui, mentre io me ne andavo in macchina per tutta questa dannata città. Anche se ho il sospetto che con molta probabilità sia comunque rimasta sveglia tutta la notte per fare la decima maratona di qualche serie televisiva.»

«È difficile smettere quando si comincia.» disse Josie.

«Che cosa ha scoperto? Ancora nulla su Alison Mills?»

Il capo si sedette sulla sua sedia, appoggiandosi allo schienale fino a farlo scricchiolare per protesta e si passò una mano tra i capelli radi, facendo fluttuare qualche ciuffetto. All'improvviso parve un uomo esausto. «Prima di parlare di questo, ditemi dell'autopsia di Dina Hale.»

Josie e Noah gli riferirono le conclusioni a cui era giunta la dottoressa Feist. Il volto del capo rimase imperscrutabile intanto che parlavano. Seguì un attimo di silenzio. Poi disse: «Torturata, dite... beh, certamente questo aggiunge un elemento diverso a questa indagine. C'erano altri segni sul corpo?»

«No.» disse Josie. «Sta pensando a una marchiatura a fuoco, vero?»

Il capo annuì. «Non tutti i trafficanti di esseri umani marchiano le loro vittime, però sono in molti che lo fanno. Se Dina Hale è rimasta coinvolta in qualche sorta di traffico di esseri umani, questo spiegherebbe parecchie cose. Invece, non sono sicuro che spiegherebbe il ruolo di Elliott Calvert. Però, spiegherebbe molte altre cose. La deungulazione l'avrebbe sicuramente sottomessa senza danneggiare il suo aspetto o renderla incapace di fare tutto quello che la stavano costringendo a fare, qualunque cosa fosse. Anche se...» indicò le pile di fogli nelle loro mani, «i tabulati telefonici non mostrano alcuna prova che fosse implicata con qualche trafficante di esseri umani. E nemmeno i suoi account sui social media. A questo ci arriviamo tra un attimo. La prima cosa che dobbiamo fare assolutamente è trovare Alison Mills al più presto. Sfortunatamente, non abbiamo nessuna pista che ci porti a lei. L'unica cosa che posso dirvi è che Alison Mills è sicuramente riuscita ad arrivare in città. I cani hanno seguito il suo odore fino alla Denton East High School, passando per la strada principale che corre vicino alla scuola e si addentra nel bosco. Hanno percorso una quindicina di metri tra gli alberi e poi l'hanno persa.»

«Quei cani non perdono una traccia senza motivo.» commentò Josie. «Potrebbe succedere per colpa del vento, ma di solito accade quando la persona che cercano sale su un veicolo. Doveva essere abbastanza vicina alla strada per tornare indietro, ma se fosse riuscita a farsi dare un passaggio, il conducente non si sarebbe preoccupato del suo aspetto? Supponendo, come abbiamo fatto noi, che fosse ricoperta di sangue per una qualche ferita. O che, perlomeno, avesse il viso segnato da qualche trauma. E ammettendo che qualcuno le abbia dato un passaggio e abbia scelto di ignorare tutto questo e di lasciarla dove aveva chiesto, per quale ragione Alison non ha chiesto di essere accompagnata a casa o di andare alla polizia?»

«E chi l'avrebbe presa a bordo?» si chiese Noah. «Un estraneo che passava in macchina? Alison non aveva modo di chiamare nessuno, perché ha lasciato il telefono sulla scena del crimine. L'unica alternativa è che abbia preso in prestito il telefono di qualche passante e l'abbia usato per chiamare un'altra persona che venisse a prenderla. Oppure si è fatta accompagnare dal buon samaritano di turno in un posto di cui non sappiamo nulla. In questo caso, la domanda è: da cosa diavolo sta scappando?»

«Da qualcuno che tortura le ragazzine?» suggerì Josie.

«Uno di voi due pensa che sia stato Calvert a torturarla?» domandò Chitwood.

Josie si voltò a guardare Noah, che si agitava sulla sedia. Sapeva che stava pensando la stessa cosa a cui pensava lei.

Il capo chiese: «Che vi prende?»

«In apparenza, Calvert non sembra il tipo. È diventato padre da poco, ha una carriera intensa e di successo. In che cosa potrebbe mai essere coinvolto che gli richieda di torturare delle ragazzine?»

«Ne ha uccisa una, Quinn!» le fece notare il capo.

«Giusto. Per questo ho detto in apparenza. Non sappiamo molto su di lui, a parte gli aspetti più superficiali, e senza raccogliere molte altre informazioni dubito fortemente che possiamo stabilire se sia stato lui a torturare in quel modo Dina. Ma non credo nemmeno che sia possibile, o che sia opportuno, escluderlo.»

«Per quanto...» sottolineò Noah, «se riuscissimo a trovare Alison Mills, potrebbe essere in grado di dirci esattamente chi è stato a torturare Dina. Erano migliori amiche...»

«Se i cani hanno seguito la traccia di Alison in quei boschi, le alternative sono due: o che sia tornata indietro e sia salita in macchina con qualcuno, oppure che sia riuscita a passare dall'altra parte, che sbuca in un'area residenziale. La gente che ci vive potrebbe avere delle telecamere di sorveglianza. Potrebbe essere stata ripresa mentre si aggirava per quel quartiere.»

Chitwood alzò una mano. «Sì, c'erano delle telecamere e ho già controllato le riprese. La ragazza non c'è, ma non è da escludere che le abbia semplicemente evitate; se di proposito o per coincidenza, questo non lo possiamo sapere. Ci sono molti punti ciechi in quel quartiere e solo un quarto dei residenti ha installato le telecamere.»

«Doveva essere coperta di sangue.» aggiunse Noah. «Avete fatto un giro di perlustrazione per sentire se uno dei vicini ha per caso visto una ragazza che corrispondeva alla sua descrizione e con ferite evidenti?»

«Certo che l'ho fatto.» disse il capo. «Una signora aveva l'impressione di aver visto una ragazza che corrispondeva alla descrizione di Alison che correva in direzione del centro di Denton... ieri, verso le cinque e mezza del pomeriggio.»

Josie provò una vampata di sollievo: se Alison Mills era stata vista correre, sebbene stesse scappando da qualcosa o da qualcuno, era ancora viva. O perlomeno, era ancora viva fino alle cinque e mezza del giorno prima.

«Ho lasciato andare l'unità cinofila.» disse poi il capo. «Questa mattina, per prima cosa, ho mandato nuove unità a perlustrare la zona in cui l'hanno vista scappare e sto ancora aspettando notizie. Ma indovinate chi si è presentato qui alle prime luci dell'alba per un aggiornamento?»

«Marlene Mills.» disse Josie. Non riusciva a immaginare che nottata potesse aver passato la madre di Alison senza sapere che fine aveva fatto sua figlia o se stava bene e con il marito dall'altra parte del mondo. Si sentì davvero in pena per quella donna. Trovarsi a metà tra il sapere e il non sapere è tremendo. «Questo significa che Alison non è sicuramente tornata a casa.»

Il capo annuì. «La madre di Alison ha chiamato tutti gli amici della figlia ieri sera, ma nessuno aveva avuto sue notizie. Ha chiesto a ciascuno di loro di chiamarla immediatamente se avessero visto o sentito Alison, ma fino a questa mattina nessuno ha dato segni di vita.»

«Il marito ce l'ha fatta a prendere un volo di ritorno?» si informò Josie.

«È in attesa.» disse il capo.

Josie fece una smorfia. A pensarci bene, per certi versi, quello che Clint Mills stava passando in quel momento era addirittura peggiore di quello che stava affrontando sua moglie:

si ritrovava bloccato a mezzo mondo di distanza senza nemmeno una data o un'ora precisa per tornare dalla sua famiglia. Avrebbe dovuto viaggiare per ore su uno o più aerei e avrebbe trascorso quel tempo a porsi un'infinità di domande, in preda alla preoccupazione, a differenza di sua moglie, che era a pochi minuti di distanza dalle indagini, pronta ad ascoltare tutti gli sviluppi che si fossero presentati ed eventualmente, se lo avesse desiderato, anche a unirsi di persona alle ricerche e chiamare le persone più vicine. Poteva fare qualsiasi cosa per tenersi occupata. Invece, suo marito Clint sarebbe rimasto bloccato in un tubo di metallo sospeso nel cielo, con nient'altro che aria di riciclo e solo i suoi pensieri a tenergli compagnia per quindici ore, se non di più.

«Lo so.» disse il capo, notando la sua espressione. «È dura. Motivo ulteriore per cui voglio trovare questa ragazza prima di subito. Non dovrebbe essere una missione impossibile. Per l'amor del cielo, è una diciassettenne, non un'esperta agente dei servizi segreti. Dove diavolo può essere andata? Dovrà aver passato la notte da qualche parte.»

«È stata aggredita.» gli ricordò Noah. «È spaventata. Non ci ha visti e non sa chi siamo. Si è solo imbattuta nella nostra macchina. Per quanto ne sa, potremmo essere complici di Calvert. Forse ha troppa paura per uscire allo scoperto.»

«O magari Calvert aveva dei complici che l'hanno trovata e l'hanno portata via.» suggerì Josie. «Se ci sono altre persone coinvolte, qualcuno disposto a torturare delle ragazzine, non è da escludere che Alison abbia troppa paura per rivolgersi alla polizia o addirittura a sua madre.»

«Chiamerò Marlene Mills.» sospirò il capo. «Dobbiamo parlarne subito con la stampa. Non possiamo perdere altro tempo. Ho bisogno di trovare quella ragazza. Se facciamo in modo che sua madre vada in televisione e faccia un appello affinché Alison torni a casa, dicendole che è al sicuro, potrebbe farsi viva. Se non funziona, dobbiamo prendere in considerazione la teoria di Quinn che un complice la trattenga contro la sua volontà. Abbiamo già perso un'adolescente ieri. Non ho nessuna intenzione di dire a Marlene Mills che abbiamo perso anche sua figlia. Mi sono spiegato?»

Josie e Noah annuirono. Battendo un dito sulla pila di documenti che Noah le aveva consegnato, Josie disse: «Che ci dice di questi fascicoli? C'è qualcosa di utile qui? Di chi sono i tabulati telefonici?»

«Di Dina Hale, Alison Mills ed Elliott Calvert.» rispose il capo. «Ho chiesto a Hummel di usare la GrayKey per ottenere tutto quanto, visto che avevamo il permesso delle madri delle ragazze e un mandato per il telefono di Calvert. Li ho stampati. È il caso che ci diate subito un'occhiata.»

DICIOTTO

Il caffè di Josie era ormai tiepido quando lei e Noah tornarono alle loro scrivanie e iniziarono a stendere i tabulati telefonici, dividendoli in pile a seconda del nominativo. Lo bevve comunque, rimpiangendo di non averne comprati due. Noah le porse la sua tazza di caffè dall'altra parte della scrivania. «Prendi.» disse. «Finisci il mio. Gretchen arriverà a momenti. Sono sicuro che avrà preso un altro giro per tutti quanti.»

Gli sussurrò "Ti amo" e mandò giù in un sorso anche il suo caffè.

Il capo li aveva seguiti fuori dall'ufficio, teneva le braccia incrociate sul petto e, ballonzolando sui tacchi in attesa di quello che stavano per leggere, si avvicinò a Noah per prendere la pila di tabulati di Alison Mills; sfogliandone alcune pagine, disse: «Cominciamo dai social media. Calvert ha solo Facebook e Twitter. Si direbbe che non usi molto nessuno dei due. Le ragazze hanno tutte le piattaforme possibili e immaginabili. Sono molto attive, ma non ho visto nulla di rilevante per la nostra indagine.»

«Nemmeno su Snapchat o su Instagram?» chiese Noah. «A

quanto pare sono sempre più numerosi gli adolescenti che utilizzano queste piattaforme per scambiarsi messaggi.»

«È vero.» convenne Josie. «Negli ultimi casi a cui abbiamo lavorato in cui erano coinvolti degli studenti delle scuole superiori, tutte le informazioni incriminanti erano su questi due social.»

Il capo scosse la testa. «Infatti, è il primo posto in cui sono andato a vedere, ma non c'è niente di incriminante. Niente che sembri anche solo lontanamente collegato a quello che stiamo trattando in questo caso. Passiamo ai dati di localizzazione che abbiamo estratto dai loro telefoni. Tutti loro avevano il GPS in funzione e con queste informazioni si risale fino ad almeno un anno fa. Hanno tutti un gestore telefonico diverso e ogni gestore conserva i dati di geolocalizzazione sul telefono per un periodo di tempo diverso, a condizione che il proprietario del telefono non li cancelli. Con quello di Calvert si risale fino a un anno fa; con la cronologia di navigazione di Dina Hale e Alison Mills si risale a circa diciotto mesi fa. Sto esaminando gli ultimi sei mesi per i nostri scopi immediati. Ecco cosa potrebbe essere utile.» Voltò verso di loro una pagina su cui aveva evidenziato in giallo diverse voci. «Questi sono tutti i luoghi in cui Alison Mills è stata negli ultimi sei mesi e che corrispondono a quelli in cui si trovava Dina Hale in quegli stessi momenti.»

Josie prese il fascicolo dalle sue mani e studiò l'elenco che risaliva a due settimane prima. La casa di Dina. La casa di Alison. Uno Starbucks. Un negozio di abbigliamento. Un altro negozio di abbigliamento. L'Hotel Eudora. Altre voci erano state evidenziate in blu. «Cosa sono questi?»

Il capo estrasse una risma di fogli dalla pila di Elliott Calvert e sfogliò le pagine fino a trovare un elenco evidenziato con lo stesso colore. «Questi sono tutti i luoghi in cui Alison Mills, Dina Hale ed Elliott Calvert sono stati contemporaneamente negli ultimi sei mesi.»

Josie alzò lo sguardo dall'elenco che il capo le stava

porgendo e incrociò il suo. «Nello stesso tempo? Ci sono diversi luoghi evidenziati qui.» Li contò accuratamente. Noah prese l'elenco di Calvert dalle mani del capo e si spostò verso la scrivania di Josie. Tennero gli elenchi uno accanto all'altro. Noah lesse le posizioni elencate. «L'Hotel Eudora. Hotel Eudora. Hotel Eudora. Hotel, Hotel... Poi casa di Dina... casa di Dina. Casa di Alison. Di nuovo casa di Dina. Questa è la mattina in cui le ha aggredite.»

«Sicuramente le ha seguite da casa degli Hale.» disse Josie. «La domanda è: si conoscevano tra di loro? E se sì, come? Se non si conoscevano, significa che le stava pedinando? E se sì, per quale motivo?»

«È questo che dovete scoprire voi due...» disse il capo.

«Le ragazze lavoravano all'Hotel Eudora e da queste voci non evidenziate sembra che Elliott Calvert frequentasse quell'albergo anche quando loro non erano in servizio.» osservò Josie. «Era un cliente abituale.» Sfogliò un'altra pagina. «Almeno negli ultimi cinque mesi.»

«Ma potrebbe anche non essere stato all'hotel per loro.» disse Noah. «Però sappiamo che a un certo punto ha iniziato a seguire queste ragazze. Che potrebbe anche aver torturato Dina e che stava cercando qualcosa. Di cosa diamine potrebbe trattarsi, mi domando...»

«Possiamo chiederglielo quando sarà uscito dalla sala operatoria...» propose Josie, «ammesso che accetti di parlare con noi, cosa che non credo accadrà. Potremmo anche provare a chiedere a sua moglie, ma immagino che non lo sappia. Penso che oggi dovremmo concentrarci sul capo e sui colleghi di Calvert e parlare di lui e delle ragazze con chiunque troviamo all'hotel. Al primo piano dell'Eudora ci sono un bar e un ristorante piuttosto popolari. Lo usano anche le persone che non alloggiano nell'hotel.»

«"Da Bastian", così si chiama.» disse Noah. «Già. È il posto in cui si ritrova tutta la gente sciccosa e sofisticata. Come il sindaco e i consiglieri comunali.»

«Ci ho dovuto pranzare spesso con il sindaco.» disse annuendo il capo. «Fanno un filet mignon che è la fine del mondo.»

«Se Dina e Alison lavoravano nel reparto ristorazione per gli eventi ed Elliott frequentava il ristorante, è possibile che siano entrate in contatto con lui.» ipotizzò Josie. «Forse gli hanno portato via qualcosa.»

«Per esempio?» chiese Noah. «Cosa potrebbero avergli sottratto che valesse la pena di torturare qualcuno? Di uccidere addirittura?»

Josie sospirò e ributtò i fogli sulla scrivania. «Non ne ho idea.»

Il capo raccolse un fascicolo dalla pila di Dina e passò al rapporto sui dati di geolocalizzazione. «Potrebbero avergli preso della droga.» suggerì. «Dina ha fatto un giro all'East Bridge in un paio di occasioni nelle ultime due settimane.»

A Denton c'erano due ponti: il South Bridge e l'East Bridge. Il South Bridge, piccolo e poco utilizzato, portava fuori dal centro abitato, verso i pianeggianti terreni agricoli della contea di Lenore. L'East Bridge invece si trovava in una posizione più centrale all'interno di Denton, era più grande e rappresentava il fulcro dell'attività di spaccio della città. Il Dipartimento di Polizia aveva rinunciato da tempo a sgomberarlo, dato che i suoi residenti tornavano sempre; cercava solo di mantenere la criminalità al minimo.

Josie allungò una mano e il capo le passò il rapporto. La delusione calò come una pietra nel suo stomaco. I genitori di Dina sembravano così convinti che avesse davvero smesso di drogarsi. Anche dopo che qualcuno aveva passato al setaccio la loro casa, Guy Hale non sembrava disposto ad accettare l'idea che sua figlia fosse tornata ad abusare di sostanze illecite. Aveva creduto a sua figlia. Ma magari lei aveva davvero smesso di farne uso. Gli abitanti di Denton si recavano all'East Bridge solo per due motivi: per comprare stupefacenti o per venderli. Era da ingenui pensare che Dina avesse messo le mani su una partita di droga, presumibilmente da Elliott Calvert stesso, e avesse cercato di venderla o di sbarazzarsene in qualche altro modo?

«I risultati dell'esame tossicologico ci permetteranno di capire se Dina aveva ricominciato a drogarsi.» affermò Josie. «Il problema è che ci vorranno mesi per ottenerli. I suoi genitori sembravano pensare che avesse davvero chiuso con quella vita. Suo padre ha perquisito la sua stanza di recente e non ne ha trovato traccia.»

«Ma magari non ha trovato nulla perché la persona che è entrata in casa loro l'ha presa prima.» suggerì Noah.

«Potrebbe essere.» convenne Josie. «Ma se Elliott Calvert aveva una dose e in qualche modo Dina ne è entrata in possesso - sia che abbia deciso di portarla all'East Bridge per sbarazzarsene o meno - di che tipo di quantità o volume stiamo parlando? Che quantità ce ne sarebbe voluta perché lui fosse disposto a torturare Dina e poi a seguirla e ad attaccarla insieme ad Alison? Senza contare che abbiamo la data del giorno in cui è stata commessa l'irruzione nella casa degli Hale. Elliott Calvert era a casa di Dina quel giorno?»

Noah abbassò lo sguardo sul rapporto del segnale GPS del telefono di Calvert, che era ancora nelle sue mani. «No, non c'era.»

Josie sentì un brivido lungo la schiena. «Questo significa che è stato qualcun altro a introdursi in casa degli Hale e a metterla a soqquadro. E quest'altra persona potrebbe anche essere quella che ha torturato Dina.»

«Forse è uno dei soggetti che vivono sotto l'East Bridge.» suggerì Chitwood.

La porta delle scale si aprì di schianto e Gretchen entrò nella sala grande con un vassoio di cartone pieno di tazze di caffè dal Komorrah's tra le mani. Dietro di lei c'era Daisy, che portava un sacchetto di carta, sempre del Komorrah's Koffee. Josie sentì l'odore dei pasticcini prima ancora che Daisy raggiungesse le scrivanie.

«Siete due persone meravigliose...» le accolse. «Delle vere e proprie divinità.»

Gretchen posò il portabicchieri sulla scrivania e iniziò a distribuire i caffè. «Lo dici soltanto perché la mole di lavoro che ci aspetta sembra insormontabile.»

«È così, e non è un'esagerazione.» commentò Noah.

«Ma questo non cambia la vostra natura divina.» concluse Josie.

Daisy si fermò in maniera impacciata accanto a Gretchen con la busta in mano, come se aspettasse istruzioni. I suoi capelli biondo cenere le ricadevano sulle spalle. Sembravano acconciati di fresco. Indossava dei blue jeans nuovi, che abbracciavano la sua struttura snella, e sopra una maglietta nera aderente indossava una felpa con cappuccio della Portland State University, evidentemente di una taglia troppo grande per lei.

«Paula ti ha portato a rinnovare il guardaroba?» le chiese Josie.

Daisy sorrise timidamente e annuì. Abbassò lo sguardo sulla felpa. «Ma questa felpa me l'ha data in prestito. Mi piace. Anch'io voglio andare all'università un giorno.»

Il capo le sorrise e le si avvicinò per prendere il sacchetto di pasticcini dalle sue mani. «E ci andrai.»

«Stai benissimo.» le disse Josie.

Fino a quando il capo non l'aveva presa in affidamento, Daisy aveva vissuto una vita insolita e in un certo senso protetta. A sedici anni era più matura della maggior parte dei suoi coetanei per certi versi, ma ancora molto infantile per altri. Il capo era stato combattuto se farla studiare a casa o se mandarla alle superiori con altri ragazzi. Daisy, da parte sua, desiderava l'interazione sociale. L'occasionale goffaggine di cui l'infanzia l'aveva gravata non la preoccupava affatto. Voleva semplicemente stare al mondo. Un terapeuta le aveva consigliato un piccolo liceo privato a Denton, dove sembrava trovarsi bene.

«Daisy, domani non hai un compito di scienze per il quale devi studiare?» le ricordò Chitwood. «Ti ho portato lo zaino con i libri. Lo trovi nel mio ufficio.»

Daisy sembrò delusa, ma si avviò comunque verso l'ufficio del capo, lasciando la porta socchiusa. Gretchen si guardò intorno, osservando le pile di documenti sparse sulle scrivanie. «Ragguagliatemi.»

Josie, Noah e Chitwood riepilogarono tutto ciò di cui avevano già discusso quella mattina. Gretchen si spostò da una scrivania all'altra per esaminare i rapporti sui dati di geolocalizzazione man mano che veniva informata del loro contenuto e alla fine chiese: «E dalla messaggistica e la galleria? Ci sono messaggi tra una delle due ragazze e Calvert? O tra entrambe e Calvert?

Il capo scosse la testa. «No. A parte le coordinate del GPS, dai loro telefoni non risulta alcuna prova che siano stati in contatto. Le ragazze non sono ricollegabili a Calvert nemmeno tramite i social media. Ma ci sono alcuni scambi di messaggi tra Dina e Alison che vale la pena esaminare.»

Josie setacciò la pila su Alison e trovò la stampa dei messaggi di testo. Gretchen e Noah si misero al suo fianco e lessero via via che lei girava le pagine. C'erano settimane di messaggi, la maggior parte dei quali riguardava gli accordi tra le ragazze per andare e tornare dal lavoro, capire dove e quando incontrarsi per andare a fare compere o a vedere un film al cinema, lamentarsi per le cose che succedevano al lavoro. Alison si lamentava del fatto che suo padre dovesse andare a Hong Kong, in particolare del fatto che ci sarebbe rimasto ancora per diversi mesi. Non voleva che si perdesse la cerimonia di consegna del diploma alla fine delle superiori. Si sentiva in colpa per il fatto che lui avesse dovuto accettare il lavoro all'estero, perché le sue spese mediche erano ancora molto alte.

Diversi scambi di messaggi parlavano di un ragazzo di nome Max del quale Dina era, senza ombra di dubbio, infatuata. In un messaggio di tre settimane prima, Dina aveva inviato una foto ad Alison commentata da diverse faccine che piangevano, e aveva scritto:

Non può essere vero! È una cosa seria?

La foto era stata chiaramente scattata da lontano e senza il consenso dei soggetti. Josie riconobbe gli sgabelli blu con lo schienale alto e la tappezzeria smerlata, caratteristici del bar all'interno del ristorante "Da Bastian" dell'Hotel Eudora. Di sera, il bar era illuminato da una fredda luce blu, mentre la zona ristorante si presentava in penombra, rischiarata solo dalle luci dorate su ogni tavolo. Nella foto, un uomo e una donna piuttosto giovane erano seduti sugli sgabelli, uno di fronte all'altro. La donna aveva il gomito destro appoggiato sul bordo del bancone e la mano sinistra in grembo. Teneva la testa poggiata sulla mano destra. A giudicare dai vestiti che portava – un paio di pantaloni neri aderenti, pratiche scarpe nere e una polo bianca – Josie immaginò che facesse parte del personale dell'hotel. Aveva i capelli castani, pettinati all'indietro in uno stretto chignon. Era difficile scorgere la sua espressione perché la foto la ritraeva di profilo, ma non sembrava sorridere. L'uomo, invece, esibiva un sorriso ammiccante. Indossava un completo grigio antracite abbastanza scuro da abbinarsi ai suoi folti e ondulati capelli neri che portava pettinati all'indietro scostati dal viso. Era proteso verso di lei e teneva una delle mani appoggiata sul ginocchio della ragazza.

«Questo potrebbe essere Max.» disse Josie.

Noah, da dietro le sue spalle, disse: «Si direbbe un incontro intimo.»

«Da questi messaggi, sembra che Dina si fosse presa una

bella cotta per Max.» disse Gretchen. «È il caso di andare a parlarci.»

Noah puntò un dito in fondo alla pagina, dove Alison aveva risposto alla foto e al messaggio.

Te l'avevo detto che è un giocatore incallito. Ti stava solo illudendo. Non ne vale la pena. E comunque non ti merita nemmeno.

Aveva aggiunto una gif di una giovane donna, in atteggiamento di sufficienza, che scuoteva la testa con la scritta "meriti di meglio" alla base.

Dina aveva risposto con cinque emoji di faccine che piangevano e dieci emoji di cuori spezzati. Poi aveva scritto:

Ma perché con lei?

Alison aveva risposto con un altro messaggio:

Dina, quello ci prova con tutte. Letteralmente con tutte. Non ne vale la pena. Per non parlare del fatto che è il nostro capo, e già solo questo lo rende disgustoso.

Dina aveva risposto con una gif di una donna dall'atteggiamento molto serio con sotto la scritta: "Ma io lo voglio. Voglio lui. Devo averlo".

Alison aveva risposto con la gif di una donna che alzava gli occhi al cielo.

Lo scambio era finito lì. Seguivano altri messaggi in cui le due ragazze avevano parlato di faccende banali, come la programmazione e l'acquisto di alcuni prodotti. Poi c'era stata una conversazione più allarmante, risalente a due giorni prima.

Dina: *Dobbiamo parlare.*

Alison: *Lo so. Ora comincio a essere molto preoccupata per te.*

Dina: *Hai controllato quella cosa che ti ho chiesto?*

Alison: *Sì. Non c'è niente lì. Niente di niente. Sei sicura che non si tratti solo di questo?*

Dina: *Ma che ne so? Non me l'hanno mai detto con chiarezza. Ma se non trovo quello che vogliono, mi faranno fuori. Sto morendo di paura.*

Alison: *Anch'io. Non so proprio come aiutarti. Forse dovremmo dirlo a mia madre.*

Dina: *Neanche per sogno. Niente genitori!*

Alison: *Forse dovremmo chiamare la polizia.*

Dina: *NO. NIENTE POLIZIA.*

Alison: *Allora cosa facciamo?*

Dina: *NON LO SO. Puoi dormire a casa mia domani sera? Dopo il lavoro? Così possiamo parlare.*

Alison: *Certo.*

«In che razza di storia si erano cacciate queste due ragazzine?» borbottò Gretchen.

«E chi sono le persone di cui parlano?» chiese Josie.

«Non c'è modo di saperlo solo da questi messaggi.» disse Noah. «Dobbiamo metterci all'opera, sul campo, e cominciare a chiedere in giro, a più persone.»

«Dobbìamo trovare Alison Mills.» disse Gretchen. «Riprenderò le ricerche in giornata, se voi due volete seguire le piste dell'Hotel Eudora, in particolare i loro colleghi e il loro capo che, stando a questi messaggi, è quel tale Max che piaceva a Dina.»

Josie si sedette sulla sedia. Accese il browser Internet del computer e andò sul sito dell'Hotel Eudora. In pochi secondi trovò il nome del responsabile della ristorazione e degli eventi: Max Combs. Qualche secondo in più e avviò una ricerca nei database a sua disposizione, e riuscì a far combaciare la foto che Dina aveva inviato ad Alison con quella della patente di un certo Max Combs, trentaduenne e residente a Denton, in Pennsylvania. «È proprio lui.» disse.

Da dietro di lei, sia Noah che Gretchen concordarono. Poi Noah disse: «Controlla se ha la fedina penale sporca.»

«Ci sto già lavorando.» disse Josie, proseguendo con la ricerca. «Niente. Qualche multa per eccesso di velocità e un paio per divieto di sosta. Non c'è altro.»

«Voi parlategli quando andate all'hotel. Io posso tornare nella zona in cui Alison è stata vista per l'ultima volta e fare un sopralluogo, per mostrare la sua foto in giro.» propose Gretchen «Se riesco a trovare una pista su di lei, recupero i filmati di sorveglianza dalle telecamere del vicinato o dai sistemi di sicurezza degli esercizi locali e vedo se riesco a rintracciarla in questo modo.»

«Voglio anche parlare con il superiore di Elliott Calvert e con tutti i colleghi con cui possiamo metterci in contatto.» disse Josie. Trovò il numero dell'azienda dove lavorava Elliott Calvert. Dopo una rapida telefonata, aveva già fissato un appuntamento con il suo responsabile di lì a più tardi.

La porta delle scale si aprì di schianto e tutti i presenti si voltarono e videro un uomo alto, vestito con un completo scuro, varcare la soglia dell'ufficio. Dal sorriso ampio e ben studiato che esibiva, Josie capì immediatamente che si trattava di un uomo impegnato in politica. Si diresse verso di loro, aprendo le braccia come se stesse salutando dei vecchi amici. Una folta ciocca di capelli sale e pepe gli scivolò sull'occhio e lui la rimise a posto con un leggero movimento della testa.

Il capo si frappose tra l'uomo e la sua squadra, con le braccia conserte sul petto stretto e uno sguardo di minaccia sul volto. «Posso aiutarla?»

L'uomo si fermò, ma il suo sorriso da telecamera non vacillò minimamente. Lanciò un'occhiata alle spalle del capo e fece un cenno cospiratorio, come se fossero coinvolti in qualche scherzo. «Pierce Fuller.» si presentò. «Ci siamo sentiti poco fa per telefono. Speravo di poter parlare con lei di quell'unità cinofila...»

Il capo non accennò a rilassare la sua postura rigida. «Come è arrivato qui?»

«Mi ha fatto salire il vostro sergente in portineria. Gli ho spiegato che è stata lei a dirmi di passare quando volevo.» E allungò il collo per guardare oltre Chitwood. «Intendeva dire in qualsiasi momento, non è vero? O era solo una... come l'ha definito lei? "Stronzata da primadonna"?»

Seguì un lungo momento di silenzio imbarazzante. Alla fine, il capo disse: «Non sono uno che racconta stronzate, Fuller. Torni di sotto e aspetti nella sala conferenze. Il nostro sergente le farà strada.»

Il sorriso di Fuller non si incrinò. Provò di nuovo a sbirciare intorno al capo. «Posso aspettare qui. Sembra che stiano succedendo cose piuttosto interessanti. Se non le dispiace, rimarrei ad ascoltare. Per capire quando un'unità cinofila può essere utile nelle indagini.»

Il capo caricò una mano sulla spalla di Fuller e lo spinse indietro verso la porta. «Mi dispiace, Fuller. Questa è un'indagine in corso e, a meno che lei non abbia lavorato nel fango e nel letame con i miei agenti, non può ascoltare. Ci vediamo di sotto tra dieci minuti.»

Fuller non obiettò, lanciando un ultimo sorriso al di sopra

delle spalle agli altri, insieme a un'alzata di spalle bonaria che sembrava dire: "Ci ho provato".

Una volta chiusa la porta, Chitwood sbuffò. «Ma vi rendete conto di che razza di maledetti sono questi politici? Come se io me ne stessi seduto ad aspettare che questo si faccia vivo. Come se non avessi niente di meglio da fare.»

«Signore, forse dovrebbe provare a essere un po' più gentile con quel tale.» gli suggerì Gretchen. «Quell'unità cinofila ci farebbe davvero comodo.»

Il capo la fulminò con lo sguardo. «Non ho bisogno di essere gentile con lui. In questo caso non c'è posto per la gentilezza. Se questo dipartimento disponesse di un cane tutto suo, risparmierebbe enormemente nel lungo periodo!»

Noah rise. «Credo che Palmer stesse suggerendo che se questo tizio sta cercando di aiutarla, allora, per quanto la sua visita non sia piacevole, potrebbe filare tutto più liscio se lei cercasse di essere... gentile.»

«Un po' come è stato con noi ultimamente.» aggiunse Josie.

Fece un piccolo cenno in direzione del suo ufficio da cui sbucò Daisy.

Il capo le sorrise e le fece cenno di tornare dentro. «Va bene, va bene.» disse. «Sarò più gentile. D'accordo. Farò del mio meglio. Ora, squadra, ascoltatemi, c'è un'altra cosa.»

Fece il giro delle scrivanie fino ad arrivare al posto di Noah e indicò la pila di tabulati del telefono di Elliott Calvert. «La messaggistica di Elliott Calvert è pulita. Ha scritto alla moglie, al capufficio, ai genitori, a vecchi amici e ai colleghi di New York. Praticamente non c'è conversazione che non riguardi la bambina appena nata. Fotografie da riempirci una mostra. Messaggi in cui promette di incontrarsi presto, in cui organizza riunioni di lavoro e la moglie che vuole sapere a che ora rientra a casa.»

«E le telefonate?» chiese Josie.

«Stesso discorso.» disse il capo. «Tranne un numero che ha

chiamato sedici volte negli ultimi quattro mesi...» e snocciolò il numero. «È un numero di cellulare disattivato, associato a un telefono usa e getta. È tutto quello che ho trovato finora.»

Gretchen gli fece cenno di passarle il rapporto con il numero evidenziato. «Posso lavorarci io a questo.» si offrì. «Vedo se riesco a fare qualche ricerca.»

«E Alison e Dina?» chiese Noah. «Hanno mai chiamato quel numero? O qualche numero insolito? Ci sono numeri sospetti negli elenchi delle loro chiamate?»

Il capo scosse la testa. «No, ma c'è un'altra cosa che dovete vedere dal telefono di Calvert. Non aveva molte foto sul telefono, ma quelle che aveva erano di lavoro o della sua bambina. Un paio della moglie, ma soprattutto della neonata. Però...» Sfogliò un'altra serie di documenti finché non trovò un fascicolo di fotografie a colori. Lo passò dall'altro lato della scrivania e Josie lo prese.

Noah e Gretchen si avvicinarono mentre lei guardava le foto. Una piccola spirale di nausea salì dallo stomaco di Josie quando pensò a Tori Calvert, a casa con la piccola Amalise, esausta, sopraffatta e totalmente dedita alla vita che lei ed Elliott avevano creato.

C'erano in tutto sette foto.

«Erano contenute nell'applicazione della galleria fotografica?» chiese Gretchen.

«No.» rispose il capo. «Erano in un'applicazione che assomiglia a un orologio, ma che in realtà memorizza le foto che non si vuole far vedere a nessuno.»

Ogni foto mostrava il corpo parzialmente svestito di una donna, dalla pelle olivastra morbida e liscia. In alcune foto era sdraiata su un letto, tra lenzuola sgualcite, con la schiena scoperta e la linea del seno visibile. Altre foto la ritraevano seduta sul bordo del letto, mostrandola solo dalla vita in giù, con indosso un perizoma di pizzo. In un'altra, era sdraiata sulla schiena, con l'ombelico, il perizoma e la parte superiore delle cosce a vista. Una costellazione di lentiggini scure dalla forma di una S si snodava dal lato sinistro dell'ombelico fino al bordo del perizoma. Sulla parte superiore della coscia destra c'era un neo. In nessuna delle foto si vedeva il suo viso e nemmeno i suoi capelli. Anche l'ambiente circostante era generico. Solo una foto era stata scattata abbastanza lontano dalle sue forme da rendere visibile una striscia di muro alle sue spalle: la parete era color crema con un rivestimento beige, un pezzo del quale era stato intaccato, rivelando il legno scheggiato. «Quella non è certo sua moglie.» disse Josie. «Tori Calvert ha avuto un cesareo.»

«Potrebbe essere Dina?» chiese Noah. «La carnagione è simile.»

Josie studiò ancora un attimo le foto. «Possibile. Gretchen, puoi chiamare la dottoressa Feist per vedere se Dina ha qualche caratteristica distintiva che possiamo confrontare? Magari lentiggini come queste?»

«Certo.» disse Gretchen.

«Ho già controllato le foto di Dina sui social media per vedere se avesse pubblicato delle immagini di sé in costume o in canottiera – qualsiasi cosa in cui mostrasse l'addome - e non ha pubblicato nulla del genere, quindi non la possiamo escludere in base alle foto dei social media.» disse Chitwood.

«Ma perché Calvert avrebbe dovuto avere foto di Dina mezza nuda sul suo telefono?» si chiese Gretchen. «Dina era pazza di questo Max.»

«È vero.» concordò Noah. «Ma non possiamo ancora escludere nulla.»

«Abbiamo bisogno di molte più informazioni.» affermò Josie. «Andiamo. Per prima cosa andiamo all'East Bridge. Dopodiché andremo a parlare con il capoufficio di Calvert. L'ultima fermata la facciamo all'Hotel Eudora.»

DICIANNOVE

Aveva dodici anni la prima volta che aveva preso in mano una pistola. In quel periodo, gravitava regolarmente intorno a Mulo. Anche se sua madre diceva che, quando gli uomini chiamano le donne e le ragazze "tesoro" lo fanno in atteggiamento sminuente e troppo confidenziale, per non dire degradante, la verità era che a Perla faceva piacere quando Mulo la chiamava "tesoro" perché non le sembrava né sminuente né troppo confidenziale, né tanto meno degradante. E comunque non riusciva a capire per quale motivo sua madre potesse chiamarla con tutti i vezzeggiativi che voleva mentre gli uomini non potessero chiamarla "tesoro"; la mamma ci aveva provato a spiegarle la differenza, ma Perla si era scocciata subito e l'aveva ignorata. Non le interessava cosa diceva sua madre. La parola "tesoro" aveva sortito gli effetti di un sortilegio. Di solito era accompagnata da qualche lezione che Mulo pensava dovesse imparare, come quando le aveva insegnato a tirare i pugni. All'epoca, lei aveva pensato che fosse una cosa stupida e inutile, ma poi aveva iniziato a "svilupparsi" come diceva sua madre. Il suo corpo aveva iniziato a fare cose che lei non voleva che facesse e che nemmeno capiva. Da un momento all'altro erano spuntati dei tessuti morbidi dove prima c'erano stati solo ossa spigolose e superfici piatte. Aveva avuto quindi bisogno di un reggiseno e di biancheria intima nuova e più grande. Ma la cosa che le era piaciuta meno era il modo in cui qualche volta avevano iniziato a guardarla i ragazzi e persino gli uomini.

Perla non sapeva cosa volessero esprimere quegli sguardi, ma alla fine aveva capito che c'era un collegamento tra quegli sguardi e quello che le aveva detto Mulo, che secondo lui tutti dovrebbero saper tirare un pugno, soprattutto le ragazzine. Ormai, quando Mulo si presentava a casa, Perla si assicurava di rimanere a portata d'orecchio e quando lui parlava, lei si assicurava di prestare ascolto.

E quando lui sanguinava, lei gli portava qualcosa per asciugarsi.

«Cos'è successo?» gli aveva chiesto Perla, cercando di respingere il panico che sentiva salire nel petto.

Mulo era andato a piazzarsi davanti al lavello della cucina e teneva la mano sinistra sotto il rubinetto che scorreva. Il sangue sgorgava da uno squarcio sul palmo della mano e si mescolava con l'acqua che mulinava in un gorgo dentro lo scarico. Nel lavandino c'era una ciotola di cereali ancora mezza piena e alcune gocce del suo sangue punteggiavano il latte bianco.

«Stavo... lavorando.» le aveva spiegato Mulo. «Stavo lavorando, semplicemente, e mi sono fatto questo taglio. Dovevo incontrare tuo padre qui. Dobbiamo parlare di un lavoro. Ho pensato che sarebbe andato tutto bene e non mi sono preoccupato di andare a casa o in ospedale per farmi mettere i punti.» Gli era uscita una risata nervosa, quella che di solito faceva soltanto quando c'era la madre di Perla nei dintorni. «Chi ha tempo per queste cose, ti pare?»

«Papà non è ancora tornato a casa.» gli aveva detto Perla. «E la mamma è appena uscita per una specie di riunione, o qualche altro impegno. Cosa devo fare?»

«Hai una cassetta di pronto soccorso?»

Perla non aveva perso tempo a rispondere ed era partita di corsa al piano di sopra, diretta in bagno. Aveva trovato una confezione di cerotti, una boccetta di disinfettante, un rotolo di garza, ma nessuna cassetta di pronto soccorso. Allora era andata nella camera da letto dei suoi genitori e si era messa a rovistare nell'armadio. Sul fondo del lato di suo padre, accanto a un paio di scarpe eleganti, aveva trovato una scatola verde con una croce rossa dipinta sul coperchio e la scritta: Pronto Soccorso. Con grande sollievo l'aveva presa ed era tornata in cucina. Nel frattempo, Mulo aveva chiuso il rubinetto e si era messo un batuffolo di carta assorbente premuto sul palmo della mano, che teneva schiacciato con le dita come se fosse una palla. Servendosi dell'altra mano e dei denti, vi aveva legato intorno uno strofinaccio da cucina.

«Portala qui.» le aveva detto.

Quando Perla aveva aperto la cassetta del pronto soccorso, non ci aveva trovato garze, bende o pomate. Ci aveva una pistola.

«Mhmm...» aveva sospirato Mulo.

Erano rimasti a contemplarla. Era piccola e sottile, con un'impugnatura - il "calcio", come più tardi Mulo le avrebbe detto di chiamarlo - che presentava la stessa incisione su entrambi i lati: un viso scheletrico che aveva qualcosa di femminile, con lunghi capelli che le fluivano dal cuoio capelluto. Una mano ossuta teneva una falce che si allungava sopra la testa. La bocca era spalancata in un urlo o in una risata, impossibile dirlo.

«L'hai presa dalla stanza di tuo padre?» l'aveva apostrofata Mulo e lei aveva annuito.

Con la mano buona, l'uomo aveva preso la pistola per l'impugnatura, assicurandosi di tenere la canna lontana da lei, e l'aveva girata; in quel momento Perla si era accorta che, su quel lato dell'impugnatura, alla triste mietitrice mancava un dente, in un punto in cui la superficie dell'impugnatura era stata danneggiata, intaccata e graffiata. «Hai mai tenuto in mano una di queste, tesoro?» le aveva chiesto Mulo.

«No. Io non... non posso...»

Lui le aveva fatto un sorriso. «Non c'è problema. Prima o poi bisogna imparare.»

«Non credo che sia giusto.» aveva ribattuto Perla. «Non credo che si debba imparare a...»

Mulo aveva fatto scorrere la parte superiore della pistola, rivelando un'apertura attraverso la quale aveva guardato la parte anteriore della canna. La parte superiore - che in seguito lui le avrebbe detto chiamarsi "carrello" – era scattata di nuovo in posizione con un brusco suono metallico. Mulo l'aveva tenuta in mano, con l'impugnatura rivolta verso di lei.

La triste mietitrice sorrideva a Perla. «Non è carica.» le aveva detto. «La camera è vuota.»

E siccome lei non si decideva a prendere la pistola, lui l'aveva spronata: «Coraggio, prendila.»

L'aveva sentita allo stesso tempo più pesante e più leggera di quanto si fosse aspettata. E più e meno spaventoso di quanto avesse temuto. Avrebbe voluto restituirgliela, ma sapeva già che Mulo non glielo avrebbe permesso fino a quando non le avesse insegnato ciò che pensava dovesse sapere.

«Cosa devo farci?» gli aveva chiesto.

VENTI

L'odore di gomma bruciata invase le narici di Josie e le avvolse la parte bassa della gola. Dalla posizione in cui lei e Noah si trovavano sulla strada che portava all'East Bridge, potevano vedere una sottile spirale di fumo nero alzarsi in aria. Facendo qualche passo lungo il terrapieno che portava sotto il ponte, Josie vide che due persone stavano bruciando uno pneumatico sulla riva del fiume.

«Pensi che sia il caso di chiamare i vigili del fuoco?» le chiese Noah mentre scendevano verso la riva del fiume. Una brezza fresca agitava la coda di cavallo di Josie. La giornata era stata eccezionalmente calda per essere di metà ottobre e il vento leggero che sferzava la superficie del fiume era piacevole, nonostante l'odore acre che portava con sé.

«Non ancora.» disse Josie. «È abbastanza vicino all'acqua e abbastanza lontano da qualsiasi oggetto infiammabile da non danneggiare nulla. Se chiamiamo i vigili del fuoco adesso, si disperderanno e non otterremo alcuna risposta.»

Per tutto il tempo che Josie poteva ricordare, anche prima di diventare un'agente di polizia, l'East Bridge era stato un punto di ritrovo per spacciatori e consumatori di sostanze stupefacenti e per una parte significativa della popolazione senza fissa dimora della città. La presenza prolungata di persone sulla riva del fiume aveva soffocato la vegetazione, lasciando solo rocce e fango. Sotto il ponte c'erano numerose tende e altri ripari improvvisati fatti di cartone, plastica e qualsiasi altro materiale che gli occupanti avevano avuto a disposizione per crearsi un tetto. Il Dipartimento di Polizia aveva rinunciato da tempo a disperdere le persone che si riunivano sotto il ponte. Ormai si cercava solo di tenerli al sicuro. Tuttavia, nessuno di coloro che vivevano o frequentavano l'Est Bridge si fidava della polizia.

Non appena Josie e Noah scesero dal pendio scosceso e salirono sulla sponda rocciosa, tutte le persone che stavano lì a bighellonare si ritirarono nelle loro dimore di fortuna. Solo i due uomini che bruciavano la gomma rimasero al loro posto, guardando Josie e Noah con occhi spalancati e vitrei. Uno di loro teneva un bastone e lo usava per punzecchiare i resti dello pneumatico. L'uomo senza bastone era nervoso, saltellava da un piede all'altro e si grattava le croste sulle braccia nude. Josie sentì il suo cuore accelerare di colpo quando si avvicinarono. Mostrarono loro le foto di Dina Hale e di Elliott Calvert, ma nessuno dei due li riconobbe o, se li avevano riconosciuti, non lo ammisero. Josie e Noah si voltarono verso i rifugi fatiscenti sotto il ponte, avvicinandosi a uno a uno, chiamando o bussando delicatamente alle deboli strutture degli alloggi. Molti non vollero saperne di uscire per parlare con loro. «Non siamo qui per arrestare nessuno o per creare problemi a chiunque di voi.» spiegarono più volte ai residenti dell'East Bridge. «Vogliamo semplicemente sapere se qualcuno di voi ha visto questa ragazza o quest'uomo nelle ultime due settimane.»

Sebbene le coordinate del GPS di Calvert non lo avessero localizzato all'East Bridge, avevano deciso di mostrare la sua foto nella remota possibilità che fosse stato abbastanza furbo da recarvisi senza portare con sé il telefono. Ma nessuno riconobbe né Dina Hale né Elliott Calvert o, anche in questo caso, se avevano riconosciuto uno dei due, non l'avevano ammesso.

Quando Josie e Noah tornarono sulla riva del fiume il fumo si era attenuato ma lo pneumatico bruciava ancora. L'uomo nervoso si era messo a gettare dei sassi nell'acqua e il suo amico stava frugando a malincuore in ciò che restava della gomma fusa.

«Guarda...» disse Noah indicando la riva del fiume, oltre i due uomini, dove una figura solitaria se ne stava seduta in cima a una roccia piatta che dalla riva si estendeva in mezzo al corso d'acqua. Josie lo riconobbe immediatamente e le si formò un nodo allo stomaco. Negli ultimi due anni era stata diverse volte all'East Bridge per varie indagini, ma era da molto tempo che non lo vedeva da quelle parti, tanto che si era chiesta se fosse morto o se fosse finito in prigione, magari in qualche altra giurisdizione, ma non si era preoccupata di informarsi. Non voleva sapere che ne era stato di lui. Non voleva che nella sua mente ci fosse spazio per Larry Ezekiel Fox, detto "Needle" anche se soltanto lei un tempo lo aveva chiamato così. Non più.

«Non dobbiamo per forza andarci a parlare.» le disse Noah. «Dubito che si dimostri più disponibile di chiunque altro da queste parti.»

Josie strizzò le palpebre contro il sole e usò una mano per proteggersi gli occhi, guardando Needle che se ne stava sdraiato sulla schiena a prendere il sole sulla roccia come una lucertola. Una sensazione di pesantezza le si era depositata sulle spalle. «Sarà lui a parlare con me.» disse con un sospiro. «Se sa qualcosa, me la dirà lui.»

Le sue scarpe da ginnastica affondavano nel fango con un suono di risucchio passo passo mentre si dirigeva verso di lui con Noah al seguito.

Disteso sulla roccia, Needle era quasi all'altezza del suo viso quando girò la testa per incontrare i suoi occhi. Aveva circa sessant'anni, era stato per tutta la vita uno spacciatore e un consumatore di stupefacenti, di solito senza fissa dimora. Aveva lo stesso aspetto dell'ultima volta che lo aveva visto un paio d'anni prima, ma a dirla tutta non si presentava in modo molto diverso da quando Josie era bambina. Portava ancora i capelli lunghi, perennemente stopposi, grigi, ma ingialliti alle estremità. Quello che Josie riuscì a vedere del suo viso magro sotto la lunga barba bianco-giallastra era pieno di rughe e incrostato di sporcizia. Gli occhi, infossati e di un grigio chiaro, ricambiarono il suo sguardo, in cui Josie scorse il luccichio di ciò che era familiare, come una scintilla dietro una facciata altrimenti vuota. Era magro come lo era sempre stato e indossava la solita giacca verde oliva sbiadita e logora sopra una maglietta bianca ricoperta di sudiciume. Josie si chiese se quella giacca verde fosse più vecchia di lei o se Needle ne avesse avute diverse nel corso della sua vita. Un paio di scarponi marroni tenuti insieme da un giro di nastro adesivo consumato erano appoggiati sulla roccia accanto ai suoi piedi nudi.

«JoJo...» la salutò mettendosi a sedere e voltandosi verso di lei. Quando incrociò le gambe, le ginocchia bitorzolute spuntarono dagli strappi dei jeans.

Josie dovette combattere l'ondata di nausea che la assalì quando sentì l'odore che emanava. O magari era dovuta semplicemente alla vicinanza con ciò che lui rappresentava nel suo passato. «Zeke.» lo salutò a sua volta, sorprendendosi della fermezza della sua voce. Era l'unica a chiamarlo Needle e non lo aveva mai fatto ad alta voce. Solo Noah sapeva di quel soprannome. Quando Josie era appena una neonata, una donna di nome Lila Jensen l'aveva rapita e aveva dato fuoco alla casa della sua famiglia, facendo credere a tutti che fosse morta nell'incendio, quando in realtà l'aveva portata a Denton e l'aveva fatta passare per la figlia che aveva avuto con il suo ex fidanzato, Eli Matson, il quale, non avendo alcun motivo di credere che Josie non fosse sua, aveva assunto volentieri il ruolo di padre e l'aveva amata con tutto sé stesso. Quell'amore aveva fatto infuriare Lila e aveva portato alla morte di Eli. Rimasta sola con la sua aguzzina, Josie aveva sopportato anni di abusi e di orrori. Tra le altre cose, Lila faceva abitualmente uso di droghe e, durante la sua infanzia, Josie aveva dato a Zeke il soprannome di "Needle" perché era l'uomo che portava gli aghi a sua madre.

Noah posò una mano sulla parte inferiore della schiena di Josie. Era un movimento leggero, al di fuori della vista di Needle, che aveva lo scopo di ricordarle di parlare, ma anche di confortarla. Josie raddrizzò la schiena e fece un piccolo sorriso. «Devo farti alcune domande.»

Zeke frugò nelle tasche della sua giacca finché non tirò fuori un pacchetto di sigarette mezzo schiacciato. «Hai sempre delle domande; è l'unico modo che ho per vederti, quando hai delle domande da fare...»

Josie dovette chiudersi la bocca per evitare che le parole uscissero. *Perché, pensavi davvero che fossimo amici? Ti aspettavi che ti avrei telefonato per un saluto di cortesia dopo tutto quello che hai fatto e soprattutto quello che non hai fatto?*

Lila abusava di Josie e Needle era rimasto a guardare, anno dopo anno, senza intervenire. Era stato testimone in molte occasioni delle torture che le aveva inflitto e, sebbene una o due volte avesse cercato col minimo sforzo di far smettere Lila, nella maggior parte dei casi aveva lasciato che le cose andassero avanti sempre nello stesso modo.

Josie placò i pensieri che le attraversavano la mente e, a denti stretti, disse: «È il mio lavoro, Zeke. Fare domande.»

Lui fece una scrollata di spalle, tirò fuori una sigaretta e mettendosela tra le labbra, fece un cenno con la testa in direzione di Noah. «Anche il tuo amico ha delle domande da fare?»

Noah rimase in silenzio.

«Non siamo qui per te, Zeke.» gli disse Josie. «Ci servono solo delle informazioni.»

Needle estrasse un accendino da uno dei suoi scarponi, si

accese la sigaretta e, inspirando, annuì. Poi, soffiando via il fumo denso, disse: «Fai bene a farti accompagnare da un amico, JoJo. Specialmente da queste parti. Non vorrei che ti succedesse qualcosa.»

Josie sentì il suo malumore bruciare dallo stomaco fino alla gola, lasciandole un sapore sgradevole sulla lingua. C'era una parte di lei che voleva prenderlo a pugni in faccia per tutte le volte che aveva permesso a Lila di farle del male; eppure, non avrebbe mai potuto dimenticare quella volta in cui Needle l'aveva salvata da un piano escogitato da quella donna, talmente malvagio che quasi sicuramente avrebbe distrutto Josie per tutta la vita. Ogni volta che lo vedeva, sentiva posarsi sulla sua nuca di undicenne la sua mano e risentiva le sue parole, le parole che l'avevano salvata da un destino peggiore della morte, per quanto la riguardava: "Vai fuori a giocare, adesso".

Quel giorno Needle aveva preso su di sé tutta la collera di Lila Jensen. C'era stata solo un'altra volta in cui l'aveva fermata. La notte del coltello. Inconsciamente, le dita della mano destra di Josie tracciarono la lunga cicatrice che dall'orecchio destro scendeva lungo la mascella fin sotto al mento. Un'infinità di punti di sutura, eppure sarebbe potuta andare molto peggio.

Nonostante ciò, odiava Needle.

A Josie tremavano le mani quando prese dalla tasca il telefono per recuperare la foto di Dina Hale.

«Dobbiamo mostrarti una foto…» si affrettò a dire Noah, avvicinandosi a Needle e tirando fuori il proprio telefono e digitando il codice di accesso alla velocità della luce, con dita ferme e sicure. Sollevata, Josie rimise il telefono in tasca e rimase a guardare Noah che mostrava a Needle la foto della patente di Dina. «Hai visto questa ragazza da queste parti nelle ultime due settimane?»

Needle fissò lo schermo del telefono, senza battere ciglio. Fece qualche altro tiro di sigaretta. Poi si mise le mani intorno al viso e si avvicinò allo schermo per vedere meglio. «È nei guai?»

«È morta.» disse Josie. «Sappiamo già che è stata qui. Abbiamo visto i tracciati GPS del suo telefono che la collocano qui dodici giorni e sette giorni fa.»

Needle tirò su la testa e si sfilò la sigaretta dalle labbra. «Adesso hai tutti questi tipi di aggeggi da poliziotto di lusso, vero JoJo? Immagino che tu stia facendo un buon lavoro.»

Josie non aveva mai capito cosa si aspettasse Needle da lei. Voleva davvero fare quattro parole? Discutere della sua carriera? Si sarebbe comportato come se fosse orgoglioso di lei o si sarebbe inventato qualcosa di altrettanto falso? Non pensava di poterlo tollerare.

Noah continuò: «Ricordi di averla vista qui in uno di quei periodi?»

Needle lanciò a Josie un rapido sguardo, con gli occhi chiari che la valutavano. Poi tornò a guardare Noah. «Sì, l'ho vista. Stava cercando di sbarazzarsi di qualche cosa.»

«Di che cosa?» chiese Noah.

Needle tirò un'altra lunga boccata di sigaretta, girando la testa per non soffiare il fumo direttamente in faccia a loro. «Voi cosa pensate?»

Josie alzò gli occhi al cielo. «Non ti vogliamo arrestare, Zeke. Non ci interessa se hai comprato o venduto droga a questa ragazza. Sappiamo già che non l'hai uccisa tu. Quello che abbiamo bisogno di sapere in questo momento è che tipo di droga aveva e cosa ha detto.»

Needle finì la sigaretta e la gettò nel fiume.

«Io non le ho venduto niente. Non voleva niente. Aveva l'ossicodone.»

«Ossicodone?» gli fece eco Josie.

Lui annuì. «Anche parecchio. Circa novanta pillole. E di marca per giunta.»

«In un flacone con ricetta medica?» chiese Josie.

«No. In un sacchetto. Sai, uno di quei sacchetti per i tramezzini.»

Josie fece alcuni calcoli nella sua testa. Il valore di mercato dell'ossicodone di solito partiva da venti dollari a pillola. Il nome del marchio le rendeva più preziose. L'aveva visto vendere tanto fino a ottanta dollari a pillola quanto a poco meno di quaranta. Anche nella fascia bassa, se l'ossicodone di marca poteva essere venduto a quaranta dollari a pillola e Dina ne aveva novanta, il valore di mercato era di tremilaseicento dollari.

«Ha detto di averlo trovato e di doversene liberare.» aggiunse Needle. «Le ho detto che non avevo tutti quei soldi per comprare quella roba.»

«E allora che cosa ha fatto?» gli chiese Noah.

Needle rise. «Se n'è andata in giro a cercare di convincere chiunque altro a comprarla. La cosa si stava facendo imbarazzante. Alla fine, le ho detto che l'avrei presa, ma che non potevo pagarla. Se voleva dei soldi, doveva tornare dopo che avessi venduto tutte le pillole.»

«L'hai fatto?» gli chiese Josie.

«Non me lo ricordo...»

«Chiaro.» disse Josie. «È tornata una settimana fa. È venuta a prendere qualcosa?»

Needle scosse la testa. «All'inizio l'ho pensato e invece no. Ha detto che mi dovevo dimenticare tutto. Voleva solo assicurarsi che mi liberassi della roba. Poi mi ha detto di dimenticarmi di averla vista.»

Noah lo guardò con aria scettica. «Dico sul serio, Zeke. Abbiamo soltanto bisogno di informazioni. Le hai dato qualcosa quando è tornata?»

Needle allargò le mani davanti a sé. «Ve la sto dicendo la verità. Ascoltate: JoJo, lo so che sei un vero poliziotto, va bene? So che non esiteresti ad arrestarmi se avessi delle informazioni su di me. E so anche che non avete niente su di me in questo momento. Ma non importa, perché io dico sempre la verità a JoJo, e la verità è quella che ho appena detto. Quella ragazza è tornata e mi ha detto di dimenticare tutto quanto. Di tenermi la roba. Non voleva essere... com'è che ha detto?» Si interruppe un attimo, sbattendo le palpebre pensandoci. Un'altra sigaretta scivolò fuori dal pacchetto schiacciato e si avvicinò alle labbra. Accendendola, disse: «Oh, sì mi ricordo. Ha detto che non voleva essere "associata" a questa storia.» La sigaretta gli rimbalzò tra le labbra mentre ridacchiava. «"Associata". Questa non l'avevo mai sentita prima.»

«Non ti ha detto dove aveva preso quelle pillole?» gli chiese Josie.

«Mi ha detto che le aveva trovate, ma non ha voluto dirmi dove. Le ho chiesto se le aveva rubate, perché non volevo immischiarmi in qualche brutta storia, ma lei mi ha giurato che le aveva trovate e che voleva semplicemente sbarazzarsene. È tutto quello che so.»

Noah tirò fuori una foto di Elliott Calvert e la mostrò a Needle. «Hai mai visto questo tizio qui al ponte?»

Needle buttò fuori una boccata di fumo e scosse la testa. «No, non l'ho mai visto.»

Josie lo fissò per un lungo momento, quanto bastava per capire che stava davvero dicendo la verità. Dal momento che comunque non riusciva a ringraziarlo, gli disse: «Ci vediamo in giro, Zeke.»

Lei e Noah si voltarono ma prima che si allontanassero, lui la chiamò: «JoJo.»

Lei si voltò, aspettandosi che le chiedesse dei soldi, cosa che talvolta faceva quando aveva qualche necessità di parlare con lui. Invece, Needle disse: «Queste droghe hanno fatto uccidere quella ragazza?»

«Non lo so.» gli rispose Josie.

VENTUNO

Josie era passata davanti alla palazzina a quattro piani dello Studio Stamoran decine di volte negli ultimi anni, senza mai pensare al tipo di attività che vi si svolgeva. Le parole che ne componevano il nome le avevano sempre fatto pensare a uno studio legale. Ora che sapeva che si trattava dello studio di architettura che aveva assunto Elliott Calvert, l'edificio, con i suoi mattoni rossi bugnati, le finestre ad arco e il parapetto lungo l'ultimo piano, le pareva avere molto più senso. Si trovava nel quartiere degli affari più centrale della città, dove le strade erano disposte a griglia. Lei e Noah lasciarono la macchina a un isolato di distanza e si diressero verso la porta d'ingresso.

«Torniamo alla pista sulla droga.» disse Noah. «Dina "trova" dell'ossicodone. Sente di doversi sbarazzare delle pillole e le porta all'East Bridge, ma la persona a cui appartengono le rivuole indietro.»

Josie ci pensò su. «Non è escluso. Ma ho qualche dubbio che sarebbe stata torturata per poche migliaia di dollari in ossicodone.»

«Abbiamo lavorato a omicidi per cifre di gran lunga inferiori...» le fece notare Noah. «Potrebbe essersi trattato di uno spacciatore da cui ha preso la droga e voleva mettere in chiaro le cose.»

«Può darsi. Ma dove si colloca Elliott Calvert?»

«Potrebbe essere coinvolto in qualche tipo di traffico di droga. O potrebbe avere un brutto vizio di cui nessuno era a conoscenza. È possibile che Dina gli abbia portato via la droga, la sua roba, e che lui abbia perso la testa. Stiamo parlando di un uomo che ha ucciso una diciassettenne in pieno giorno. Quanto può essere stabile? Sappiamo che sono stati all'hotel alla stessa ora in almeno undici occasioni prima dell'incidente di ieri.»

«Elliott Calvert ha pedinato e aggredito due ragazzine di diciotto anni. Ha ucciso Dina Hale. Prima di tutto questo, era riuscito a condurre una vita tranquilla e normale. Non credo che il problema sia qualche migliaio di dollari di ossicodone. C'è qualcosa di più. Potrebbe essere una storia di droga, certo, ma il mio istinto mi dice che non abbiamo ancora scalfito la superficie di ciò che sta realmente accadendo qui, specialmente considerando il fatto che Dina Hale è stata torturata.»

Accanto alla porta a vetri d'ingresso dell'edificio c'era un elenco che riportava le diverse attività ospitate a ciascun piano e lo Studio Stamoran occupava il piano terra. Josie provò ad aprire la porta, ma era chiusa, quindi suonò il campanello. Al di là della porta di vetro vide un ampio atrio con il bancone della reception vuoto, diverse panche, piante in vaso e una serie di ascensori. Sebbene Cornell Stamoran avesse promesso di incontrarli lì alle quattro, non si vedeva né lui né nessun altro all'interno, almeno non nell'atrio.

Aspettarono ancora qualche minuto. Noah provò di nuovo a suonare, ma non ottenne risposta; Josie stava tirando fuori il telefono per chiamare quando alle loro spalle giunse la voce di un uomo: «Detective! Perdonate il ritardo.»

Si voltarono e videro Cornell Stamoran che avanzava lungo la strada. Era alto, sfiorava tranquillamente il metro e novantacinque, era magro, aveva la testa rasata e portava un pizzetto ben curato. Dietro gli occhiali brillavano dei begli occhi marroni. Tese una mano a entrambi prima di usare una chiave per farli entrare. Attraversò con passo deciso l'ingresso, oltrepassò il banco della reception ed entrò in una suite contrassegnata con la scritta:

STUDIO STAMORAN

In un'altra area di ricevimento, più piccola, c'erano una scrivania e diversi tavoli alti, sui quali era esposto il modello di un edificio. Josie immaginò che si trattasse di progetti completati dallo Studio. Pareti di vetro separavano l'area da una grande stanza con al centro un lungo tavolo da riunione bianco. Intorno alla sala si aprivano una mezza dozzina di uffici con le pareti in vetro. «Trasparenza totale.» sentenziò Cornell Stamoran, osservando Josie che girava su se stessa, studiando l'ambiente circostante. «Così tutti possiamo vederci gli uni con gli altri. Possiamo tutti vedere cosa succede nell'area centrale delle riunioni. Credo che aiuti la cultura dell'ufficio.»

Josie aveva qualche dubbio su come stare tutto il giorno sotto il microscopio aiutasse la cultura dell'ufficio, a parte evitare le risse tra colleghi, ma capiva che non ci sarebbe stata la possibilità di oziare. Ogni ufficio aveva una scrivania con un paio di sedie per gli ospiti e un grande tavolo da disegno. Ognuno di essi aveva anche grandi bacheche di sughero indipendenti su cui erano appesi progetti e cianografie. Alcuni uffici erano dotati di quelle che sembravano stampanti 3D.

Stamoran indicò una stanza molto più grande, vicino al fondo del gruppo di stanze, dove c'era un lungo tavolo con una serie di sgabelli infilati sotto. Intorno c'erano scaffali con campioni di vari materiali: mattoni, pannelli di legno, rivestimenti per pavimenti e pareti, campioni di vernice.

«È la nostra biblioteca dei materiali.» spiegò. «Tutto l'ufficio vi può accedere.»

«Qual è l'ufficio di Elliott Calvert?» chiese Noah.

Cornell Stamoran indicò il primo ufficio alla loro sinistra. Era quasi identico a tutti gli altri, fatta eccezione per una grande pianta in vaso.

«Avete bisogno di dare un'occhiata in giro? Non sono sicuro di essere autorizzato legalmente a permettervelo. A proposito, ho provato a chiamare Elliott. Spero non vi dispiaccia. Mi avete chiamato dicendo che avevate bisogno di incontrarmi per discutere di qualcosa che lo riguardava. Ho pensato che fosse giusto avvertirlo. Però non ha risposto. E non mi ha nemmeno richiamato.»

Josie si avvicinò di qualche passo all'ufficio, sbirciando all'interno. Sulla scrivania c'era una foto incorniciata di Tori che teneva in equilibrio su un ginocchio la piccola Amalise dagli occhi vivaci. Josie trattenne un sospiro. Tornando verso Cornell Stamoran, disse: «Non ha il telefono con sé.»

Per la prima volta lo videro perdere sicurezza, con un'ombra che gli si allungava sul viso. «Oh, buon Dio. Mica è morto, vero?»

«No.» lo tranquillizzò Noah.

Tirò un sospiro di sollievo. «Grazie al cielo. Allora, di cosa si tratta?»

Prima che uno dei due potesse rispondergli, un *tintinnio* risuonò in tutto l'ambiente, come una singola campana di una chiesa. Il capo architetto guardò verso la reception. Josie e Noah seguirono il suo sguardo e videro che era appena entrata una donna bionda in jeans e camicia nera a maniche lunghe, con una borsetta che le pendeva dalla spalla. La lasciò alla scrivania e li raggiunse nella sala conferenze, con le braccia incrociate sul petto.

«Questa è Stephanie Ulmer.» annunciò Mr. Stamoran. «È la nostra addetta all'accoglienza. Ho pensato che vi avrebbe fatto piacere parlare con lei. Tenderei a dire che sa più cose di me su ciò che accade qui.» Fece una risata bonaria, ma

Stephanie non sembrò trovare la battuta particolarmente divertente e assunse un'espressione di disappunto, mentre venivano fatte le presentazioni e Josie e Noah le mostravano i loro distintivi. «Cosa volete sapere?» si informò con tono deciso.

Rispose il titolare: «Ci stavano arrivando.»

Josie appoggiò il fianco al tavolo al centro della sala riunioni. «Ieri mattina Mr. Calvert ha seguito in auto due ragazze di diciotto anni. Quando hanno accostato a causa della nebbia, è sceso dalla sua auto, si è avvicinato alla loro e le ha aggredite entrambe. Una delle due ragazze è morta per le ferite riportate.»

Il cipiglio di Stephanie si trasformò in un'espressione di sbigottimento. Dalla gola di Stamoran uscì una risata nervosa. «D'accordo, d'accordo...» disse. «Mi dispiace dirvelo, ma avete preso la persona sbagliata. Non so come abbiate ricavato il suo nome, ma posso garantirvi che Elliott non avrebbe mai fatto una cosa del genere. È assurdo. State dicendo... cioè, state parlando di... lei ha detto che quella ragazza è "morta per le ferite riportate"? Si tratterebbe di un omicidio, dunque?»

Né Josie né Noah risposero.

Le rughe intorno agli occhi di Mr. Stamoran si distesero, ma il suo volto rimase paralizzato in un'espressione a metà tra l'orrore e l'incredulità. «Sono terribilmente dispiaciuto di sentirlo...» disse. «Ma posso assicurarvi che l'uomo che state cercando non è Elliott Calvert.»

«Era proprio lui.» ribadì Josie.

«Come fate a esserne tanto sicuri?» domandò Stephanie.

Noah tirò fuori il suo telefono e cercò la foto della patente di Elliott, mostrandola prima al titolare e poi alla receptionist. Le ultime parvenze del sorriso di Mr. Stamoran scomparvero in quel momento. «Non capisco...» disse.

«Nemmeno noi.» ammise Josie. «È per questo che siamo venuti a parlare con voi. Abbiamo già parlato con la moglie di Calvert.»

«Tori?» disse l'uomo. «Oh, povera. Ne avete parlato con

Tori? E come sta? Sono sicuro che anche lei penserà che si tratta di un qualche tipo di scherzo di cattivo gusto.»

«È per questo che sua moglie ha chiamato ieri, vero?» chiese Stephanie.

Josie e Noah non risposero, ma il suo capo le rivolse uno sguardo interrogativo. Alzando una mano per spostare una ciocca di capelli dietro un orecchio, scrollò le spalle. «Ieri la moglie di Calvert ha chiamato cercandolo. Pensava che fosse in ufficio.»

«Mrs. Calvert ha preso la notizia nel modo migliore possibile, però, indubbiamente, è stato un colpo anche per lei.» confermò Noah.

Cornell Stamoran li guardò ancora meravigliato. «Ma ne siete proprio sicuri? Quello che voglio dire è, sì, avete la foto della sua patente, ma come fate a stabilire che sia stato proprio lui? Non potrebbe essere che qualcuno lo abbia incastrato? O che l'altra ragazza stia mentendo? È ancora viva, se ho capito bene...»

«Sì, è ancora viva per quanto ne sappiamo.» confermò Josie. «Ma, Mr. Stamoran, sono io che ho visto Elliott, sulla scena dell'aggressione, in flagrante. Per di più, si è lasciato dietro la sua macchina, una Nissan Altima, a lui intestata, e il suo telefono. Oggi lo abbiamo trovato che si nascondeva nei boschi e lo abbiamo preso in custodia.»

Stephanie rimase a bocca spalancata. Stringendosi più forte le braccia in vita, disse: «Vuol dire che lo avete tratto in arresto? Adesso è in prigione?»

«All'ospedale.» precisò Noah. «Ma sì, l'abbiamo arrestato.»

La pelle del viso del titolare era cinerea. Si sedette al tavolo. «Non mi capacito. State dicendo che Elliott è... impazzito? Come se avesse avuto un raptus?»

«Questo non lo sappiamo.» disse Noah. «Stiamo cercando di capirlo.»

Stephanie lanciò un'occhiata verso il suo ufficio e poi verso di loro. «Ma sta... sta bene?»

«Si riprenderà.» gli assicurò Josie. «Quando è stata l'ultima volta che uno di voi due ha avuto un contatto con lui?»

«Venerdì.» rispose Cornell Stamoran. «Alla fine della giornata lavorativa. Era lì nel suo ufficio.» Fece un gesto verso il cubicolo di vetro di Elliott. «Sono passato da lui. Abbiamo parlato del progetto Monarch Ridge. Poi gli ho augurato un buon fine settimana e me ne sono andato.»

«Chi altro c'era?» gli domandò Josie.

«Io.» disse Stephanie, alzando una mano. «Me ne sono andata subito dopo.»

«Come vi è sembrato Mr. Calvert quel giorno?» si informò Noah.

«Distratto.» rispose Stephanie.

«A posto.» rispose Mr. Stamoran.

I due si guardarono. Con un sorriso nervoso, lui si affrettò a ribadire: «Come ho detto, Stephanie ha il controllo di questo posto meglio di chiunque altro.»

«Perché passo molto tempo qui...» rispose lei, sfoderando un sorriso finto. «Anche nel mio giorno di riposo.»

Ma l'osservazione tagliente non fu affatto recepita dal titolare.

Josie chiese: «Perché dice che era distratto?»

«Perché avrebbe dovuto lavorare al progetto Monarch Ridge, preparando alcune richieste di autorizzazione da inviare prima di chiudere la giornata, ma non l'ha fatto. Continuava a controllare il telefono. Usciva e rientrava. Gli ho chiesto se c'era qualcosa che non andava e mi ha risposto di no.»

«Lei a che ora è uscita?» gli chiese Noah.

«Alle sette.» disse Stephanie. «Elliott è uscito alle sei e quarantacinque. Io ho chiuso a chiave, concludendo così la giornata.»

«E poi è tornata in ufficio ieri.» disse Josie. «Di norma deve lavorare il sabato?»

«Ogni due fine settimana.»

«Era previsto che Mr. Calvert venisse ieri?» chiese Noah.

Sia la segretaria che il titolare scossero la testa.

«Quanto conoscete Elliott Calvert?» chiese Josie.

Stephanie scrollò le spalle. «Non tanto bene. È un brav'uomo... voglio dire, pensavo che lo fosse... ma non parliamo granché e quando capita di farlo è per motivi di lavoro.»

«Lei deve rispondere alle sue chiamate.» disse Noah. «Prende i messaggi? Lo aiuta a gestire i suoi impegni?»

Lei annuì. «Coordino appuntamenti e riunioni per tutti gli architetti. Aggiorno i rispettivi calendari e rispondo alle chiamate per loro. Mi occupo anche di gran parte del lavoro che svolgono, per esempio mi assicuro che le richieste di autorizzazione per determinati progetti arrivino in tempo, ricordo loro le scadenze dei progetti e cose del genere.»

Intuendo dove stava andando a parare, Josie domandò: «Tori Calvert l'aveva mai chiamata prima per cercare suo marito?»

«Certo, è capitato qualche volta. Quando non riusciva a contattarlo al cellulare. Di solito capita quando è in riunione.»

«Mr. Calvert le ha mai chiesto di mentire alla moglie su dove si trovava?» continuò Josie.

«Cosa?» esclamò l'architetto.

Stephanie spostò il peso da un piede all'altro e distolse lo sguardo.

Josie e Noah aspettarono in silenzio.

Mr. Stamoran allungò la mano e la appoggiò sulla spalla della segretaria. «Stephanie. Elliott ti ha chiesto di mentire a Tori?»

Guardando il suo capo, Stephanie disse: «Non l'ho fatto. Gli ho risposto che non faceva parte delle mie mansioni. Non dovrebbe far parte delle mansioni di nessuno.»

Gli angoli della bocca dell'architetto si abbassarono. I suoi occhi si riempirono di compassione. «Avresti dovuto dirmelo, Stephanie. È una cosa inaccettabile. Non avrei mai voluto che ti mettesse in una posizione del genere. Mi dispiace.»

«Quando è successo?» chiese Josie.

Stephanie sospirò e alzando una mano con cui si mise a giocherellare con una ciocca di capelli rispose: «All'incirca quattro o cinque mesi fa. Non ho idea di dove stesse andando. Era l'ora di cena più o meno, ma c'erano ancora tutti in ufficio. Quel giorno avremmo lavorato tutti fino a tardi perché c'erano un sacco di progetti con scadenze imminenti. Elliott stava per andarsene e mi aveva detto: "Se Tori chiama, puoi dirle che sono impegnato con un cliente?" e io gli avevo chiesto dove stesse andando. Lui mi aveva risposto che preferiva non dirlo, ma che potevo dare a Tori la "risposta standard" che era con un cliente. Quando disse "risposta standard" io avevo reagito come a dire: "Oh, questo significa che dovrei mentirle". Lui si era fatto nervoso ed è allora che gli ho detto che non faceva parte delle mie mansioni.»

«Come aveva reagito?» le chiese Noah.

«Era in imbarazzo. Si era scusato e poi se n'era andato.»

Il titolare aveva un'espressione stupefatta.

«E lei, Mr. Stamoran?» gli chiese Josie. «Lo conosce bene Mr. Calvert?»

Lui scosse la testa e lanciò un'occhiata alla postazione vuota di Elliott. «Per niente, a quanto pare. Accidenti. È davvero...» ma non riuscì a concludere la frase e Josie e Noah aspettarono che si riprendesse. Alla fine, si voltò verso di loro. «Voglio dire, non tanto bene. Sentite, non avevo idea che avesse chiesto a Stephanie di mentire a sua moglie su dove stesse andando. Non siamo amici. Lo conosco dall'università, abbiamo frequentato qualche corso insieme, ma non eravamo in intimità, nemmeno allora. Da quando si è trasferito qui, ogni tanto ci capita di vederci al di fuori dell'ufficio, ma la maggior parte delle volte lo facciamo solo per motivi di lavoro. Ad esempio, se portiamo i clienti a cena fuori.»

«Avete mai portato dei clienti al ristorante "Da Bastian" all'-Hotel Eudora?» gli domandò Noah.

«No, di solito non ci andiamo. Ci sono un paio di posti dove portiamo i clienti. Il Lotus Lounge e il Cadeau, perché lì l'atmosfera è un po' più rilassata. Più divertente.»

Noah guardò di nuovo Stephanie. «E lei ha mai socializzato con Elliott al di fuori del lavoro?»

Lei si lasciò sfuggire una breve risata. «No. Come ho detto, non parlavamo più di tanto nemmeno qui.»

Riportando l'attenzione su Mr. Stamoran, Josie gli chiese: «Ha assunto lei Mr. Calvert?»

«Sì. Questo è il mio studio. Aveva fatto un ottimo colloquio. Sembrava motivato e desideroso di trasferirsi qui dalla grande città, cosa che non accade di frequente. Ha un grande talento. Ha una buona esperienza alle spalle. È uno dei migliori e più affidabili elementi di cui dispongo. Porca miseria, non posso crederci...»

«Come si è comportato nelle ultime due settimane?» chiese Noah. «Avete notato qualche atteggiamento insolito? Oltre alla sua distrazione, intendo. C'è stato qualche altro cambiamento nel suo modo di fare?»

«Io non ho notato niente di particolare.» disse Stephanie.

Cornell Stamoran scosse lentamente la testa. «No, affatto. Niente di che. Quello che intendo è che Stephanie ha ragione nel dire che sembrava un po' distratto. Anzi, visto che Stephanie ne ha fatto parola, in effetti Elliott si dimenticava delle cose. Niente di essenziale, ma piccole cose. Ci sono state un paio di e-mail che si è dimenticato di inviare, alcune chiamate di clienti a cui non ha risposto. Ma ha avuto da poco una bambina e so che a casa le cose si sono fatte stressanti. Amalise sta mettendo i dentini ed Elliott e Tori non dormono granché. Ho pensato che fosse questo il motivo. Dopo la nascita della bambina gli ho detto di prendersi un paio di settimane di riposo, ma non ha voluto saperne.»

«È per via della pratica Locke Heights?» chiese Josie.

Mr. Stamoran sembrò perplesso. «La pratica Locke Heights?»

«Sua moglie ci ha detto che Mr. Calvert ci stava lavorando da mesi...» spiegò Noah, «che ha fatto un sacco di straordinari e ha detto che è per questo che era molto stressato.»

Dalla gola dell'architetto uscì una risata nervosa. «Abbiamo chiuso la pratica di Locke Heights tre mesi fa.»

«Sta dicendo che non è per quell'incarico che Mr. Calvert ha fatto le ore piccole e le mattine presto?» chiese conferma Josie.

«Non di recente.» specificò Cornell Stamoran.

«A cosa stava lavorando allora?» chiese Noah.

Il titolare guardò la segretaria, che snocciolò i nomi di due clienti. «In più c'è il progetto Monarch Ridge.» aggiunse lui.

«Qualcuno di questi progetti richiede la presenza di Calvert in ufficio molto più del solito?» si informò Josie. «Dopo il normale orario di lavoro?»

«Non in questa fase, no.» rispose Stamoran.

«A uno di voi due risulta che Elliott Calvert abbia mai fatto uso di sostanze stupefacenti?» continuò Josie.

Stephanie scosse la testa.

Il titolare sembrava che si fosse appena preso uno schiaffo in faccia. «Sostanze stupefacenti? Intende in questo ufficio? Certo che no! Ma insomma, si guardi intorno...» disse agitando una mano in aria. «Come ho detto, trasparenza totale. Se ha mai fatto uso di droghe, nessuno qui l'ha mai visto o lo ha sospettato.»

«Uno di voi ha mai visto Elliott Calvert in compagnia di una donna che non fosse sua moglie?» disse Noah.

Il titolare fece una smorfia e lanciò un'occhiata alla segretaria, che disse: «Non l'ho mai visto con nessuno, ma dopo che mi ha chiesto di mentire, ho iniziato a pensare che avesse iniziato una relazione. Altrimenti per quale motivo si sarebbe comportato in quel modo?»

«Io non posso credere che abbia una relazione.» affermò l'architetto. «Avete visto Tori? Sapete che è stata una ballerina? Non avrebbe avuto motivo di farle una cosa del genere.»

«Questa non è una cosa su cui possiamo esprimere commenti...» disse Josie, «ma dobbiamo sapere se le è mai capitato di vederlo in compagnia di una donna che non fosse sua moglie. Qualcuno a cui sembrava essere vicino o intimo.»

Mr. Stamoran scosse di nuovo la testa. «No, no. In alcun modo.»

Stephanie sollevò il mento verso le pareti di vetro intorno a loro e aggiunse: «L'ho sempre visto solo in questo ufficio e ovviamente, se stava avendo un'avventura, questo non è il posto giusto per raccontarla.»

«Sappiamo che frequentava il ristorante "Da Bastian" dell'Hotel Eudora.» disse Noah. «Uno di voi due ne era a conoscenza?»

«Non ho mai fissato nessun incontro per lui in quel ristorante.» si limitò a dire la segretaria.

«Io no, non lo sapevo.» disse Stamoran. «Ma come ho detto, non siamo amici. Lo conosco dai tempi dell'università. Ora è un mio dipendente. Inoltre, a quanto pare, è una specie di psicopatico violento.»

«Quindi non l'ha mai raggiunto al ristorante?» chiese Josie.

«No.»

Noah tirò fuori ancora una volta il telefono e recuperò la foto di Dina Hale. «Qualcuno di voi ha mai visto questa ragazza prima d'ora?»

Sia la segretaria che l'architetto la studiarono, ma le loro espressioni rimasero vuote. «No.» disse Stephanie. «Non la riconosco.»

«Nemmeno io.» disse Mr. Stamoran. «È una delle ragazze che Elliott ha... ha aggredito?»

«Sì.» confermò Josie.

Noah mostrò loro la foto di Alison. «E questa ragazza, invece?»

Altri sguardi vuoti. Nessuno dei due riconosceva Alison Mills.

«Mrs. Ulmer, Mr. Stamoran...» disse infine Josie, «vi ringraziamo per il tempo che ci avete dedicato.»

Porse a ciascuno di loro un biglietto da visita. «Se nel frattempo vi dovesse venire in mente qualcosa di importante, vi preghiamo di chiamarci immediatamente.»

VENTIDUE

Quando Josie entrò seguita da Noah nel grande atrio dell'Hotel Eudora sentì il telefono suonare nella tasca della giacca; lo estrasse e guardò chi le stava scrivendo: era Gretchen, che la avvertiva di non essere ancora riuscita a rintracciare il proprietario del numero misterioso che Elliott Calvert aveva chiamato sedici volte, ma che la ricerca era ancora in corso. Ne aveva approfittato per stendere un nuovo mandato d'arresto per Calvert per l'omicidio di Dina Hale e lo aveva portato in ospedale, ma lui era ancora in sala operatoria. L'agente che lo sorvegliava gliel'avrebbe notificato non appena si fosse risvegliato dall'anestesia e fosse stato abbastanza lucido da capire. Tori Calvert era in ospedale, con la bambina sul fianco, e Gretchen le aveva comunicato l'accusa di omicidio; l'aveva presa in maniera piuttosto distaccata. Josie non poté fare a meno di chiedersi se la moglie di Calvert fosse in stato di shock o se l'accusa di omicidio, oltre a ciò che aveva appreso il giorno precedente, fosse semplicemente troppo da elaborare per lei. In entrambi i casi, a Josie piangeva il cuore per quella donna.

Gretchen le riferiva inoltre che le auto di Elliott Calvert e Dina Hale erano state sottoposte ai controlli di routine e non era stato trovato nulla di rilevante. Il capo si era messo in contatto con Marlene Mills e stavano per tenere una conferenza stampa. Nel frattempo, Gretchen aveva ripreso le ricerche di Alison.

Sentendo i piedi che affondavano nella spessa moquette verde smeraldo, Josie si affrettò a rimettere in tasca il telefono e a raggiungere Noah, che era già a metà strada verso il bancone della reception. Intorno a loro, gli ospiti dell'albergo occupavano poltrone d'epoca e chiacchieravano a bassa voce, e le loro parole erano ovattate dalle note di un brano di musica classica che si diffondeva per tutta la sala. L'Hotel Eudora era stato costruito alla fondazione di Denton e, così come la stazione di polizia, anche l'albergo era iscritto nel registro storico della città. Per di più, con i suoi dodici piani, occupava mezzo isolato. Josie doveva ammettere che era una struttura splendida, sia all'esterno, con i suoi mattoni decorati, sia all'interno, con le sue colonne di marmo, i soffitti a cassettoni e i lampadari di cristallo. Al bancone della reception, Josie e Noah esibirono i loro distintivi e chiesero di parlare con il direttore. Nel giro di cinque minuti, si ritrovarono seduti in un elegante ufficio proprio di fronte all'atrio, a fissare il direttore dell'hotel. Sulla targhetta che portava appuntata c'era scritto: John W. Brown. Era relativamente nuovo all'Eudora. A prescindere da quale fosse il motivo della visita, il precedente direttore aveva sempre detestato la presenza della polizia e aveva fatto tutto ciò che era in suo potere per vanificare le indagini che la squadra di investigazione aveva condotto nel corso degli anni. La recente amministrazione di Mr. Brown, invece, aveva reso il loro lavoro molto più agevole, nelle rare occasioni in cui avevano avuto bisogno di informazioni dall'hotel per portare avanti le loro indagini.

Piazzato dietro alla sua scrivania, Brown si appoggiò allo schienale della sedia e si lisciò la cravatta rossa. «Cosa posso fare per voi, detective?»

«Vorremmo parlare con Max Combs.» disse Josie. «Il responsabile del vostro reparto di ristorazione per gli eventi.»

Brown aggrottò le sopracciglia e agli angoli degli occhi si formò una ragnatela di rughe. «Max ha fatto qualcosa?»

«Niente di cui siamo a conoscenza.» disse Noah. «Ma abbiamo bisogno di parlare con lui a proposito di due elementi dell'organico del suo reparto.»

«Tre, per la precisione.» puntualizzò Josie tirando fuori il telefono e visualizzando la foto di Max con la ragazza al bar che Dina aveva scattato e inviato ad Alison.

«Conosce questa ragazza?»

Brown si protese in avanti, prendendo un paio di occhiali da lettura dalla scrivania e, inforcatili, esaminò la foto per qualche secondo prima di dire: «No. Indossa gli abiti prescritti per il personale, però non la riconosco. Il fatto è che Max ha un proprio organico e io non conosco tutti i membri di persona.»

«Non è lei che approva le sue assunzioni?» gli domandò Noah.

«Non mi occupo delle assunzioni al di sotto del livello dirigenziale, no.» disse Brown. «Lo staff della ristorazione e degli eventi è generalmente composto da ragazzi giovani. Non è certo un'ambizione di carriera. Difatti, il ricambio del personale è piuttosto elevato. Nella maggior parte dei casi rimangono per sei mesi, al massimo un anno, ma poi, quando si stancano di lavorare tutti i fine settimana, passano a qualcos'altro. Ho lasciato il servizio della ristorazione per gli eventi nelle esperte mani di Max. Da quando gli ho affidato la direzione, non c'è stato un singolo fine settimana in cui non abbiamo avuto numerose prenotazioni per eventi di grande profitto.»

«È bravo nel suo lavoro?» chiese Josie e Brown annuì.

Noah chiese: «È qui adesso?»

«Temo di no. Doveva arrivare un'ora fa, ma non si è ancora fatto vivo.»

«Succede spesso?» chiese Josie.

Brown sospirò e agitò una mano in aria in un gesto liquidatorio. «Diciamo che Max non si distingue per la sua puntualità, ma è sempre qui quando arrivano i clienti e, come ho detto, frutta all'hotel molti incarichi proficui, quindi, il più delle volte, chiudo un occhio sui suoi ritardi.»

«C'è qualcuno che lo sostituisce, quando Max non lavora?» chiese Josie. «Un secondo in comando, se così si può dire?»

Un'espressione di disgusto attraversò il viso di Brown, che si affrettò a coprire con un sorriso a denti stretti; fu così veloce che Josie quasi non la colse.

«Sì, se ne occupa Felicia Koslow. È la responsabile diretta degli addetti alla ristorazione per gli eventi.»

«Se non le dispiace...» disse Noah, «vorremmo parlare con lei e con tutti i membri del personale presenti.»

Anche a questa richiesta, le labbra di Brown si abbassarono. «Se avete intenzione di girare per l'hotel, fare domande e tenere fermi i nostri dipendenti, preferirei essere informato sulle ragioni di tutto questo.»

«Stiamo cercando una ragazza scomparsa, Alison Mills.» spiegò Josie. «È un membro dello staff del servizio di ristorazione per gli eventi. Abbiamo bisogno di parlare con chiunque la conosca per sapere se può aiutarci a localizzarla o fornirci altre informazioni rilevanti per le nostre indagini.»

«Oh.» fece Brown annuendo. «Sono molto dispiaciuto di sentirlo. Certo, nessun problema, potete parlare con chiunque desideriate del nostro staff. Soltanto, vi sarei grato se riusciste a concludere prima delle otto di questa sera, perché a quell'ora inizia il nostro evento serale più importante e preferirei che i nostri ospiti non fossero distratti o turbati dalla presenza della polizia.»

«Si può fare. Ah, un'altra cosa...» disse Josie tirando fuori dal suo telefono la foto della patente di Elliott Calvert per mostrarla a Brown. «Riconosce quest'uomo?»

«No, mi dispiace. Dovrei?»

«Sappiamo che è stato ospite del suo hotel in diverse occasioni negli ultimi cinque mesi.» spiegò Noah. «Le coordinate del GPS sul suo telefono lo confermano.»

«Ha avuto qualche contatto con Alison Mills prima della sua scomparsa.» aggiunse Josie. «Stiamo indagando su tutte le sue attività recenti, compresi i motivi per cui si trovava qui.»

Il direttore spalancò gli occhi. «Ha fatto qualcosa alla ragazza che state cercando?»

«Non l'ha rapita lui, se è questo che vuole sapere...» rispose Noah. «Ma ha aggredito una sua amica, che a sua volta faceva parte dello staff del suo hotel. Dina Hale. Sfortunatamente, lei è morta per le ferite riportate; Alison, invece, è riuscita a sfuggirgli. Dobbiamo riportarla a casa sana e salva.»

Il direttore rimase in silenzio per un momento, assimilando tutto il resoconto. Un lungo dito picchiettò sulla tastiera del suo portatile, dando vita allo schermo. «È una notizia terribilmente tragica. Sono sconcertato per quelle due giovani ragazze. Posso assicurarvi che farò tutto ciò che è in mio potere per esservi d'aiuto. Se mi dite il nome di quell'uomo, posso cercarlo. Vorrei che i miei dipendenti fossero al corrente di questa faccenda in modo che, se dovesse tornare, tutti sappiano di dover chiamare la polizia.»

«Non sarà necessario. È sotto la nostra custodia attualmente. Ma sarebbe molto utile se potesse fare una ricerca su di lui.» gli disse Josie fornendogli il nome di Elliott Calvert, sillabando in modo che Brown potesse digitarlo nel database dell'hotel. Digitò sulla tastiera, picchiettò sul mouse e digitò ancora. E facendo un'altra smorfia disse: «Sono spiacente, ma sembra che non sia mai stato un nostro ospite.»

«Intende dire che non ha mai prenotato una stanza qui?» chiarì Noah.

«Esatto.» Girò il portatile verso di loro in modo che potessero vedere il database in cui aveva inserito il nome di Calvert e la piccola casella in fondo allo schermo che diceva: *"Nessun risultato"*.

«E nemmeno al bar o al ristorante?» chiese Noah.

Brown alzò lo sguardo dal computer. «Purtroppo, non ho alcun modo di sapere chi frequenta "Da Bastian", tenente. Non prendiamo i nomi. I clienti sono liberi di andare e venire come e quando vogliono.»

«Ma accettate prenotazioni nei periodi di maggiore affluenza, dico bene?» chiese Josie.

Brown alzò un dito in aria. «Su questo ha ragione. Per quello usiamo un database diverso. Datemi un momento.» Prese il telefono, digitò un interno e rimase in attesa. Josie sentì una voce femminile all'altro capo. Con voce bassa, Brown le dettò il nome di Elliott Calvert e le chiese di controllare se avesse mai fatto una prenotazione da loro. Pochi minuti dopo, riattaccò. «A quanto pare non ha mai prenotato un tavolo nel nostro ristorante.»

«Potrebbe aver usato una carta di credito per pagare al bar o al ristorante.» ipotizzò Noah. «Non abbiamo dubbi che sia stato qui. Come le ho detto, il GPS del suo telefono ce lo conferma.»

Il direttore appoggiò i gomiti sulla scrivania e intrecciò le dita sotto il mento. «Non dico certo il contrario, ma non ho accesso ai registri delle carte di credito dei nostri clienti. Per questo credo che avrei bisogno di un mandato.»

«Gliene faremo avere uno.» disse Josie. «Ma come ha detto il tenente Fraley, sappiamo già che è stato qui. Non ci interessa tanto dimostrarlo, quanto piuttosto scoprire con chi è stato quando è venuto qui.»

Il direttore la fissò, in silenzio, in attesa.

«Avete i filmati della sicurezza nell'atrio e in tutte le aree comuni, compreso l'ingresso del ristorante.» aggiunse Josie. «Se vi forniamo un elenco delle date e degli orari in cui Mr. Calvert è stato qui, potete estrarre i filmati.»

«I nostri filmati della sicurezza arrivano solo fino a un mese fa. Oltre a questi, conserviamo soltanto quelli degli incidenti che richiedono la stesura di rapporti, per esempio se qualcuno scivola o se ha luogo un alterco. Questi filmati li conserviamo per un anno, in caso di controversie legali.»

Josie tirò fuori il telefono e controllò l'elenco delle date e degli orari in cui Elliott Calvert era stato all'hotel e glieli elencò uno dietro l'altro. Il direttore esitò, serrando le labbra e picchiettando sul tavolo con i polpastrelli. Josie si chiese se avrebbe chiesto un mandato; d'altronde era nei suoi diritti e, per quanto ne sapevano lei e Noah, poteva anche esserci una qualche politica interna dell'hotel che lo richiedeva. Invece, Brown optò per farli uscire dal suo ufficio il prima possibile. «Se volete inviarmi la lista per e-mail, detective, posso estrarre i filmati di tutte le date e gli orari che vi occorrono, così, nel frattempo, voi potete parlare con i miei dipendenti del reparto di ristorazione per gli eventi.» Indicando l'orologio in alto sulla parete alla sinistra di Josie, disse: «Mi rendo perfettamente conto che avete un'indagine molto importante da svolgere, ma a me spetta il compito di far funzionare questo hotel senza intoppi. I nostri ospiti si aspettano un certo livello di lusso quando vengono all'Eudora, sia che si tratti di un soggiorno completo, sia che si tratti semplicemente di gustare la cucina o un drink da "Da Bastian".»

«E gli agenti di polizia che gironzolano per fare domande non corrispondono a questo standard.» riformulò Noah.

Il suo tono era sarcastico, ma Brown scelse di prenderlo sul serio e sfoggiando un sorriso forzato, disse: «Sono contento che capiate... Vi mostrerò le sale da ballo e poi vi farò avere questi filmati il prima possibile. Me ne occuperò personalmente.»

VENTITRÉ

Tornati nell'atrio principale, si ritrovarono in mezzo a un nutrito flusso di avventori, la maggior parte dei quali diretti verso gli ascensori che portavano ai piani superiori. Altri, vestiti con abiti da sera più formali, si stavano dirigendo verso il ristorante. Nessuno prestò attenzione a Josie o a Noah che camminavano dietro il direttore Brown, che li condusse in un ampio corridoio di fianco all'ingresso. Diversi cartelli autoportanti annunciavano:

RICEVIMENTO DE NOZZE VONDRAK, SALA DA BALLO A.

e:

BANCHETTO DI PREMIAZIONE DEL CLUB FEMMINILE, SALA DA BALLO B.

Prima di raggiungere una delle due sale da ballo, Brown si fermò davanti a due porte doppie sulle quali era apposto un cartello con la scritta:

Riservato al personale del servizio ristorazione.

Dalla tasca della giacca, il direttore estrasse una tessera che fece scorrere discretamente attraverso un meccanismo vicino alle maniglie delle porte. Si sentì uno scatto e Brown attraversò le porte.

Si ritrovarono in un altro corridoio rivestito di moquette con altre porte. Passarono davanti a una saletta ristoro e poi a una stanza piena di armadietti. Su richiesta di Josie, Brown aprì quelli di Dina Hale e Alison Mills, ma erano tutti e due vuoti, a parte alcuni vecchi prodotti per il trucco. Poi passarono davanti a un ufficio con un cartello sulla porta che annunciava:

Max Combs, Direttore del servizio di ristorazione per gli eventi.

L'ufficio era chiuso e dalla fessura tra la porta e il pavimento non filtrava alcuna luce. Dalla porta successiva si accedeva a un'ampia stanza con scaffali pieni di rotoli di carta igienica, carta detergente, sacchetti per la spazzatura, prodotti disinfettanti e forniture di vario genere. Una donna di corporatura robusta e dai capelli brizzolati stava spingendo lungo il corridoio un carrello pieno di articoli per la pulizia. Indossava un paio di pantaloni neri aderenti e una polo bianca con la scritta "Eudora" ricamata in verde scuro sul pettorale sinistro. «Direttore Brown!» disse con un rapido cenno del capo quando li vide avvicinarsi. Lanciò un'occhiata a Josie e Noah, ma continuò ad andare dritto, manovrando il carrello accanto a loro.

«Sadie...» la salutò il direttore.

La donna si fermò e si voltò, rivolgendo a Brown un sorriso forzato. «Posso aiutarla in qualche modo? Uno degli ospiti del brunch di questa mattina ha vomitato sulla moquette della sala da ballo A, e devo assolutamente ripulirla al più presto. Eh, sì, avrebbe dovuto pensarci qualcun altro stamattina, ma non l'ha fatto, e così ora tocca farlo a me.» Scrollò un polso dove teneva allacciato uno smartwatch della Fitbit per tenere sotto controllo l'ora. «E non mi resta molto tempo prima che inizino a preparare il banchetto di premiazione di questa sera.»

Il direttore le restituì un sorriso nervoso. «Apprezzo la tua scrupolosità, Sadie. Hai visto Max oggi?»

Un sospiro. «No, ma non è compito mio tenere traccia dei suoi spostamenti.»

Per la prima volta, lo sguardo di Sadie si diresse verso Josie e Noah. Il suo finto sorriso si allentò e poi venne meno del tutto. «C'è... c'è qualche problema?»

Brown abbassò la voce vedendo un paio di addetti alla ristorazione e alla cucina passare davanti a loro. «Sfortunatamente sì. Ieri c'è stato un incidente con due delle nostre risorse del servizio di ristorazione. È successo fuori dai nostri locali, ma la polizia deve comunque condurre un'indagine.»

Josie fece un passo in avanti e le porse il suo distintivo, ma Sadie non lo guardò, anzi, fissò con attenzione lo sguardo dritto sul viso di Josie. «So chi è lei...» esclamò. «Lei è quella famosa detective. Quella con la famosa sorella gemella, quella che lavora in quel programma, "Crimini irrisolti".»

«Sì, sono io...» disse Josie. «Miss...?»

«Bacarra. Sadie Bacarra.»

«Lei è amica di Marlene Mills.» disse Noah, avvicinandosi.

Sadie sbatte le palpebre. Negli occhi calò un velo di preoccupazione. «Sì. Io e Marlene siamo amiche da una vita. Da bambine abbiamo frequentato insieme la scuola elementare Wolfson. Prima che io e i miei genitori ci trasferissimo a Philadelphia. Ci siamo sempre tenute in contatto e quando sono tornata a Denton da adulta, abbiamo legato ulteriormente. Come mai me lo chiede? Marlene sta bene? Un momento...» Lanciò un'occhiata a Mr. Brown. «Ha detto che è successo qualcosa a due addette del servizio di ristorazione. Intende Alison? Alison Mills?»

«Per favore, Sadie...» la pregò il direttore. «Abbassa la voce.»

Josie non gli disse che non aveva molto senso abbassare la voce, dato che il loro obiettivo era quello di interrogare tutti i dipendenti; quindi, a breve tutto il personale avrebbe saputo cosa stava succedendo.

Sadie chiuse una mano a pugno che strinse contro la bocca. Dopo alcuni secondi, lo allontanò e sussurrò: «Alison sta bene? Vi prego, ditemi che sta bene. Marlene morirebbe se succedesse qualcosa alla sua bambina. È già abbastanza in difficoltà con Clint a Hong Kong e per Dio solo sa quanto tempo.»

«Mi dispiace informarla che Alison è scomparsa.» disse Josie. «La stiamo cercando.»

«Se avete tutto sotto controllo...» intervenne il direttore Brown, «io vado a recuperare il materiale di cui abbiamo discusso prima.»

«Grazie.» disse Josie.

«Materiale?» chiese Sadie. «Quale materiale? Che cosa sta succedendo?»

Ma Mr. Brown stava già attraversando le porte dell'area di servizio per tornare nel suo ufficio.

«Il direttore Brown ci sta aiutando nelle indagini.» spiegò Noah.

«Sulla scomparsa di Alison? Pensate che sia venuta qui? O che sia scomparsa da qui?»

«No.» disse Josie. «Non è scomparsa da qui. Lei e la sua amica, Dina Hale, stavano percorrendo Widow's Ridge Road ieri mattina. Hanno accostato per evitare di guidare nella nebbia e c'è stato un incidente, diciamo. Dina è rimasta uccisa e Alison è fuggita.»

Sadie impallidì di colpo. «Ha detto "uccisa"? In un incidente? Che tipo di incidente? Oh, santo cielo. Marlene non mi ha avvertita. Perché non mi avrà chiamata? Alison è rimasta ferita? Pensate che sia ancora viva? Posso aiutare in qualche modo nelle ricerche?»

«In questo momento può aiutarci rispondendo alle nostre domande.» disse Noah.

Sadie cominciò a farsi vento con una mano e a camminare avanti e indietro per tutta la lunghezza del carrello. «Certo, certo.»

«Conosceva bene Alison, suppongo...» cominciò Josie.

Sadie annuì.

«E Dina?»

«Intende l'altra ragazza? L'amica di Alison? L'ho vista qui, naturalmente. L'ho vista molte volte con Alison a casa loro. Ho presente di chi state parlando. Ce l'ho presente, ma non la conosco. Non sono sicura che abbiamo mai scambiato due parole, al di là di qualche saluto.»

«Quando è stata l'ultima volta che ha parlato con Alison?» chiese Josie.

Sadie alzò lo sguardo verso il soffitto, strizzando gli occhi mentre rifletteva. «Venerdì sera, se non ricordo male. L'ho vista proprio in questo corridoio, ma solo di sfuggita. Andava di fretta e anch'io. Il venerdì è un giorno impegnativo perché nel fine settimana è sempre tutto pieno.»

Noah tirò fuori il suo telefono e visualizzò una foto di Elliott Calvert per mostrarla a Sadie.

«Riconosce quest'uomo?»

Sadie fissò il telefono. «Sì, a un'aria familiare. Potrebbe essere stato un ospite dell'hotel, ma c'è così tanta gente che va e viene che è difficile ricordarsi di qualcuno in particolare. Può darsi che l'abbia già visto, ma non saprei dirlo con certezza. Ma chi è?»

Anziché risponderle, Noah scorse il dito sullo schermo passando alla foto di Max e della ragazza misteriosa al bar per cui Dina si era tanto arrabbiata. «Cosa può dirci di questa ragazza? La conosce?»

«Oh, sì. Lavora qui. Fa parte del personale di ristorazione, insieme ad Alison. Se non sbaglio, si chiama Gianna o un nome del genere.»

«La conosce?» le chiese Josie. «A livello personale, intendo...»

Sadie scosse la testa. «No, ma in tutta franchezza non conosco praticamente nessuno del personale del servizio di ristorazione, che tra l'altro è piuttosto numeroso. Anche perché sono per la maggior parte ragazzi giovani, della stessa età di Alison, e non sono interessati a fare amicizia con una signora di mezza età come me. Non che qui ci sia molto tempo per fare amicizia, del resto. Come ho detto, abbiamo di che tenerci occupati. Felicia la conoscerà sicuramente. È più giovane ed è, inoltre, la loro responsabile. Benché, se chiedete la mia opinione, a quella interessa di più stringere amicizia con questi ragazzi che supervisionarli.»

Sorvolando su quella frecciatina, Noah disse: «Mrs. Mills ci ha detto che è stata lei a trovare il lavoro ad Alison.»

«Sì.» confermò Sadie. «Sapevo che Max stava cercando nuove risorse da includere nel personale e che Alison era in cerca di un lavoretto. Non sono stata io a procurarle il posto, però, ho solo ottenuto che le facessero un colloquio.»

«Conosce bene Max?» si informò Josie.

Sadie sbuffò. «Tutti quanti conoscono bene Max. È un inguaribile farfallone. Lavora a tempo pieno, naturalmente, e anch'io, quindi sì, ogni tanto ci capita di scambiare due parole.»

Noah le chiese: «Sa se Max ha una relazione con qualcuno del personale?»

«In questo momento? Non saprei proprio.» disse Sadie. «Secondo me tra lui e Felicia c'è una storia. O almeno penso che ci sia stata. Ma questo dovrete chiederlo a lei.»

«E con gli altri membri del personale?» chiese Josie.

Sadie fece una scrollata di spalle. «Lo ignoro completamente. Sono sicura che a un certo punto l'ha fatto. Come vi ho detto, è un farfallone, per di più è giovane e bello, e ho visto in che modo alcune di queste ragazze fanno gli occhi a cuoricino per lui. Gli ho ripetuto più di una volta di stare alla larga dalle ragazzine più giovani di lui. Alcune delle dipendenti che lavorano qui frequentano ancora le superiori. Gli ho detto che, se deve infilare la penna nell'inchiostro dell'azienda, è meglio che lo faccia con Felicia, che ha quasi trent'anni. È molto più appropriata.»

«Ha mai fatto dei tentativi con qualcuna delle ragazze più giovani?» le chiese Josie.

«Spero proprio di no.» disse Sadie. «L'ho visto fare il cascamorto, ma niente di più. D'altra parte, non è che io e Max siamo proprio grandi amiconi, come dicono i ragazzi di questi tempi. Lavoriamo insieme. Non ho idea di cosa faccia quando stacca dal lavoro.»

«Sa se ha mai avuto una relazione di qualche tipo con Dina Hale?» le chiese Noah.

«No, come potrei saperlo? D'altra parte, se fossi stata al corrente di una cosa del genere, lo avrei fatto presente ai piani alti. Dina è troppo giovane.»

«E invece con Gianna?» chiese Josie.

Sadie scosse la testa. «Non credo, ma non saprei dirvi altro. Forse ha qualche anno in più delle altre ragazze, è difficile dirlo, ma a mio parere anche lei sarebbe troppo giovane per Max.»

«Sa dove possiamo trovarla?» chiese Noah.

Sadie puntò un dito alle loro spalle, verso il lungo corridoio. «Sono sicura che la potete trovare in cucina o in una delle sale da ballo, a fare i preparativi per stasera, se è di turno oggi. Non ne ho proprio idea. Sentite, adesso devo proprio tornare a lavorare. E poi devo chiamare Marlene.»

Josie le porse un biglietto da visita e la ringraziò per il suo tempo, prima di proseguire insieme a Noah all'interno dell'area riservata al personale. Passarono davanti a un'altra stanza in cui c'erano attrezzature e utensili per cucinare. Poi arrivarono in un'enorme cucina, in piena attività. Gli addetti, in grembiule bianco e divisa da cuoco, si davano da fare alle loro numerose postazioni, preparando diversi piatti per l'evento di quella sera. Le pentole e le padelle tintinnavano, i coltelli tritavano e picchiettavano con precisione sui taglieri, e per tutta la stanza si urlavano istruzioni. Dalla porta di una cella frigorifera a scomparsa si alzavano mulinelli di condensa che turbinavano lungo il pavimento, mentre dai grandi pentoloni pieni d'acqua e di zuppa in ebollizione posti su piani cottura di dimensioni industriali si levavano dense colonne di vapore. In fondo alla cucina si trovava una donna alta e magra, vestita con un elegante tailleur verde aderente con maniche corte arrotolate. Aveva i capelli biondi, divisi con una riga che li faceva ricadere tutti sul lato sinistro del viso. Invece, il lato destro della testa era rasato a zero e all'orecchio scintillava una serie di piccoli cerchietti d'oro. Avvicinandosi, Josie ne contò otto. Dietro l'orecchio spuntava il tatuaggio di una fenice che estendeva le sue ali infuocate lungo il collo e il lato della gola, di un arancione intenso che contrastava con la sua pelle chiarissima. Era completamente assorta dalla cartellina che teneva tra le mani e non si accorse della loro presenza finché non alzò lo sguardo ritrovandoseli a pochi passi. Spalancando gli occhi, agitò la cartellina, come per allontanarli. «Mi dispiace, ma non potete stare qui. Non so chi vi abbia fatto entrare, ma questo è...»

«Il direttore Brown ci ha fatto entrare.» tagliò corto Noah.

Josie le mostrò il suo distintivo. «Siamo della polizia di Denton. Lei è Felicia Koslow?»

Ignorando la domanda di Josie, la donna disse: «Non ritengo che questo sia il momento più adatto. Che cosa avete detto a Brown per poter venire alla mia postazione di lavoro?»

Josie e Noah si scambiarono uno sguardo interrogativo e Noah le chiese: «Lei è Felicia Koslow, sì o no?»

La donna, sporgendo il mento in avanti, disse: «Non sono tenuta a dirvelo.»

«Per quale motivo pensa che siamo qui?» le domandò Josie.

«Non ho intenzione di dire neanche questo. Non sono affatto obbligata a parlare con voi. Io posso... chiamerò il mio avvocato, se non ve ne andate in questo istante.»

VENTIQUATTRO

Con un sospiro, Josie disse: «Non ce ne sarà bisogno... ma non per questo ce ne andremo. Il direttore Brown ci ha dato il permesso di interrogare i membri del personale. Lei non è obbligata a parlare con noi, però noi abbiamo bisogno di parlare con un responsabile degli addetti al servizio di ristorazione per gli eventi, in modo da poter coordinare i nostri interrogatori. Magari potrebbe dirci dove si trova Felicia Koslow... a meno che non sia arrivato Max Combs.» Si guardò intorno. «Comunque sia, per prima cosa sarebbe meglio riunire tutti i presenti e dare la notizia a tutti quanti.»

La donna guardò Josie con occhi ridotti a due fessure e le chiese: «Quale notizia?»

Le rispose Noah: «Ieri Dina Hale, una dipendente dell'albergo, è stata uccisa e la sua amica, Alison Mills, anche lei membro del vostro staff, è scomparsa. Perciò, dobbiamo parlare delle due ragazze con tutti i presenti. Domande di routine.»

La donna emise un suono acuto di gola e con la cartellina si coprì la parte inferiore del viso, coprendo così anche le sue parole. «Dina e Alison?»

«Purtroppo sì.» rispose Josie. «Ora, le saremmo grati se potesse indicarci dove possiamo trovare Felicia Koslow o...»

La donna abbassò la cartellina, rivelando il tremolio del labbro inferiore.

«Sono io Felicia Koslow. Mi dispiace molto. Non potevo immaginare che...»

Si premette le dita sulla fronte, emettendo un forte gemito. Josie ebbe l'impressione di sentire Felicia borbottare la parola "idiota" prima di tornare a concentrarsi su di loro e dire: «Con tutta probabilità penserete che io sia una specie di criminale, giusto? Per il modo in cui mi sono comportata. Ma porco cane... Non è per quello. È solo che stavo con uno a Philadelphia che spacciava droga e la polizia di lì pensava che fossi coinvolta nel giro. Io neanche lo sapevo, ma mi davano il tormento, in continuazione, e così ho pensato che... scusatemi tanto. Ma quindi Dina è davvero morta?»

Noah disse: «Siamo desolati di doverglielo dire, ma è così.»

Felicia cominciò a camminare in un piccolo cerchio, battendosi la cartellina contro il mento. Quando si fermò e li guardò, Josie vide che le scendevano le lacrime dagli angoli degli occhi, che asciugò con il dorso della mano. Poi, prendendo un grande sospiro, disse: «Sto bene. Tutto a posto. Devo essere forte. È devastante. Non riesco a crederci. Buon Dio, ma come è successo?»

Josie e Noah le fornirono i pochi dettagli che erano in grado di divulgare. Per un lungo momento Felicia rimase in silenzio, tenendo lo sguardo fisso sul pavimento. Si aspettavano che facesse altre domande, ma non ne arrivarono, così, alla fine, Josie le disse: «Mrs. Koslow, prima di parlare con il resto dello staff, dobbiamo fare alcune domande a lei.»

E vedendo che Felicia non rispondeva, Noah attirò la sua attenzione: «Mrs. Koslow?»

Riscuotendosi dai suoi pensieri, Felicia alzò di nuovo lo sguardo verso di loro. «Certo, naturalmente...»

«Quando è stata l'ultima volta che ha parlato con Max Combs?» le chiese Josie.

«Oh, ehm... venerdì. Ieri era il mio giorno di riposo, quindi non l'ho visto.» Tirò fuori il telefono da una piccola tasca dei pantaloni e controllò l'ora. «In teoria, dovrebbe essere già arrivato, ma non è insolito che arrivi in ritardo.»

«E invece quando è stata l'ultima volta che ha parlato con Dina o Alison?» chiese ancora Josie.

«Lo scorso fine settimana.»

«Lei le conosce bene?»

Felicia fece un sospiro. «Abbastanza bene, suppongo. Le ragazze che lavorano per noi sono quasi sempre adolescenti e io cerco di mantenere un buon rapporto con tutte quante. Mi assicuro che sappiano che possono rivolgersi a me per qualsiasi cosa, quando iniziano a lavorare, e la maggior parte di loro lo fa. Sono come delle sorelle minori per me.»

«Ha avuto motivo di credere che Dina o Alison avessero qualche problema serio nelle ultime due settimane?» le domandò Noah. «Ha notato la presenza di qualcuno di insolito nei paraggi? Le sembrava che si comportassero in modo diverso?»

Felicia rispose di no a ciascuna domanda man mano che lui gliele poneva.

«Dina o Alison si sono rivolte a lei per qualche problema nelle ultime due settimane?» domandò Josie.

Felicia fece un sorriso a denti stretti. «Beh, Dina era piuttosto arrabbiata con Max, perché lui fa il galletto con tutte le ragazze.»

«Ce lo hanno detto.» confermò Josie. «Era arrabbiata perché l'aveva visto parlare con un'altra ragazza di nome Gianna, è corretto?»

Felicia annuì. «Sì. Ne ho parlato con entrambe. Ho detto a Dina che non sarebbe mai successo niente con Max e che comunque era troppo vecchio per lei. A Max ho detto di smetterla di illudere le ragazze e che qualsiasi cosa stesse facendo con Gianna, doveva finire.»

«Perché, stava succedendo qualcosa con Gianna?» si informò Josie.

Felicia strinse la cartellina contro il suo corpo. «Non saprei proprio, ma certo, non tenderei a escluderlo. Però non gliel'ho chiesto, mi sono limitata a dirgli di piantarla di parlare con loro. Fine della storia. A meno che non fosse per questioni di lavoro.»

Noah chiese: «E lui cosa le ha risposto?»

«Ha detto che stavo esagerando. Ha detto che non è mai successo nulla con nessuna delle ragazze. Che avevano interpretato le cose nel modo sbagliato e che ne stavano facendo una tragedia.»

«E lei?» chiese Josie. «Ha o ha mai avuto una relazione con Max? Al di là del rapporto di lavoro.»

Sul suo viso si formò un'espressione accigliata, con tanto di narici dilatate. «Chi ve lo ha detto?»

Noah ricambiò con uno sguardo stupefatto. «Nessuno ci ha detto niente. Lo stiamo chiedendo a lei.»

Felicia si guardò intorno, come se stesse cercando il colpevole, e poi riportò lo sguardo sui detective. «È stata quella stronza di Sadie, quella delle pulizie, dico bene? Ce l'ha a morte con me da quando ho iniziato a lavorare qui e soltanto perché l'ho denunciata per non aver restituito dei soldi che aveva trovato al tavolo di un ospite. Se li è tenuti per sé! L'ho vista che se li infilava in tasca una volta che faceva le pulizie. È lei che ha fatto qualcosa di sbagliato, eppure, per qualche motivo, sono io quella cattiva. Si comporta come se la sua merda non puzzasse, ma scommetto che non vi ha detto che suo marito l'ha piantata, portandosi via i figli dopo che lei ha avuto una relazione, vero? Per questo è tornata qui, da sola, perché ha mandato all'aria tutta la sua vita.»

«La vita personale di Mrs. Bacarra non è rilevante per la nostra indagine.» le disse Noah.

«Ma è stata lei a dirvelo, ci metterei la mano sul fuoco. La vecchia santarellina!» Ma vedendo che nessuno dei due reagiva a quel commento, Felicia sospirò e si passò le dita tra i capelli. «Nessuno deve sapere di me e Max. Sminuirebbe la mia autorità. Oltretutto, molte delle ragazze che lavorano qui hanno una cotta per lui e se pensassero che stiamo insieme, mi vedrebbero come una rivale o penserebbero di non potersi rivolgere a me quando hanno problemi. E invece io voglio che si fidino di me.»

«Quindi ha avuto o ha correntemente una relazione con Max Combs?» riformulò Josie. «Siete intimi?»

Felicia si guardò intorno per vedere se qualcuno dello staff della cucina stesse origliando la conversazione, ma erano tutti troppo occupati per interessarsi a ciò che stava accadendo nel piccolo angolino che lei, Josie e Noah occupavano. Abbassando la voce, confessò: «Quando ho iniziato a lavorare qui, abbiamo avuto una storia. Sarà durata sei mesi al massimo. Alla fine, sono stata io a rompere perché avevo bisogno di questo lavoro e stavano cominciando a diffondersi pettegolezzi che mi creavano non pochi problemi. I membri del personale non mi rispettavano più, non mi vedevano più come un supervisore, ma come la ragazza di Max. Non mi ritenevano qualificata per il lavoro. Così sono andata a dirgli che era finita e poi ho cercato di riparare al danno alla mia reputazione con i colleghi di questo reparto. Per fortuna, la manodopera del settore di ristorazione per gli eventi si sostituisce rapidamente, quindi la maggior parte di quelli che lavoravano qui all'epoca se ne sono andati. Ma non per questo mancano le persone che ce l'hanno con me...»

Allungò il collo, guardando intorno a Josie e Noah, come se cercasse di scorgere un collega malintenzionato che se ne stesse in agguato dietro un pentolone pieno di zuppa o appostato dentro la cella frigorifera.

Noah tirò fuori la foto di Elliott Calvert e la mostrò a Felicia. «Ha mai visto quest'uomo?»

«Certo, sì. L'ho visto al bar del ristorante. "Da Bastian". Ce lo vedo spesso.»

«Sa come si chiama?» le chiese Josie.

Felicia scosse la testa. «No. Non gli ho mai parlato. Però l'ho visto. Voglio dire, è un bel tipo, no? È difficile non notarlo.»

"Un bel tipo" non era il modo in cui lo avrebbe definito Josie. Non avrebbe mai potuto vedere Elliott Calvert come nient'altro che un assassino e un uomo che aveva mentito a tutti nella sua vita. Ma tenne quei pensieri per sé. «L'ha mai visto insieme ad altre persone?»

«No. Beveva da solo. Triste, vero? Perché, chi è?»

Noah mise via il telefono e, invece di rispondere alla domanda di Felicia, le chiese di chiamare a raccolta i membri dello staff per un annuncio e di trovare uno spazio dove avrebbero potuto parlare con ciascuno di loro individualmente. Nel giro di una ventina di minuti, in cucina regnava il silenzio più totale, e tutti i dipendenti si erano riuniti al centro della stanza. Josie cercò Gianna tra la folla e la individuò in piedi vicino alla porta, con i capelli scuri raccolti in uno chignon, vestita con gli stessi abiti che indossava nella foto con Max. Teneva le braccia conserte sul petto e intanto ascoltava Felicia che dava la notizia della tragedia di Dina e Alison e dava istruzioni a ciascuno di loro affinché trovassero il tempo per parlare con Josie o con Noah prima dell'inizio del banchetto di nozze e del banchetto di premiazione. Josie diede una gomitata a Noah e fece un cenno con la testa verso Gianna.

«L'ho vista.» mormorò lui sottovoce.

In una delle sale eventi più piccole che non sarebbero state utilizzate quella sera, Josie e Noah si sistemarono ai tavoli uno di fronte all'altro. Uno alla volta, gli addetti al servizio di ristorazione si presentarono per gli interrogatori. Parole sommesse ronzavano come una corrente sotterranea da una capo all'altro della sala. La maggior parte di loro si mostrò scioccata e con molte più domande da porre ai detective di quante Josie o Noah ne avessero da fare a loro. Chiesero a tutti quali fossero i loro rapporti con Dina e Alison: se le conoscevano bene; quand'era stata l'ultima volta che si erano messi in contatto con una delle due; se avevano notato che una delle due ragazze si era comportata in modo diverso nelle ultime due settimane; se sembrava che una delle due avesse problemi con qualcuno; se avevano notato qualche presenza insolita aggirarsi nei pressi dell'hotel negli ultimi tempi e così via. Sebbene quasi tutti conoscessero Dina e Alison, erano davvero pochi quelli che ci erano entrati in confidenza. La maggior parte dei colleghi le aveva viste entrambe il venerdì sera al lavoro e, tra questi, nessuno di quelli che aveva un rapporto più che occasionale con loro si era accorto di qualcosa di inusuale nel loro comportamento, né aveva notato la presenza di persone particolari o insolite nei dintorni dell'hotel. Josie e Noah mostrarono a tutti una foto di Elliott Calvert. Alcuni dissero che aveva un aspetto familiare, ma nessuno lo riconobbe.

Quello dei colleghi si stava rivelando un vicolo cieco e intanto passavano ore e ore, che Josie trascorse a battere le dita sul tavolo nel tentativo di nascondere il brontolio nel suo stomaco che protestava. Dall'altra parte della stanza, Noah incrociò il suo sguardo e scosse la testa: ancora niente su Max e nemmeno su Gianna. Completarono i colloqui ma ancora niente su quei due.

Una volta terminato, si ritrovarono al centro della stanza. «Forse Max non è ancora arrivato, ma Gianna era lì.» disse Josie. «Ha sentito l'annuncio che ha fatto Felicia. Allora dov'è andata? Non hai mostrato a nessuno la foto di lei e Max, vero?»

«No.» rispose Noah. «Tu?»

«No, nemmeno io.» disse Josie. «Stavo aspettando di parlarne con lei. Pensi che se ne sia andata?»

«Scopriamolo.» disse Noah.

VENTICINQUE

Gianna non era nelle aree riservate al personale né in nessuna delle sale per gli eventi. Josie e Noah stavano per tornare nell'atrio per controllare se fosse lì, quando notarono che una delle porte verso l'esterno era stata spalancata, tenuta con un piccolo bidone della spazzatura di metallo, nonostante il cartello attaccato alla porta dicesse:

Vietato aprire.

Dall'altra parte c'era un piccolo passaggio, delimitato da una ringhiera metallica, che conduceva a una banchina di carico. A metà della passerella trovarono Gianna, che se ne stava appoggiata al parapetto e sbuffava da una sigaretta elettronica. Alzò lo sguardo quando vide Josie e Noah che superavano la porta e con un sorriso a denti stretti si allontanò dalla ringhiera e cercò di girargli intorno mormorando: «Devo tornare al lavoro...»

Ma Josie si mise direttamente sulla sua strada. «Lei è Gianna, vero?»

Si immobilizzò. Da vicino, Josie poteva capire perché Dina si fosse disperata al pensiero che Max avesse rivolto le sue attenzioni a Gianna. Era al tempo stesso bella e appariscente: aveva la pelle abbronzata, liscia e impeccabile, con un velo di trucco, di cui non aveva certo bisogno, gli zigomi alti, le labbra carnose, il naso perfettamente dritto e grandi occhi castani contornati da ciglia lunghe e folte. Se Josie avesse dovuto indovinare la sua età avrebbe detto intorno ai venticinque, che era molto più appropriata per Max Combs rispetto a Dina Hale.

Gianna chiese: «Come fate a sapere il mio nome?»

Noah le mostrò il suo telefono in modo da farle vedere lo scatto in cui era stata ripresa insieme a Max. Guardandola dritto negli occhi, Josie vi scorse un lampo di terrore prima che il suo volto perdesse ogni traccia di espressione. «Questi siamo io e il mio capo.» sussurrò. «È stato lui a dirvi come mi chiamo? Perché mi stavate cercando?»

Josie non rispose alle sue domande, facendo invece la sua: «Qual è il tuo cognome, Gianna?»

«Sorrento. Max non ve l'ha detto?»

«Quando è stata l'ultima volta che hai parlato con Max o che l'hai visto?» le chiese Noah.

«Venerdì sera alla festa aziendale.»

«Conoscevi bene Dina Hale?» chiese Josie.

Gianna alzò gli occhi al cielo. «Abbastanza da sapere che ce l'aveva con me, vi basta?»

«Era invidiosa.» decretò Josie. «Pensava che tu e Max Combs aveste una relazione di qualche tipo.»

«Io e Max?» fece Gianna con una risata. «Per l'amor di Dio... Sarebbe questo il motivo? Me lo sarei dovuto immaginare. Tutti quanti sanno... o meglio, lo sapevano, che lei aveva un debole per lui. Era un po' patetica.»

«Quindi tu e Mr. Combs non avete una relazione?» specificò Noah.

Gianna si puntò un dito sul petto. «Io vado al liceo!»

Josie fece del suo meglio per dissimulare la sorpresa dalla sua espressione.

«Quale scuola frequenti?»

«La Saint Catherine of Siena Academy.»

Josie conosceva quell'istituto, era un collegio privato, piccolo e di grande prestigio, con tasse scolastiche paragonabili a quelle della maggior parte delle università statali.

«Sei all'ultimo anno?» chiese Noah.

Lei annuì. «Sì, quest'anno mi diplomo.»

«Dove vive la tua famiglia?» chiese Josie.

«A Philadelphia. Mio padre pensava che mandandomi qui mi avrebbe tenuto lontano dai guai. Dai ragazzi e dalla droga, così dice. Ecco cosa pensa siano i guai. E poi è convinto che qui sono più al sicuro.»

«E invece tu non pensi di essere al sicuro qui?» chiese Noah.

Lei rispose con una scrollata di spalle. «Immagino di sì.»

«Quanti anni hai?» chiese Josie.

«Ho appena compiuto diciotto anni.»

«Da quello che abbiamo appreso qui, oggi, l'età delle liceali non costituisce un limite per le avances di Max Combs. Se non altro, dato che hai diciotto anni, sarebbe legale per voi due avere una relazione sentimentale o sessuale. Anzi, per la precisione, l'età del consenso nello Stato della Pennsylvania è sedici anni. Quindi puoi dircelo se hai avuto o hai tutt'ora una relazione con lui.»

«Non c'è niente tra di noi. A Max piace fare il marpione, capito? Non c'è altro.»

Noah chiese: «Di cosa stavate parlando voi due la sera in cui è stata scattata questa foto?»

«Non glielo so dire. Non me lo ricordo. Qualche volta vado a sedermi al bar durante le pause e se lo vedo lì, facciamo quattro chiacchiere.»

«È stata Dina a scattare questa foto.» le disse Josie. «Pensava che ci fosse qualcosa tra voi due.»

Gianna scosse la testa. «E con questo? Ha preso un abbaglio.»

«Ma hai detto che ce l'aveva con te.» disse Noah. «Cosa intendevi dire?»

«Solo che ultimamente ce la metteva tutta sul lavoro per mettermi in difficoltà. Per esempio, quando dovevo allestire una sala, lei arrivava dopo di me e si metteva a togliere l'apparecchiatura dei posti o i centri tavola o a rimuovere le coperture delle sedie, così poi Felicia mi dava il tormento per queste cose.»

«Le hai parlato?» chiese Josie.

«No. Non ne valeva la pena. Ho solo pensato che prima o poi avrebbe rivolto la sua attenzione a qualcun altro se non le avessi dato alcuna soddisfazione reagendo.»

«Ne hai parlato con Felicia?»

Gianna scoppiò in una risata ironica. «Se ne ho parlato con Felicia? Sta scherzando, spero. Quella lì pensa che qua dobbiamo mettere su una specie di confraternita in cui dobbiamo comportarci tutte come se fossimo sorelle o qualche scemenza del genere. Se andassi a parlarne con lei, dovremmo sorbirci una settimana di riunioni sul rafforzamento della squadra e sulla risoluzione dei problemi, col risultato di peggiorare ulteriormente le cose per me. Quindi no, non ne ho parlato con Felicia.»

«E Alison?» chiese Noah. «Era coinvolta anche lei in questa iniziativa per renderti la vita difficile?»

«No. Non ho mai avuto problemi con Alison.»

Josie le chiese: «Da quanto tempo lavori qui?»

«Da un anno più o meno.» rispose Gianna. «Sono bloccata qui a Denton per l'anno scolastico, quindi non è che abbia grandi alternative per i fine settimana. Come lavoro non è male.»

Noah tirò fuori una foto di Elliott Calvert e la girò verso Gianna. Josie notò una reazione immediata: un'improvvisa tensione della mascella. Un leggero allargamento degli occhi. «Conosci quest'uomo?» le chiese.

Lei fissò la foto per un attimo prima di rispondere. Josie osservò i micromovimenti del viso di Gianna che ce la metteva tutta per riordinare i suoi lineamenti in uno sguardo inespressivo. «No.»

«Guardalo bene.» la esortò Josie. «Ne sei assolutamente sicura?»

Gianna distolse immediatamente lo sguardo dalla foto e si portò la sigaretta elettrica alle labbra. Una nuvola di fumo che odorava di lamponi le uscì dalla bocca mentre diceva: «Non lo conosco.»

Noah lanciò uno sguardo a Josie con la coda dell'occhio a confermare che anche lui pensava che Gianna stesse mentendo. «In fin dei conti è un bene...» commentò Noah, «che tu non lo conosca, intendo. È sotto custodia della polizia per omicidio. O meglio, lo sarà quando verrà dimesso dall'ospedale.»

Josie e Noah tacquero, lasciando che quelle ultime parole rimanessero sospese nell'aria insieme alla nuvola di fumo aromatizzata. Qualche volta, non riempire il silenzio era la strategia migliore. Dopo alcuni secondi, Gianna chiese: «Cosa gli è successo?»

«Si è rotto un braccio.» rispose Noah. «Ha dovuto farsi operare. Ma una volta dimesso, andrà dritto in prigione.» Toccò di nuovo lo schermo del telefono e richiamò la foto di Dina. Scuotendo la testa, mormorò: «Non aveva mezza possibilità.»

Gianna non disse una parola, giocherellò con la sigaretta elettronica, se la riportò alle labbra prendendo un'altra boccata, ma sempre in silenzio. «Maledizione...» sussurrò poi e finalmente incrociò lo sguardo di Josie. «Va bene. L'ho visto qui, contenti? Non so il suo nome o altro, ma l'ho visto al bar. Ha cercato di attaccare bottone con me un paio di volte, ma io non ci sono stata.»

Noah disse: «Di cosa voleva parlarti?»

Lei alzò le mani in aria e le lasciò ricadere sui fianchi. «Non lo so! Voleva parlare del tempo, del menù delle bevande, di quella stupida partita che trasmettevano in televisione. Era ubriaco. Inequivocabilmente sbronzo. Gli ho detto che non ero interessata. È questo che volevate sapere?»

«E perché ci hai mentito poco fa?» chiese Josie.

«Ma che ne so... perché di quel tipo non so veramente niente. E poi è uno strano, capite? È strano e fa anche schifo. Lo so che sembro più grande, ma sono solo una ragazza che frequenta il liceo. Ho diciotto anni! Ma a questi uomini, soprattutto in questo hotel, non importa nulla. Se sei seduta da sola al bar o a un tavolo, pensano che tu sia lì solo per il loro divertimento o per fargli fare delle avances o che so io. Anche lavorando nel servizio di ristorazione per gli eventi, soprattutto ai matrimoni e alle feste, gli uomini non ci pensano due volte a palparti il sedere o a dirti qualcosa di sconcio. Anche se quel tizio...» e indicò il telefono di Noah, nonostante lo schermo con la foto di Elliott Calvert si fosse oscurata, «era più simpatico di molti altri. Sembrava una persona per bene che semplicemente aveva solo bevuto troppo. Non appena gli ho fatto capire che non era aria, se l'è fatto andare bene. Si è tirato indietro. Si è persino scusato. Però, mi aveva comunque messo a disagio, capite? Mi dispiace di aver mentito, ma non è una cosa di cui mi piace parlare. E prima che mi chiediate perché non mollo questo lavoro... la verità è che ne ho bisogno.»

Josie pensò al fatto che suo padre poteva permettersi di mandarla alla Saint Catherine of Siena Academy, ma evitò di farne menzione, ipotizzando che era possibile che non la sostentasse con molto altro.

«Hai detto che ti ha avvicinato un paio di volte.» ricapitolò Noah. «Quante volte, di preciso. Due o tre?»

Gianna picchiettò il beccuccio della sigaretta elettronica contro il labbro inferiore. «Due. Non mi chieda che giorno era perché non me lo ricordo proprio. A occhio e croce direi che è stato negli ultimi due mesi.»

Josie le chiese: «L'hai mai visto al bar oltre a quelle volte?»

Gianna scrollò le spalle. «Non saprei. Può anche darsi. Non me lo ricordo proprio.»

«L'hai mai visto con qualcun altro?» le chiese Noah.

«Non mi sembra, ma non è che lo tenessi particolarmente d'occhio. Era solo uno dei tanti individui un po' loschi che bazzicano in questo posto.»

«Scusatemi...» disse il direttore Brown spuntando dalla porta della piattaforma di carico, con lo sguardo basso e accigliato verso il bidone della spazzatura.

Gianna si girò di scatto verso di lui e rimase congelata sul posto.

Gli occhi di Brown si spostarono dal bidone a Gianna. Senza dire nulla, lei salì di corsa sulla banchina e gli passò davanti prima che lui potesse dirle qualsiasi cosa. Il direttore scosse leggermente la testa e poi alzò lo sguardo verso Josie e Noah, facendo loro cenno di tornare dentro. Quando la porta si chiuse alle loro spalle, Brown disse: «Sono spiacente di comunicarvi che tutti i filmati che avete richiesto sono... inaccessibili.»

«Che cosa significa?» chiese Josie.

«Significa che io non posso accedervi.»

Noah chiese: «Perché no?»

Brown incrociò le mani in vita e li guardò dall'alto in basso. «Perché non ci sono più.»

«E com'è possibile?» chiese Josie.

«Sembra che siano stati cancellati. Almeno, questa è l'unica spiegazione che posso darvi.»

«Dell'intero hotel?» chiese Josie. «O solo di alcune parti?» «Dell'intero hotel.»

«Chi ha accesso ai filmati?» lo incalzò Noah.

Il direttore alzò gli occhi. «La squadra di sicurezza.»

«Dovremo interrogarli tutti.» concluse Josie.

VENTISEI

Josie cominciò a mescolare la pila di fogli sulle sue ginocchia, sfogliandoli uno per uno per la quinta volta da quando erano saliti in macchina e avevano lasciato l'Hotel Eudora. Su ciascuna pagina erano fissate le foto a colori di ogni membro della squadra di sicurezza dell'Eudora che il direttore Brown aveva messo a loro disposizione, accompagnate dalle loro informazioni personali. Inoltre, il direttore aveva fatto convocare tutti quelli che non erano di turno in quel momento per una riunione speciale, in modo che Josie e Noah potessero interrogarli. Dopo due ore, che avevano trascorso con il capo della sicurezza per cercare di capire in che modo fossero stati cancellati i filmati di tutte le date e le ore in cui Elliott Calvert era stato ospite all'Eudora, la cosa rimaneva un mistero.

«Qualcuno ci sta mentendo...» dichiarò Josie. «Solo un piccolo gruppo di persone ha accesso ai filmati e ognuna di loro ha negato di averli cancellati.»

Il debole bagliore dei lampioni illuminava le attività commerciali e le abitazioni che erano state chiuse per la notte, a mano a mano che Noah procedeva per la città in direzione dell'ospedale.

«Anche Brown ha accesso ai video della sicurezza...» disse Noah.

«Tu pensi che sia stato Brown a cancellarli?»

Noah alzò le spalle. «Difficile a dirsi. Intendo dire che non possiamo escluderlo. Si è collegato al database del sistema di sicurezza un paio di volte nell'ultimo mese. Potrebbe aver cancellato quei filmati in qualsiasi momento. Diavolo, potrebbe averli cancellati oggi stesso, quando è andato a prenderli.»

Josie smise di sfogliare le pagine che aveva in grembo e gemette. «Hai ragione. Pensi che Brown stia coprendo Calvert?»

«Credo che Brown stia coprendo sé stesso...» rispose Noah. «A prescindere dal fatto che conosca o meno Calvert, non è un bene per gli affari dell'hotel essere collegabili a un assassino.»

Noah imboccò la lunga strada su per la collina che portava al Denton Memorial Hospital.

«Pensi che abbia detto la verità sul fatto che Calvert non ha mai prenotato una stanza all'Eudora?»

Noah disse: «Ci ha mostrato i risultati della ricerca.»

«Il che significa che, indipendentemente dal fatto che sia stato o meno Brown a cancellare i filmati, Calvert non ha prenotato una stanza all'hotel.» concluse Josie. «Ma sappiamo che è stato lì perché Gianna lo ha visto al bar in almeno due occasioni.»

«Non è così insolito che la gente frequenti il bar di un hotel senza prenotare una stanza.»

Noah si fermò in un parcheggio vicino all'ingresso dell'ospedale. Josie sistemò i fascicoli dei dipendenti della sicurezza dell'Eudora al sicuro nel vano portaoggetti ed entrarono. Nell'atrio, mostrarono i distintivi all'accettazione, comunicando all'addetta che erano lì per vedere Elliott Calvert; intanto che aspettavano che scrivesse i loro nomi e cercasse il numero della stanza di Calvert nel suo registro, Josie guardò il televisore sulla parete a sinistra della scrivania. Era sintonizzato sull'emittente locale, la WYEP. Stavano trasmettendo il notiziario. Accanto alla testa del conduttore spiccava una foto di Alison Mills. A giudicare dal fondale blu di fronte al quale si era messa in posa goffamente con un sorriso sommesso, doveva essere una foto scolastica. La scritta in basso sullo schermo recitava:

*La polizia sollecita segnalazioni per ritrovare una
ragazza del posto scomparsa.*

Josie era troppo lontana per sentire le parole del conduttore del notiziario. Poi, la schermata tagliava sul filmato del capo Chitwood e di Marlene Mills in piedi davanti a una pedana che era stata allestita nel parcheggio comunale del Dipartimento di Polizia. Il capo parlava a lungo, agitando al contempo le mani. Una brezza sollevava i radi ciuffetti bianchi sulla sua testa. Accanto a lui, Marlene Mills guardava dritto davanti a sé, con gli occhi spalancati dal terrore e stringeva le cinghie della borsetta con tanta forza che le nocche erano diventate bianche. Quando il capo concludeva il suo appello e si allontanava dalla pedana, facendole cenno di salire, lei rimaneva pietrificata. Josie riuscì a leggere le labbra del capo: «*Mrs. Mills... Mrs. Mills, per favore, salga sulla pedana.*»

Ma Marlene era paralizzata. Addirittura, non riusciva a battere le palpebre. Alla fine, Chitwood le si avvicinava e le posava una mano su un gomito, rompendo l'incantesimo. Gli occhi di Mrs. Mills, lucidi di lacrime, incrociavano i suoi e poi la donna abbozzava un sorriso tremolante. Il capo le si avvicinava per dirle qualcosa all'orecchio. Di nuovo, Josie riuscì leggere le sue labbra: «*Ce la può fare...*» e con delicatezza, la guidava verso la pedana. Ancora saldamente aggrappata alla sua borsa, Marlene voltava lo sguardo verso la telecamera. Le sue dita torcevano le cinghie della borsa. Si leccava le labbra e iniziava a parlare. Dopo poche parole, si fermava bruscamente. Il capo interveniva, regolando uno dei microfoni sul podio. Poi le faceva cenno di continuare e Marlene si piegava in avanti, ricominciando a parlare. Stavolta Josie non riuscì a leggere le labbra e a capire cosa stesse dicendo, ma con mani tremanti la donna tirava fuori una foto lucida di sua figlia, di venti centimetri per venticinque. La stessa che avevano usato per il servizio della WYEP. Sentì Noah alle sue spalle, dire: «Sta dicendo: "Alison, torna a casa. È tutto a posto. È sicuro. Torna a casa o rivolgiti alla polizia. Non sei nei guai. Vogliamo tutti che tu torni a casa sana e salva. Mi rivolgo a tutti quanti in città: se vedete la mia bambina, ditele di tornare a casa o di chiamare la polizia".»

Noah era stato con una ragazza sorda anni prima e così aveva imparato i rudimenti del linguaggio dei segni, ma in particolare era diventato molto abile nel leggere le labbra. Molto più di Josie.

La foto di Alison tremava così tanto tra le mani di sua madre che era impossibile riuscire a vederla; allora Chitwood interveniva, prendendole la foto dalle mani e tenendola sollevata in modo tale da permettere alle telecamere di farne un primo piano, cosa che fecero. Il volto di Alison riempì lo schermo e subito sotto apparve il numero da contattare per le segnalazioni. A quel punto il servizio della WYEP tagliava, tornando al conduttore in studio, che passava a un altro servizio.

«Quella povera donna...» mormorò Josie. «Santo cielo, Noah. Dove sarà finita quella ragazzina?»

Ancora al suo fianco, Noah disse: «Magari lo sapessimo, ma Gretchen è in giro a cercarla in questo momento e dopo questa conferenza stampa si spera che Alison torni presto a casa. Andiamo a vedere se Elliott Calvert è disposto a parlare con noi.»

Presero un ascensore per raggiungere il quarto piano. Calvert era ancora nel reparto di chirurgia e la sua stanza era proprio di fronte alla postazione degli infermieri. L'agente Brennan era seduto su una sedia accanto alla porta e guardava il telefono. «Detective...» disse quando li vide avvicinarsi. «Calvert è sveglio, ma non parla.»

Noah gli chiese: «Hai provveduto ad arrestarlo per omicidio?»

Brennan mise via il telefono e si appoggiò allo schienale, allungando le gambe davanti a sé. «Certo che l'ho fatto. Ha riconosciuto i suoi diritti e poi ha detto che non avrebbe parlato con nessuno. È arrivata anche sua moglie. Credo sia ancora nella sala d'attesa di chirurgia...»

Fece cenno con il pollice verso destra, indicando un lungo corridoio. «Le ho detto che non può vederlo. Non che lui ne abbia voglia, comunque, ma lei ha ribadito che non se ne andrà di qui finché non la lasceremo parlare con il marito. Tra l'altro Calvert è arrabbiato perché l'abbiamo chiamata.»

«Immagino che stia prendendo molti antidolorifici in questo momento.» commentò Josie. «Sei sicuro che abbia capito cosa stava succedendo?»

Brennan fece un'alzata di spalle. «Beh, a me è sembrato abbastanza lucido.»

«Ha chiesto un avvocato?» gli domandò Noah.

«No. Non ancora.»

Josie sospirò. «Va bene. Vediamo se è disposto a parlare con noi.»

«Buona fortuna.» disse Brennan con una risata guardandoli entrare nella stanza di fianco a lui.

Calvert era appoggiato al letto, con l'avambraccio ingessato e fissato in un'imbracatura stretta intorno al busto. Una soluzione fisiologica colava goccia dopo goccia da una flebo in una vena del braccio buono, inserita nell'incavo del gomito. Aveva i capelli unti e tutti spettinati e una barbetta incolta di qualche giorno. Dato che avevano abbassato le luci, sbatté le palpebre diverse volte quando li vide prendere posizione ai lati del suo letto. Le sue spalle si sollevarono verso le orecchie, tese, finché non le ebbe completamente incassate, poi le riabbassò. Un lungo respiro gli sfuggì dai polmoni. «Ah, siete solo voi.» mormorò.

Josie disse: «Chi pensava che fossimo?»

Calvert non disse nulla.

«Mr. Calvert...» disse Noah, «è consapevole di essere in stato di arresto per l'omicidio di Dina Hale? Ricorda che l'agente Brennan le ha letto i suoi diritti?»

L'espressione di Elliott Calvert si rabbuiò e, a denti stretti, disse: «Sì, certo che me lo ricordo.»

Josie disse: «Vorremmo farle alcune domande.»

Di nuovo, non rispose.

«Mr. Calvert...» riprese Noah, «sappiamo che negli ultimi mesi ha frequentato il bar del ristorante dell'Hotel Eudora, "Da Bastian", all'insaputa di sua moglie. Sappiamo che le ha mentito a proposito del progetto sul contratto di Locke Heights a cui stava lavorando. Il suo responsabile ci ha informato che quel progetto si è concluso tre mesi fa. Sappiamo che ha conservato le foto di una donna che non è sua moglie in un'applicazione del suo telefono che serve proprio a tenere nascoste le foto.»

Calvert guardava dritto davanti a sé mentre Noah parlava. Una vena della tempia destra gli pulsava.

«Sappiamo che si è cacciato in qualche guaio.» aggiunse Josie. «Sappiamo che, quando ha aggredito Dina Hale e Alison Mills stava cercando qualcosa. Sappiamo che ora è spaventato...»

Noah riprese il filo del discorso. «La cosa migliore che può fare per se stesso e per la sua famiglia, in questo momento, è parlare con noi, Mr. Calvert. Ci permetta di aiutarla.»

La voce di Calvert si fece bassa e tesa. «La cosa migliore che posso fare per me e per la mia famiglia, in questo momento, è non fare nulla.»

«Non fare nulla garantirebbe a sua moglie e a sua figlia di rimanere al sicuro?» chiese Josie.

Lui non rispose, ma Josie poté notare il sottile cambiamento nella sua espressione: dalla rabbia alla paura; ma anche con questo cambiamento non emise un fiato.

Josie e Noah aspettarono ma, a differenza di quello che

facevano la maggior parte degli interrogati, lui non cercò di riempire il silenzio. Al contrario, lasciò che si prolungasse. I suoni all'interno e all'esterno della stanza si fecero più forti nel suo silenzio. Il gocciolio della flebo. Lo scampanellio dei macchinari e degli allarmi nel corridoio. Lo scalpiccio di piedi che passavano da una parte all'altra oltre la porta. Voci ovattate che si chiamavano a vicenda.

«Che cosa stava cercando quando ha aggredito quelle due ragazze?» gli domandò Noah alla fine.

Lui non rispose.

«Chi è la donna nelle foto sul tuo telefono?» lo incalzò Josie, ma ancora niente.

«È sicuro di non voler parlare di quella donna?» insistette Josie. «Almeno ci dica come si chiama, così possiamo metterla al corrente di... di quello che sta succedendo...»

Calvert, ancora in totale silenzio, fissava imperterrito davanti a sé come se i due detective non fossero nemmeno in quella stanza. A niente servì tempestarlo ulteriormente di domande: lui rimase muto come una tomba; non solo non rispondeva, non apriva neanche la bocca.

«Mr. Calvert...» disse Noah a un certo punto, «dobbiamo forse dare a sua moglie istruzioni di prendere vostra figlia e di lasciare la città?»

Anche a questo Calvert rimase impassibile.

Josie si sporse in avanti, chinandosi sul letto, finché lui non ebbe altra scelta che guardarla negli occhi. «Io non so in che situazione sia andato a cacciarsi, ma sono fermamente convinta che sua moglie e sua figlia non si meritino di pagarne le conseguenze. Non importa se non vuole parlare con noi di quello che le sta succedendo. Ma Tori e Amalise?» Lasciò i loro nomi sospesi nell'aria e rimase a guardare le lacrime che gli riempivano gli occhi. «Loro meritano di più da lei. Meritano di essere al sicuro. È il minimo che possa fare per loro. Quindi, glielo chiedo ancora una volta: sua moglie e sua figlia sono al sicuro?»

Josie contò quattro secondi. Alla fine, Calvert deglutì e disse: «Non lo so. Dico sul serio. Non lo so davvero. Me lo auguro, ma non ne sono sicuro.»

Aspettarono ancora, sperando che aggiungesse qualcosa alla sua ultima dichiarazione, magari fornendo qualche spiegazione, ma rimase in completo silenzio.

Alla fine, Noah disse: «Diremo a sua moglie di prendere Amalise e di lasciare la città.»

VENTISETTE

Aveva tredici anni quando suo padre si era accorto che conosceva certe cose. Stavano andando a un brunch tutti insieme, come una famiglia, e quando erano arrivati alla tavola calda, Perla aveva cercato di prendere il posto che le desse la migliore visuale sulle porte d'ingresso e su una buona porzione del locale. «Tieni sempre le spalle al muro.» le aveva detto Mulo. «Non dare mai le spalle agli altri. Se ti metti a sedere a un tavolo o su una panchina, devi scegliere il posto con il minor numero di persone dietro di te e con la migliore visuale delle porte e di tutti le persone intorno a te.»

Per quanto non avesse ancora compreso a fondo il motivo per cui era così importante, ascoltava con grande attenzione tutto ciò che Mulo le diceva e poi cercava di metterlo in pratica, perché aveva la sensazione che un giorno tutte quelle conoscenze che le insegnava avrebbero potuto esserle utili.

«Ehi...» le aveva detto suo padre, interrompendo il filo dei suoi pensieri e frapponendosi alla vista della porta d'ingresso. «Alzati. Lì mi siedo io.»

Perla l'aveva guardato, incerta su come rispondere. Quella era un'evenienza a cui Mulo non l'aveva preparata. Sua madre, seduta dall'altra parte del tavolo, aveva dato due colpetti al posto di fianco al suo e le aveva detto: «Vieni, tesoro. Siediti qui accanto a me.»

«Io... non posso.» aveva risposto Perla. «Devo stare seduta qui.»

Il padre l'aveva guardata perplesso. «Devi stare seduta lì? E perché devi stare seduta lì? Mi ci siedo io lì. Quello è il mio posto.»

«A dire il vero...» gli aveva fatto notare Perla, «Questo non è il tuo posto, è solo un posto a sedere. E io ci sono arrivata per prima.»

La madre aveva sgranato gli occhi. «Per l'amor di Dio, mettetevi a sedere tutti e due. Perla, spostati. Tuo padre può sedersi accanto a te.»

Lui aveva lanciato uno sguardo alla madre. Non era rabbia, ma sconcerto, come se si stesse chiedendo per quale ragione al mondo avrebbe dovuto dividere il posto con lei. Perla sapeva, dalle cose che Mulo le aveva raccontato, che non conviene mai ritrovarsi il passaggio bloccato da un'altra persona e che, se vai a sederti al posto che dà sull'esterno, è meglio che ti fidi della persona che sta all'interno.

Perla era scivolata sulla panchina e aveva indicato il posto accanto al suo «Dai, papà. Puoi avere il posto esterno e puoi fidarti di me.»

Il padre aveva scosso un po' la testa, studiandola, poi aveva fatto un mezzo sorriso ed era scivolato accanto a lei. Si erano messi a studiare il menù. Quando sua madre si era alzata per andare in bagno, suo padre le aveva detto: «Quindi posso fidarmi di te, eh?»

Perla aveva annuito solennemente. «Sì, papà. Puoi fidarti di me.»

Senza alzare lo sguardo dal suo menù, lui aveva detto: «Hai passato molto tempo con Mulo, mi sembra...»

Lei non sapeva come rispondere, perché non voleva che

Mulo finisse nei guai. D'altra parte, era il migliore amico di suo padre. Lavoravano insieme. Veniva a casa loro una o due volte alla settimana. Era come uno di famiglia.

Suo padre le aveva detto: «Sai cosa sei?»

Perla non sapeva come rispondere e non aveva risposto nulla.

Lui l'aveva guardata. «Sei la mia principessa.»

Lei non voleva essere una principessa. Sua madre diceva che il concetto di "principessa", così come la società lo definiva nei film e nella letteratura, era antiquato e sessista. «Le donne non hanno bisogno di uomini che le salvino.» diceva sempre. «Puoi benissimo salvarti da sola.»

«Mi stai ascoltando, Perla?» le aveva chiesto suo padre e lei aveva annuito.

«Sei la mia principessa. Questo significa che non devi preoccuparti di niente. Di niente. Qualunque cosa tu voglia, qualunque cosa ti serva, io posso fare in modo che avvenga.»

Se sua madre non fosse stata in bagno, si sarebbe messa a sghignazzare, o avrebbe addirittura riso a crepapelle. Poi suo padre le avrebbe detto di smetterla e Perla non avrebbe saputo se diceva sul serio o se stava scherzando.

Intanto suo padre aveva messo giù il suo menù e si era girato a guardarla. Poi le aveva preso il menù dalle mani e lo aveva appoggiato sul tavolo, guardandola negli occhi. Il momento le era sembrato importante. Aveva la netta sensazione che suo padre non l'avesse mai guardata così intensamente prima di allora e, anzi, aveva l'impressione che quella fosse la prima volta che la guardava davvero.

«Mulo è un buon amico, ma una principessa non ha bisogno di sapere tutte quelle cose che lui ti ha insegnato. Le uniche cose di cui devi preoccuparti sono i tuoi compiti e i tuoi amici, e non di metterti contro di me con tua madre.»

Poi aveva accennato a un sorriso e Perla aveva capito che poteva ridacchiare.

«Comportati sempre bene, d'accordo?» le aveva detto. «Pensa ai capelli, ai vestiti e al trucco, intesi?»

Perla non sapeva di non essersi comportata bene. Non capiva nemmeno cosa stesse cercando di dire suo padre. Sapeva soltanto che l'ultima cosa che voleva era essere una principessa la cui unica preoccupazione fosse il proprio aspetto. Ma sapeva anche che era meglio non discutere con lui. Oltretutto, suo padre non le aveva detto esplicitamente che non poteva più parlare con Mulo.

«D'accordo.» gli aveva detto.

VENTOTTO

Tori Calvert era sdraiata su due sedie di vinile nella sala d'attesa del reparto di chirurgia e dormiva profondamente. Teneva le ginocchia raccolte contro il petto, solo l'orlo dei pantaloni a pinocchietto color cachi, i calzini bianchi e le scarpe da ginnastica grigie spuntavano da sotto il maglione sottile che si era rimboccata addosso. La borsa infilata sotto la testa a mo' di cuscino. Accanto a lei c'era un passeggino, con la cappotta tirata in avanti e una coperta distesa sopra, da cui spuntavano le gambine paffute di Amalise. Nonostante fosse addormentata, Tori teneva una mano stretta intorno a uno dei supporti del passeggino. Josie sbirciò sotto la coperta e trovò la bambina che sonnecchiava, con un ciuccio che le pendeva per metà dentro e per metà fuori dalla bocca. A farle compagnia c'era un elefantino di peluche.

Josie rimise a posto la coperta, poi si accovacciò in modo da trovarsi faccia a faccia con Tori e la chiamò sussurrando. Vedendo che non funzionava, optò per un lieve colpetto sulla spalla. Mrs. Calvert si svegliò di soprassalto, tramutando di colpo la sua espressione assonnata da beata noncuranza a dolorosa consapevolezza. «Oh mio Dio...» disse tirandosi su a sedere.

Rapidamente controllò Amalise, emettendo un sospiro di sollievo quando vide che la sua bambina stava ancora dormendo. Noah rimase in piedi lasciando che Josie si sedesse accanto a lei e le concessero un momento per svegliarsi. Mrs. Calvert armeggiò con il maglione, trovando infine le maniche e infilandoci le braccia. «L'avete visto?» chiese tenendo la voce bassa per non svegliare la bambina. «Con voi ha parlato?»

«L'abbiamo visto ed era sveglio.» confermò Noah. «Sembrava stare bene.»

«Ma non ci ha detto nulla.» aggiunse Josie. «Tranne che non è in grado di dire se lei e la vostra bambina siete al sicuro.»

Tori scosse la testa e le lacrime le scesero dagli occhi già arrossati e gonfi. Si passò le mani tra i capelli. «È incredibile. È mio marito. Non potete nemmeno lasciarmi parlare con lui?»

«Mi dispiace, Mrs. Calvert...» disse Noah. «È la procedura della polizia di Denton. Una volta che sarà stato trasferito in una struttura di detenzione, le potranno organizzare una visita.»

Continuava a scuotere la testa. «È una follia. Non posso parlargli, eppure lui è convinto che non siamo al sicuro? Che diavolo significa? Al sicuro da cosa poi? E da chi? Verranno delle persone ad aggredirci? Chi sono queste persone? È un architetto, per la miseria. In che cosa è andato a cacciarsi? Non ci capisco niente.»

Josie annuì accompagnando le sue parole. «Mrs. Calvert...»

«Per favore!» ringhiò lei. «Non mi chiami in quel modo. Non sono sua moglie. Non sono la sua compagna. Sono una donna che vive in casa sua e ha avuto una bambina da lui. Non so chi sia quell'uomo... non è la persona che ho sposato!»

«Tori...» ricominciò Josie, «non sappiamo cosa stia succedendo. Non ancora. Ci stiamo lavorando, mi creda, ma al momento pensiamo che sarebbe più sicuro se lei prendesse la sua bambina e lasciasse la città. Non può andare a New York, a stare dai suoi genitori?»

«Oh...» disse lei aprendo la cerniera della borsa e cominciando a frugarci dentro. La bambina iniziò ad agitarsi e la madre, con destrezza, fece scattare un piede in avanti agganciandolo alla traversa alla base del passeggino, proprio sopra le ruote e con la punta cominciò a spostare il passeggino avanti e indietro, cullandolo. Il ritmo cadenzato calmò Amalise fino a farla riaddormentare.

«Su questo vi ho già preceduti.» riprese Tori. «Anzi, c'è una cosa che dovreste sapere. All'inizio non ero nemmeno sicura di potervelo dire, infatti volevo prima chiederlo a Elliott. Speravo che avesse una qualche spiegazione ragionevole, ma visto che non posso parlargli per adesso, lo dirò e basta.» Dalla sua borsetta uscì un mucchio di foglietti tutti stropicciati che sventolò in aria. «Non avevo intenzione di lasciare la città ieri, dopo che siete venuti a parlarmi. Davvero, non volevo. Pensavo che si trattasse di un tremendo fraintendimento. Ma con il passare della giornata non sono più riuscita a smettere di pensarci, di temere che fosse tutto vero, che la mia vita in questa città stesse per esplodere. Non conosco nessuno a Denton. Voglio dire, guardate come mi ritrovo: mio marito è in ospedale e non ho nemmeno uno straccio d'amico che guardi mia figlia, intanto che aspetto di poterlo vedere. Non ho nessuno. Ecco perché ho pensato che forse avrci dovuto pianificare - e non mi posso permettere il lusso di fare niente di più che pianificare, ora come ora - di andare a New York e stare dai miei genitori, se fosse stato necessario. Allora ho pensato che avrei avuto bisogno di soldi. Così mi sono collegata al nostro sistema bancario per dare un'occhiata ai saldi del nostro conto corrente e del nostro conto risparmio, e indovinate un po'?»

Josie era abbastanza sicura che Tori non si aspettasse che le rispondessero, anche se aveva la sensazione di sapere già dove sarebbe andata a parare, e le venne il mal di stomaco.

Tori guardò prima Noah e poi Josie e disse: «Ci sono centosettantadue dollari sul conto corrente e quattordici dollari sul conto risparmio.»

«E invece quanto pensava che ci fosse su quei conti?» le domandò Noah.

«Beh, so che due settimane fa, quando ho controllato i saldi, c'erano più di tremila dollari nel nostro conto corrente e diecimila dollari nel conto risparmio.»

Passò i fogli a Josie, che ci mise un attimo a passarli in rassegna e a capire esattamente che cosa contenessero e trovò i prelievi. «Ha prelevato quasi tredicimila dollari la scorsa settimana.»

«Esatto.» disse Tori. Batté un dito sulle pagine, indicando a Josie di continuare a guardare gli estratti conto. «Ha anche prosciugato il suo conto pensionistico. Decine di migliaia di dollari volatilizzati nell'aria. Non ha nemmeno lasciato il necessario per pagare le penali!»

Josie trovò l'estratto conto di cui parlava e le si strinse il cuore quando vide che Elliott Calvert aveva fatto un prelievo anticipato di quasi duecentomila dollari. Passò i fogli a Noah, che li esaminò a sua volta.

«Ha idea per cosa intendesse usare questi soldi?» le chiese Josie.

Tori scosse la testa. «Ho controllato tutto quello che potevo: la sua e-mail, i suoi altri account. Ho pensato che potesse avere qualche vizio, tipo il gioco d'azzardo, di cui non sono a conoscenza. Forse ce l'ha, ma non ne ho trovato traccia. Non so cosa abbia fatto con tutti quei soldi. Ho cercato in tutta la casa, sperando che li avesse nascosti da qualche parte. Ma non c'era niente.» Si accasciò sulla sedia, chiudendo gli occhi lasciandosi andare alle lacrime, tremando dalla testa ai piedi, scossa dai singhiozzi. «Non ci è rimasto più niente.»

VENTINOVE

Josie era in piedi davanti al frigorifero aperto, circondata dall'aria gelida che si espandeva intorno a lei e si stava riempiendo la bocca di pasta fredda. Ai suoi piedi, Trout piagnucolava, dandole delle testatine sulla gamba. Di solito, quando Josie andava al frigorifero prima di dormire, era per dargli qualcosina da mangiare. Tra un boccone e l'altro, disse: «Lo so, lo so, bello. Solo un minuto.»

Noah entrò in cucina, fresco di doccia, con i capelli ancora bagnati e scompigliati sulla testa. Indossava solo i pantaloni della tuta e vederlo a petto nudo la distrasse dalla sua fame nervosa. «Siediti.» le disse. «Fermati un attimo.»

Le si avvicinò e le mise una mano sul fianco, allungandosi verso il frigorifero per trovare qualcosa di commestibile. Non c'era granché. Noah sospirò. «Ora ho capito perché mi hai fatto fare la doccia per primo. Così potevi rimpinzarti di pasta. Immagino che a me toccherà questo yogurt, che potrebbe benissimo essere scaduto. Non posso mangiare le carote di Trout, altrimenti mi ritrovo a dormire nella cuccia del cane per settimane. Potrei mangiare qualche fetta di formaggio. Mia madre diceva sempre: "Basta raschiare via la muffa".»

Josie rise e spinse il contenitore Tupperware verso di lui, insieme alla forchetta. «Mi dispiace. Stavo morendo di fame. Finisci pure quella che rimane.»

Con movimenti minimi, le prese contenitore e forchetta dalle mani e iniziò a mangiare. Il cane si lamentò di nuovo. Josie pescò alcuni piccoli bastoncini di carota dal loro contenitore speciale e li sparpagliò sul pavimento della cucina. Nel momento in cui Trout si lanciava all'inseguimento, gli occhi di Josie furono nuovamente attratti da Noah. Il desiderio si agitava dentro di lei, nonostante la giornata profondamente inquietante che avevano trascorso scoprendo una cosa più assurda dell'altra nel caso su Dina Hale, Alison Mills ed Elliott Calvert. Oppure era proprio a causa di quelle cose inquietanti. Non c'era distrazione più grande dallo stress del lavoro che perdersi nell'amore di Noah. Con le dita tracciò il cerchio nodoso della cicatrice sulla sua spalla destra, intanto che lui spolverava il resto della pasta. Le ci erano voluti anni per non sentirsi sopraffatta dal senso di colpa ogni volta che la vedeva. Noah l'aveva perdonata per avergli sparato già nel momento stesso in cui il proiettile aveva attraversato la sua carne. Lei avrebbe preferito non farlo, ma in quel momento era convinta di non avere scelta. A quel tempo erano solo colleghi. Josie aveva scoperto un livello di corruzione a dir poco impressionante in tutti i ranghi del Dipartimento di Polizia e Noah era stato incaricato di sorvegliare una giovane ragazza chiusa nelle celle di detenzione della centrale di Denton; ma Josie doveva farla uscire dalla stazione di polizia. Noah aveva cercato di fermarla e, siccome lei non sapeva se Noah stesse semplicemente facendo il suo lavoro o se fosse coinvolto nel giro di corruzione, gli aveva sparato. Noah non aveva mai detto a nessuno che era stata lei e, anzi, l'aveva coperta per far sì che lei e la ragazza potessero scappare. Quello era stato l'inizio della loro relazione. Sette anni più tardi, erano sposati e non c'era nessuno al mondo di cui Josie si fidasse, o che desiderasse, più di Noah.

Alzò lo sguardo dalla cicatrice e lo vide che la fissava, con un sorriso spigliato sul volto. Si guardarono negli occhi. Fu come un'esplosione di comunicazione senza parole che scoppiò tra di loro. Noah gettò a terra il contenitore Tupperware vuoto e la forchetta, la avvolse tra le sue braccia e le sue labbra si infransero su quelle di Josie.

Josie perse la cognizione del tempo, di tutto ciò che non rappresentava Noah, che non era i loro corpi che si fondevano l'uno nell'altro. Solo più tardi, quando giacevano a letto, senza fiato, diede un'occhiata alla sveglia. Era passata un'ora da quando si erano incontrati in cucina. Si chiese pigramente se avessero lasciato lo sportello del frigorifero aperto. Alzandosi, vide che Trout non era in camera insieme a loro.

Molto probabilmente l'avevano lasciato aperto.

Josie si abbandonò di nuovo sul cuscino. La mano di Noah accarezzò il suo braccio nudo dal polso alla spalla. «Credo di dovermi fare un'altra doccia.»

Josie rise. Si girò e lo baciò sulle labbra prima di girarsi dall'altra parte e scendere dal letto. «È il mio turno. Dovresti andare di sotto e assicurarti che Trout non abbia mangiato quel pezzo di formaggio ammuffito.» Si guardò alle spalle e gli fece l'occhiolino. «E dovresti anche lavare i piatti.»

Quando uscì dalla doccia, Noah e Trout erano stesi a letto e Noah stava scorrendo il suo telefono.

«Gretchen ha fatto un controllo su Felicia Koslow. Ha due arresti per possesso di stupefacenti a scopo di spaccio nella contea di Philadelphia.» annunciò.

«Interessante...» disse Josie, asciugandosi i capelli. «Narcotici?»

«Sì. Classe A, quindi potrebbe trattarsi di ossicodone.»

«Ha mentito...» concluse Josie. «Non è stata solo perseguitata dalla polizia. È stata anche arrestata e accusata. Che cosa è successo?»

«La prima volta le accuse sono state archiviate. La seconda

volta si è dichiarata colpevole. Multe e libertà vigilata per tre anni. È successo cinque anni fa.»

Gettò l'asciugamano umido nel cesto della biancheria. «Quindi è pulita da un po' di tempo. Sembra che Denton sia stato il suo nuovo inizio.»

«O un nuovo posto dove spacciare droga...» disse Noah. «Pensi che l'ossicodone che Dina ha trovato fosse di Felicia?»

«Certamente non è da escludere.» disse Josie. «Ma se è così, Felicia non ce lo dirà neanche per sogno.»

Noah tornò a scorrere il telefono. «Su questo hai ragione.»

«Ci sono novità su Alison Mills?»

«Non l'hanno ancora trovata...» disse. «Gretchen ha detto che hanno ricevuto un paio di segnalazioni... alcune persone pensano di averla vista nei pressi di quel piccolo complesso vicino alla strada che porta all'ospedale, ma niente di concreto. Gretchen dice anche che non è ancora riuscita a rintracciare il numero di quel cellulare usa e getta che Calvert ha chiamato tutte quelle volte.»

Josie trovò nel cassetto un vecchio paio di pantaloni da ginnastica e una maglietta della polizia di Denton e li indossò. «Potremmo anche non rintracciare mai il proprietario di quel numero. Noah, Alison Mills potrebbe sbloccare l'intero caso se solo riuscissimo a trovarla. Pensi che sia morta?»

Noah alzò lo sguardo dallo schermo del telefono. «Non posso dirlo. Spero di no. Abbiamo avuto degli avvistamenti.»

«Nessuno confermato, però.» obiettò Josie.

«Secondo me si sta nascondendo. Di qualunque cosa si tratti, qualunque cosa stia succedendo, deve essere terrorizzata. Anche se ha visto sua madre in televisione, probabilmente non crede che sia giusto uscire allo scoperto.»

Josie tornò a letto. Voltandosi verso di lui, passò una mano sul pelo setoso di Trout. Il cane la ricompensò con un sospiro soddisfatto. «Terrorizzata.» gli fece eco Josie. «Come Calvert.

Qualcuno lo stava ricattando. Ci ho riflettuto e non c'è altra spiegazione.»

Noah posò il telefono sul comodino e si distese, rivolto verso di lei. «Non possiamo essere certi che sia l'unica spiegazione.» disse. «Ma sono d'accordo, è la più probabile. Se era oggetto di un ricatto da parte di qualcuno, penso che sia dovuto alle foto di quella donna che c'erano sul suo telefono.»

«Pensi che qualcuno abbia scoperto che tradiva la moglie e lo abbia ricattato? Il divorzio sembra un'opzione di gran lunga migliore. Senza contare che questo non spiega cosa stesse cercando quando ha aggredito Dina e Alison.»

Noah sbadigliò. «Sappiamo che Dina aveva trovato della droga per un valore di quasi quattromila dollari...»

Josie scosse la testa. «Sì, ma non sono convinta che si sarebbe spinto a uccidere per una cosa del genere. Se fosse stato solo per la droga, allora perché avrebbe prosciugato i suoi conti di quasi duecentoquindici mila dollari?»

La mano di Noah urtò la sua per accarezzare il fianco di Trout. Il cane emise un altro mugolio di felicità. «Allora ci sta che stesse cercando i soldi. I suoi soldi.»

Josie ci pensò un po' su. Si girò e prese il telefono per mandare un messaggio a Gretchen per sapere se avesse chiesto alla dottoressa Feist se il bacino di Dina corrispondeva o meno a quello della donna misteriosa nelle foto di Calvert. Era passata la mezzanotte, ma Josie sapeva che l'avrebbe trovata ancora sveglia. Rivolgendosi a Noah disse: «Il GPS li colloca all'Hotel Eudora alla stessa ora in diverse occasioni. Non è un dettaglio da trascurare. Dobbiamo considerare un possibile scenario in cui lui era all'albergo, aveva i soldi con sé e Dina o entrambe le ragazze glieli hanno sottratti. Va detto però che, se avesse avuto con sé una tale quantità di denaro in contanti, non sarebbe stata una cosa da poco portarseli dietro, avrebbe dovuto metterli quantomeno in un borsone o in uno zaino o una valigia di piccole dimensioni. Una scatola magari. Insomma, un qualcosa di abbastanza grande da contenerli.»

La risposta di Gretchen arrivò in pochi secondi:

La donna nelle foto non è Dina.

Josie girò il telefono in modo che Noah potesse leggere il loro scambio e annuì. «Sappiamo che non c'erano soldi a casa degli Hale. Potremmo chiedere a Marlene Mills di dare un'occhiata in casa sua. Anche se nello scambio di messaggi di giovedì tra le ragazze, sembrava ovvio che non avessero trovato quello che quella gente stava cercando, che si trattasse di Calvert o chiunque altro avesse frugato in casa degli Hale; però, Josie, anche se avessimo ragione, anche se Calvert avesse avuto un'avventura, anche se qualcuno lo avesse scoperto e avesse cercato di ricattarlo e queste ragazze avessero messo le mani sui suoi soldi, chi potrebbe essere questo qualcuno?»

«Giusta osservazione...» convenne Josie. «E per quale motivo si sarebbe lasciato ricattare per una relazione extraconiugale? Non è un personaggio pubblico. Il suo matrimonio sarebbe finito, Tori avrebbe potuto rendergli la vita un inferno, magari creandogli delle difficoltà dal punto di vista finanziario o impedendogli di vedere sua figlia, ma a parte questo, a che scopo pagare qualcuno per mantenere il segreto?»

«A meno che il problema non sia l'identità della persona con cui ha avuto una relazione...» propose Noah, «può darsi che non voglia che qualcuno scopra chi è.»

Un brivido avvolse il corpo di Josie. «Oh Dio. Non penserai che sia una delle ragazze del servizio di ristorazione per gli eventi, vero? Una ragazzina, una minorenne? Gianna Sorrento, magari? Lui le ha fatto la corte e lei ha mentito sul fatto di non averlo incontrato.»

Noah scosse la testa. «Ci ho pensato, ma se partiamo dal presupposto che l'amante di Calvert ha prenotato la stanza in cui si sono incontrati ogni volta, non può trattarsi di una minorenne. Bisogna avere diciotto anni per prenotare una stanza all'-Hotel Eudora. E Gianna Sorrento ha detto di aver compiuto diciotto anni da poco. Non può aver prenotato le stanze per tutti questi mesi.»

«È vero.» disse Josie. «D'accordo, ma allora perché Calvert pensa di non essere al sicuro da chi lo sta ricattando o che la sua famiglia potrebbe non essere al sicuro?»

In quel momento, Trout si lasciò sfuggire una lunga e sonora puzzetta. Il rumore lo svegliò di soprassalto e balzò in piedi, guardandosi intorno per cercare la fonte del frastuono.

Josie e Noah si sciolsero in una fragorosa risata. Dopo diversi tentativi di persuasione, Trout si rimise al suo posto tra di loro e si riaddormentò.

«E su questa nota, direi proprio che dovremmo dormire un po'.» disse Noah. «Ci aspetta un'altra lunga giornata domani. Abbiamo una marea di domande e nessuna risposta.»

TRENTA

Josie fu colpita dalla tranquillità dell'Hotel Eudora alle otto del mattino. Non era mai andata all'albergo senza trovare la reception affollata di ospiti in arrivo e in partenza, ed era pure un lunedì. Quella mattina, intanto che lei e Noah aspettavano al bancone che il direttore John Brown venisse a prenderli, l'ingresso era praticamente deserto, a eccezione di qualche addetto alle pulizie impegnato a spingere un carrello a fatica sulla spessa moquette, fermandosi a spolverare i tavolini, a innaffiare le piante in vaso e a passare un piccolo aspirapolvere a mano su poltrone e divanetti imbottiti. Noah indicò il soffitto. «Lo senti?» disse.

Per una volta, il suono che si propagava nell'atrio non era musica classica, ma una stazione radio locale. "Nel notiziario di oggi..." annunciava un radiocronista di un'emittente locale, "le forze dell'ordine stanno ancora cercando l'adolescente scomparsa di Denton, Alison Mills..." e continuava a riportare le stesse informazioni che la WYEP aveva trasmesso il giorno prima. Poi partì una canzone pop.

«Detective!» Dietro il bancone apparve John Brown con il

viso teso in un sorriso a denti stretti. «Se volete accomodarvi nel mio ufficio...»

Li aveva chiamati quella mattina presto, dicendo di aver trovato dei filmati di Elliott Calvert all'hotel. Non aveva detto in che modo o dove, ma li aveva invitati a incontrarlo per poterli esaminare insieme. Quando erano arrivati li aveva tenuti ancora in attesa per un altro quarto d'ora.

Entrando nel suo ufficio videro il portatile aperto e rivolto verso le sedie degli ospiti. Josie e Noah presero posto e il direttore diede un colpetto alla tastiera per dare vita allo schermo e, appollaiandosi sul bordo della scrivania accanto al computer, disse: «Vi avevo detto che conserviamo i filmati di alcuni incidenti.»

«Gli incidenti che lei ritiene possano portare a una denuncia dell'hotel.» specificò Noah.

Un altro sorriso sghembo. «Per dirla senza mezzi termini, sì. In una delle notti in cui vi risulta che Mr. Calvert abbia soggiornato all'Eudora, abbiamo avuto un incidente del genere. Una nostra ospite è caduta all'ingresso. Infatti, ha già assunto un avvocato e ha avviato una richiesta di risarcimento. Se si trasformerà in una causa legale o meno, è ancora presto per dirlo e la questione è interamente nelle mani della nostra compagnia di assicurazione. Ma, a prescindere da questo, siamo tenuti a conservare il filmato e così abbiamo fatto, e lo abbiamo consegnato alla nostra compagnia di assicurazione.»

«Perciò ne avete fatto una copia.» disse Josie.

«Esatto e quella copia è del tutto sganciata dal nostro database, qui. Per questo motivo, mi sono permesso di contattare la compagnia e di chiedere se potevano condividere quella copia con noi.» Indicò il suo portatile. «Eccola qui. Ci sono diverse telecamere nell'atrio. Ovviamente ci siamo sempre concentrati su quelle che mostrano più chiaramente la caduta dell'ospite. Quando sono tornato a cercare Mr. Calvert, sono riuscito a trovare un filmato in cui lo si vede bene da un'altra telecamera.

O perlomeno, mi sembra che sia lui. Ma immagino che voi due possiate dirlo con più sicurezza.»

Diede un altro colpetto alla tastiera e una vista dall'alto dell'atrio riempì lo schermo. La telecamera doveva essere posizionata sopra le porte dell'ingresso principale, vista la quantità di spazio che riprendeva. A sinistra c'erano le porte del ristorante "Da Bastian"; nel momento in cui un uomo ne usciva, il direttore puntò un dito contro lo schermo. «Credo che sia lui...»

L'uomo indossava un abito chiaro, ma non portava la cravatta e i primi bottoni della camicia bianca erano aperti. Si fermava appena fuori dal ristorante e si guardava intorno, dando loro la possibilità di vederlo bene in faccia.

«È lui.» disse Josie.

Elliott Calvert percorreva l'ingresso due volte, lentamente. Non stava cercava qualcuno, pensò Josie, ma si stava assicurando che nessuno dei suoi conoscenti lo vedesse. Poi attraversava l'ingresso, oltrepassava i divani e i tavolini da caffè perfettamente lucidati e passava davanti alla reception, affollata di ospiti. In quell'istante, dall'altra parte della reception, c'era un certo trambusto che attirava l'attenzione dei presenti, compresa quella di Calvert. Si immobilizzavano tutti e si voltavano verso le porte d'entrata. «È la caduta di cui vi avevo parlato.» spiegò il direttore. «Da questa angolazione non si vede, ma è quello che ha generato quella reazione.»

Alcuni degli ospiti in attesa al bancone si dirigevano verso le porte d'ingresso per vedere meglio. Calvert si voltava e continuava per la sua strada, diretto verso una serie di ascensori. Batteva rapidamente il pulsante a muro per salire e poi prendeva posto tra la folla di ospiti dell'hotel in piedi davanti alle porte. Quando uno degli ascensori si apriva, Calvert si faceva largo in mezzo alla ressa e vi saliva. Nessuno badava a lui. Nessuno lo degnava di una seconda occhiata. Non ne avrebbero avuto motivo; d'altronde era solo uno tra i tanti ospiti dell'albergo che saliva in camera. Se non fosse che

Elliott Calvert non aveva mai prenotato una stanza all'Hotel Eudora.

«Sa a che piano è andato?» chiese Josie.

Il direttore chiuse il portatile. «Purtroppo, no. I filmati del resto dell'hotel sono spariti. Cancellati, a quanto pare, come vi ho detto ieri. Abbiamo solo le riprese dell'ingresso perché è lì che l'ospite è caduta.»

«Non ci sono altri bar o locali di ristorazione su altri piani, giusto?» chiese Noah.

Brown fece un cenno di no con la testa.

«E altri servizi?» chiese Josie. «Un centro business? Un posto dove i clienti possano lavorare? Una palestra? Una piscina?»

«Certo.» disse Brown. «Offriamo tutti questi servizi, ma per accedervi occorre il numero di camera. E Mr. Calvert, per quanto ne so, non ne aveva uno.»

Noah gli chiese: «Possiamo avere una copia di questo video?»

«Certamente.» disse il direttore alzandosi, prendendo il suo portatile e andando dall'altra parte della scrivania dove estrasse una chiavetta USB da uno dei cassetti. «Ci vorranno solo un paio di minuti.»

«Vorremmo anche un elenco degli ospiti che hanno prenotato le camere in quella data, se non le dispiace.» disse Josie.

Accigliato, Brown disse: «Per questo, temo che avrò bisogno di un mandato. È la politica dell'hotel.»

«Glielo faremo avere in giornata.» rispose Josie.

Il direttore annuì e continuò a copiare il filmato. Nell'attesa, Noah si avvicinò a Josie e le sussurrò: «È l'amante di Calvert che ha prenotato la stanza. Ecco perché Calvert non compare nel registro delle prenotazioni dell'hotel. Magari l'amante viene da fuori città. Magari da New York. In questo modo corrisponderebbe ai fatti.»

«Hai ragione.» concordò Josie, tenendo la voce bassa per

adeguarsi alla sua. «Lei prenota una stanza qui quando è in città e lui viene a trovarla. Resta il fatto, però, che sul suo telefono non c'è traccia di telefonate o messaggi o comunicazioni continue con un'altra donna.»

«Tranne il numero di cellulare scollegato...» le fece notare Noah, «di cui Gretchen non è ancora riuscita a rintracciare il proprietario.»

«È vero.» concordò Josie. «Allora potrebbe essere il numero della donna misteriosa. Hanno evitato di mandare messaggi per non lasciare prove tangibili. Se si limitavano alle telefonate, era molto più facile nascondere la relazione. Non c'è modo di conoscere il contenuto di una telefonata. Ma questo non spiega il fatto che si sia divertito a provarci con Gianna Sorrento, e non una sola volta, qui al bar.»

«Josie, stiamo parlando di un uomo che ha tradito la moglie praticamente subito dopo che lei ha dato alla luce la loro prima figlia. Un uomo che ha strangolato una ragazzina di diciotto anni indifesa sul ciglio della strada. Pensi che Elliott Calvert abbia qualche straccio di codice morale? Te lo dico io, non ce l'ha.»

Lui si girò, guardando altrove, ma Josie poteva già vedere che il caso lo stava coinvolgendo tanto quanto lei.

«Ecco a voi.» annunciò il direttore, girando intorno alla scrivania e porgendo la chiavetta USB.

Josie si alzò e la prese, riuscendo a fargli un sorriso. «Grazie.» disse. «Lo apprezziamo molto. Solo un'altra cosa prima che ce ne andiamo. Anche se ieri sera siamo riusciti a parlare a lungo con il vostro personale, non abbiamo ancora parlato con Max Combs. Essendo il capo di Dina e Alison, potrebbe avere qualcosa di importante da aggiungere alla nostra indagine. È venuto ieri sera?»

Il direttore assunse un'espressione nervosa, fissandola come se sperasse che lei si dimenticasse della domanda e gli augurasse la buona giornata.

Anche Noah si alzò. «Non si è presentato al lavoro, dico bene? Quindi sono due giorni che non viene al lavoro.»

Mr. Brown scosse la testa.

«Ha chiamato per avvisare che non sarebbe venuto?» si informò Josie. «O ha dato qualche spiegazione del motivo per cui non si è presentato?»

«Purtroppo no.» disse Brown. «Ma dovrebbe arrivare dopo mezzogiorno. Come vi ho detto, la puntualità non è la caratteristica principale di Max, ma è eccezionale nel suo lavoro...»

«Quindi lei ha lasciato correre su un sacco di cose...» concluse Noah al posto suo. «Mr. Brown, abbiamo davvero bisogno di parlare con Max Combs. Potrebbe chiedergli di contattarci quando lo vede arrivare? E, se non dovesse presentarsi al lavoro neanche oggi, vorremmo che lei ce lo facesse sapere.»

Con un pesante sospiro, il direttore annuì. «Certamente.» gli assicurò. «Sono sicuro che mi contatterà in giornata. Gli chiederò di chiamarvi.»

Ma non sembrava affatto convinto.

TRENTUNO

Tornati in macchina, Noah accese il motore, ma non fece manovra per lasciare il parcheggio dell'albergo. Aspettò finché Josie non chiamò la stazione di polizia. Le rispose Mettner che, dopo una minivacanza di un fine settimana sembrava molto più riposato di quanto non lo fossero Josie e Noah dopo la loro luna di miele di una settimana intera. Le assicurò che sia lui che il loro contatto con la stampa, nonché la sua ragazza, Amber Watts, erano stati aggiornati sul caso. Non era arrivata nessuna informazione promettente su dove potesse trovarsi Alison Mills, ma Amber avrebbe contattato tutti i giornali locali per assicurarsi che continuassero a diffondere la sua foto nei giorni a venire. A parte questo, Marlene Mills aveva già chiamato tre volte.

«È un gran casino...» commentò Mettner. «Sto leggendo tutti i rapporti e ho parlato con Gretchen e con Chitwood. Come fa una ragazza così giovane a sparire nel nulla?»

«Non è sparita nel nulla.» ribatté Josie. «È qui vicino e sono pronta a scommettere che è proprio sotto il nostro naso. Dobbiamo continuare a cercare, a chiedere aiuto alla comunità. È plausibile che non voglia farsi avanti a causa della situazione in cui lei e Dina sono rimaste coinvolte, ma possiamo sempre sperare che qualche cittadino interessato alla faccenda non esiti ad avvertirci se la vede. Di' ad Amber di continuare così. Per ora ho bisogno che tu scriva un mandato da presentare all'Eudora.» proseguì spiegandogli che avevano bisogno di un elenco dei nomi degli ospiti che avevano prenotato una stanza per la data del filmato che il direttore aveva messo a loro disposizione e gli snocciolò il giorno da segnarsi. Mettner promise che avrebbe preparato il mandato, lo avrebbe fatto firmare da un giudice e notificato all'hotel nel giro delle successive due ore.

«Ah, un'altra cosa, già che sei davanti al computer...» aggiunse Josie, «stiamo facendo delle ricerche su alcune questioni interne dell'albergo. Nello specifico, ci servirebbe che ci procurassi un indirizzo a nome di Max Combs. È il responsabile del servizio di ristorazione per gli eventi dell'Hotel Eudora.»

«Solo un secondo...» disse Mettner.

Josie lo sentì battere le dita sulla tastiera con una precisione quasi meccanica. Pochi minuti dopo, annunciò: «L'ho trovato!» e le dettò l'indirizzo. «A quanto sembra è in affitto.»

«Grandioso.» disse Josie. «Adesso andiamo a casa sua e vediamo se riusciamo a parlargli.»

Appena riattaccò, Noah uscì dal parcheggio e si diresse verso una nuova area di case a schiera che erano state costruite nella zona sud-est di Denton nei cinque anni precedenti. L'abitazione di Max Combs era alta, ma stretta, con un rivestimento chiaro e rifiniture bianche, e si sviluppava su tre piani, con il garage che occupava il pianterreno e con una scala nera in ferro battuto che si snodava intorno al lato della casa e saliva verso il primo e il secondo piano.

Passo passo che salivano i gradini, Noah disse: «Una porta d'ingresso sul lato della casa. Scelta interessante.»

Il pianerottolo davanti alla porta era a malapena sufficiente a farli entrare entrambi. Una piccola tenda parasole si stendeva dal muro, facendo ben poca ombra. Sopra la porta c'era una luce da esterni, di cui, con il sole alto di metà giornata, si riusciva a malapena a scorgere il bagliore tenue. Era accesa. La porta era un pannello nero, senza finestrelle.

«Dev'essere stata un'impresa notevole far entrare i mobili in questo posto...» commentò a mezza voce Josie suonando il campanello.

Sentirono il rintocco dall'interno della casa, ma non rispose nessuno.

Josie suonò ancora due volte e poi indietreggiò in modo che Noah potesse mettersi più vicino alla porta. Bussò forte, gridando il nome di Max Combs con voce tonante e decisa.

Sempre silenzio di tomba.

Si guardarono intorno, ma nessuno dei vicini stava sbirciando dalle finestre e non c'era nessuno che passeggiava per la strada.

«Ho un brutto presentimento...» disse Josie e in tutta risposta Noah annuì.

«Anch'io, ma se non abbiamo motivo di credere che questo tizio sia ferito o morto, non possiamo fare molto se non tornare in un altro momento.»

Josie avvicinò il viso alla fessura della porta e percepì un sentore di qualcosa che le era familiare e le fece venire il voltastomaco. «Noah...» disse, facendogli cenno di avvicinarsi. «Lo senti questo odore?»

Lei si spostò in modo che lui potesse avvicinare il viso a sua volta, tirò su col naso diverse volte e alla fine fece una smorfia.

«È inconfondibile!» disse Josie con un sospiro.

Noah scosse la testa. «Meglio chiamare tutti. Hummel, la dottoressa Feist, un paio di unità per circoscrivere il perimetro. Dovremo contattare il padrone di casa in modo che ci faccia entrare. Chiedi a Mett di redigere un mandato.»

Josie stava già componendo il numero. Dovettero aspettare quasi due ore prima che Mettner arrivasse con il mandato e il padrone di casa di Max Combs al seguito. A quel punto, le pattuglie erano già arrivate e avevano isolato il vialetto, e il medico legale e la Squadra di Raccolta delle Prove non tardarono ad arrivare. La casa venne perlustrata rapidamente, per assicurarsi che fosse sicura per procedere all'analisi della scena e a quel punto l'agente Hummel portò dentro la sua squadra di tecnici delle prove. Josie sapeva che ci sarebbero volute alcune ore prima che finissero, così per approfittare di quel tempo, chiamò il direttore Brown dell'Eudora per sapere se aveva già l'elenco dei nomi degli ospiti. Mettner gli aveva notificato il mandato prima di arrivare sulla scena del crimine a casa di Max Combs. Brown le disse che potevano volerci uno o due giorni. Mettner passò al setaccio la strada, andando a parlare con i vicini per scoprire se qualcuno avesse visto qualcosa. Alla fine, l'agente Hummel diede a Josie e Noah il via libera per entrare nell'appartamento. Si infilarono le tute in Tyvek e rifecero le scale per entrare dentro casa.

Come avevano già sentito ormai ore prima, la puzza di decomposizione era opprimente. Josie varcò per prima la porta d'ingresso e il tanfo la colpì come uno schiaffo. Dietro di lei, Noah disse: «È qui da un pezzo.»

Il primo piano della casa di Max era a pianta aperta. Il soggiorno, la sala da pranzo e la cucina confluivano l'uno nell'altra con pavimenti in parquet da parete a parete. I muri erano di un bianco semplice, con solo eleganti appliques cilindriche nere montate circa a un metro e mezzo l'una dall'altra, che fornivano una luce fioca all'intero ambiente. Hummel aveva dovuto portare delle lampade alogene trasportabili per poter illuminare meglio la scena. La casa era stata devastata.

Da una parte si vedevano i mobili del soggiorno che erano stati rovesciati; la tappezzeria del divano e della poltrona era stata fatta a pezzi; l'imbottitura dei cuscini era sparsa in mucchietti disseminati ovunque sul pavimento. Il televisore giaceva a faccia in giù, con la parte posteriore spaccata a rivelarne le componenti elettroniche. In piedi era rimasto soltanto un piccolo tavolino, ma senza nulla sopra. Dall'altra parte c'era un tavolo da biliardo. Josie non riusciva a immaginare come fosse riuscito Max Combs a farcelo entrare, date le dimensioni mastodontiche. La copertura di panno verde era stata strappata e l'ardesia sottostante era stata rimossa. La parte interna cava era spalancata.

«Attenti a dove mettete i piedi...» sentirono Hummel raccomandarsi dalla cucina. Si trovava dietro il bancone dell'isola e stava sistemando dei sacchetti di carta marrone per le prove in una scatola. «Ci sono palle da biliardo sparse su tutto il pavimento. La palla otto mi ha quasi fatto fuori.»

Noah si diresse verso Hummel e Josie lo seguì. La cucina era la stanza più devastata: ogni mobile e ogni cassetto erano stati aperti e il loro contenuto era stato rovesciato e disseminato su tutto il pavimento. Utensili, piatti, pentole, padelle, strofinacci, tutto quello che c'era nella cucina di Max Combs era ora sparpagliato per terra.

«Chiunque sia entrato qui dentro, stava cercando qualcosa...» sentenziò Noah.

«Pensi che l'abbiano trovato?» chiese Josie.

«No.»

Un basso ronzio riempì la stanza. L'aria fredda accarezzò la nuca di Josie. Alzando lo sguardo, vide due bocchette affiancate nel soffitto.

Hummel prese un pennarello nero spesso e scarabocchiò qualcosa sul lato della scatola. «Abbiamo acceso l'aria condizionata. Non era accesa quando siamo arrivati. Non c'era niente di acceso. Abbiamo aperto anche tutte le finestre. Abbiamo cercato di far uscire questo tanfo di decomposizione, ma non sembra che sia servito a molto.»

Nonostante non ci fosse stato flusso d'aria per tutto il tempo in cui il corpo era rimasto lì, anche così quel terribile odore si era propagato fino alla porta d'ingresso.

Hummel indicò una serie di gradini a lato della cucina. «Potete andare al piano di sopra, ci trovate la dottoressa Feist, nella camera da letto principale, ma come ho detto, state attenti a dove mettete i piedi, che c'è roba sparsa dappertutto. Abbiamo già scattato le foto, cercato le impronte, raccolto tutto il DNA che abbiamo trovato e molti altri oggetti. Stranamente, non abbiamo trovato un telefono. Quasi mille dollari in contanti, ma nessun telefono. In compenso, abbiamo trovato un'ampia varietà di sostanze illecite nella camera da letto di quest'uomo, tra cui cocaina, ecstasy, Xanax, ossicodone. Sembrerebbe che tenesse la roba nella cassettiera o nel comodino, ma è difficile esserne sicuri, visto il modo in cui il contenuto è stato sparso sul pavimento.»

Sollevò la scatola dal bancone della cucina. «Comunque, analizzeremo tutto quello che possiamo, invieremo il resto al laboratorio della Polizia di Stato e vi comunicheremo i risultati il prima possibile.»

Lo ringraziarono e salirono le scale che portavano all'ultimo piano. I gradini erano stretti e insolitamente ripidi. In cima c'era un pianerottolo abbastanza ampio per due sedie e un tavolino. Max Combs aveva scelto dei mobili da giardino, quindi almeno questi non erano stati rovesciati o distrutti. Tre porte erano spalancate e da ciascuna uscivano oggetti in disordine. Cercarono nel bagno, in una camera da letto che Combs usava evidentemente come studiolo e, infine, nella stanza più grande: la sua camera da letto. Non c'era molto, oltre a un letto matrimoniale, un comodino e una cassettiera. Il contenuto dei cassetti dell'uno e dell'altra era stato sparso sul pavimento, le ante dell'armadio erano spalancate, e l'armadio svuotato di ogni oggetto. Su una parete c'era un buco che conteneva una piccola cassaforte. La serratura era stata sfondata. Lo sportello divelto pendeva da un solo cardine. All'interno c'erano quelli che sembravano documenti, ma nient'altro. Sul fondo della cassaforte c'era il dipinto di una donna, seduta su uno sgabello, nuda, che lanciava uno sguardo seducente alle sue spalle. Era stato spaccato in due e la tela era stata strappata.

«Hanno fatto a pezzi anche il materasso...» disse la dottoressa Feist.

Josie si voltò e la vide con un ginocchio appoggiato sul letto e il busto piegato sulla testa di un uomo che Josie suppose fosse il padrone di casa. Era sdraiato al centro del materasso, con le gambe dritte e le braccia spalancate, e indossava solo un paio di boxer e calzini neri. Dallo scolorimento della pelle, dal modo in cui il suo corpo sembrava rimpicciolito e dal liquido che colava sul materasso, Josie capì che era in fase di decomposizione attiva, che solitamente inizia a circa tre giorni dalla morte. Accanto a lui c'era un cuscino con un buco al centro e schizzi di sangue che impregnavano la federa bianca. Quando Josie e Noah si avvicinarono, facendosi strada tra vestiti, scarpe, un piccolo televisore in frantumi, alcuni libri tascabili, pacchetti di preservativi e alcune paia di mutandine da donna tenute insieme con una fascetta per capelli, Josie vide che il materasso era stato squarciato in diversi punti e l'imbottitura era sparsa sul pavimento insieme al resto degli oggetti personali di Max Combs.

Rivolgendosi alla dottoressa, Noah le chiese: «Che cosa ha trovato?»

Il medico legale sospirò e raddrizzò la schiena, ruotando le spalle all'indietro per allentare un po' la tensione. «Ho un uomo adulto con una ferita da arma da fuoco alla testa. Sembra che qualcuno gli abbia messo un cuscino sopra la testa e gli abbia sparato attraverso, ma non lo saprò con certezza finché non lo metterò sul tavolo. Se gli hanno sparato usando dei proiettili a punta cava, sarò in grado di recuperare il tessuto dal proiettile.» Tornò a chinarsi sopra Combs e gli tastò la mascella. «Dovrei comunque essere in grado di identificarlo usando le impronte dentali. Porca miseria, che macello...»

«Può dirlo forte.» convenne Josie. «Dottoressa, l'ultima volta che qualcuno ha visto quest'uomo è stato venerdì sera. Si è fatta qualche idea sull'ora del decesso?»

La Feist scese dal letto e li guardò. «In base allo stadio di decomposizione, alla temperatura corporea, alla temperatura della stanza e al fatto che l'aria condizionata non era accesa quando la vostra squadra è arrivata, a occhio e croce direi che è stato ucciso tra venerdì sera, sul tardi, e sabato mattina, molto presto.»

Di nuovo, si udì il ronzio del condizionatore d'aria che entrava in funzione. Josie alzò lo sguardo e vide due bocchette, affiancate, proprio come in cucina. Si aspettò la cascata d'aria fredda sul viso, ma non arrivò nulla.

«Oh, che sensazione paradisiaca...» disse Noah.

Josie girò la testa per guardarlo. Il suo viso era rivolto verso il soffitto. «Tu riesci a sentire l'aria?» chiese.

Lui si voltò verso di lei. «Tu no?»

«No.» disse lei.

«La presa d'aria deve essere rotta.» rispose lui.

Josie tornò con cautela sul pianerottolo e andò a vedere nelle altre stanze: Sul soffitto di ciascuna c'erano due bocchette, ognuna delle quali aveva un buon flusso d'aria. Anche al pianerottolo c'erano delle bocchette ed entrambe funzionavano bene. Tornata in camera da letto, la dottoressa Feist la raggiunse alla porta. «Io ho finito qui. Dirò ai ragazzi che possono rimuovere il corpo. Farò l'autopsia appena possibile e vi chiamerò con i risultati. Potrebbero volerci un giorno o due, a seconda di quanto mi ci vorrà per trovare il dentista di questo tizio. Presumo che la vostra squadra ritenga che questo sia il proprietario di casa, Max Combs.»

«Sì.» rispose Noah. «Possiamo pensarci noi a rintracciare il suo dentista e a cercare di accelerare le cose.»

«Molto bene.» disse la dottoressa Feist.

Josie la guardò scendere le scale e poi tornò nella stanza. Noah girò intorno al letto, studiando il disordine. «Non hanno preso la droga né i soldi che c'erano qui. Chi è che non vorrebbe intascarsi un migliaio di dollari? Voglio dire, sei già in ballo per l'accusa di omicidio. Chi se ne frega di qualche piccolo furto?»

«Cercavano solo una cosa.» sentenziò Josie.

Noah sospirò. «Qualunque cosa ci fosse sul suo telefono?»

«Potrebbe essere.» Rivolse di nuovo lo sguardo al condotto di aerazione: non c'era stato flusso d'aria per tre giorni; era l'assassino che aveva spento l'impianto di condizionamento dell'aria o lo aveva trovato così quando era arrivato? «Immagino che quando hai qualcosa che la gente sta cercando e per cui è disposta a uccidere, lo nascondi, giusto?»

«Sì, certo.»

Indicò la bocchetta sopra la sua testa, quella che non erogava aria. «Allora faremo meglio a procurarci una scala e un cacciavite.»

Noah la guardò sorpreso. «Dici sul serio?»

«Dico sul serio.»

Hummel impiegò una trentina di minuti per recuperare una scala e un trapano elettrico dal magazzino dei sequestri, che ospitava anche l'edificio che Hummel e la sua squadra usavano per elaborare le prove che potevano analizzate direttamente in città, senza doverle inviare a laboratori esterni. Josie rimase a guardarlo intanto che posizionava la scala sotto il condotto di ventilazione non funzionante, si arrampicava, svitava il pannello, lo tirava via, lo passava a Noah e saliva su un altro gradino della scala, infilando la testa nell'apertura. Josie lo sentì fischiare e poi commentare: «Beh, indovinate un po'? Il boss aveva ragione. Vado a chiamare Chan, così tiriamo fuori questa roba.» Scese di nuovo dalla scala. «Non toccate nulla. Anzi, aspettateci in corridoio.»

Josie e Noah si sedettero sulle sedie del pianerottolo in attesa che Hummel e la sua collega, l'agente Jenny Chan, si mettessero all'opera. Dopo un'altra trentina di minuti, Hummel li richiamò nella camera da letto. Lui e Chan erano fianco a fianco, ai piedi della scala, e per terra c'erano due zaini con la cerniera aperta. In ciascuno zaino c'erano pile su pile di banconote da cento dollari. «Jackpot!» disse Hummel. «Letteralmente.»

«Quanto c'è?» chiese Noah.

«Dovremo contarli...» disse Chan, «ma stimiamo che siano circa trecentosessanta mila dollari.»

TRENTADUE

Si fermarono a casa per farsi una doccia e cambiarsi i vestiti, tanto erano sudati e maleodoranti, e anche dopo aver fatto la doccia fino all'esaurimento dell'acqua calda e aver usato abbondanti quantità di shampoo e bagnoschiuma, Josie si sentiva ancora puzzare di morte. Si fermarono al Komorrah's Koffee per prendere caffè e pasticcini per la squadra prima di tornare alla centrale. Raggiunta la sala grande, trovarono Gretchen e Mettner seduti alle scrivanie, entrambi al telefono. Daisy era seduta alla scrivania di Amber e guardava intensamente il suo computer portatile, mentre Amber si era appoggiata alla sua spalla, parlandole con voce sommessa. Daisy indicava qualcosa sullo schermo, Amber le diceva qualche parola e Daisy iniziava a scrivere. Entrambe alzarono lo sguardo abbastanza a lungo da accogliere Josie e Noah con un sorriso di benvenuto.

Facendosi strada tra le scrivanie Noah passò una tazza ad Amber e rivolgendo lo sguardo a Daisy, disse: «Non sapevamo che ci saresti stata anche tu, altrimenti ti avremmo portato il tè che ti piace tanto. Puoi prendere il mio caffè, se vuoi.»

Un rossore si diffuse sulle guance di Daisy quando Noah le porse la tazza con una N scritta sul coperchio. «Grazie.» disse

Daisy, prendendola con entrambe le mani. «Amber mi sta aiutando con i compiti.»

«Il capo è di sotto con un tizio del consiglio comunale.» spiegò Amber. «Pierce qualcosa.»

«Fuller.» disse Josie.

«Esatto. Lui. Mi ha fatto stampare una proposta che aveva elaborato per l'addestramento e l'implementazione di un'unità cinofila nel dipartimento. Comunque, sono andati giù nella sala riunioni per esaminarla.»

Noah distribuì gli altri caffè e rovistò nel sacchetto dei dolci finché non trovò uno strudel di mele che finì in due bocconi. Josie mandò giù un altro boccone della sua torta e la passò a Noah sporgendosi sulla scrivania. «Finisci la mia.» gli disse.

Gretchen riattaccò e si girò sulla sedia, tenendo un foglio di carta sopra la testa. «Ho trovato il dentista di Max Combs!»

Mettner le lanciò un'occhiata, poi disse nel ricevitore: «Non importa...» e riattaccò.

Gretchen si mise gli occhiali da lettura e si concentrò sul computer. «Scrivo il mandato e vado a prendere questi referti dal dentista, così li consegno alla dottoressa Feist.»

«Ero a telefono con Hummel.» riferì Mettner. «Hanno ancora molto lavoro da fare, ma Chan ha contato le mazzette che avete trovato nel controsoffitto di Max Combs. Erano trecentosessantatremila dollari. Stanno cercando di ricavare le impronte dagli zaini, ma non sembrano buone, perché, ha detto, è difficile reperirle sul materiale degli zaini. In alternativa, può provare a prendere le impronte da alcune banconote, se non riesce a ottenere nulla dagli zaini, ma sarà complicato e richiederà parecchio tempo. Senza contare il problema di quant'è alto il numero di persone che maneggiano le banconote. Non gli sarà senz'altro facile ottenere buone impronte dai contanti.»

«Ma magari troveranno una corrispondenza tra una delle serie di impronte che hanno prelevato dal resto della casa e quelle sulle banconote.» ipotizzò Noah. «È una cifra insolita.»

«Duecentotredicimila dollari è quanto Elliott Calvert ha prelevato dai suoi conti.» disse Josie.

«È comunque una cifra strana.» ribadì Noah.

«Abbiamo già parlato dell'eventualità di un ricatto.» affermò Josie. «Non possiamo provarlo, non senza impronte digitali o tracce del DNA o senza che Elliott Calvert confessi, ma è possibile che Max Combs abbia ottenuto almeno duecentotredicimila dollari di quella somma da Calvert.»

Senza alzare lo sguardo dal monitor del computer, Gretchen disse: «Potrebbero aver fatto lo scambio all'hotel. Sappiamo che Calvert ci è andato diverse volte.»

«Dove ha preso il resto del denaro?» chiese Mettner. «I centocinquantamila? E che ci faceva con tutti questi soldi nascosti nel soffitto?»

«La vera domanda è: per quale motivo vale la pena morire per quei soldi?» disse Noah. «È ovvio che non ci voleva rinunciare.»

«A meno che l'assassino non l'abbia ucciso prima di gettare la casa nel caos.» suggerì Gretchen.

«Credo che Mett abbia ragione.» disse Josie. «Dobbiamo capire a cosa gli servivano quei soldi. Supponendo che sia stato questo a farlo ammazzare, sappiamo che non è stato Calvert. Abbiamo le coordinate del suo GPS e non si è neanche lontanamente avvicinato alla casa di Max Combs tra venerdì sera e sabato mattina, il che significa che anche se è stato lui a dare a Combs quel denaro, non è lui che lo ha fatto fuori. Senza contare che non possiamo neanche stabilire un collegamento tra questo passaggio di denaro e l'aggressione di Dina Hale e Alison Mills di sabato mattina.»

«Quando avrò finito con il mandato per le impronte dentali, ne scriverò uno per la documentazione finanziaria di Max Combs e vedrò se riesco a trovare qualcosa.» disse Gretchen. «Per di più, dato che il suo telefono è scomparso, invierò un mandato al suo gestore telefonico per vedere se riusciamo a rintracciarlo e a ottenere i dati delle ultime settimane. Non dovrebbe essere complicato riuscire a localizzarlo, ma per i tabulati potrebbe volerci più tempo. Mett, fagli vedere il video della sorveglianza.»

«Oh, giusto.» rispose Mettner. «Anche se non sono del tutto sicuro che sia collegato all'omicidio di Max Combs.» Batté sulla tastiera e mosse il mouse un paio di volte. Poi indicò lo schermo del computer. «Uno dei vicini che abita a tre porte di distanza da casa sua ha un campanello integrato con videocamera. Ha ripreso due uomini che si avvicinavano con un fuoristrada di colore scuro sabato notte. Non possiamo capire la marca o il modello da questo video. L'ora indica l'una passata del mattino.»

Josie e Noah si spostarono intorno alle scrivanie e si misero alle spalle di Mettner, per guardare lo schermo. La qualità non era delle migliori e la ripresa era distante, ma poterono vedere abbastanza chiaramente un grosso fuoristrada parcheggiato sul marciapiede. Due uomini scendevano. Sembravano entrambi alti, ma uno era molto più muscoloso dell'altro. Sfortunatamente, indossavano abiti scuri e si erano calati i cappucci sulla testa. Era impossibile distinguerli. In pochi secondi uscivano dall'inquadratura.

Noah puntò un dito verso lo schermo. «Si sono avviati in direzione della casa di Combs?»

«Sì, anche se non ci sono prove che siano effettivamente andati lì. Non si riesce a ricavare un numero di targa da questo filmato. Ho parlato con tutti i vicini della strada per vedere se qualcuno di loro avesse riconosciuto il veicolo o avesse avuto visite intorno all'una di sabato, ma tutti hanno detto di no.»

«Ci sono telecamere del traffico nella zona che potrebbero aver ripreso il veicolo?» chiese Josie.

«Non credo.» disse Mettner. «Ma posso controllare.»

«Si vedono quando se ne vanno?» domandò Noah.

Mettner cliccò ancora un paio di volte sul mouse e apparve

un nuovo video che mostrava il fuoristrada parcheggiato proprio come nell'ultimo video. Il marcatore temporale del video mostrava le quattro meno venti del mattino e questa volta gli uomini entravano di corsa nell'inquadratura, risalivano sul veicolo e si allontanavano.

«Non stanno trasportando nulla.» osservò Noah.

«Non da quello che possiamo vedere.» concordò Mettner.

«Sono stati lì per due ore e mezza. È un tempo lungo da trascorrere su una scena del crimine.»

«Ma non gli è bastato per trovare quello che stavano cercando, qualunque cosa fosse.» disse Noah.

Il telefono della scrivania di Mettner squillò e lui sollevò la cornetta. Josie e Noah tornarono a sedersi.

«A proposito di Alison Mills...» disse Noah, «se siamo tutti qui, allora chi la sta cercando?»

Gretchen distolse lo sguardo dallo schermo del computer e guardò Noah al di sopra degli occhiali. «Stiamo monitorando la linea per le segnalazioni. Ordini del capo.» Fece un cenno verso Mettner. «Sembra che ne stia arrivando una...»

Tenendo il ricevitore incastrato tra l'orecchio e la spalla mentre scriveva sulla tastiera, Mettner stava dicendo: «D'accordo. Pensa di aver visto Alison Mills in Hopwood Street. Quando è successo? Ieri? O oggi?»

Josie si rivolse a Gretchen, chiedendole: «Ci sono state altre segnalazioni?»

«Qualcuna, ma nessuna che abbia prodotto risultati.»

Mettner riattaccò e il rumore del ricevitore che rientrava nell'alloggiamento li fece trasalire tutti. Fece qualche operazione al computer e la vetusta stampante a getto d'inchiostro dall'altra parte della stanza prese vita. «Credo sia un altro vicolo cieco.» li avvertì. «Ma devo accertarmene. C'è una signora che pensa di aver visto Alison Mills vicino al parco cittadino questa mattina.»

«Al parco cittadino...» ripeté Josie. «Non è neanche vicino al luogo in cui è stata avvistata l'ultima volta.»

«Ma potrebbe essere lei.» ribatté Noah. «Potrebbe essere ovunque, a questo punto. Per quanto ne sappiamo, potrebbe non essere nemmeno più a Denton.»

«Sia che qualcuno l'abbia nascosta da qualche parte, sia che questa ragazza si sia rintanata per conto suo, potrebbe essere ancora in città. Quanta strada potrà mai aver fatto a piedi?» si chiese Mettner.

«Non è importante quanto sia arrivata lontano.» gli fece notare Josie. «Ma il posto in cui è andata a nascondersi. È chiaro che è un posto dove nessuno ha pensato di guardare.»

«Se si sta davvero nascondendo...» disse Noah, «dovrebbe uscire allo scoperto a breve, soprattutto se non ha niente da bere e da mangiare. Dove potrebbe nascondersi per avere a disposizione queste cose?»

«Che tipo di ragazza è?» La voce di Daisy li sorprese tutti, costringendoli a girare la testa nella sua direzione.

Il suo viso pallido era serio. Gretchen chiese: «Cosa vuoi dire?»

Daisy fece una mezza alzata di spalle. «La mia mamma... insomma, la donna che mi ha...»

Amber la interruppe: «Sappiamo a chi ti riferisci.»

«Alison è il tipo di ragazza legata alla sua famiglia?» continuò Daisy. «Ha paura di stare lontana dai suoi? Una volta dovevo sottoporre alle ragazze come lei il test del viaggio.»

Josie aveva lo stomaco in fiamme.

«In cosa consiste il test del viaggio?» le chiese Mettner.

«Devi scoprire dove vogliono andare più di ogni altro posto al mondo. Diciamo come la loro vacanza da sogno. Poi gli devi chiedere: "Se potessi andarci domani, pagando tutte le spese, ma dovendo stare senza contatti con la tua famiglia per tutta la settimana, ci andresti?" La loro risposta ti dice molto su che tipo sono.»

Josie si guardò intorno facendo una panoramica nella stanza, notando che la postura di ciascuno dei presenti si era irrigidita; tutti quanti sapevano che a Daisy erano state insegnate queste cose per poter manipolare le ragazze sui quindici anni in situazioni che poi le avrebbero portate alla morte. Tuttavia, Daisy non si rendeva conto di ciò che stava accadendo finché non era troppo tardi. Lei aveva creduto davvero di farci amicizia. Non era a conoscenza di ciò che accadeva a quelle ragazze una volta che erano state portate via. La sua anomala infanzia l'aveva privata di un modo più naturale ed equilibrato di vedere il mondo, instillandole invece l'idea che le persone dovessero essere studiate come insetti o esemplari di qualche tipo. Josie aveva ancora parecchi dubbi che Daisy lo avesse capito. Ciononostante, le chiese: «Cosa ti dice la loro risposta su che tipo sono?»

«Se dicono che ci andrebbero subito, tendono a essere più estroverse e non stanno a preoccuparsi eccessivamente di seguire le regole. Sono più indipendenti e in grado di risolvere i problemi senza aiuto. Non temono più di tanto le nuove esperienze.»

Noah le chiese: «E se dicono di no?»

«Significa che ovviamente sono molto legate alla famiglia e hanno paura di fare qualsiasi cosa senza di loro. Hanno bisogno di stabilità e di autorità. Hanno paura di prendere decisioni senza l'opinione della famiglia e si sentono insicure di poter fare tutto da sole.»

Josie si sentì lo sguardo di Noah addosso e capì che stava pensando la stessa cosa che pensava lei: il test del viaggio era stato progettato per capire quali ragazze potevano essere più facilmente manipolate, messe sotto pressione o addirittura ingannate per costringerle a fare cose che normalmente non avrebbero mai fatto. Ma, a parte questo, nel loro caso, l'intuizione di Daisy poteva rivelarsi utile. Josie fece un piccolo cenno a Noah e lui disse: «Molto bene. Credo di aver capito dove vuoi arrivare; invece, mi sfugge per quale ragione vuoi sapere a che tipo corrisponde Alison Mills...»

«Perché, sapendo a che tipo corrisponde, sarete in grado di capire dove si sta nascondendo.»

Josie si alzò e andò alla scrivania di Amber, guardando Daisy dritto negli occhi. Pensò ai messaggi che Alison aveva scambiato con Dina: era stata Alison a proporre di andare da sua madre e Dina aveva detto di no. Poi Alison aveva suggerito di rivolgersi alla polizia e Dina aveva detto di no. «Alison è del secondo tipo.» concluse Josie. «Non sarebbe partita per il viaggio.»

Daisy prese il caffè che le aveva dato Noah e lo sorseggiò. Poi disse: «So che Bobby non vuole che io sappia su cosa state lavorando... o, diciamo, non vuole che io me ne interessi... ma è un po' difficile non sentire quello che dite. E comunque, ho visto il notiziario. So cosa le è successo.»

«Non c'è problema.» disse Amber, appoggiando una mano sulla spalla di Daisy. «Sappiamo che sei al corrente di molti fatti, ma credo che la cosa più importante sia che tu non ripeta a nessun altro quello che senti in questo edificio o da qualcuno di noi.»

Daisy alzò gli occhi al cielo. «Ma dai, questo lo so. Bobby è stato molto chiaro al riguardo.»

«Sei al corrente di tutti i fatti.» disse Josie. «In base al tuo test del viaggio, dove pensi che si nasconda Alison?»

«In un posto che le è familiare. Un posto dove è stata molte volte, dove si sente a suo agio.»

«Sappiamo che non è a casa sua.» disse Mettner. «Dove altro potrebbe essere? A scuola? All'Hotel Eudora?»

Noah disse: «Possiamo mandare delle unità a cercarla.»

Amber chiese: «A quest'ora non sarebbe già apparsa in qualche ripresa di sorveglianza? L'hotel ce l'ha sicuramente e anche la maggior parte delle scuole ha delle videocamere.»

«Se non fosse che qualcuno ha cancellato i filmati all'hotel.»

obiettò Josie. Ma sì, dovremmo mandare delle unità sia a scuola che all'hotel a cercarla, per sicurezza. È possibile che si sia mimetizzata in qualche modo o, se conosce bene i locali di entrambi, è possibile che sappia come evitare le telecamere.»

«Non ci metterei la mano sul fuoco che abbia le idee così chiare.» disse Noah. «Ma sono d'accordo che vale la pena di dare un'occhiata. Chiamerò lo sceriffo, per sentire se possono mandarci un'unità cinofila almeno per perlustrare l'hotel, visto che è enorme, e Marlene Mills, così ci darà qualche vestito di Alison da far annusare al cane.»

«Ottima idea.» disse Josie.

«Forse però stiamo pensando troppo in grande.» osservò Gretchen. «E se fosse andata a casa di un'amica che la sta tenendo nascosta?»

«Dina Hale era la sua migliore amica.» disse Noah. «È morta.»

«Gretchen ha ragione, però.» convenne Josie. «Non sarà male mandare qualcuno a casa di ciascun amico a dare un'occhiatina in giro. Al momento, Marlene ha chiamato tutte le sue amiche. Basterebbe che una di loro avesse mentito. Mandare delle unità a casa di ognuno potrebbe portare a risultati maggiori.»

«Stiamo parlando di un sacco di risorse.» puntualizzò Mettner. «Credo sia il caso di stabilire delle priorità.»

Daisy intervenne: «Rischierebbe troppo di essere riconosciuta nella sua scuola o nell'hotel dove lavorava.»

Josie ripensò alla conversazione che aveva fatto con Marlene Mills il giorno della scomparsa di Alison. Tornò al suo computer e tirò fuori una cartina di Denton e puntò un dito sul luogo in cui Alison era stata avvistata per l'ultima volta. «Guardate.» disse facendo scorrere il dito verso l'alto e battendo sul simbolo del Denton Memorial Hospital. «Pensiamo che si stia nascondendo, giusto? Se si stesse davvero nascondendo, andrebbe in un posto in cui non sia troppo riconoscibile, ma in cui possa avere accesso a cibo, acqua, riparo e qualche comodità. Perché non la sua seconda casa?»

Tutti si riunirono intorno a Josie e Noah disse: «È così che Marlene ha chiamato l'ospedale. La seconda casa di Alison.»

Daisy disse: «Scommetto che è così.»

Gretchen disse: «Mettiamo l'ospedale nella lista dei posti da controllare.»

A differenza di tutti gli altri che si disperdevano, Mettner rimase vicino a Josie. Si chinò e le parlò all'orecchio con voce bassa. «Boss, sei sicura che sia saggio accettare consigli da una ragazzina? Una ragazzina che è stata cresciuta da una coppia di psicopatici?»

Josie si adeguò al suo tono. «Daisy non ha tutti i torti, Mett. Abbiamo fatto ricerche all'aperto. Abbiamo setacciato tutti i luoghi in cui sappiamo che è stata vista. Abbiamo seguito le sue tracce. E ormai quella pista è inutile. Quale potrebbe essere la prossima mossa?»

«Ma potrebbe essere stata rapita da qualcuno.» obiettò Mettner.

«Hai ragione...» concesse Josie. «Ma se così fosse, non avremmo nessuna pista da seguire. Nemmeno un punto di partenza. Invece, c'è il cinquanta per cento di possibilità che si stia semplicemente nascondendo, e non abbiamo cercato in nessuno dei luoghi in cui potrebbe essersi rifugiata se è spaventata a morte e ferita, troppo terrorizzata perfino per contattare sua madre. Qual è l'alternativa, Mett? Non fare nulla?»

Lui sospirò, togliendole le parole di bocca: «Non sarebbe da te.»

Josie alzò lo sguardo e gli sorrise. «Sono contenta che abbiamo fatto questa chiacchierata. Andiamo.»

TRENTATRÉ

Josie fece lentamente un giro su sé stessa, studiando l'ingresso dell'ospedale. Ci era passata decine di volte nella sua vita, ma non l'aveva mai guardato bene. Di solito, in qualità di detective, entrava nell'ospedale passando dal Pronto Soccorso. Noah aveva preso l'ingresso del Pronto Soccorso; invece, Josie aveva cominciato dall'ingresso principale. Avevano pianificato di incontrarsi da qualche parte al pianterreno, quasi sicuramente vicino alla caffetteria. Avevano già chiesto al personale della Sicurezza di esaminare i filmati delle telecamere di sorveglianza che riprendevano entrambi gli ingressi da sabato pomeriggio, ma non c'erano prove evidenti che Alison fosse entrata nell'ospedale. C'erano alcune donne che erano entrate dall'ingresso indossando felpe con cappuccio e che non avevano girato il viso verso le telecamere. Erano riuscite a passare inosservate all'accettazione e a entrare negli ascensori. La Sicurezza aveva rintracciato alcune di loro in altri reparti, ma non tutte. Ognuna di loro poteva essere Alison, ma senza una visione chiara dei loro tratti somatici, Josie non poteva dirlo con certezza, ed era per questo che aveva deciso di passare dall'ingresso principale, cercando di ripercorrere fisicamente i passi di Alison Mills. E il fatto che stesse prendendo in considerazione un altro dei caffè al catrame bruciato dell'ospedale, senza zucchero e con la panna scaduta, la diceva lunga su quanto si sentisse esausta.

«Posso aiutarla?» le chiese una donna dietro il banco dell'accettazione. Sulla targhetta con il suo nome si leggeva: *Pam Ramsey Corey*. «Si è persa?»

Josie tirò fuori il suo distintivo di polizia e lo mostrò all'infermiera. «Sto soltanto dando un'occhiata in giro.» rispose infilando in tasca il distintivo e tirando fuori il telefono per mostrarle una foto di Alison. «Ha visto questa ragazza di recente?»

All'infermiera bastò uno sguardo. «Sì, la riconosco dalla televisione, è la ragazza che stanno cercando. Se l'avessi vista, avrei avvertito le autorità.»

«Grazie.» disse Josie. Di nuovo, fece una panoramica dell'ingresso da destra a sinistra. C'erano corridoi su ogni lato, accessibili solo se si passava davanti al banco dell'accettazione. Un lato conduceva al Pronto Soccorso e alla caffetteria. L'altro lato conduceva a una serie di reparti, tra cui il laboratorio di analisi, la radiologia, l'archivio medico e altri uffici amministrativi. Josie riportò lo sguardo sull'infermiera. «Chiunque entri deve fermarsi qui, dico bene?»

L'infermiera fece una smorfia. «Non direi che sono obbligati. Cerchiamo di registrare il maggior numero di persone possibile, ma ci sono anche momenti in cui questo sportello non è presidiato, soprattutto di notte.»

Il che significava che Alison sarebbe potuta entrare in ospedale in un momento del genere senza essere notata, se avesse avuto il giusto tempismo, soprattutto se avesse messo le mani su una felpa con cappuccio e avesse tenuto il viso lontano dalle telecamere, proprio come aveva fatto il gruppetto di donne misteriose che avevano visto nei filmati della Sicurezza. In tal caso, da che parte sarebbe andata? Fra i tanti dell'ospedale, in quale reparto sarebbe andata a nascondersi? Il Denton Memorial Hospital non aveva un reparto pediatrico, ma Alison aveva quindici anni quando era stata ricoverata, quindi, era abbastanza grande perché l'ospedale potesse curare un'anca rotta e la conseguente infezione batterica. Tuttavia, ciò significava che avrebbe potuto trovare rifugio in quasi tutti i reparti, o in più reparti, a seconda del numero di pazienti presenti nell'ospedale. Sì, Josie poteva depennare dalla lista il reparto di Chirurgia e quello della Psichiatria Geriatrica. Molto probabilmente poteva eliminare anche il piano terra, perché era troppo affollato per nascondersi da qualche parte per un periodo di tempo sufficientemente lungo, soprattutto con tante persone che facevano avanti e indietro tra il Pronto Soccorso e la Radiologia per gli esami. Josie si diresse verso la fila di ascensori più vicina, sul lato del Pronto Soccorso del primo piano. Tanto valeva iniziare dal basso e risalire. Si avvicinò all'ascensore per premere la freccia verso l'alto quando si rese conto che per partire dal basso bisognava scendere verso il seminterrato, lo stesso piano che ospitava l'obitorio. Di fronte c'era la cucina che riforniva i pasti ai reparti di degenza, diversa da quella del primo piano che serviva la mensa per i dipendenti. Tra l'obitorio e la cucina c'erano decine di stanze vuote. Perfette per chiunque volesse nascondersi senza essere disturbato. Una volta Josie e Noah avevano trascorso del tempo in una di quelle stanze. L'ambiente non era il massimo, ma in quel momento non si erano preoccupati di nient'altro che di stare insieme. Scrollandosi di dosso il ricordo, Josie schiacciò il pulsante con la freccia verso il basso e la sua impazienza fu immediatamente ricompensata dal *trillo* all'apertura delle porte. Un attimo dopo, stava camminando per i corridoi fatiscenti del seminterrato. Passò davanti alla serie di stanze della dottoressa Feist, gli odori che provenivano dall'interno erano pungenti come sempre. Lasciandosele alle spalle, prese un corridoio che passava di fianco ai locali della cucina, controllando man mano ogni stanza. Alcune erano completamente vuote. Alcune erano stipate di attrezzature mediche vecchie e malandate. Altre erano rimaste come decenni prima, quando l'ospedale le usava ancora: stanze per i pazienti senza finestre, complete di letti in vinile e tavolini. Se in qualcuna di quelle stanze c'era mai stata una televisione, era stata rimossa da tempo.

L'odore delle pietanze arrivò alle narici di Josie: pollo e vari altri aromi che si mescolavano in un insieme indistinto. Poi arrivarono i rumori dei piatti che tintinnavano, dell'acqua che scorreva e delle voci soffocate. La porta della cucina si trovava in fondo al corridoio, dall'altra parte degli ascensori che scendevano dal reparto di Radiologia e dall'Amministrazione. Josie contò le stanze rimaste da perquisire. Erano sei in tutto, di cui due erano bagni. Da mangiare e un bagno. Era il posto perfetto per nascondersi.

Josie andò avanti, aprendo ogni porta, accendendo le luci e perlustrando ogni stanza. Un tempo erano tutte stanze destinate ai pazienti, ma la terza aveva lenzuola e coperte accatastate sul letto e una collezione di involucri di cibo e bottiglie di bevande che ingombravano il tavolino. Josie varcò la soglia, notando la pila di vestiti abbandonati nell'angolo più lontano della stanza. Sentiva l'odore di sangue secco, immondizia e sudore. Ma Alison non c'era. Però doveva essere stata in quella stanza. Non c'era alcun dubbio che quella stanza fosse stata occupata. Josie si voltò verso il corridoio e proprio in quel momento la vide. Alison Mills stava uscendo dalla toilette con indosso un camice da ospedale. I capelli scuri e ricci le ricadevano sciolti ai lati del viso. Teneva la testa bassa, ma si fermò quando la porta si chiuse alle sue spalle. Guardò verso la cucina e poi si voltò verso la stanza. Un sussulto udibile le sfuggì quando vide Josie in piedi appena fuori dal suo nascondiglio. Alzò le mani. Si guardò intorno con gli occhi spalancati e ciechi per il panico. Josie constatò l'entità delle sue ferite. Noah aveva ragione: Calvert le aveva rotto il naso. Era rosso e gonfio e presentava una lacerazione sul ponte. La pelle intorno a entrambi gli occhi era nera e livida.

«Alison!» esclamò Josie. «Fermati. Va tutto bene.»

Lei non la ascoltò. Al contrario, partì di corsa verso le porte della cucina, sbattendoci contro e spingendole con entrambe le mani. Rimasero chiuse. Era talmente in preda al panico da non rendersi conto che si aprivano verso l'esterno. Josie fece qualche passo incerto verso di lei e si fermò. Non c'era nessun posto dove potesse scappare.

«Alison, sono la detective Josie Quinn. Non sei nei guai. Sono qui per aiutarti.»

La ragazza si voltò, spingendo la schiena contro le porte, con le lacrime che le si accumulavano negli occhi. «Dina è morta.» disse con voce strozzata.

«Mi dispiace tanto, Alison.»

Alison chiuse gli occhi e annuì.

Josie si avvicinò a pochi metri da lei e abbassò la voce. «Alison, tua madre è preoccupata per te. Tutta la città ti sta cercando. Tuo padre sta tornando a casa da Hong Kong.»

A questo punto la ragazza riaprì gli occhi di scatto. «Mio padre? Sta tornando a casa?»

«Sì. Ha avuto problemi a trovare un volo, ma sarà qui appena possibile. Sta facendo di tutto per tornare da te.»

«È arrabbiato?»

«No, certo che no, Alison.» la rassicurò Josie. «Nessuno è arrabbiato con te. Vogliamo tutti che tu torni a casa. Vogliamo tutti che tu sia al sicuro.»

«Mio padre perderà il lavoro?»

«Non lo so proprio, dovrai chiederlo a lui. Però, Alison, non è compito tuo preoccuparti di questo. Posso dirti con assoluta certezza, al cento per cento, che l'unica cosa di cui importa ai tuoi genitori è che tu torni a casa e che tu sia al sicuro.»

Alison annuì seguendo le parole di Josie. Le lacrime le rigavano il viso. Un singhiozzo la scosse. Josie fece un altro passo avanti e le tese una mano. «Perché non vieni con me? Ti faremo visitare e chiameremo tua madre. Sarà felicissima di vederti.»

Alison, anziché prendere la mano di Josie, preferì gettarsi addosso a lei, avvolgendole le braccia intorno alla vita e scoppiando in sonori singhiozzi contro la sua spalla, bagnandole la maglietta fino alla pelle. Josie ricambiò circondandola tra le sue braccia, sostenendo il suo corpo scosso dai tremiti in preda al pianto. Un uomo uscì dalla cucina e si fermò di colpo, con gli occhi spalancati per la sorpresa. Sopra la testa di Alison, Josie fece un debole sorriso. «Va tutto bene.» gli disse a bassa voce. «Me ne occupo io.»

«Sicura?» le chiese lui di rimando e Josie annuì.

Le superò in fretta e furia, in totale silenzio, ed entrò in uno degli ascensori. Quando la crisi di pianto di Alison cominciò a placarsi, Josie si scostò da lei. «Gli ascensori laggiù salgono al Pronto Soccorso. Ti ci accompagno, d'accordo? Voglio che qualcuno dia un'occhiata al tuo naso prima di fare qualsiasi altra cosa.»

«Credo che sia rotto.» disse Alison, allontanandosi da Josie e asciugandosi le lacrime. «Immagino che voglia sapere cosa è successo. Io...»

Josie le mise una mano su una spalla. «Facciamo un passo alla volta. Prima pensiamo a farti vedere il naso, poi ti porto da tua madre e per ultimo penseremo al resto. Affare fatto?»

TRENTAQUATTRO

Aveva quattordici anni quando il suo mondo era andato in frantumi. Si trovava in piedi, nel bel mezzo del corridoio del Pronto Soccorso dell'ospedale, quando aveva sentito suo padre piangere per la prima volta. Non aveva dubbi che quello era di gran lunga il suono peggiore che avesse mai sentito. Perfino peggiore di quello che aveva sentito nel garage quando aveva otto anni e di cui aveva cercato di cancellare il ricordo nel corso dei sei anni successivi. In quel momento le era sembrato che non avesse alcuna importanza. Aveva fatto un giro su sé stessa, in un lento cerchio. Infermieri, medici e altri pazienti si avvicendavano senza degnarla di uno sguardo. La scena era di una spaventosa ordinarietà, eppure lei aveva intuito che da quel momento in poi la sua vita non sarebbe stata mai più la stessa. Aveva capito che ogni cosa era già cambiata irrevocabilmente. Si era resa conto anche di essere completamente sola con questa consapevolezza.

Avrebbe dovuto scoppiare in lacrime. Sapeva che avrebbe dovuto piangere e piangere a non finire. Perfino suo padre, che nei quattordici anni di vita della figlia che non aveva mai avuto neanche gli occhi lucidi, riusciva a piangere. Perla aveva chiuso gli occhi, aveva contato fino a tre e li aveva riaperti, sbattendo rapidamente le palpebre. Ma non ci riusciva proprio a piangere.

Un medico era emerso dalla stanza dove il padre stava singhiozzando e si era fermato, mettendole una mano su una spalla. «Mi dispiace molto per la tua perdita...» gli aveva sentito dire.

Ma anche a quelle parole non era scesa nessuna lacrima. A quel punto Perla, non sapendo cosa fare, aveva preso una sedia in fondo al corridoio e vi si era seduta, tenendo la schiena ben dritta come faceva in chiesa. Forse avrebbe dovuto pregare. Ma in quel momento non riusciva a ricordare nessuna preghiera. Sentiva la mente svuotata.

Solo quando aveva visto suo padre barcollare lungo il corridoio, con la parte davanti del completo intrisa di sangue, aveva sentito qualcosa spezzarsi dentro di lei, qualcosa che aveva scatenato una tempesta di emozioni. In quel momento Perla si era guardata le mani e aveva visto che stavano tremando. Un attimo dopo ogni parte del suo corpo tremava. Le sue dita erano corse verso la guancia e si erano bagnate di lacrime.

«Perla...» l'aveva chiamata suo padre. «Cosa ci fai qui?»

Lei aveva ricambiato guardandolo come fosse un estraneo. Qualcosa di denso e pesante si era fatto strada dal diaframma alla gola e lei ne aveva avuto paura. «La polizia era venuta a casa per... per dirtelo. Ma tu non c'eri. Mi hanno detto a quale ospedale andare. Mi ha... mi ha dato un passaggio un amico...» aveva sussurrato, sentendosi stupida. Le tremava il labbro inferiore. La sensazione di oppressione nel petto andava aumentando. Si era chiesta se stesse per scoppiare, che era una cosa assurda. D'altra parte, sua madre diceva sempre che lo stress emotivo aveva un peso fisico. *Potrà anche uccidermi?* si chiese Perla.

Il padre l'aveva accolta tra le sue braccia e l'aveva stretta forte accarezzandole la nuca più e più volte. «Mi dispiace, Perla. Mi dispiace tanto.»

Lei aveva iniziato a sentirsi stordita. Le gambe si erano fatte deboli, si era afflosciata sotto il suo stesso peso, e ben presto suo padre aveva dovuto aiutarla a tenersi in piedi. «Perla?» le aveva detto. «Stai bene? Perla?»

Ma ormai lo sentiva lontano. Tutto il mondo era lontano e lei era davvero stremata.

Si era accorta che lui la guidava di nuovo verso la sedia, la faceva accomodare, si metteva su un ginocchio davanti a lei. «Perla mia.» le aveva detto «Perla mia, guardami.»

Perla aveva cercato di mettere a fuoco il suo volto, ma era riuscita a vedere soltanto la polizia davanti alla porta di casa loro. Quanto tempo era passato? Un'ora? Due ore? L'arrivo degli agenti, accompagnato dalla notizia che dovevano comunicare, si era ripetuta all'infinito, al rallentatore e a velocità raddoppiata. Il risultato era sempre lo stesso. Il completo disfacimento della sua vita.

«Metterò a posto le cose, Perla. Mi hai sentito? Sistemerò tutto.»

Ma nemmeno suo padre poteva sistemare quella situazione.

TRENTACINQUE

Josie temeva che Marlene Mills le avrebbe rotto una costola. Era arrivata al Denton Memorial Hospital a tempo di record e aveva lasciato dietro di sé una scia di commozione quando era entrata nel Pronto Soccorso gridando: «Dov'è la mia bambina? Alison? Dov'è la mia Alison?» e una volta individuata Josie fuori dalla stanza della figlia, le si era avventata contro, abbracciandola con la forza di una dozzina di persone. «Grazie.» aveva mormorato tra i capelli di Josie. «La ringrazio infinitamente.»

Alla fine, liberò Josie dalla stretta e, senza preoccuparsi di chiedere come stesse Alison, scostò la tenda e si precipitò sul letto della figlia. Per una frazione di secondo, un'ondata di panico attraversò il volto livido e martoriato della ragazza, ma la madre non la percepì nemmeno. Al contrario, tenendo la figlia stretta con un braccio, Marlene scostò i capelli dal viso della figlia con una carezza; Josie si augurò che non la stesse abbracciando così forte come aveva appena abbracciato lei.

«Oh, tesoro, guarda il tuo bel viso. Ti fa male?»

«Un po'...» disse Alison. «Mamma, sei arrabbiata con me?»

La madre rise nonostante continuasse a piangere lacrime di

sollievo. «Arrabbiata? Tesoro, no! Sono solo sollevata che tu stia bene. Ero molto preoccupata.»

«Dov'è papà?»

«Ha avuto qualche problema a trovare un volo di ritorno, ma sta facendo del suo meglio per tornare a casa il prima possibile.»

«Vi lascio sole per un po'.» Si intromise Josie. «I dottori saranno qui a momenti per parlare con voi.»

Alison alzò lo sguardo su di lei. «Ma non aveva bisogno di... parlare con me o altro?»

Josie sorrise. «Sì, ma prima vogliamo assicurarci che tu stia bene. Più tardi, se te la senti, tua madre può portarti alla centrale di polizia dove possiamo sederci a parlare.»

Lasciò madre e figlia rannicchiate nel letto e andò in corridoio a cercare Noah. Lo trovò appoggiato alla postazione delle infermiere, con il cellulare premuto contro l'orecchio; ascoltando qualche frammento della conversazione, capì che stava parlando con il capo Chitwood e che la telefonata gli avrebbe preso un bel po' di tempo. Perciò, andò a cercare del caffè; stavolta riuscì anche a trovare dello zucchero e quando tornò, Noah aveva chiuso la telefonata.

«Il capo ha chiesto ad Amber di tenere una conferenza stampa per far sapere alla comunità che Alison è stata ritrovata sana e salva, e Mett ha richiamato l'unità cinofila e il resto delle squadre di ricerca. Avremo bisogno che Alison rilasci una dichiarazione, ma il capo ha convenuto che dobbiamo concederle un po' di tempo e visto che è così tardi, ha detto che non è il caso di fare la conferenza stampa ora. Ha anche detto che dovremmo andare a casa a riposare.»

«Non mi sogno neanche di contestarlo.»

Il giorno dopo, a mezzogiorno, a Josie faceva male la schiena per essere stata seduta così a lungo alla scrivania a sbrigare pratiche.

Davanti a lei c'erano due bicchieri vuoti del Komorrah's Koffee. Alla scrivania di fronte alla sua, Noah lavorava in silenzio. Servendosi delle telecamere del traffico e dei filmati di sorveglianza esterna di abitazioni ed esercizi commerciali della zona, Mettner era riuscito a seguire il fuoristrada nero dal quartiere di Max Combs fino a un complesso vicino all'Interstatale prima di perderlo. Era anche riuscito a prendere una parte del numero di targa, ma la ricerca aveva portato a troppi risultati da passare al setaccio in tempi ragionevoli. Dato che Josie aveva chiamato il direttore dell'Eudora quando era arrivata al lavoro e Brown le aveva detto che la lista non era ancora pronta, Mettner le lasciò il rapporto sulla scrivania e andò all'Hotel, convinto che la presenza della polizia in attesa gli avrebbe fatto accelerare il processo. Gretchen sarebbe tornata da un momento all'altro; non era ancora riuscita a rintracciare il telefono prepagato che Elliott Calvert aveva chiamato così tante volte, però aveva fatto firmare e consegnare i mandati per ottenere le radiografie dentali e la documentazione finanziaria di Max Combs e poi aveva anche redatto un mandato per ottenere i tabulati telefonici che aveva notificato al suo operatore via e-mail. Sfortunatamente, per quei tabulati potevano volerci fino a due settimane. Nel frattempo, aveva scritto a Josie e Noah che aveva intenzione di fermarsi a parlare con Tori Calvert per incoraggiarla nuovamente a prendere la bambina e ad andare a New York per qualche settimana, almeno fino a quando la polizia di Denton non avesse capito che cosa aveva portato agli eventi degli ultimi giorni.

Josie non riusciva a placare la fastidiosa sensazione che ci fosse molto di più da approfondire su quel caso. Chi erano gli uomini nel fuoristrada vicino alla casa di Max Combs? Se erano loro che gli avevano passato al setaccio la casa, che cosa stavano cercando? E invece Calvert cosa stava cercando? Possibile che cercassero tutti e tre la stessa cosa? Si trattava di denaro? Di droga? Qualcosa a cui per il momento la sua squadra non aveva ancora pensato? Perché Max Combs aveva ricattato Elliott Calvert? Era per via della donna misteriosa che si vedeva sulle foto nascoste nel telefono di Calvert? E cosa doveva farci con gli altri centocinquantamila dollari? Da dove li aveva presi Combs? Stava ricattando qualcun altro? Che ruolo avevano Dina e Alison in quella storia? Se non era stato Calvert a mettere a soqquadro la casa di Dina Hale, erano stati gli stessi uomini che avevano messo a soqquadro la casa di Combs? Cosa c'entrava la droga che Dina aveva dato a Needle? Avevano a che fare con una banda di qualche tipo? Con la mafia?

Quel flusso di pensieri fece correre un brivido lungo la schiena di Josie. Prima che potesse pensare troppo a fondo a un potenziale collegamento con la criminalità organizzata, la porta che dava sulla tromba delle scale si aprì di botto e ne emerse Gretchen che portava una grande cartellina a tre falde infilata sotto un braccio e un nuovo giro di caffè e un sacchetto di pasticcini del Komorrah's Koffee tra le mani. Dalla bocca le pendeva un croissant, da cui le ricadevano sul petto scaglie di noci pecan. Noah si alzò di scatto per prenderle il portabicchieri e il sacchetto. «Fame?» le disse.

Gretchen lanciò la busta sulla sua scrivania e con la mano libera divise il pasticcino, masticando la porzione che aveva già addentato, e quando l'ebbe mandato giù, sospirò: «Questi croissant sono così buoni. Appena usciti dal forno! Non li trovi mai appena sfornati. Ed era ancora caldo quando me l'hanno messo nel sacchetto. Non vedevo l'ora di assaggiarlo.»

Noah rise. «Ho l'impressione che tu abbia un problema...»

Gretchen si infilò in bocca il resto del croissant, prendendosi un attimo per rovesciare gli occhi all'indietro fingendosi in estasi. Poi riportò lo sguardo sui colleghi e, pizzicandosi un rotolino di ciccia sopra la vita, disse: «Il mio problema è questo. È troppo chiedere di vivere in un mondo in cui si possano mangiare tutti i dolci che uno vuole senza prendere neanche mezzo chilo?»

«A quanto pare, sì.» disse Noah ridendo.

Una volta sistemati ognuno alla propria scrivania, Gretchen cominciò il suo resoconto: «Le impronte dentali corrispondono. La dottoressa Feist ha identificato Max Combs. La sua famiglia conta il padre e un fratello, ma uno vive in Oklahoma e l'altro in California. La Feist ha chiamato l'ufficio del medico legale della contea in cui vive il padre, così daranno la notifica di morte entro la prossima ora.»

«Ha portato a termine l'autopsia?» le chiese Noah.

Gretchen annuì. «Sì. Non ha ancora preparato un rapporto, ma ne ho parlato con lei. L'ora del decesso è sabato mattina presto. La causa del decesso è esattamente quella che avevamo presunto: ferita da arma da fuoco al volto da distanza ravvicinata attraverso il cuscino. Sembra un proiettile calibro .38. Hummel è riuscito a trovare il bossolo in mezzo a tutto quel disordine e lo porterà in laboratorio per essere analizzato. E c'è un piccolo dettaglio che troverete interessante...»

«Che cosa?» chiese Noah.

«A Max Combs sono state strappate tutte le unghie.»

A quelle parole Josie sentì uno strizzone allo stomaco. «Proprio come Dina Hale.»

«Proprio come Dina Hale.» le fece eco Gretchen.

«Siamo di fronte a un coinvolgimento della mafia?» chiese Noah.

Gretchen fece un'alzata di spalle. «Se è così, sono un po' fuori dalla loro sfera di azione. Voglio dire, a Denton c'è un po' di attività delle bande, e ogni tanto passano di qui alcuni grossi criminali. Abbiamo sicuramente un problema di droga, ma non c'è una vera e propria presenza della criminalità organizzata. Non come nelle grandi città, non come Philadelphia e New York.»

«Philadelphia non è poi così lontana.» osservò Josie. «E nemmeno New York, a pensarci bene. E Calvert ha legami con New York.»

«Se guardiamo al collegamento con l'hotel...» disse Noah, «Felicia Koslow, la responsabile alle dirette dipendenze di Max Combs, ha legami con Philadelphia e ha una precedente condanna per droga.»

«È possibile che Combs avesse legami con una di queste città.» aggiunse Josie. «Non sappiamo molto del suo passato.»

«È vero.» concesse Gretchen. «Non possiamo escludere che un'azione qualsiasi intrapresa da questi soggetti abbia portato una presenza mafiosa a Denton. Per di più, abbiamo a che fare con più di una persona, quindi se questi due tizi fanno parte della criminalità organizzata, dobbiamo capire a chi rispondono.»

«E come facciamo?» chiese Noah.

«Ci servono più informazioni.»

«Allora, niente di complicato.» disse Noah ridendo.

«Hai parlato con Tori Calvert?» chiese Josie.

«Mi sono fermata a casa dei Calvert e non ha risposto nessuno. Ho provato a chiamarla, ma il telefono ha continuato a squillare finché non è partita la segreteria telefonica.»

«Speriamo significhi che ha lasciato la città.» disse Josie.

Gretchen batté le dita sulla cartellina che aveva appoggiato sulla scrivania. «Allora potrebbe interessarvi sapere questo. Ho ancora alcune richieste da fare a varie istituzioni, ma sono riuscita a ottenere i documenti finanziari di Max Combs dalla sua banca e da tre dei suoi creditori.»

Estrasse un fascio di fogli dalla busta e li passò a Josie da sopra la scrivania. Noah si alzò e girò intorno alle scrivanie per poterli leggere a sua volta. Josie lesse attentamente ogni pagina prima di porgergliela. «Accidenti...» commentò. «Non solo era al verde...»

«Ma aveva un sacco di debiti!» aggiunse Noah.

«Esatto.» disse Gretchen. «Tutte e tre le carte di credito sono esaurite. Per lo più ci sono anticipi di denaro. Alcuni addebiti casuali per fare il pieno e la spesa, ma un sacco di addebiti da tre casinò diversi. Uno nella regione delle Pocono Mountains, uno a Philadelphia e uno ad Atlantic City. Si teneva parecchio impegnato.»

«Stava accumulando debiti di gioco...» disse Josie. «E aveva bisogno di denaro per pagare.»

Gretchen annuì.

Il telefono sulla scrivania squillò. Tirando su la cornetta, rispose: «Quinn.»

«Ho qui Marlene e Alison Mills che vogliono vedervi.» la avvertì il loro sergente di portineria, Dan Lamay. «Cosa vuole che faccia?»

«Falle accomodare nella sala conferenze. Arriviamo subito.»

Josie riattaccò, mandò giù il caffè in un sorso e si alzò.

«Alison e sua madre sono arrivate.»

Nella sala conferenze, Alison si era seduta a capotavola, con indosso ancora il camice che aveva in ospedale, ma con sopra una felpa con cappuccio. Si era pettinata i capelli e li aveva legati in una coda di cavallo. Il suo viso aveva un aspetto tremendo, chiazzato da lividi di varie tonalità e intensità. Marlene stava camminando lungo il tavolo, ma si fermò quando vide entrare Josie e Noah.

«Alison voleva solo chiudere con queste storia.» sbottò Marlene. «Le ho detto che poteva aspettare, ma non ha voluto saperne di andare a casa prima di aver parlato con lei.»

«Nessun problema.» disse Josie guardando Alison. «Ma se in qualsiasi momento vuoi fermarti o ti senti stanca, possiamo chiudere la giornata e parlarne in un'altra occasione. Adesso come ti senti?»

«I medici hanno detto che ha il naso rotto, ma non sarà necessario operarlo. Credo che sia più che altro scossa ed esausta.» rispose la madre.

Noah fece un gesto verso una delle sedie intorno al tavolo

vicino ad Alison. «Mrs. Mills, perché non si siede? Possiamo portarvi qualcosa?»

«Siamo a posto, grazie.» disse la madre.

«Caffè.» disse Alison. «Per favore.»

Madre e figlia si guardarono, l'espressione di Alison era piena di incertezza.

La madre rivolse alla figlia un sorriso triste e le accarezzò la mano. «Hai quasi diciotto anni ormai. Non c'è motivo per cui non dovresti chiedere esattamente quello che vuoi. Vada per il caffè.»

Alison sembrò sollevata.

Noah disse: «Torno subito.»

Una volta che Noah si fu chiuso la porta alle spalle, Josie si sedette accanto alla ragazza, di fronte alla madre. «Vi ringrazio per essere venute.» esordì. «So che ne avete passate tante. Non vi vogliamo trattenere più del necessario, quindi iniziamo subito. Perché non mi racconti di sabato mattina?»

Alison si strinse meglio la felpa intorno alle spalle e guardò il tavolo. «Noi... stavamo andando al lavoro in macchina. Anzi, no, prima saremmo andate a fare colazione alla tavola calda di Denton. Poi saremmo andate al lavoro. Siamo partite da casa di Dina. Avevo dormito da lei. Lavoriamo all'Eudora.»

«Gliel'ho detto.» disse la madre.

«L'auto di Dina è stata trovata non lontano da casa sua.» disse Josie. «Avevate accostato a causa della nebbia?»

Alison annuì. «Oh, sì. Era davvero fitta. Dina ha trovato un posto dove accostare e abbiamo pensato di fermarci sul ciglio della strada ad ascoltare un po' di musica per qualche minuto, finché la nebbia non si fosse alzata e avessimo potuto ripartire. Ma all'improvviso la mia portiera si è aperta e questo tizio si è spinto dentro la macchina, è rimasto per metà dentro e per metà fuori. Non abbiamo nemmeno avuto il tempo di renderci conto di cosa stava succedendo. Ha iniziato a tirarmi per le braccia, per i capelli... immagino per cercare di farmi uscire dall'auto.

Dina si è messa a urlare così forte... urlava e basta. Io non volevo uscire. Avevo troppa paura. Poi lui...» Alzò una mano e si toccò la nuca. «Ha messo la mano qui e mi ha sbattuto la faccia sul cruscotto. Non ricordo nemmeno il dolore, a dire il vero. Ho solo visto il sangue che mi colava addosso, tutto spruzzato sul cruscotto, e mi sono spaventata. Dina stava ancora urlando.»

Anche sotto i lividi, si vedeva che stava impallidendo nel ricordare gli avvenimenti di quella mattina. Accanto a lei, Mrs. Mills chiuse gli occhi, muovendo le labbra in una sorta di preghiera silenziosa.

«Mi ha fatto scendere dall'auto e mi ha scaraventata a terra.» continuò Alison. «Ero così spaventata. No, ma che dico? Ero terrorizzata. Era in preda al furore. Aveva un'espressione, quando era in piedi sopra di me... era paonazzo. È stato in quel momento che l'ho visto bene. Non dimenticherò mai quella faccia.» un brivido la scosse dalla testa ai piedi.

La madre aprì gli occhi e prese una mano della figlia, stringendola forte.

«Alison...» disse Josie, «se ti facessimo vedere delle fotografie, te la sentiresti di fare un confronto per stabilire se riesci a identificare l'uomo che ha aggredito te e Dina?»

Alison guardò sua madre, che annuì. «Certo.» disse.

Josie uscì e andò a cercare Noah per mettere insieme una raccolta di foto adeguata. Una ventina di minuti più tardi erano di ritorno e, una volta che si furono seduti al tavolo, Noah consegnò ad Alison il caffè che aveva richiesto. Nel frattempo, Josie disponeva sul tavolo otto fotografie. Sette erano di uomini simili a Elliott Calvert. L'ottava foto era di Calvert in persona.

Alison fissò ciascuna foto con occhi spalancati. Dopo un lungo momento, posò un dito sulla foto di Elliott Calvert. «È lui. Cavolo, sembra un tipo così normale.»

La madre diede una stretta alla spalla della figlia per rassicurarla.

«Grazie.» disse Josie mentre Noah riponeva le foto in una

pila e le spostava all'altro capo del tavolo. «Stai andando benissimo, Alison. Torniamo a sabato mattina. Che cosa è successo dopo che ti ha tirato fuori dall'auto?»

«Continuava a urlarmi: "Dov'è? Dov'è?" e io gli ho detto che non sapevo di cosa stesse parlando. Ha preso la mia borsa, l'ha gettata per terra e ha rovistato al suo interno, ma credo che non abbia trovato quello che cercava, perché mi ha dato un colpo alla gamba e ha detto: "Dimmi dov'è. Dimmelo o vi faccio fuori tutt'e due". Gli ho ripetuto che non sapevo di cosa stesse parlando. In quel momento si è girato e ha visto Dina. Era ancora al volante. Non ricordo se a quel punto stesse ancora urlando o se avesse smesso. A dire il vero, è tutto confuso. Era come se non riuscissi più a sentire nulla. Come se le mie orecchie si fossero riempite di un ronzio talmente forte che pensavo mi avrebbe spaccato il cranio.» Usò la mano libera per sorreggere un lato della testa.

«Si chiama esclusione uditiva.» le spiegò Noah. «Succede quando viene provocata la risposta di lotta o di fuga. Si riceve un'enorme scarica di adrenalina e si ha l'impressione che i sensi si spengano.»

«Sì! Proprio così!» disse Alison. «È stato come se all'improvviso non riuscissi a sentire, a vedere a malapena, a percepire il mio corpo. Ho pensato che stessi per morire da un momento all'altro. Voglio dire che quel tizio era spuntato dal nulla. Era puro terrore.» Guardò sua madre. «Come quando papà, Billy e io abbiamo avuto quell'incidente.»

La tristezza rabbuiò i lineamenti di Marlene Mills. «Mi dispiace tanto, tesoro...» sussurrò alla figlia.

Alison si voltò a guardare di nuovo Josie. «Quell'uomo ha fatto il giro dell'auto dalla parte di Dina e tutto quello che ho potuto pensare è stato: "Corri". E così ho fatto. E così è stato.»

«L'uomo che vi ha aggredite...» disse Josie, «sai come si chiama?»

Alison scosse la testa. «No. Non l'avevo mai visto prima e,

come ho detto, non riuscivo nemmeno a capire da dove fosse spuntato. C'era tanta nebbia e noi eravamo lassù, su quella strada deserta. Immagino che per arrivarci abbia dovuto usare la macchina, ma non ricordo di aver sentito o visto nessun altro.»

«Il suo nome è Elliott Calvert.» le disse Noah. «Ti suona familiare?»

«No. Mi dispiace, non mi dice niente.»

«Dina ti aveva mai parlato di lui?» le chiese Josie.

«No.»

Vide che le mani di Alison tremavano quando prese la tazza di caffè, rimasta intatta fino a quel momento, e vi versava due bustine di zucchero e due di panna, mescolando poi il tutto. Josie le lasciò bere qualche sorso prima di tornare alle domande. «Alison, sei scappata prima che Calvert costringesse Dina a uscire dall'auto, è questo che ricordi?»

«Sì. Come ho detto, non sono stata a pensarci molto. Ora vorrei davvero essere rimasta. L'ho lasciata lì a morire.»

Non poté trattenere oltre le lacrime e anche il muco prese a colare dalle narici martoriate. Noah trovò una scatola di fazzoletti all'altro capo del tavolo e gliela passò. Lei lo ringraziò e si asciugò il viso, tremando ancora. Il volto di Marlene era congelato in uno sguardo di assoluto orrore. Quando Alison rivolse a lei l'attenzione, sussurrando: «Pensi che papà si senta così? Quando pensa a Billy?» la sua espressione si contorse; aprì le braccia e la figlia vi si infilò, singhiozzando nel suo collo tra le carezze della madre. Le due piansero insieme. Dopo alcuni minuti, si separarono e cercarono di ricomporsi. Alison usò un fazzoletto di carta per asciugarsi con attenzione il viso tumefatto.

Josie aspettò che la ragazza riportasse di nuovo l'attenzione su di loro e disse: «Alison, è molto importante. Quello che è successo su quella strada non è colpa tua. Mi hai capito?»

Alison fece un debole cenno di assenso.

«Quello che è successo a Dina non è colpa tua.» ripeté Josie.

«Non è morta per qualcosa che tu hai fatto o non hai fatto. È morta perché Elliott Calvert ha scelto di ucciderla.»

Marlene si avvicinò ad Alison e le accarezzò una spalla. «Ha ragione, tesoro. So che è difficile. So che tu e Dina eravate grandi amiche, ma hai fatto bene a scappare. Quello avrebbe ucciso anche te.»

Alison sembrava voler rintanare tutto il corpo dentro la felpa.

«Come facevi a sapere che Dina era morta?» le chiese Josie. «Quando ti ho trovato ieri, lo sapevi già.»

«L'ospedale.» disse Alison. «Mi ero nascosta lì e un giorno sono andata all'obitorio. Non ho guardato il suo corpo, figuriamoci. Non so nemmeno dove li tengano. Ma sono entrata nel laboratorio e ho visto il suo nome sulla lavagna. C'era scritto «Hale, D.» Non è stato difficile capirlo.»

«Ci dispiace molto per la tua perdita, Alison.» disse Josie.

«Grazie.» disse Marlene.

Alison guardò dritto davanti a sé, intrecciando le mani intorno alla tazza di caffè.

«Hai detto che sei andata a nasconderti in ospedale.» riprese Noah. «Come ci sei arrivata?»

«A piedi, correndo e camminando, per lo più. Ma poi ho incontrato un ragazzo con cui vado a scuola. È uno che si fa di canne, alla grande. Gli ho chiesto di darmi un passaggio in ospedale. Non mi ha portata proprio davanti all'entrata, ma mi ha lasciato in fondo alla collina da cui ci si arriva.»

Josie fece un gesto indicando il volto livido di Alison. «Non ti ha fatto domande?»

Alison abbassò lo sguardo sul suo caffè.

«Beh, sì, mi ha chiesto come fosse successo, ma io mi sono limitata a dirgli che avevo bisogno che fosse discreto. Per intenderci, come io sarei stata discreta e non avrei detto a nessuno di tutta l'erba con cui va in giro.»

«Alison!» esclamò Marlene con voce incredula.

«Che c'è?» si schernì la ragazza, rivolgendo alla madre una rapidissima occhiata. «È un tipo a posto. Mi ha anche dato la sua felpa.»

Prima che Mrs. Mills potesse aggiungere altro, Noah riprese il discorso: «Puoi dirci perché hai preferito nasconderti invece di chiamare tua madre o la polizia?»

Il labbro inferiore di Alison fremette. «Perché da quello che mi aveva detto Dina, quel tizio, Calvert, con molta probabilità non era l'unico a cercarci.»

TRENTASEI

Josie osservò il volto di Marlene trasformarsi in una serie di espressioni, mentre ritraeva la mano dalla spalla della figlia e la guardava come se non l'avesse mai vista prima. «Alison Louise Mills, di cosa stai parlando? Che cosa... che cosa hai combinato?»

Alison guardò Josie e Noah come per chiedere aiuto, ma non ottenendone alcuno, si rivolse di nuovo a sua madre. «Mamma, non è come pensi. Io non ho fatto nulla. Dina... è lei che ha commesso un errore, ma non l'ha fatto apposta. Non voleva fare niente di male. Ma siccome me ne aveva parlato e io ne ero venuta a conoscenza, e dato che eravamo sempre insieme, in pratica era come se fossi complice. Credo che... non ne sono sicura. Magari è passata, adesso che è morta. Potrebbero pensare che sia tutto finito, che qualsiasi cosa stessero cercando sia sparita.»

La voce di Alison diventava più stridula a ogni parola, il respiro le arrivava in brevi rantoli.

«Aspetta, aspetta.» la interruppe Josie, alzando una mano. «Rallenta e facciamo un passo alla volta.»

«Alison, fai un paio di respiri profondi per me, d'accordo?

Guardami...» aggiunse Noah puntando l'indice e il medio della mano destra verso i suoi occhi. «Guardami negli occhi, Alison. Respiri profondi.»

Noah respirò con lei, sussurrando: «Dentro... e fuori... dentro... e fuori.»

Josie notò che Marlene si era unita ad Alison nel fare i respiri distensivi. Quando la tensione nella stanza fu diminuita un po', Josie le disse: «Perché non cominci dall'inizio? Con Dina. Hai detto che aveva commesso un errore. Che cosa è successo?»

Alison bevve un sorso di caffè e si leccò le labbra.

«È iniziato più o meno due settimane fa. Al massimo un po' di più. C'è una ragazza con cui lavoriamo, si chiama Gianna.»

«Gianna Sorrento.» precisò Josie. «Abbiamo parlato con lei.» Alison annuì. «Okay, allora sapete di chi sto parlando. A dire il vero è cominciato tutto proprio con Gianna. Una sera Dina ha visto il nostro capo, Max, al bar con Gianna. Sembravano impegnati in una conversazione molto profonda. Dina ha scattato una foto di nascosto e mi ha mandato un messaggio. Credo che abbia pensato che sembrassero... non so... intimi o comunque molto in confidenza. Dina aveva una cotta enorme per Max. Cioè, come dire, era innamorata di lui.»

«Ma Max non ha già passato i trenta?» intervenne sua madre.

«Sì.» disse Alison, aggiungendo: «Lo so, è disgustoso, vero? Ma Dina diceva: "Quando compirò diciotto anni, la nostra età non avrà più importanza".»

Noah le chiese: «Avevano una qualche relazione?»

Alison alzò gli occhi al cielo. «No, macché. Max è un donnaiolo. È questo ciò che fa. Non fa altro. A meno che tu non gli dia l'impressione di non essere interessata a lui, allora ti ignora. Ha provato a farmi il filo quando ho iniziato a lavorare all'Eudora, ma io l'ho mandato a quel paese e lui ha perso interesse. Invece, Dina ricambiava sempre. Alla fine, era diventata una cosa seria.

Per giunta lui le diceva cose del tipo: "Peccato che tu sia minorenne, perché potrei davvero innamorarmi di una ragazza come te".»

Josie si impose di non alzare gli occhi al cielo. A quelle parole, Alison fece una smorfia da conato di vomito e aggiunse: «È così banale, no? Ma chi è che dice queste cose?»

La domanda era retorica, ma Marlene rispose comunque. «Uomini perversi che cercano di andare a letto con ragazzine minorenni, ecco chi! Alison, non posso credere che tu non mi abbia mai detto nulla di tutto questo. Quell'uomo dovrebbe essere licenziato. Non gli dovrebbe essere permesso di lavorare con i minori, mai più!»

«Mamma!» protestò Alison. «Non è che Dina lo facesse contro la sua volontà o che so io. Ti ho detto che se gli facevi capire che non ti piaceva, la smetteva. E se ti metteva davvero a disagio, potevi andare da Felicia.»

«Qualcuna delle ragazze è mai andata da Felicia per il comportamento di Max?» le domandò Josie.

Alison annuì. «Sì, un paio ci sono andate. Felicia ha parlato con Max ed è andato tutto a posto.»

«Dubito che sia andato tutto a posto.» protestò la madre. «Lavora ancora all'hotel. Non è per niente appropriato. Felicia avrebbe dovuto scavalcarlo e parlare con i superiori già la prima volta che ha avuto un reclamo.»

Felicia lo aveva coperto, pensò Josie. Alla faccia della "sorella maggiore".

«Mamma...» protestò Alison. «Ti sto solo raccontando quello che è successo. E a parte questo, a Dina piaceva quando Max ci provava con lei.» Fece un'altra smorfia di disgusto. «Non so perché, ma le piaceva. Lo dico letteralmente, si era bevuta tutte le sue battutine sdolcinate. Pensava che una volta compiuti i diciotto anni avrebbero iniziato a frequentarsi, ma non è andata così. E io che l'avevo messa in guardia: Max non era affatto interessato a lei. L'aveva completamente snobbata. Ho cercato di dirle che non pensava davvero a tutte le cose che diceva. Ne diceva così a *tutte*.» e mentre allungava sulla parola "tutte" sgranò gli occhi.

«Non importa.» protestò di nuovo sua madre. «È inappropriato. Andrò a parlare con il direttore dell'albergo.»

«Ti prego, mamma, non farlo!» disse Alison. «Sarebbe mortificante.» Ancora una volta guardò Josie e Noah in cerca di aiuto, che si scambiarono un'occhiata tra di loro. Sebbene avessero un'identificazione positiva del corpo di Max Combs e sapessero che era stato ammazzato, fino a quando i parenti più prossimi non fossero stati avvisati della sua morte, non lo avrebbero potuto dire a nessuno.

«Torniamo a noi.» le esortò Josie. «Dina ha visto Max e Gianna al bar e ha pensato che ci fosse qualcosa tra di loro, così è andata su tutte le furie. E a quel punto?»

«All'inizio, cercava solo di far finire Gianna nei guai con Felicia o con Max, per esempio dando a credere che Gianna si fosse dimenticata di fare delle cose o che non le avesse fatte per niente o che le avesse incasinate. Ma non succedeva nulla. Gianna l'ha semplicemente ignorata. Non l'ha nemmeno denunciata a Felicia o a Max. Ho detto a Dina che, prima di tutto, Gianna e Max era improbabile che si frequentassero, ma che, in secondo luogo, se la persona con cui era davvero arrabbiata era Max, allora doveva prendersela con lui. È andata nel suo ufficio per affrontarlo, credo. Lo ignoro completamente. Tutto quello che so è che lui non c'era. E invece...» Pronunciò la parola "invece" con enfasi, spalancando gli occhi e protendendo in avanti il mento, «quello che Dina ha trovato nell'ufficio di Max era una borsa. Era dietro la sua scrivania. Sembrava che fosse stata lasciata lì. Così l'ha presa. Pensava che fosse di Max e voleva metterlo in difficoltà.»

«Oh Signore...» disse Marlene. «Ha rubato la borsa di qualcuno? Alison...»

«Mamma! Per favore. Ho saputo che l'aveva rubata solo

dopo. Sul momento io non ne sapevo nulla. La sera in cui ha trovato la borsa, non me ne ha nemmeno parlato. Le ho chiesto se aveva parlato con Max e mi ha risposto di no, che non era in ufficio, ma non importava perché aveva chiuso con lui. Solo una settimana dopo, quando ha iniziato a comportarsi in modo molto strano, ho saputo della borsa.»

«Che tipo di borsa era?» chiese Noah.

Alison scrollò le spalle. «Non saprei. Come una borsa a tracolla. Sapete no? Nera, grande come un computer portatile, con una lunga tracolla.»

Josie le chiese: «Era la borsa di Max?»

«Non ne ho idea. Era ovvio che Dina pensava che lo fosse, ma ora ho qualche dubbio che ci avesse preso. Non l'avevamo mai visto con una borsa a tracolla fino ad allora, ma di solito, quando arrivavamo all'albergo, lui c'era già e ogni volta ce ne andavamo prima di lui; quindi, non potevamo sapere con sicurezza se era la sua tracolla. E non eravamo mai state nel suo ufficio. Credo che l'ultima volta che una di noi due era stata nel suo ufficio fosse quando eravamo state assunte. A parte questo, Felicia lo scoraggiava dal parlare da solo con le dipendenti nel suo ufficio.»

«Non poteva trattarsi della borsa di Felicia?» le domandò Noah. «Anche lei è un supervisore. Condivide l'ufficio con Max?»

«No.» rispose Alison. «Lei vorrebbe, ma lui dice che non ha bisogno di un ufficio. Però mi capita spesso di vederla in quell'ufficio. Di solito Max non chiude la porta a chiave, quindi non lo so, poteva anche essere la borsa di Felicia.»

«C'era qualcosa di particolare in quella borsa?» si informò Josie.

Noah tirò fuori il telefono e iniziò a mandare una serie di messaggi. Josie sapeva che stava contattando Mettner, che era ancora all'Eudora: non gli sarebbe stato difficile chiedere in giro a qualche membro del personale e scoprire se qualcuno aveva mai visto Max portare una tracolla nera. «Torniamo un attimo a Dina...» disse Noah. «Hai detto che aveva iniziato a comportarsi in modo strano. Come si comportava?»

«Sembrava... non so come dirlo... come se non fosse in sé. Era molto silenziosa. Giù di morale. Avevo iniziato a notare che si guardava sempre intorno ovunque fossimo, dava l'impressione di pensare che qualcuno la stesse tenendo d'occhio o che la pedinasse. Le ho chiesto cosa avesse che non andava e mi ha risposto che qualcuno era entrato in casa sua. Le ho chiesto: "Cosa vuoi dire?" e mi ha risposto che un giorno suo padre era tornato a casa e aveva trovato la casa interamente sottosopra, che c'era un mucchio di roba sparsa ovunque. Ha detto che non c'era dubbio che qualcuno fosse entrato per cercare qualcosa. Non avevano chiamato la polizia perché non mancava nulla. Allora ho detto che poteva darsi che fossero entrati nella casa sbagliata; invece, lei ha detto che non lo pensava, e dal modo in cui sembrava colpevole e anche spaventata, ho capito che mi aveva tenuto nascosto qualcosa. Allora le ho assicurato che poteva dirmi qualsiasi cosa e che non l'avrei raccontato a nessuno. Mi ha fatto promettere: niente genitori, niente polizia.»

«Alison!» la riprese la madre. «Come hai potuto fare una promessa del genere?»

Alison rivolse alla madre uno sguardo di supplica. «Mi dispiace, mamma. Non pensavo che fosse una cosa così seria. Lo sai che Dina fa... faceva troppo la drammatica certe volte!»

«Dina cosa ti ha detto esattamente?» le domandò Josie.

Alison riportò l'attenzione su Josie. «Mi ha detto di aver preso la borsa dall'ufficio di Max. C'era dentro un tablet, che lui usava spesso sul lavoro. Pensava di averlo davvero fregato. Voleva vendicarsi di lui perché pensava che si vedesse con Gianna. Ha cercato di entrare nel tablet, ma richiedeva un codice di accesso e lei non lo conosceva. Ci ha provato così tante volte che alla fine l'ha bloccato.»

Josie chiese: «C'era qualcos'altro nella borsa?»

Alison bevve un altro sorso di caffè e fece un respiro profondo. «Ehm, alcune cose. Un disinfettante per le mani, alcune penne e un pacchetto di fazzoletti. Oh, e della droga.»

Marlene indietreggiò. «Droga? Che tipo di droga?»

«Ma che ne so io, mamma!» esclamò la ragazza irritata. «Io mica mi drogo!»

«Invece Dina sapeva cos'era.» disse Josie. «Non è vero?»

«Sì. Ha detto che era ossicodone. Pensava che le persone che erano venute a casa sua cercassero quella roba. Allora le ho detto: "Parla con Max e digli cosa hai fatto". Se pensava che fosse la borsa di Max e l'aveva presa dall'ufficio di Max, era da lui che doveva andare e confessare. Dirgli che non c'era bisogno che se ne andasse in giro in tutta tranquillità a fare irruzione in casa sua e a rubare. Ma lei ha detto che non credeva che fosse stato Max a fare irruzione in casa sua a cercare la roba, perché nel frattempo Max non aveva mai detto niente a nessuno all'hotel riguardo a una borsa o al suo tablet smarrito. E poi Dina ha detto che se fosse stato Max e avesse saputo fin dall'inizio che era lei che gli aveva preso la tracolla, non c'era motivo per cui non dovesse andare direttamente da lei e pretendere che gliela restituisse. A quel punto le ho detto che avrebbe dovuto rimettere la tracolla nell'ufficio di Max. Oppure andare a parlargli e spiegargli che l'aveva presa da lì, e chiedergli aiuto. Ma era troppo spaventata. Non voleva che lui scoprisse che gliel'aveva presa lei. Era imbarazzata. Ed era terrorizzata.»

«Ma c'era qualcun'altro che aveva già scoperto che era stata Dina a prendergli la borsa.» la incalzò Noah.

«Infatti. Non so come avessero fatto a scoprirlo, ma qualcuno lo sapeva già.»

«Le telecamere.» concluse Noah. «All'hotel ci sono telecamere ovunque. Non sarebbe stato difficile per Max chiedere alla Sicurezza di estrarre il filmato dell'esterno del suo ufficio e vedere Dina che ne usciva con la sua tracolla.»

Questo significava che Max Combs era sicuramente coinvolto in quello che stava accadendo, qualsiasi cosa fosse.

«Pensate che Max lo sapesse?» chiese Alison stringendosi le braccia intorno alla vita. «Non ci avevo nemmeno pensato.»

«Felicia avrebbe potuto tranquillamente chiedere che venissero estratti i filmati della sicurezza.» le fece notare Josie. «È già in stato di massima allerta per una precedente condanna per droga, quindi non avrebbe voluto che qualcuno sapesse della droga nella borsa. Avrebbe cercato di mettere tutto sotto silenzio.»

La voce di Alison salì di un'ottava. «Felicia? Pensate che la droga fosse sua? Che sia stata lei a saccheggiare la casa di Dina?»

«Allo stato attuale non possiamo proprio saperlo.» disse Josie. L'unica cosa di cui potevano essere sicuri era che avrebbero dovuto parlare di nuovo con Felicia.

«Quindi Dina ti ha detto la verità sulla borsa, te l'ha mostrata e ti ha detto della droga.» ricapitolò Noah. «E poi?»

«E poi ha detto che conosceva delle persone che facevano uso di droghe e che se ne sarebbe sbarazzata. Pensava che sarebbe finita lì.»

Dalla chiacchierata con Needle, Josie sapeva che Dina si era effettivamente sbarazzata della droga. «E della tracolla? Cosa ne ha fatto?»

«L'ho buttata io nei cassonetti sul retro.» disse Alison. «Sul retro dell'hotel.»

«Alison Louise Mills!» la richiamò di nuovo la madre.

«Cosa avrei dovuto fare?»

Prima che Marlene potesse ribattere, Josie disse: «Ma non è finita lì, o sbaglio? Dopo è successo qualcos'altro. Dico bene?»

Alison rabbrividì di nuovo. «Sì.» disse deglutendo. «Qualcosa di veramente brutto.»

TRENTASETTE

Il resto della storia, Alison lo raccontò a singhiozzo, parlando sopra la madre ogni volta che la interrompeva. Qualche giorno dopo, Dina aveva chiamato Alison e le aveva chiesto di incontrarsi da Starbucks. Dina aveva un aspetto terribile, tanto che Alison aveva pensato che avesse preso l'influenza. «Ma poi mi ha mostrato le dita. Le sue unghie erano completamente rovinate. Sanguinavano ed erano tutte arrossate. Dovevano farle un gran male. Ha detto che qualcuno, un tizio, l'aveva avvicinata un giorno che era andata a fare jogging, fuori dal suo complesso, lungo Widow's Ridge Road. L'aveva agguantata sul ciglio della strada. Era come la scena di un brutto film, quando si vede un furgone nero che si ferma e caricano su una persona per strada, solo che questo tizio guidava un grosso fuoristrada. L'aveva costretta a salire sul retro e lei aveva cercato di uscire dall'altra parte, ma c'era un altro uomo dentro la macchina che si era assicurato che non andasse da nessuna parte per tutto il viaggio.»

Saltava all'occhio la somiglianza con i due uomini che avevano parcheggiato vicino alla casa di Max Combs la notte dell'omicidio.

«Dove l'avevano portata?» chiese Noah.

«Non sapeva dirlo di preciso.» rispose Alison. «Le avevano fatto tenere la testa tra le gambe per tutto il viaggio. Per questo non sapeva con precisione nemmeno quanto tempo avessero viaggiato. L'avevano portata in un posto deserto ma all'aperto. Penso in mezzo al bosco o un posto simile. Ma non sono mai scesi dal fuoristrada. L'uomo alla guida si era girato e aveva iniziato a farle tutta una serie di domande e intanto quell'altro la legava e iniziava a strapparle le unghie e a infilarle degli aghi sotto le unghie e altra roba.»

Chiuse gli occhi, un altro brivido le scosse tutto il corpo. Una volta tanto, Marlene non aveva niente da aggiungere.

«Che aspetto avevano?» le domandò Josie.

«Ha detto che uno era grosso e muscoloso, pieno di tatuaggi e con la testa rasata. Indossava dei semplici jeans neri e una maglietta nera.»

«Che tipo di tatuaggi aveva?» si informò Noah.

«Non ne ho proprio idea.» disse Alison. «Non gliel'ho chiesto, e Dina non me lo ha detto.»

«E invece l'altro tizio, com'era fatto?» chiese Josie.

Alison si portò una mano alla testa. «Capelli neri e folti. Anche lui vestito di nero. Con maniche lunghe, però. Ha detto che era più magro dell'altro. E indossava guanti di lattice.»

A ogni aggiunta, Josie avvertiva una sensazione crescente di inquietudine.

«E non c'è altro?» chiese Noah.

«No, mi dispiace. È tutto ciò che Dina mi ha detto e io non mi sono concentrata sul loro aspetto. Ero terrorizzata dal fatto che fosse stata rapita e che l'avessero praticamente torturata.»

«Cosa volevano?» chiese Josie.

«Non lo hanno detto. Le hanno detto soltanto: "Ci avete portato via qualcosa. Sapete cos'è. La rivogliamo o vi uccideremo". Dina pensava che si trattasse della droga e aveva detto a quegli uomini che non c'era più; loro le avevano risposto che stavano cercando qualcos'altro e lei aveva detto che allora doveva trattarsi del tablet e che glielo avrebbe dato. Poi mi ha detto che l'avevano riaccompagnata a casa sua. Sua madre e suo padre erano al lavoro. Lavorano tutti e due per buona parte della sera, e uno degli uomini era entrato in casa con lei e aveva preso il tablet.»

«E basta?» chiese Noah.

Alison scosse la testa. «Magari. Poi erano tornati a prenderla mercoledì sera, quando i suoi genitori erano al lavoro. Le avevano fatto altre cose alle unghie. Mi ha detto che cercava di urlare per farsi sentire dai vicini, ma uno di loro le aveva tappato la bocca con una mano e si erano messi ad accusarla di aver mentito. E qualsiasi risposta desse, loro insistevano nel dire che aveva mentito, ripetevano che sapeva cosa volevano e che, se non lo avesse restituito, avrebbero ucciso lei e la sua famiglia.»

«Ma è terribile!» esclamò la madre. «In che razza di persone... Alison, in che razza di storia si era andata a cacciare Dina?»

«Mamma, smettila! Non ne ho idea, davvero. Chiaro?»

Prima che potessero discutere o che Alison si sciogliesse in lacrime, Noah le chiese: «Quegli uomini non hanno dato nessuna istruzione a Dina su come procurarsi quella cosa che stavano cercando, per quando le fosse stato chiaro cos'era?»

«Immagino che le avessero detto che si sarebbero fatti vivi loro e che lei avrebbe dovuto tenerla pronta per la volta successiva che si fossero ripresentati. E con questo se n'erano andati.»

Josie si chiese come avessero fatto quei due uomini a entrare e a uscire dal piccolo complesso residenziale in cui viveva Dina senza destare sospetti. Era anche vero che le forze dell'ordine di Denton non erano andate di porta in porta a fare domande ai residenti della zona perché erano concentrate soltanto su Elliott Calvert, la cui presenza in quella zona era già stata provata attraverso la rilevazione del GPS. Perciò, era possibile che qualcuno tra i vicini avesse visto il fuoristrada o i due uomini che lo guidavano, anche in assenza delle riprese delle telecamere di sorveglianza domestica che, come aveva sottolineato il padre di Dina, nessuno nel vicinato aveva installato. In tal caso, era anche possibile che qualche vicino si ricordasse la marca e il modello del fuoristrada o perfino qualche dettaglio particolare degli uomini di cui Alison non era stata in grado di parlare. Josie tirò fuori il telefono e mandò un messaggio a Chitwood, chiedendogli di inviare delle unità a casa degli Hale per fare qualche domanda ai vicini.

«Cosa pensi che stessero cercando?» domandò Noah ad Alison che, sistemandosi la coda di cavallo e stringendosi il cappuccio della felpa, rispose: «Non riesco neanche a immaginarlo. Vorrei potervelo dire! Dina ha detto che nella tracolla doveva esserci qualcosa che le era sfuggito. All'albergo non era ancora stata ritirata la spazzatura, così le ho detto che avrei fatto un'immersione nei cassonetti per recuperare la borsa.»

«Alison!» esclamò di nuovo la madre, incredula.

«Cosa avrei dovuto fare? Mamma, non ti puoi neanche immaginare come le avevano ridotto le dita. Non potevo certo farlo fare a lei. Si sarebbe presa un'infezione a infilarci le mani. Comunque, ho guardato nel primo cassonetto e ho trovato la borsa abbastanza velocemente e all'interno non c'era niente. Dina si era raccomandata anche di tagliare la fodera per assicurarmi che non ci fosse stato cucito nulla dentro, e così ho fatto. Non c'era niente. Era solo una tracolla vuota.»

Josie ricordava il loro ultimo scambio di messaggi.

Dina: *Hai controllato quella cosa che ti ho chiesto?*

Alison: *Sì. Non c'è niente lì. Niente di niente. Sei sicura che non si trattasse di qualcos'altro?*

Dina: *Ma che ne so? Non me l'hanno mai detto con chiarezza. Ma se non trovo quello che vogliono, mi faranno fuori. Sto morendo di paura.*

La borsa era la cosa che Dina aveva chiesto ad Alison di controllare. Ma non era andata bene. E due giorni dopo, Dina era morta.

«Dov'è ora la borsa?» chiese Noah.

Alison, con aria imbarazzata, rispose: «Avrei dovuto ributtarla nel cassonetto e invece l'ho riportata nell'ufficio di Max. So che ho fatto una cosa stupida, ma ho pensato che se avessi rimesso la borsa al suo posto, avrei potuto chiudere tutta questa storia. L'ho fatto alla fine del turno. Dina non sa... non sapeva che l'avevo fatto. Speravo solo... non lo so.» Abbassò lo sguardo sul suo grembo. «Credo di aver pensato che se avessimo restituito la borsa, avremmo avuto qualche possibilità che la faccenda si sarebbe risolta da sé.»

Josie guardò Noah, che le fece un cenno e poi lasciò la stanza. Sapeva che nel giro di un minuto sarebbe stato al telefono con il direttore dell'hotel, John W. Brown, per chiedergli di andare nell'ufficio di Max Combs a cercare la borsa, dato che a casa sua non era stata trovata. Tornando a guardare Alison, Josie disse: «Però Dina non era del tutto sicura che la borsa fosse davvero ciò che quegli uomini cercavano. Ne avrete parlato quando sei rimasta a dormire a casa sua venerdì sera; non ti ha detto se aveva qualche idea su cos'altro potessero cercare quegli uomini, oltre alla borsa?»

«No.» rispose Alison. «Ma cos'altro poteva essere? Voglio dire, quella tracolla era tutto ciò che Dina gli aveva preso. So che suo padre pensava che facesse di nuovo uso di droghe, ma non era così. E anche se lo avesse fatto, non sarebbe stata così stupida da rubare la scorta di qualcuno. Non era coinvolta in nient'altro. Glielo garantisco, tutta questa storia si riduce a quella stupida borsa. Dina mi ha giurato che non c'era niente e nessuno che l'avrebbe messa altrettanto nei guai.»

«A meno che nella borsa non ci fosse qualcosa di cui Dina non ti ha parlato.» obiettò Josie. «È possibile?»

Alison si prese un attimo per pensarci. «Beh, certo, sì che è possibile. Ma siamo... eravamo migliori amiche. Non aveva motivo per non dirmelo, per non raccontarmi se era coinvolta in qualche giro. Qualcosa di pericoloso.»

La madre prese la mano della figlia. «Per proteggerti, tesoro.»

Alison emise un sospiro di frustrazione. «Proteggermi da cosa? Guarda come sono ridotta! Perché mai avrebbe dovuto mentirmi?»

«Sarà nostro compito scoprirlo.» le garantì Josie. «Alison, ci sei stata di grande aiuto. Credo che ora voi due dovreste riposare un po'. Se avremo bisogno di sapere qualcos'altro, sappiamo come metterci in contatto con voi.»

«Tutto qui?» chiese Alison.

«Sì.» le sorrise Josie. «Per il momento è tutto quello che ci serve. Vorrei però darvi un suggerimento: sarebbe il caso che prenotaste una camera d'albergo per qualche giorno o andaste presso amici di famiglia o da qualche parente.»

Mrs. Mills fece un sorriso incerto. «Cosa? Perché?»

«Perché sì, mamma!» ribatté Alison. «Quella gente voleva uccidere Dina e ora potrebbe cercare di uccidere me.»

«Ma non sei stata tu a prendere la borsa.» obiettò la madre. «Non sci tu che sei stata caricata su un furgone nero e non sei tu a cui hanno strappato le unghie. È assurdo che dobbiamo nasconderci.»

«È possibile che sia una misura di protezione estrema.» disse Josie. «Non c'è dubbio che Dina fosse coinvolta in qualcosa di illegale, che lo volesse o meno, e sembra che fosse il loro obiettivo principale. È probabile che Alison non sia neanche lontanamente sul radar delle persone responsabili, se non di Elliott Calvert, che è in nostra custodia, ma potrebbero giudicarla complice di riflesso. In altre parole, dal momento che erano migliori amiche, gli uomini che davano la caccia a Dina potrebbero pensare che Alison sia al corrente di qualcosa o che Dina le abbia dato quello che tutti stanno cercando. Vi stiamo proponendo una semplice misura precauzionale. Tra qualche giorno la nostra indagine avrà fatto dei passi avanti, mi auguro, e allora potremo valutare il rischio per Alison e la vostra famiglia in modo molto più concreto.»

Marlene prese la borsa e se la strinse al petto. «Andare in albergo è costoso. Se volete tenerci in custodia protettiva, non dovreste pagarla voi?»

«Non vi sto proponendo una custodia protettiva.» chiarì Josie. «Non sareste affatto sotto la nostra custodia. Non ce n'è bisogno. Quello che vi suggeriamo è semplicemente di non tornare a casa per qualche giorno. Abbiamo informato la stampa che Alison è stata ritrovata sana e salva. Se quelle stesse persone che pensavano che Dina fosse in possesso di qualcosa che apparteneva a loro adesso pensano che sia nelle mani di Alison, il primo posto in cui cercheranno è a casa vostra. Non è necessario che alloggiate in un hotel. Potreste stare da parenti o da amici.»

«Preferisco non coinvolgere nessun altro in tutto questo... caos.» chiarì Mrs. Mills.

«Come ho detto...» ripeté Josie, «è solo un suggerimento.» Porse a ciascuna di loro uno dei suoi biglietti da visita. «Qui trovate il mio numero di cellulare. Se avete bisogno di qualcosa o se avete domande, chiamatemi quando volete.»

Alison disse: «Non ho più il telefono.»

«Hai ragione.» disse Josie. «Ce l'abbiamo ancora noi. Te lo possiamo restituire prima che ve ne andiate. Vado a prenderlo.»

Josie uscì per recuperare il telefono di Alison. Quando tornò alcuni minuti dopo, trovò Alison che fissava il suo biglietto. Le sue labbra si muovevano, ma non emettevano alcun suono. Josie si rese conto che stava memorizzando il numero. Quando finì, infilò il biglietto in una tasca della felpa e accorgendosi che Josie la stava guardando, spiegò: «Mio padre mi ha detto di memorizzare sempre i numeri di telefono. Sa, in caso di emergenza. Ormai tutti li inseriscono nella rubrica del telefono e non li sanno più a memoria.»

Josie sorrise. «Mossa intelligente.»

«Detective Quinn?» disse Alison. «Cosa facciamo se quelle persone vengono a cercarmi?»

«Alison!» esclamò una volta di più la madre.

«Cosa c'è? Anche se andiamo in un albergo, potrebbero trovarci.»

«Chiamate la polizia.» disse Josie.

TRENTOTTO

Nella sala grande non c'era nessuno, fatta eccezione per Gretchen, ancora seduta davanti al computer a scrivere, e per il capo Chitwood, che se ne stava in piedi davanti alle scrivanie dei detective a contemplare ciò che era rimasto dei caffè e dei pasticcini. Daisy e Amber se ne erano andate. Mettner era ancora all'Hotel Eudora e Noah aveva deciso di raggiungerlo perché voleva andare a verificare di persona se la tracolla era ancora nell'ufficio di Max Combs; quando Josie controllò il telefono, vide che le aveva lasciato un messaggio per avvertirla che lui e Mettner sarebbero andati a parlare anche con Felicia Koslow. Intanto, il capo si era messo a frugare nelle buste del Komorrah's Koffee finché non aveva trovato una *viennoiserie* alle mandorle. Josie gli disse: «Ce l'ha fatta a ottenere l'approvazione per l'unità cinofila?»

«Non ancora.» grugnì il capo. «Questo Fuller vuole un dannato corso universitario sulle unità cinofile prima di decidere se concederla. Che bella rottura di scatole. Qualche risultato con la ragazza?»

Josie vide che Gretchen smetteva di scrivere e girava la

sedia nella sua direzione, così si mise a sedere. «Sembra che tutta questa storia sia iniziata per una borsa a tracolla.»

Il capo la guardò accigliandosi. «Una borsa a tracolla?»

Josie li aggiornò rapidamente su tutto ciò che lei e Noah avevano appreso parlando con Alison Mills. Dina Hale aveva rubato una borsa a tracolla dall'ufficio di Max Combs all'Eudora. Il proprietario della tracolla rimaneva ignoto, o almeno così sembrava. All'interno aveva trovato un tablet a cui non poteva accedere e della droga, di cui si era sbarazzata all'East Bridge. Degli individui si erano presentati a casa sua e l'avevano messa sottosopra, alla ricerca di qualche oggetto non identificato. Poi era stata sequestrata da due uomini, torturata e ingiunta di restituire tutto quello che aveva preso, e a quel punto aveva consegnato il tablet. Gli uomini erano tornati e l'avevano torturata di nuovo, accusandola di aver mentito e di aver dato loro la cosa sbagliata: che si trattasse del tablet sbagliato o di qualcos'altro, non era dato sapere. Dina aveva detto ad Alison che non sapeva cosa stessero cercando. Alison aveva recuperato la borsa da un cassonetto dell'hotel e l'aveva perquisita. Non avendo trovando nulla, venerdì sera l'aveva riportata nell'ufficio di Max Combs, il quale era stato torturato nello stesso modo di Dina, anche se non erano in grado di dire con certezza quando, se la stessa notte in cui era stato ucciso o prima. Sicuramente era stato ucciso in casa sua, che era stata perquisita da cima a fondo come quella degli Hale. Due uomini a bordo di un fuoristrada avevano rapito e torturato Dina. Due uomini erano stati visti a bordo di un fuoristrada parcheggiato a pochi passi dalla casa di Combs la notte in cui era stato ucciso. In casa sua non c'era nessuna borsa, ma c'erano trecentosessantatremila dollari nascosti nel controsoffitto. La mattina dopo l'omicidio di Combs, Dina e Alison erano state aggredite da Elliott Calvert. L'unico collegamento che avevano trovato tra lui e Max Combs era a dir poco tenue: si erano trovati alcune volte all'Hotel Eudora nello stesso momento. Calvert aveva svuotato i suoi conti bancari di duecentotredicimila dollari. Combs aveva quella stessa somma più altri centocinquantamila dollari.

«Possiamo collocare Max Combs ed Elliott Calvert all'-Hotel Eudora nello stesso periodo, ma non possiamo provare che siano mai entrati in contatto, quindi?» ricapitolò Chitwood.

«No...» disse Josie, «a meno che Hummel non trovi le impronte di Elliott Calvert su qualche oggetto trovato in casa di Max Combs, come sullo zaino con i soldi. Stiamo aspettando che Hummel analizzi tutte le impronte.»

«Torture, case ribaltate da cima a fondo, Max Combs con un buco in testa, due tizi che si aggirano per la città a bordo di un fuoristrada... Palmer, ti sembra roba da criminalità organizzata?»

Gretchen annuì. «Se non lo è, ci assomiglia molto.»

«Quindi abbiamo il tipo dell'hotel – Max Combs – che ricatta un tizio qualunque - Elliott Calvert - evidentemente facendo pressione sulla sua relazione extraconiugale, di cui abbiamo le prove grazie alle foto salvate sul suo telefono. Se tutto è iniziato davvero per una borsa a tracolla, allora Dina Hale ha mentito su ciò che conteneva.»

«A meno che non ci fosse qualcosa dentro che ha buttato via perché non si è resa conto della sua importanza.» ipotizzò Josie.

«Cosa, per esempio?» chiese il capo.

«Tipo un telefono, magari. Per l'appunto, il telefono di Max Combs è scomparso.»

«A proposito di questo.» disse Chitwood. «Qualcuno di voi ha provato a fare una triangolazione per rilevare la sua posizione?»

«Ci ho pensato io.» disse Gretchen. «L'ultima volta il telefono si è connesso a un'antenna non lontano da casa sua. Ovunque sia in questo momento, ha la batteria scarica e non riusciamo a localizzarlo.»

«Pensi che i due uomini nel fuoristrada l'abbiano portato con sé?» chiese il capo.

Per tutta risposta, Gretchen fece una scrollata di spalle.

«Può darsi che la borsa appartenesse effettivamente a lui e ci avesse messo dentro il telefono, e che su quel telefono ci sia qualche informazione che tutte queste persone stanno cercando.» suggerì Josie.

«Ma cosa potrebbe essere?» si chiese Gretchen. «Cosa potrebbe esserci di così prezioso sia per la mafia - ammesso che abbiamo ragione sui nostri amici nel fuoristrada - sia per un tizio qualsiasi come Calvert?»

«Delle foto?» propose Josie. «Dei video? Dei documenti? Tutte queste cose insieme? Questo potrebbe spiegare perché quei due uomini hanno preso il tablet quando Dina glielo ha dato. È chiaro che pensavano che dentro ci fosse quello che stavano cercando. E quando non l'hanno trovato, sono tornati indietro.»

«In tal caso la domanda è: foto o video di cosa?» intervenne Gretchen. «Documenti relativi a cosa? Secondo la mia esperienza, non c'è molto di cui la mafia abbia paura. È sempre stata una sfida per le forze dell'ordine ottenere accuse valide, ancor di più per i pubblici ministeri ottenere condanne.»

La porta delle scale si aprì di scatto e Hummel fece il suo ingresso con un fascio di fogli in mano. «Ehi!» li salutò. «Ho i rapporti sulle impronte digitali prelevate a casa di Max Combs.»

Josie si alzò e prese i rapporti dalle sue mani e li scorse intanto che Hummel riferiva i risultati. «Abbiamo un'impronta parziale dallo zaino più grande che corrisponde a Elliott Calvert.» Gretchen le si avvicinò, inforcò gli occhiali da lettura e sbirciò i rapporti sulle impronte digitali da sopra le spalle di Josie. «Questo ci dà conferma che Elliott Calvert ha dato a Max Combs i soldi che ha preso dai suoi conti. Che altro?»

«Abbiamo trovato molte impronte in casa.» continuò Hummel. «Ma per la maggior parte non sono identificabili. Abbiamo ottenuto un riscontro che potrebbe essere interessante. Avete presente la droga che abbiamo trovato? Era conservata in piccoli sacchetti di plastica. Su quattro di questi sacchetti c'erano le impronte di Felicia Koslow.»

Gli occhi di Josie scattarono verso Hummel. «Sul serio?»

Hummel fece un gesto verso le pagine che aveva in mano. «È tutto lì.»

«Molto bene. Sembra che tu debba raggiungere Fraley e Mettner all'Hotel Eudora. Fraley ha la macchina, quindi ti lascerò lì. Se Felicia Koslow non vuole parlarvi lì, portatela qui.» disse Chitwood a Josie.

TRENTANOVE

Felicia Koslow se ne stava in piedi davanti a Josie, con le mani sui fianchi. Quel giorno indossava una gonna a tubo nera e una camicetta di seta bianca senza maniche. Il tatuaggio di una poiana della Giamaica le avvolgeva con le sue ali il bicipite destro. La testa era appoggiata sull'esterno della spalla, con un occhio che la fissava ferocemente, né più né meno come Felicia stava guardando lei. Eppure, nonostante quella postura, la sua voce tremò quando, gesticolando tutto intorno, disse: «Non posso credere che mi stiate facendo questo. Nell'ufficio del direttore, poi! State cercando di farmi licenziare?»

Josie si appollaiò sul bordo della scrivania del direttore Brown. «Parlare qui è stata un'idea di Mr. Brown per rispettare la privacy.»

La porta dell'ufficio si aprì e Noah entrò con una pila di fogli tra le mani e, da sopra una spalla, disse: «Grazie, Mett.»

Felicia rimase a fissarlo mentre lui si chiudeva la porta alle spalle e attraversava la stanza per mettersi accanto a Josie. Rivolgendo a Felicia uno dei suoi affascinanti sorrisi, consegnò a Josie i fogli, indicando con l'indice una riga evidenziata.

Josie sentì le pulsazioni aumentare. A mezza bocca, sussurrò: «Ogni volta?»

«Sì.» rispose lui. Tornando a guardare Felicia, le fece cenno di prendere posto su una delle sedie per gli ospiti, ma lei rimase in piedi al centro della stanza.

«Se preferisce stare più comoda, possiamo andare alla stazione di polizia.» la avvertì Noah.

Un dito lungo e curato trafisse l'aria, puntando contro Noah in posa accusatoria. «Non ci vengo alla stazione di polizia.»

Sorridendo, Noah disse: «Allora possiamo parlare qui...»

Felicia incrociò le braccia sul petto e socchiudendo gli occhi, disse: «Voglio chiamare il mio avvocato.»

Josie abbassò lo sguardo sul rapporto, girando le pagine dove trovò altre righe evidenziate. «Sì, le conviene.»

«Che cosa?»

«Ritengo che la detective Quinn precorra i tempi.» commentò Noah. «Può chiamare il suo avvocato in qualsiasi momento. Lo sa bene. Ha con sé il cellulare. Giusto?»

«Ehm, sì, io...»

«Non è costretta a parlare con noi.» continuò Noah. «Lo sa anche lei, no?»

«Cos'è, una specie di trucco?» chiese Felicia.

Josie alzò lo sguardo e vide Noah che scuoteva la testa. «No, nessun trucco. Le sto solo dicendo che è una donna intelligente, senza contare che ha già avuto qualche esperienza con la polizia. Quanto basta da infonderle una genuina diffidenza nei nostri confronti.»

Con un'espressione che rispecchiava quella di Noah, Josie incrociò lo sguardo di Felicia e disse: «E, a proposito di diffidenza, ci ha mentito su quella "esperienza". Non era solo il suo ragazzo a spacciare droga. Anche lei è stata arrestata per possesso di stupefacenti a scopo di spaccio, e per ben due volte.»

«Non sono affari vostri.» ribatte Felicia. «Non avevo nessun obbligo di rivelarvelo, soprattutto non sul mio posto di lavoro.

Quello è stato un errore. Ero giovane e stupida. È una cosa che appartiene al passato.»

«Ha ragione.» convenne Noah. «Non ci interessa parlare del passato. Preferiamo parlare del presente. Prima di morire, Dina Hale ha trovato quasi quattromila dollari in ossicodone. Ne sa qualcosa?»

Gli occhi di Felicia si allargarono per lo sgomento. «Che cosa? No, non ne so nulla.»

«Max Combs è stato ucciso in casa sua nelle prime ore di sabato mattina.» aggiunse Josie. «Sulla scena sono state trovate delle sostanze stupefacenti. E le sue impronte sono state trovate sui sacchetti in cui era conservata la droga. Può spiegarci come ci sono finite?»

Un sussulto di sorpresa uscì dalla gola di Felicia e incespicando all'indietro, cadde a sedere su una delle sedie per gli ospiti, sbattendo tra loro le ginocchia. Da dietro la mano con cui si copriva la bocca giunse un ovattato: «Oh mio Dio. Oh, povero Max.»

Noah si avvicinò all'altra sedia per gli ospiti, la ruotò in modo che fosse rivolta verso Felicia e si sedette di fronte a lei. «So che lei e Max eravate... vicini. Almeno, lo siete stati un tempo. Le faccio le mie condoglianze per la sua perdita.»

Felicia tenne gli occhi fissi su Noah. «Non posso crederci. Cosa... com'è successo?»

«È stato ammazzato.» le rispose Noah con tono pacato. «Stiamo cercando di capire chi è stato e per quale motivo lo ha fatto. Preferirei non doverle fare queste domande proprio ora che ha ricevuto brutte notizie, ma è importante per la nostra indagine. Come le ha detto la detective Quinn, le sue impronte sono state trovate sulla confezione di diverse sostanze illecite a casa di Max Combs. Ora, lei ha tutto il diritto di chiudere questa conversazione in questo preciso momento o di chiamare un avvocato. Non c'è bisogno che glielo dica io.»

Lo sguardo della donna passò a Josie e poi di nuovo a Noah.

Si prese alcuni secondi per elaborare le parole che avrebbe detto tra un attimo. Josie già la immaginava mettere insieme tutta una serie di falsità nella sua testa, assicurandosi che non ci fossero punti deboli nella sua storia.

«Le ho trovate nell'ufficio di Max...» cominciò Felicia. «Mi capita di entrarci di tanto in tanto. Stavo cercando qualcosa nei cassetti della sua scrivania e le ho viste lì. All'inizio non me ne sono nemmeno accorta, stavo solo rovistando in uno scomparto. Quindi sì, le ho toccate. Ma questo è tutto. Gliene ho parlato e l'ho avvertito che l'avrei denunciato alla direzione. A quel punto lui le ha portate a casa. È tutto quello che so.»

Noah lasciò correre la sua versione dei fatti e andò avanti. «Le volte che è entrata e uscita dall'ufficio di Max, ha mai notato una borsa a tracolla nera?»

Felicia scosse rapidamente la testa, come per riorientarsi insieme al cambio di domanda. «Una borsa a tracolla nera? Non mi ricordo. Voglio dire, credo di sì.»

«Si ricorda se Max ne possedeva una?» insistette Noah.

«Può darsi, è possibile, ma non ci ho mai prestato molta attenzione.»

«Siete stati amanti.» puntualizzò Josie. «Non l'ha mai notata?»

Felicia roteò gli occhi. «È successo secoli fa. Vi sto solo dicendo che in effetti potrei averlo visto con una tracolla nera, ma che non potrei giurarci al cento per cento...»

Noah chiese: «Aveva un tablet?»

«Tutti i dirigenti ne hanno uno. L'hotel li acquista per i dipendenti.»

«Sa se il suo era scomparso nelle ultime settimane?» le chiese Noah.

«No. Ce l'aveva. Gliel'ho visto usare. Ma cosa c'entra questo?»

Josie le chiese: «Lei possiede una tracolla nera?»

«No.» rispose Felicia e, guardandola di tralice, le chiese:

«Ha intenzione di accusarmi di trasportare droga in questa misteriosa tracolla nera?»

Ignorando quella domanda, Josie fece un passo avanti e porse a Felicia il fascicolo che teneva in mano; Felicia fissò la prima pagina, senza capire. «Che cos'è questo? Dovrei sapere che cos'è?»

Sempre con voce pacata, Noah iniziò a spiegarle: «L'uomo che abbiamo arrestato per l'omicidio di Dina Hale si chiama Elliott Calvert. Negli ultimi cinque mesi è venuto "Da Bastian" in sedici occasioni diverse. Dopo aver bevuto qualcosa al bar, è salito ai piani di sopra con un ascensore. Crediamo che stesse andando in una stanza, ma non ha mai prenotato nessuna camera a suo nome; sappiamo che ha un'amante, quindi è logico che sia stata questa donna a prenotare la stanza al posto suo, e conosciamo le date esatte in cui Calvert è venuto all'Eudora perché le coordinate del GPS sul suo telefono lo collocano qui. Per questo, abbiamo controllato la lista degli ospiti dell'hotel per tutte le sedici volte in cui è venuto.»

Felicia continuò a fissare la pagina che teneva davanti a sé, con un'espressione completamente vuota.

Noah continuò: «C'è solo un nome che è venuto fuori tutte e sedici le volte che Elliott Calvert è stato qui. Il suo.»

Il suo sguardo si spostò sul viso di Noah. «Che cosa?»

«Ai dipendenti della dirigenza è permesso usufruire dei servizi dell'albergo a titolo gratuito, quando gli affari scarseggiano. Ce l'ha detto il direttore Brown. Tutto quello che bisogna fare è entrare con le proprie credenziali nel database interno dell'hotel e fare qualche magheggio per prenotare una stanza.»

Felicia sfogliò freneticamente le pagine. Alcune caddero sul pavimento. Noah si abbassò per raccoglierle.

Josie si fece avanti. «Aveva una relazione con Elliott Calvert?»

Sbalordita, Felicia alzò lo sguardo verso di lei, con le mani congelate, strette intorno alle due pagine rimaste in mano.

«Cosa? Non lo conoscevo nemmeno quell'uomo! Non ho una relazione con nessuno! Non ho prenotato nessuna stanza.»

«Questi documenti suggeriscono il contrario.» obiettò Josie.

Felicia scattò in piedi. «Non ho prenotato io quelle stanze. Ascoltate, ho combinato delle colossali puttanate, lo riconosco. Sono andata a letto con il mio capo e con Max. Ho chiuso un occhio su alcuni... fatti. Un paio di ragazze sono venute da me per dirmi che Max le metteva a disagio, lasciando intendere certi sottintesi. Cose disgustose. Sono andata a parlargli, ma non l'ho denunciato, perché Brown vuole bene a Max e io ho bisogno di questo lavoro, e non volevo aggravare la situazione. E sì, ho una condanna per droga. Ho fatto cose di cui non vado fiera, per racimolare un po' di soldi, per avere un tetto sopra la testa. Ma non ho una relazione con uno... psicopatico assassino. E non ho prenotato io quelle stanze!»

«Felicia...» disse Josie, «per quanto ne sappiamo, ci ha già mentito almeno una volta. Perché adesso dovremmo crederle?»

Felicia guardò Noah con occhi imploranti, ma lui le rivolse solo un sorriso comprensivo. Riportando lo sguardo su Josie, prese alcuni rapidi respiri. «Perché sì. Perché questa volta sto dicendo la verità. E a parte questo, non potete provare che sono stata io. Chiunque può prenotare una stanza a nome di qualcun altro. Dell'amministrazione, intendo. Mi potrei registrare in questo momento e prenotare una stanza a nome di Max o del direttore Brown o di qualsiasi altro supervisore. Vi assicuro che non sono stata io.»

QUARANTA

«Che ne pensi?» chiese Noah.

Josie sospirò e guardò fuori dal finestrino, puntando lo sguardo sull'Eudora che si allontanava dalla vista mentre Noah guidava verso casa. «Penso che Felicia Koslow stia mentendo, ma non sono sicura su quali aspetti.»

«Sicuramente sulla droga.» disse Noah. «Ha dei contatti. Potrebbe essersi rifornita dal suo ex fidanzato e averla venduta a Max. Poi lui l'ha venduta a Dio solo sa chi. Al personale, chi lo sa... o ai clienti. Tenderei a escludere che lo scopriremo mai. Forse lo faceva per pagare il suo debito di gioco, finché non ha capito che il ricatto era più redditizio.»

Josie tirò fuori il telefono e si collegò a Instagram. «Non credo che Felicia Koslow sia la donna delle foto di Calvert.» Le ci volle solo un attimo per individuare l'account di Felicia, che non era privato. In pochi secondi trovò quello che stava cercando: Felicia che posava in bikini vicino all'oceano. Girò il telefono per farlo vedere a Noah. «In effetti, possiamo escluderla sulla base di questa foto.»

«Allora pensi che sia stato qualcun altro a prenotare le stanze a suo nome, come ha detto lei? Ma chi? E perché?»

«In modo che il suo nome non fosse rintracciabile.» disse Josie. «In modo che, se fosse scoppiato il casino che sta succedendo in questa città, di qualunque cosa si tratti, saremmo andati a cercare Felicia al posto della persona che ha realmente prenotato la stanza.»

Noah annuì. «Certo, ma la lista non è così lunga. Dobbiamo solo indagare sui gestori dell'hotel. Io, però, se dovessi scommettere, punterei su Max. È già collegato a Calvert tramite il ricatto.»

«Ma ci serve il resto dei pezzi del puzzle.» disse Josie. «Ci mancano ancora troppi dettagli.»

«Ci arriveremo.» le assicurò Noah. «Forse con un po' di sonno e qualche distrazione ti si schiariranno le idee.»

All'accenno di altre distrazioni, Josie si sentì attraversare da un'ondata di desiderio. Allungò una mano e gliela passò dietro la testa, arricciando le dita tra i suoi folti capelli. «Scelgo le distrazioni...» gli disse. «Con quelle di sicuro mi si schiariranno le idee.»

Quando si fermarono davanti a casa loro, Noah si accigliò. «Ci tocca rimandare a data da destinarsi.»

Josie vide un'auto ferma nel loro vialetto con la targa di New York. Noah parcheggiò subito dietro. «Merda...» disse Josie. «Me n'ero completamente dimenticata.»

Noah scoppiò a ridere e spense il motore. «Hai dimenticato che tua sorella doveva arrivare da New York per il vostro compleanno?»

Sua sorella gemella, Trinity Payne, era una famosa giornalista televisiva che attualmente conduceva un programma tutto suo, *"Crimini irrisolti con Trinity Payne"*. Se possibile, Trinity era ancora più impegnata di Josie, eppure si assicurava di ritagliare del tempo dalla sua agenda per andarla a trovare ogni volta che era possibile, di solito diverse volte all'anno e immancabilmente in occasione del loro compleanno.

«Perché non è sempre stato il mio compleanno.» spiegò

Josie. «Per trent'anni ho pensato che il mio compleanno fosse una data completamente diversa e mi devo ancora abituare alla vera data.»

«Sì, me ne rendo conto.» disse Noah avviandosi lungo il vialetto fino al portone d'ingresso ed entrando.

Josie e Trinity avevano trascorso una vita separate. Trinity era stata cresciuta dai loro genitori naturali; invece, Josie era stata cresciuta dalla donna che l'aveva rapita e dal suo ex fidanzato, Eli Matson. Quando Josie aveva sei anni, Eli era morto. La madre di Eli, Lisette, aveva trascorso anni a combattere una costosa e lunga battaglia legale con Lila per l'affidamento, nel tentativo di ottenere la piena custodia legale e fisica di Josie, che infine aveva ottenuto quando Josie aveva quattordici anni. Gli anni vissuti con Lisette erano stati i migliori di tutta la sua infanzia. Erano sempre state molto unite e Lisette era stata tutto il suo mondo: la sua stella polare, la sua ancora, la sua guida, il suo sostegno in una vita di caos. Per tutti questi motivi, quando aveva trent'anni, aveva vissuto come un vero e proprio sconvolgimento la scoperta che non erano neanche imparentate. Ma Lisette l'aveva incoraggiata a stringere i rapporti con la famiglia biologica e adesso li sentiva davvero come la sua famiglia e il legame tra lei e Trinity era diverso da qualsiasi altra cosa avesse mai sperimentato fino ad allora. Anche se questo non la aiutava a ricordare i loro programmi per il compleanno.

Josie e Noah aspettarono nell'atrio che Trout arrivasse di corsa, ma un'occhiata al soggiorno rivelò che era molto impegnato a giocare a riportare la pallina a Drake Nally, il fidanzato di Trinity, che lavorava come agente dell'FBI.

Trinity apparve sulla soglia della cucina con una ciotola di popcorn tra le mani. Era vestita con una tuta grigia e una maglietta dell'FBI ben oltre la sua misura, senza dubbio di Drake. I suoi capelli neri e lucidi erano raccolti in una coda di cavallo allentata. E anche così, aveva un aspetto brillante, affascinante e cento volte più curato di quello che aveva Josie nei suoi giorni migliori. Come tutte le volte, Josie si chiese come facesse. Era solo per via di tanti anni passati a lavorare in televisione, dove la norma imponeva di vestirsi con stile e truccarsi in modo impeccabile? Oppure era lei che semplicemente sbagliava approccio?

«Sei a casa!» esclamò Trinity. Attraversò l'ingresso e li strinse con un braccio solo, riuscendo a tenere i popcorn in equilibrio. Con un sorriso maligno, aggiunse: «L'avevo detto a Drake che ti saresti dimenticata che saremmo venuti. Te ne sei dimenticata, vero?»

Drake si alzò di scatto dal pavimento del soggiorno e si avvicinò di corsa per salutarli.

Trout si accorse finalmente di loro e, perso interesse nella sua pallina di gomma, li raggiunse, lanciando un concerto di guaiti finché Josie e Noah non si inginocchiarono per fargli le coccole.

«Scusami tanto...» disse Josie.

Drake si frugò nelle tasche dei jeans e ne tirò fuori una banconota da venti dollari e la porse a Trinity, che la infilò nei pantaloni della tuta.

Noah rise. «Ci avete scommesso sopra?»

Trinity gli fece l'occhiolino. «Conosco mia sorella. Erano soldi facili.»

«Stavamo per andare a vedere un film.» disse Drake. «Volete unirvi a noi o siete impegnati in qualche caso importante?»

Appena Josie si rialzò, Trinity studiò la sua espressione. «Un caso.»

Josie sorrise. «Siamo nel bel mezzo di un'indagine, ma siamo a casa per stasera, quindi sì, un film sarebbe l'ideale.»

Noah disse: «Faccio fare due passi a Trout.»

Drake fece una smorfia. «Ah, giusto, a proposito. Sapevate che c'è una casa gonfiabile nel vostro giardino?»

Josie e Noah si guardarono. Lui disse: «Credevo che non ci sarebbe stata ancora per una settimana o due.»

Lei rise. «Chiama Misty.»

Tutti e quattro attraversarono la cucina e uscirono dalla porta sul retro: a vedere l'enorme casa gonfiabile completa di scivolo che occupava senza problemi più di metà del giardino, Josie scoppiò a ridere. Trout si intrufolò tra le loro gambe e iniziò ad annusare ogni centimetro della sua base.

«Che dici, andrà bene anche per gli adulti?» chiese Drake.

Noah, con il telefono premuto contro un orecchio, gli rispose: «L'ho richiesto specificatamente!» e poi «Ehi Misty, avrei una domanda da farti...»

Tornò in casa e intanto Josie spiegò a Drake e a Trinity la presenza della casa gonfiabile. Poi il suo telefono vibrò nella tasca posteriore; lo prese proprio quando vide Noah che tornava fuori. «È stato un errore dell'azienda...» stava dicendo. «Li richiamerà domani.»

«Dovresti vedere se puoi tenerla per altre due settimane.» propose Drake. «Sarebbe uno spasso, non credi?»

Josie guardò il telefono. Erano messaggi da un numero che non riconosceva.

Detective Quinn sono io
Alison
Ho bisogno di aiuto
Il prima possibile
C'è qualcuno in casa

Il suo cuore prese a correre all'impazzata via via che leggeva quelle parole e la sua mente cercava di elaborarne il significato. «Noah...» disse.

Apparvero altri messaggi.

Mamma è in pericolo
Non posso chiamare la polizia
mi sentiranno

Aiuto
Presto

Girò lo schermo del telefono verso Noah e osservò la tensione che aveva abbandonato il suo viso quando erano entrati in casa loro accumularsi ancora una volta. «Merda.» disse lui.

«Mi sta scrivendo Alison Mills.» disse Josie. «Noah, dobbiamo andare subito.»

QUARANTUNO

Le nocche di Noah, strette com'erano intorno al volante, erano diventate bianche. Sfrecciando per le strade buie di Denton, usò i comandi vocali dell'auto per chiamare la centrale e chiedere a tutte le unità disponibili di recarsi all'indirizzo dei Mills; nel frattempo, Josie cercava di farsi dare maggiori informazioni da Alison. Noah diede istruzioni a tutte le unità di procedere in silenzio, senza lampeggianti né sirene, e di lasciare le volanti lungo la strada anziché entrare nel vialetto di casa. Era imperativo sfruttare l'elemento sorpresa.

«Dobbiamo sapere quanti sono gli aggressori.» disse Noah. «E se sono armati o meno.»

«Gliel'ho già chiesto.» disse Josie, tenendo il telefono così stretto che le facevano male le mani. Fissò lo schermo, chiedendosi perché Alison non rispondesse. Un sussulto le sfuggì dalla gola quando apparvero due nuovi messaggi.

Due credo
Non sono sicura
Ne ho visti solo due
Entrambi armati

«Due uomini, armati.» riferì a voce alta per farsi sentire dalla centrale.

«Ricevuto.» disse il centralinista.

Josie le rispose in fretta: *Dove sei in casa?*

Pochi secondi dopo, Alison rispose:

Al piano di sopra, nell'armadio in corridoio, fate presto

Stiamo arrivando. Resta nell'armadio finché non vengo a prenderti. Dov'è tua madre? Rispose Josie.

Passarono diversi secondi, ognuno dei quali sembrò durare un'ora. Alla fine, Alison scrisse:

in cucina
gli uomini dicono che le spareranno,
La stanno picchiando
La prego, sbrigatevi

Stiamo arrivando, ripeté Josie. Dimmi com'è la pianta della casa da cima a fondo. C'è un seminterrato? Ho visto il pianoterra quando ci siamo stati l'altro giorno, ma come è disposto il secondo piano? Ci sono porte aperte?

Passarono altri interminabili secondi. Poi arrivarono le risposte:

Entrambe le porte, anteriore e posteriore, sono aperte e
mai chiuse a chiave.
Sì, abbiamo un seminterrato.
La porta è in cucina.
Al piano di sopra il bagno e poi a sinistra la mia stanza,
la stanza dei miei genitori.
Per favore, sbrigatevi, stanno facendo del male alla
mamma

Josie riferì le posizioni di Alison e Marlene e le altre informazioni fornite da Alison, poi Noah riattaccò con la centrale. «Perché sono rimaste in quella dannata casa?» mormorò. «Le avevi avvertite di andare da qualche altra parte, giusto?»

«Sì. Gliel'ho suggerito. Marlene si è opposta. Non voleva pagare un albergo o coinvolgere amici o parenti. Dovrei chiamare la Polizia di Stato?» chiese Josie. «O richiedere il supporto della Squadra di Pronto Intervento dello sceriffo?»

La Squadra di Pronto Intervento dello sceriffo era una formazione speciale della Polizia di Stato, l'equivalente di una squadra SWAT. Era composta da due unità: tattica e di negoziazione. Ogni reparto era supervisionato da un comandante a tempo pieno. Il resto di ciascun reparto, che comprendeva ventiquattro membri, era composto da poliziotti provenienti da tutto lo Stato che lavoravano a tempo parziale per la squadra.

«La Squadra dello Sceriffo impiegherebbe troppo tempo per intervenire.» commentò Noah. «Dovrebbero chiamare tutti gli uomini, raggiungerci ed essere ragguagliati. Potrebbe volerci più di un'ora. Le unità di Denton più vicine ci metterebbero molto meno e saremmo abbastanza per coprire il perimetro. Tu assicurati di rimanere in contatto con Alison, che è in casa. Dobbiamo sbrigarcela con i nostri ragazzi.»

La strada in cui vivevano i Mills era immersa nell'oscurità. Non c'erano lampioni nelle zone periferiche della città. Noah rallentò quando vide la cassetta della posta rossa, la superò e poi accostò al marciapiede. Chiamò la centrale per avvisare della loro posizione e poi spense il motore. C'erano alcuni alberi tra la casa e la strada, ma i fari sarebbero stati visibili da qualsiasi stanza. Scesero, si incamminarono silenziosamente verso il bagagliaio e aprirono il portellone. La luce fioca dell'interno era sufficiente per trovare ciò che serviva. Approfittando del tempo per allacciarsi i giubbotti antiproiettile, Josie chiese: «Quanto manca prima che arrivino le altre unità?»

«Dieci minuti.» rispose Noah.

Josie si allontanò dall'auto, lasciando che gli occhi si adattassero alla notte. Una mezzaluna splendente campeggiava nel cielo, proiettando un bagliore argenteo sui dintorni. «Non c'è nessun veicolo.» osservò. «Dove avranno parcheggiato?»

«Nel vialetto?» suggerì Noah, mettendo il telefono in vibrazione e tirando fuori la radio dal giubbotto per accenderla e fare qualche prova. Josie fece lo stesso.

«Sarebbe di una stupidità monumentale.» commentò. «C'è solo un modo per arrivare a quella casa con un'auto, ed è passando per questo vialetto.»

Noah diede a bassa voce istruzioni via radio affinché tutte le unità passassero su un canale tattico. Poi chiuse il portellone del bagagliaio e fece un gesto tutto intorno a loro. «Escluderei che si aspettino altre visite. È piuttosto remoto, o almeno così si presenta.»

Josie stava per rispondergli quando il boato di un colpo di pistola squarciò l'aria. Si immobilizzarono, fissandosi l'un l'altro. Nella tasca posteriore di Josie, il suo telefono vibrò.

Noah premette un pulsante sulla sua radio. «Colpi d'arma da fuoco. Colpi d'arma da fuoco.»

Un altro sparo riecheggiò. Con dita frenetiche Josie si precipitò a recuperare il telefono dalla tasca. Alison le aveva appena mandato un'altra serie di messaggi:

Le stanno sparando
Aiutateci
Vi prego

Josie deglutì e digitò:

Resta dove sei. Stiamo arrivando.

Noah disse: «La decisione spetta a te.»

Il buon senso avrebbe imposto di aspettare l'arrivo delle

altre unità, di formare un piano, di stabilire un perimetro, di scegliere un unico punto di ingresso, di preparare uno scudo tattico e di entrare con un agente di scudo, un agente di copertura e almeno altre due persone che avrebbero agito come squadra operativa, sgomberando le stanze; ma da quando erano aumentate le sparatorie di massa in tutto il Paese, questa impostazione era cambiata. Aspettando ulteriormente, si mettevano a rischio altre vite e, nella loro particolare situazione, conoscevano già l'interno di casa Mills. Josie ricordava bene la pianta del pianoterra, dato che era stata lei a portare a Marlene un bicchiere d'acqua dalla cucina, e avevano Alison che fungeva da guida dall'interno della casa.

«Se aspettiamo, moriranno.» disse.

Noah estrasse la pistola dalla fondina. «Andiamo.»

QUARANTADUE

Avvolti nell'oscurità, corsero silenziosamente su per il lungo vialetto, tenendosi sui margini. Misero le radio in silenzioso e tennero le pistole pronte. Raggiunto il capo opposto del vialetto, videro che entrambi i portelloni dei garage erano chiusi. Non c'erano veicoli in vista. Anche la porta d'ingresso era chiusa, ma da dietro le tende del soggiorno traspariva una luce. Noah guardò Josie e lei gli indicò la porta d'ingresso. Dovevano scegliere il punto di entrata. Dovevano anche dirigersi verso la fonte da cui provenivano quegli spari. Se le informazioni che le aveva dato Alison erano corrette, i due uomini e Marlene Mills erano in cucina. Il modo più veloce per entrare in casa era passando per il punto di ingresso più vicino, cioè la porta principale: entrando da lì avrebbero anche avuto la possibilità di passare inosservati; al contrario, se avessero cercato di entrare dalla cucina avrebbero perso l'elemento sorpresa.

Si posizionarono ai lati opposti della porta. Noah fece un segnale con la mano per indicare a Josie che doveva entrare per prima. Poi si avvicinò e girò silenziosamente la maniglia. Non si annunciarono: senza rinforzi e con la possibilità che Marlene o Alison, o entrambe, fossero gravemente ferite e ancora in pericolo di vita, il loro obiettivo era neutralizzare la minaccia; senza contare che, se avessero rivelato il loro punto di ingresso troppo presto, avrebbero messo in pericolo anche le loro stesse vite.

Nelle orecchie, Josie sentì esplodere un ruggito. Il battito del suo cuore galoppava così forte che era certa che facesse sussultare il giubbotto antiproiettile. Tenendo la pistola alzata, puntata davanti a sé come se fosse un'estensione delle sue braccia, orientò la canna sul lato destro della stanza. Percepì Noah alle sue spalle e i suoi movimenti per controllare il lato sinistro. Una parte iper-allertata della sua mente registrò il disordine intorno a loro: la stanza era stata ridotta a pezzi da cima a fondo. Cuscini del divano strappati, tavolini e lampade rovesciati, persino parte della moquette era stata divelta.

Non c'era dubbio che i due uomini fossero alla ricerca di qualcosa.

Superarono la scala che portava al piano di sopra, fermandosi un attimo con le orecchie tese a captare eventuali rumori, ma non se ne sentivano. Più avanti c'era la sala da pranzo, anch'essa completamente distrutta, eccetto che per il pesante tavolo al centro della stanza, l'unica cosa rimasta in piedi; tutte le sedie erano riverse su un lato, con i cuscini strappati. I cassetti di una credenza di pino giacevano sul pavimento, il contenuto disseminato ovunque. Josie e Noah rallentarono, per non rischiare di calpestare qualcosa che potesse farli inciampare o che potesse fare abbastanza rumore da allertare gli intrusi.

Avvicinandosi alla cucina, Josie cercò di placare il ruggito nella sua testa. Il flusso di adrenalina che la attraversava dalla testa ai piedi le dava l'impressione di ritrovarsi a contenere un'intera onda anomala che andava infrangendosi da una parte all'altra nel suo corpo di normalissimo essere umano. Non c'erano suoni. Poteva significare che i due uomini se ne erano andati. Erano scappati dalla porta sul retro? O erano al piano di sopra, alla ricerca di Alison o della cosa misteriosa a cui stavano dando la caccia? Ma allora non avrebbero dovuto sentire i loro passi sopra le loro teste? Chiaramente gli intrusi non avrebbero preso la minima precauzione di fare silenzio; per quanto ne sapevano, erano soli con Marlene e Alison Mills.

Josie lanciò una rapida occhiata a Noah, che aveva preso posizione dall'altra parte della porta della cucina. Il suo volto era segnato dalla tensione, un muscolo della mascella pulsava. Con lo sguardo tornò alla soglia che dalla sala da pranzo conduceva alla cucina. Tutto ciò che riusciva a vedere da dove si trovavano era uno scorcio del pavimento di piastrelle e il bordo bianco del grande bancone dell'isola. Josie stava per entrare nella stanza quando sentì un rumore. Il suo cervello impiegò un secondo per elaborare ciò che stava sentendo: era un respiro gorgogliante mescolato a qualcosa che veniva trascinato sulle piastrelle. Con il cuore in gola, Josie si spostò rapidamente in cucina, tenendo la pistola puntata lungo tutto il lato della stanza che si era assegnata. Noah la seguiva. Si ritrovarono all'interno di un'altra stanza distrutta. Ogni sportello era stato spalancato. Ogni cassetto era stato estratto dalla sua sede. Piatti in frantumi, utensili gettati a terra, avanzi di cibo, strofinacci, presine, prodotti per la pulizia riversi sul pavimento. Persino gli elettrodomestici erano stati tirati giù dai piani di lavoro. Era impossibile evitare di calpestare qualcosa. I vetri scricchiolavano sotto i loro piedi. Le punte delle loro scarpe da ginnastica urtavano contro utensili e cocci di ceramica. Quando girarono intorno all'isola, Josie quasi non si accorse di una mano insanguinata che si allungava verso di loro. Si fermò di colpo, facendo un cenno per richiamare l'attenzione di Noah, che la raggiunse facendo il giro dall'altro lato dell'isola. Lì, sul pavimento, c'era Marlene Mills, riversa a pancia in giù, in una pozza di sangue che si allargava sotto di lei, circondata da un'accozzaglia di suoni: il suo respiro rantolante, lo scalpiccio delle sue gambe che scalciavano debolmente contro gli oggetti intorno a lei nel tentativo di spingersi in avanti. Poi, da qualche altra parte della casa, li raggiunsero dei tonfi e dei rimbombi e uno sferragliamento.

Josie non riuscì a capire se provenissero dal piano di sopra o dal seminterrato. Attenta a non abbassare la pistola, controllò le porte della cucina. Una conduceva sul retro. Una seconda porta alla sinistra di Josie era parzialmente aperta e rivelava una dispensa. Ogni singolo alimento che conteneva era stato tirato giù dagli scaffali. Le confezioni di prodotti secchi erano state rovesciate, formando un miscuglio di farina, pasta cruda e cereali sul pavimento di piastrelle. La terza porta, che si trovava alla sinistra di Josie, era chiusa. Josie incrociò lo sguardo di Noah, alzò una mano dall'impugnatura della pistola, indicò la porta chiusa e sussurrò: «Coprimi.» Lui prese posizione in un angolo della stanza, in modo da essere in grado di rispondere senza impedimenti a qualsiasi minaccia che potesse provenire dalla prima o dalla terza porta. Josie tenne la pistola pronta, ma si accovacciò in modo che Marlene potesse sentirla. Tenendo la voce bassa, disse: «Mrs. Mills, siamo la detective Quinn e il tenente Fraley della polizia di Denton. Dove sono gli uomini?»

Marlene alzò un attimo lo sguardo su Josie e poi riabbassò testa sul braccio teso. Josie sentì quello che sembrava un sospiro di sollievo.

«Mrs. Mills, dove sono gli uomini che l'hanno ferita?» Il corpo di Marlene era scosso dai tremiti.

Un colpo di tosse eruppe dalla gola della donna, provocandole violenti spasmi. Così vicino a lei, Josie poteva sentire il sapore ramato del sangue in fondo alla gola. Marlene sussurrò: «Devo andare da Alison.»

«Alison è ancora di sopra?» le chiese Josie.

«Sì, è di sopra.»

«Dove sono gli uomini?»

Arrivarono altri rumori. Oggetti che venivano spostati. Qualcosa che veniva lanciato o forse fatto cadere. Anche in questo caso, Josie non riuscì a capire esattamente da dove provenissero i rumori.

Marlene si sforzò di far uscire le parole. Arrivarono lentamente. «Li ho mandati nel seminterrato. Vogliono... qualcosa. Non so... cosa. Ma ho detto che era lì, così potevo andare a prendere Alison e uscire. Ho detto... contenitore rosso, quinta fila dal... dal fondo.»

Ancora una volta, Marlene Mills cercò di muoversi, di strisciare, facendo forza su un ginocchio per guadagnare terreno nella pozza del proprio sangue.

Josie le mise una mano sulla spalla. «È quella la porta del seminterrato? Quella di fronte alla dispensa?»

«S... sì.»

«Mrs. Mills, mi ascolti molto attentamente. Deve rimanere qui dove si trova. Non si muova.»

«Alison. La mi-mia Alison.»

Anche se non riusciva a sollevare la testa, Josie vide lo stesso una lacrima scivolarle lungo la guancia e sentì tutto insieme, per un secondo selvaggio e ingestibile: tristezza nel vedere una madre lottare per la vita sul pavimento della cucina. Paura che lei non ce la facesse, che tutti loro non ce la facessero. Erano lì, in quella casa, da soli, con due uomini che non ci avevano pensato due volte prima di sparare a una donna che non rappresentava in alcun modo una minaccia. Ma soprattutto sentiva la rabbia, che si ribellava al suo controllo professionale. Davanti a lei c'era una madre che si preoccupava della figlia in ogni momento, che anche ferita e sanguinante, cercava con le sue ultime forze di raggiungerla, di portarla fuori di casa, lontano dal pericolo.

Cercando di mettere da parte quelle emozioni, Josie disse: «Troveremo Alison. Lei deve preoccuparsi soltanto di rimanere qui e di restare ferma. La porteremo fuori di qui il prima possibile.»

«Asp-aspetti...» gracchiò Marlene.

A Josie si spezzava il cuore a lasciarla lì, ma il loro addestramento imponeva di neutralizzare la minaccia prima di occuparsi dei feriti. Alzandosi e scavalcando altri oggetti frantumati,

Josie si diresse verso la porta del seminterrato. Noah la seguì, spostandosi all'unisono con lei. Lei si preparò ad andare per prima. Lui aprì la porta e Josie la varcò per raggiungere un piccolo pianerottolo. In fondo a una piccola scala era appesa un'unica lampadina gialla spenta.

Oltre c'era solo il buio e due assassini.

QUARANTATRÉ

Josie avvertì come una stretta al petto. Quando Noah chiuse la porta alle loro spalle, il suo respiro si fece più veloce. Cercò di imporre calma al suo corpo. Si trovavano in una situazione di svantaggio tattico dato che non avevano idea di come fosse organizzato il seminterrato e di cosa ci fosse all'interno; i due intrusi, inoltre, avrebbero visto i loro piedi prima che potessero raggiungere il fondo delle scale. Josie fece un profondo respiro e mise un piede sul primo gradino di legno, pregando chiunque fosse in grado di ascoltare che i due uomini non fossero proprio in fondo alla scala a guardarli scendere.

Anche se Noah faceva il massimo silenzio, lo percepiva a pochi passi da lei. Dal basso provenivano altri rumori di oggetti fatti cadere, trascinati e lanciati. Scendendo di un altro gradino, sentì delle voci ovattate e cercò di valutare quanto fossero distanti gli uomini dalle scale. Il gradino successivo scricchiolò forte e Josie si immobilizzò, trattenendo il respiro. Noah, su quello sopra di lei, rimase in attesa. Si reputò fortunata sentendo i rumori che continuavano senza sosta, a indicare che gli uomini erano ancora impegnati nella loro ricerca. Una parte di lei voleva precipitarsi giù per quegli ultimi gradini e farla finita, ma tenne duro.

Ti prego, non scricchiolare, implorava a ogni passo.

Giunti quasi in fondo, il seminterrato si presentò a loro in tutta la sua interezza. La maggior parte era illuminata solo da una piccola lampadina a soffitto. In un angolo, lontano, c'era una luce a fluorescenza che sfarfallava rapidamente, ormai in fin di vita. Il pavimento era di cemento. Contenitori di plastica di varie forme e dimensioni erano impilati tutt'intorno, a formare un labirinto. Alcune pile arrivavano all'altezza degli occhi. Altre all'altezza della vita. Una scaffalatura addossata a una parete conteneva altri contenitori contrassegnati da scritte a mano che Josie non riusciva a leggere da dove si trovava. La sommità della testa calva di un uomo brillava nella luce tremolante della lampada a fluorescenza. Sopra il battito del suo cuore, lo sentì parlare con un altro uomo, anche se non riusciva a vederlo.

«Non è nel seminterrato.»

«Ha detto che era qui. Ha detto il contenitore rosso. Quinta fila dal fondo. Questo è il fondo, giusto? Uno, due, tre, quattro, cinque. Dovrebbe essere proprio qui, da qualche parte.»

Josie sollevò una mano dall'impugnatura della pistola e fece segno a Noah. Lui guardò in direzione degli uomini e annuì. Aveva visto quello che aveva visto lei.

«Io non vedo nemmeno un dannato contenitore rosso. Ci ha preso per il culo. Perché le hai sparato? Avremmo dovuto farla scendere qui con noi e farcelo prendere. Così ci vorrà tutta la notte.»

«Vado a spararle un'altra volta così attireremo la ragazzina.»

«Ha detto che la figlia non è in casa.»

Una risata secca. «Credi a tutto quello che ci ha detto? Non ti viene in mente che ci abbia mandati quaggiù a cercare per dare il tempo alla figlia di darsela a gambe? Ho un'idea! Torniamo su e minacciamo di spararle di nuovo se la ragazzina non esce.»

Josie raggiunse il gradino inferiore. Scricchiolò sotto il suo peso.

«Shhh... l'hai sentito?»

«Sentito cosa? Probabilmente è solo quella puttana di sopra che cerca di alzarsi. Andiamo, occupiamoci di lei.»

Josie andò avanti, con i piedi ormai ben saldi sul cemento. Noah la seguì, saltando l'ultimo gradino per non farlo scricchiolare e atterrando senza rumore accanto a lei. Il compagno dell'uomo calvo uscì da dietro le scatole e si affacciò alla vista, una sagoma nell'ombra. «Ehi!» disse.

Josie gridò: «Polizia. Mani in alto!»

L'uomo alzò un braccio. Il bagliore della luce fluorescente lo illuminava, ma era difficile capire se avesse o meno una pistola in mano. Finché il boato esplosivo di uno sparo riempì il seminterrato. Tutto si mosse alla velocità della luce. Accanto a lei, Noah si buttò in avanti e cadde, accasciandosi sul pavimento. Josie rispose al fuoco. Proprio sopra di loro, la lampadina andò in frantumi, facendo piovere frammenti di vetro su di loro. Seguirono altri boati. Un proiettile le sfiorò la testa e lei si buttò sulle ginocchia, sparando altri colpi. Mirò all'addome dell'uomo, ma nel caos i suoi colpi andarono a vuoto. Imprecò sottovoce quando la luce fluorescente esplose, facendoli precipitare nell'oscurità.

A Josie fischiavano le orecchie, l'eco degli spari in uno spazio chiuso ottundeva ogni suono e, nel buio in cui erano finiti, l'odore della cordite le bruciava le narici. Era consapevole di respirare rapidamente. Si sforzò di rimanere calma, di concentrarsi, ma non era facile. Non si era mai trovata bene negli spazi chiusi e bui. Non da quando era bambina e la donna che si era spacciata per sua madre la chiudeva regolarmente in uno sgabuzzino stretto e puzzolente, addirittura anche per diversi giorni di fila.

Con quella sensazione di stretta al petto, il respiro le arrivava in brevi rantoli. Josie avrebbe giurato di sentire l'odore delle sigarette e l'odore stantio del tappeto sfilacciato e abrasivo su cui aveva passato le ore più terribili della sua infanzia a piangere.

Nel suo petto rimbombava un tuono così potente che temeva potesse sollevarla da terra.

Non è reale, dovette ricordare a sé stessa.

«Josie!» urlò Noah, riportandola alla realtà. La sua voce in qualche modo trafisse il ronzio nelle sue orecchie, ovattato e flebile. Tenne la pistola puntata verso il punto in cui aveva visto gli uomini per l'ultima volta, ma con l'altra mano cercò di raggiungere Noah. Le sue dita sfiorarono qualcosa. La sua bocca formò delle parole, anche se non riusciva a sentirle. «Porca puttana, Noah! Stai bene?»

Le sembrò di sentirgli dire: «Mi hanno beccato sul giubbotto.»

Josie lo lasciò e riportò la mano sull'impugnatura della pistola. Barcollò per rimettersi in piedi e puntò dritto davanti a sé nel buio. Si sentiva ancora il rantolo. Un tremito le salì lungo le gambe. Accanto a lei percepì Noah che, nel tentativo di rimettersi in piedi, le metteva una mano sulla spalla. Il suo tocco era come un'iniezione di Wild Turkey. Caldo e rassicurante.

Le istruzioni di Noah sembravano provenire da molto lontano. «Tira fuori la torcia.»

Il momento presente tornò a fuoco. Josie trovò la tasca del giubbotto antiproiettile che conteneva la torcia e la estrasse. Stendendo il braccio verso l'alto, lontano dal corpo, la accese e il cono di luce proiettò su parte del seminterrato di fronte a loro. Accanto a lei, Noah fece lo stesso.

Alcuni degli scatoloni che avevano davanti si rovesciarono e si schiantarono sul pavimento. Josie riuscì a infrangere la paralisi e ad attraversare il seminterrato, puntando la torcia per fare luce nei punti in cui Noah non stava puntando la sua.

«Polizia di Denton.» urlò. «Venite fuori e tenete le mani alzate!»

Il cerchio di luce sfiorò la forma accartocciata di un uomo rivolto a faccia in giù, con i capelli scuri e indosso vestiti neri. Una pistola calibro .38 gli pendeva dalla mano destra. Josie la allontanò da lui e si chinò, premendogli due dita sulla gola. Sentì un battito debole. Guardò Noah per assicurarsi che mantenesse la concentrazione sull'oscurità davanti a sé, e poi ammanettò rapidamente le mani dell'uomo. Finché era vivo, poteva ancora rappresentare una minaccia, soprattutto perché non conoscevano l'entità delle sue ferite. Una volta assicuratasi che il primo non rappresentasse più una minaccia, lo superò per andare a cercare il secondo uomo. Man mano che si addentravano nel seminterrato, pile e pile di altri contenitori ondeggiavano, alcune si rovesciavano al suolo. Facendosi luce con le loro torce, Josie e Noah seguirono il movimento. Dove stava andando quell'uomo? Stava facendo il giro per tornare verso le scale?

Si fecero strada nel labirinto di recipienti e scatoloni, imboccando le corsie come avrebbero fatto con qualsiasi corridoio di una casa normale, continuando a dirigersi nella direzione di ogni movimento che l'uomo pelato inavvertitamente faceva.

L'udito di Josie non era ancora tornato alla normalità, ma sentì Noah accanto a lei dire: «Non puoi andare da nessuna parte. Esci allo scoperto con le mani in alto.»

Pochi istanti dopo, un muro di scatole sulla destra si abbatté sopra di loro. Josie cadde sulla schiena, la torcia elettrica le scivolò di mano e rotolò lontano. Riuscì almeno a mantenere la presa sulla pistola. Noah cadde per metà su di lei, proteggendola dall'impatto con la maggior parte delle scatole. Sentì il suo respiro contro il collo, il peso del suo corpo sopra al suo, le scatole che li immobilizzavano entrambi sul pavimento.

«Noah.» disse.

Lui si sforzò di rotolare da una parte, scuotendosi di dosso le scatole e grugnendo per il dolore. Josie non sapeva dove fosse finita la torcia di Noah. L'unica luce in tutto il seminterrato era quella della sua torcia che era rotolata lontano, da qualche parte in quel mucchio disordinato di scatoloni e il loro contenuto rovesciato. Non emanava molta luce, ma quanto bastava perché Josie potesse vedere la sagoma massiccia di un uomo che le si avvicinava.

Il gioco di ombre rendeva impossibile capire quanto fosse vicino, ma sentì la sua pelle raffreddarsi con la consapevolezza che lei e Noah erano sdraiati sulla schiena, in mezzo a una marea di scatoloni rovesciati, con la luce che presumibilmente gli permetteva di vederli meglio di quanto loro potessero vedere lui.

«Fermati!» ordinò, brandendo la pistola verso l'alto, in direzione della figura.

Noah si era messo in ginocchio, girato verso l'uomo, con la pistola puntata su di lui. «Fermati lì.» gli intimò.

Josie notò troppo tardi la contrazione della spalla dell'uomo. Ci fu una fiammata, un botto assordante e Noah cadde di nuovo. Senza perdere un secondo, Josie sparò un altro colpo. Barcollando per rimettersi in piedi, si arrampicò su una piccola montagnola di contenitori di plastica, sentendone gli angoli che le punzecchiavano le gambe e i relativi coperchi che la graffiavano tutta. Finalmente, i suoi piedi trovarono un francobollo di pavimento sgombro e lì si fermò, tendendo le orecchie, in ascolto sopra al suono del suo respiro affannato. La luce della torcia che le era caduta non raggiungeva quella parte del seminterrato.

Di nuovo, la sua mente la riportò a quel periodo della sua infanzia, quando l'oscurità non aveva fine e il suo unico compagno era il terrore più assoluto. Sentì la gola cominciare a chiudersi, avvertì un rantolo salirle dai polmoni. Cercò di parlarci sopra, mormorando: «Non è reale.»

Facendosi strada tra altri scatoloni caduti, cercò di orientarsi, compiendo un giro completo con la pistola rivolta verso le pareti del seminterrato. Riuscì a distinguere la vaga forma dei gradini della base dalla debole luce della torcia che le era caduta. Forse l'uomo pelato era tornato al piano di sopra. Inserendo il pilota automatico, il suo corpo si mosse in quella direzione, come una falena verso la luce. Era quasi arrivata alla base delle scale quando un urlo squarciò l'aria, riverberandosi in tutta la casa. Josie giurò di averne sentito la vibrazione nelle ossa.

Alison.

«Mamma! Oh, mio Dio, mamma!»

I piedi di Josie la condussero più velocemente verso la fonte del suono. Nonostante le istruzioni che le aveva dato, Alison non era rimasta nel suo nascondiglio. Le sue urla provenivano dal piano di sopra, dalla cucina. Quando Josie si avvicinò al fondo delle scale, si delineò una forma massiccia. Il secondo uomo. Non era niente di più che un muro d'ombra e, dal rumore del legno che scricchiolava, stava iniziando a salire i gradini.

«Fermati!» gli ordinò Josie.

Lui brandì selvaggiamente la pistola nella sua direzione, sparando un colpo a vuoto e poi riprese a salire le scale di corsa, con ogni passo che rimbombava sbattendo contro il legno e ogni gradino che protestava sotto il suo peso. Josie gli andò dietro, salendo i gradini alle sue calcagna. La sua mente fece diverse considerazioni in una frazione di secondo: l'uomo aveva una pistola; aveva già sparato più di una volta sia a Josie che a Noah; rappresentava chiaramente un pericolo e nel giro di pochi secondi si sarebbe trovato nella stessa stanza in cui si trovavano Alison e Marlene. Mirando al centro della figura, il suo dito premette il grilletto. Uno scatto secco. Aveva esaurito tutti i colpi del caricatore. Ne aveva uno di scorta nel giubbotto, ma nel tempo necessario per tirarlo fuori e inserirlo nella pistola, l'uomo avrebbe potuto raggiungere la stanza dove si trovavano Alison e Marlene. Josie non poteva rischiare. Infilò la pistola nella fondina e si slanciò verso l'alto, usando entrambe le mani per agganciargli le gambe. Afferrò quella che al tatto doveva essere una caviglia, proprio nel momento in cui raggiungeva il pianerottolo e spalancava la porta da cui si accedeva alla cucina. La luce la accecò per un momento, ma rimase saldamente aggrappata alla gamba dell'uomo e strattonò più forte che poté, facendolo cadere a faccia in giù. Le urla di Alison si intensificarono. Josie si arrampicò sui gradini per raggiungere la cucina, standogli dietro, sperando di poterlo sottomettere finché era a pancia in giù, ma l'uomo era troppo veloce e, infatti, rotolò sulla schiena e le puntò la pistola direttamente sul viso. Istintivamente, Josie gli sferrò un calcio rotante sui polsi, spazzando via la pistola, che esplose un altro colpo, mancando di nuovo il bersaglio. Josie gli saltò addosso, mettendosi a cavalcioni su di lui e cercando di immobilizzarlo, ma lui era enorme. Con un braccio grande quanto il ramo di un albero, la respinse, colpendola con un pugno massiccio alla tempia. Josie non ebbe il tempo di percepire il dolore. Atterrò su un fianco, su qualcosa di appuntito che le pungeva la spalla. L'uomo fece per rialzarsi. Josie fece altrettanto, ma le sue scarpe scivolarono su qualcosa di polveroso, a occhio era farina. Quando l'uomo si fu rimesso in piedi, fece una panoramica della cucina, senza dubbio alla ricerca della sua pistola. Prima che potesse rialzarsi completamente, Alison passò sopra il corpo della madre e raccolse qualcosa in mezzo al disordine sul pavimento. Josie aprì la bocca per dire ad Alison di stare indietro, ma era troppo tardi. Le mani della ragazza erano strette attorno al manico di una grande padella, e con un urlo strozzato, come se fosse alla battuta di una partita di baseball della Major League, Alison colpì la testa dell'uomo con una tale forza che concluse il movimento con una piroetta. Il rumore del metallo contro l'osso fermò Josie sul posto. Stordito, anche l'uomo si bloccò, ondeggiando sui piedi. Fissò Alison per quello che sembrò un minuto intero, anche se in realtà non poteva essere più di una manciata di secondi. Alzò una grande mano per fermare il sangue che gli sgorgava da una lacerazione sopra l'orecchio.

Josie lo placcò di lato, infilandogli testa sotto l'ascella e le braccia che cercavano di avvolgere la sua vita spessa. Insieme volarono contro il bancone accanto alla porta sul retro. Il fianco dell'uomo si infranse contro il bordo del bancone e lui grugnì. Josie si aggrappò a lui come un mollusco, tenendosi attaccata al suo corpo, muovendosi dietro di lui e cercando di portargli le braccia dietro la schiena, ma lui si mise dritto e fletté le spalle, allontanandola con un braccio come se fosse un moscerino. Lei si ritrovò di nuovo sulla schiena e metà del suo corpo finì su un grosso tostapane. Ignorando il dolore, lo raccolse mentre si rimetteva in piedi, puntandolo alla testa dell'uomo.

I loro sguardi si incrociarono per una frazione di secondo.

L'uomo si voltò verso la porta sul retro, armeggiando freneticamente con la maniglia. Josie gli saltò addosso, con il tostapane in una mano come se stesse per schiacciare su una rete da basket e glielo calò sulla parte non ferita della testa. Con tutto il suo peso, Josie si schiantò contro di lui, facendogli perdere l'equilibrio. Con un gomito, l'uomo infranse il vetro di una delle finestrelle della metà superiore della porta che dava sul retro, mandandolo in frantumi. Josie cercò di nuovo di aggrapparsi a lui, tenendosi salda a una delle sue spalle. La sua maglietta era bagnata dal sangue che gli colava dalla ferita che Alison gli aveva procurato, e la mano di Josie scivolò via, bagnata, e lui se la scrollò di dosso di nuovo. Prima che lei potesse rimettersi in piedi, lui aveva già varcato la porta sul retro.

Con un ultimo sguardo rivolto ad Alison, ora inginocchiata sul corpo prono della madre, Josie lo seguì, immergendosi nella notte.

QUARANTAQUATTRO

Mentre Josie si inoltrava tra gli alberi dietro la casa dei Mills, usava la radio per comunicare tutte le informazioni che poteva: la casa era in sicurezza. Marlene Mills era stata colpita e necessitava di cure mediche immediate. Uno dei due uomini che vi si erano introdotti era ferito. Noah era a terra. Il panico le strinse lo stomaco mentre la sua bocca formava quelle parole. Non sapeva se fosse morto o gravemente ferito o se avesse subito solo una ferita di lieve entità che lo aveva rallentato. Tutto quello che sapeva era che, entrando nel seminterrato, aveva ricevuto almeno un colpo di pistola, se non due. C'erano forti probabilità che avesse una costola rotta e non poteva far altro che augurarsi che non ci fosse altro. Le lacrime le punsero gli occhi quando ci pensò. L'unica cosa che avrebbe voluto fare era fermarsi e tornare indietro per controllare che Noah stesse bene, assicurarsi che respirasse, prestare tutti i soccorsi necessari; ma aveva un lavoro da portare a termine e in più non sarebbero stati al sicuro con l'altro dei due sospettati ancora in cantina.

Cercò di dare una calmata alla sua voce per comunicare l'ultima informazione: era partita all'inseguimento del secondo uomo.

La centrale assicurò che le unità di appoggio l'avrebbero seguito. Consultando la sua mappa mentale della zona, Josie richiese altre unità dall'altra parte dell'area boschiva, dove sapeva esserci una strada. Comunicò il nome della via alla centrale. Tastò il giubbotto antiproiettile finché non trovò l'altro caricatore e ricaricò la pistola. Poi usò l'applicazione della torcia del suo telefono per illuminare la strada, tenendo la pistola puntata. I rami le graffiavano braccia e gambe. Anche con quella luce, per due volte inciampò su qualcosa. Prima su una roccia. Poi su una radice d'albero. Continuò ad andare avanti, camminando tra gli alberi, cercando di concentrarsi sul compito da svolgere e non su Noah. Ma la preoccupazione per il marito continuava a invadere i suoi pensieri; la sua mente le riproponeva a ripetizione tutto quello che era successo nel seminterrato di casa Mills, ancora e ancora.

Le arrivarono delle voci più avanti e Josie corse in quella direzione. Avevano delle torce, Josie capì che erano agenti della polizia di Denton. «Qui!» urlò per attirare la loro attenzione. «Sono la detective Quinn!»

Procedendo in modo da evitare gli aceri, trovò i due agenti di pattuglia, Brennan e Daugherty.

«Ehi!» disse Brennan. «Ci ha fatti tornare in questo bosco.»

«State andando nella direzione sbagliata.» li avvertì Josie.

I due si guardarono. «No, non è vero.» disse Daugherty. «Vi stavamo seguendo.»

Josie guardò dietro di sé, anche se riusciva a vedere solo oscurità. «Venite dalla casa? La casa dei Mills?»

Brennan indicò col pollice sopra la sua spalla. «Sì, è proprio laggiù. Una trentina di passi e vedrà le luci della cucina. Che cosa è successo? Non l'avete trovato?»

«No.» disse Josie. «M-mi devo essere... devo aver girato in cerchio.»

Daugherty vide qualcosa nella sua espressione. «È tutto a

posto. Davvero. È buio e queste aree boschive possono essere davvero difficili da percorrere di notte.»

Non per me, stava per sbottare Josie. La sua concentrazione si era divisa: con la mente aveva seguito il marito, con il corpo era partita alla caccia dell'assassino.

«Abbiamo messo delle unità a cercarlo anche dall'altro lato.» le spiegò Brennan. «Stanno cercando un fuoristrada di colore scuro sulla strada che porta a questi boschi. Lo prenderemo, ne sono certo.»

Josie deglutì per mandare giù il crescente nodo alla gola. «Il tenente Fraley è...?» ma non riuscì a finire la domanda.

«L'ultima volta che l'ho visto era in cucina, a occuparsi di Mrs. Mills.» spiegò Daugherty.

«Sembra che la donna sia stata colpita due volte all'addome da un'arma da fuoco.» aggiunse Brennan. «Il tenete Fraley stava cercando di fare pressione sulle ferite in attesa che i paramedici la portino in ospedale.»

Josie ondeggiò sui piedi, con un sollievo così profondo da sciogliere ogni muscolo del suo corpo.

«Grazie.» mormorò.

I due uomini si incamminarono tra gli alberi. Daugherty disse alle sue spalle. «La ragazzina è ancora dentro casa. Ha detto che non sarebbe andata da nessuna parte senza di lei.»

QUARANTACINQUE

Un ronzio di corrente elettrica si diffondeva nel Pronto Soccorso del Denton Memorial Hospital. Josie lo percepì nel momento stesso in cui varcò le doppie porte dell'ingresso principale con Alison aggrappata al suo fianco. L'addetto alla Sicurezza, che di solito se ne stava tranquillamente seduto dietro la scrivania, stazionava davanti alla porta dell'area di triage, con una mano sulla radio e il mento leggermente inclinato di lato, come se fosse pronto ad abbaiare istruzioni da un momento all'altro. Quando vide Josie e Alison, fece loro cenno di avvicinarsi. Una volta che lui e l'infermiera del triage ebbero accertato che né Josie né Alison avevano bisogno di cure, le fecero passare all'interno.

Ancor prima di vedere le due sale traumi, Josie sentì i movimenti di medici e infermieri che cercavano disperatamente di salvare le vite di Marlene Mills e dell'uomo a cui Josie aveva sparato. Le due stanze erano più grandi dei classici cubicoli con le tende, avevano le pareti di vetro e molte più attrezzature. In una, l'uomo giaceva su una barella, perfettamente immobile. I lembi della maglietta a brandelli pendevano allentati nel punto in cui l'équipe medica l'aveva tagliata. Un'infermiera teneva in mano due piastre di un defibrillatore d'emergenza e gridava: «Libera!»

Tutti intorno al letto smisero di fare quello che stavano facendo, alzarono le mani, come in segno di resa, e si allontanarono. L'infermiera diede una scarica e il petto dell'uomo si inarcò all'insù, un braccio scivolò dal bordo del letto, rimanendo penzoloni. In quel momento, Josie si accorse che aveva un tatuaggio sull'avambraccio: un serpente attorcigliato su sé stesso in una posa innaturale, con la lingua rossa che guizzava fuori dalla bocca. A Josie ci volle un secondo buono per capirne la forma. Formava un ovale? Un cubo? Un quadrato? Un rettangolo? O forse, pensò, cercando di guardarlo più da vicino mentre l'infermiera dava un'altra scarica al petto dell'uomo, la lettera D?

Stretta contro il fianco di Josie, Alison emise un tormentato squittio. Josie rivolse la sua attenzione alla seconda sala traumi: la prima cosa che vide fu sangue dappertutto. Era sparso sul pavimento, impregnava i tamponi gettati via e inzuppava le lenzuola appallottolate. La seconda cosa che vide fu Marlene Mills proprio quando veniva trasportata su una barella. Il viso aveva il colore della cenere, privo di espressione, gli occhi erano chiusi. Un medico e tre infermieri corsero accanto alla barella e la spinsero verso le porte di un ascensore aperto, alla fine del corridoio, per trasferirla in sala operatoria.

Josie fu colta alla sprovvista dal ricordo di quando, un anno e mezzo prima, si era ritrovata in quello stesso punto a guardare un'équipe medica che si occupava di sua nonna, a sua volta con una ferita da arma da fuoco, subito prima di sottoporla a un intervento chirurgico. Un intervento che, alla fine, non era riuscito a salvarle la vita.

Josie afferrò Alison per le braccia e la portò via. «Questa non è una cosa a cui dovresti assistere.»

Alison allungò il collo oltre la spalla di Josie, allontanandosi da lei per continuare a guardare. «Ma quella è mia madre! È morta? Devo sapere cosa sta succedendo!»

«Ti diranno tutto.» le garantì Josie, spingendola in uno dei box vuoti e chiudendo la tenda alle loro spalle. Costrinse Alison a girarsi, in modo da mettersi l'una di fronte all'altra, afferrandole di nuovo entrambe le braccia e guardandola negli occhi. «Se corrono così, vuol dire che la stanno portando in sala operatoria. Ma fidati di me se ti dico che non è bene che tu veda quella stanza.»

Alison protese il mento in avanti e con il viso livido e martoriato e l'atteggiamento di sfida che la facevano sembrare una specie di guerriera con le cicatrici della battaglia, piuttosto che una diciassettenne in preda al terrore, disse: «Ho già visto cose del genere. Sono rimasta coinvolta nell'incidente con mio padre e mio zio Billy. Ho visto i medici che cercavano di salvare la vita di mio zio Billy. C'era sangue dappertutto. Quindi, sono in grado di sopportarlo.»

Josie sentì che tutto dentro di lei si ammorbidiva. Strinse le spalle di Alison e abbassò la voce. «Lo so che sei in grado di sopportarlo, Alison, ma non significa che dovresti farlo.» *A nessuno dovrebbe toccare una cosa del genere*, aggiunse silenziosamente una voce nel suo cervello.

Guidò Alison verso una sedia accanto alla barella vuota e poi le fece cenno di sedersi. Alison prese posto con riluttanza. Josie prese un respiro profondo. «Lascia ai dottori un po' di tempo per lavorare. Non c'è niente che possiamo fare in questo momento, se non aspettare. Perché, invece, non mi dici cos'è successo?»

Alison cominciò a dondolare avanti e indietro con il busto, avvolse le braccia intorno alla vita e guardò oltre Josie, come se potesse vedere sua madre. «Eravamo a casa. Ho parlato con mio padre al telefono. Era contento che stessi bene. Sta ancora cercando di tornare a casa, ma in questo momento è bloccato in Francia e sta cercando di trovare un volo per Philadelphia o per

New York con così breve preavviso. Comunque, mia madre non voleva andare in albergo perché ci sarebbe costato troppo. Aveva detto che, siccome l'intera faccenda è stata resa pubblica dai notiziari, se c'erano degli uomini che ci stavano cercando pensando che io sia in possesso della cosa a cui tutti stanno dando la caccia, non sarebbero venuti a casa nostra. Sarebbe stato troppo spregiudicato, aveva detto. La sua amica Sadie è venuta per un po' a vedere come stavamo. Ha cercato di convincerci ad andare a stare con lei, ma la mamma non voleva che fosse coinvolta. Abbiamo cenato con Sadie e poi, dopo che se n'è andata, sono salita in camera mia. Mia madre è rimasta di sotto. Si era addormentata sul divano a guardare qualcosa alla televisione. Più tardi sono scesa per prendere uno spuntino, l'ho svegliata e le ho detto di andare a letto. Lei ha risposto che l'avrebbe fatto in un attimo. Stavo risalendo le scale quando ho sentito un baccano tremendo. Sembrava come un vetro che andava in mille pezzi o qualcosa di simile. Credo che provenisse dal retro della casa. Mia madre è saltata giù dal divano. Non è riuscita a fare un fiato. Mi ha solo lanciato un'occhiata e mi ha fatto capire di "nascondermi". Sono salita in cima alle scale e mi sono messa ad ascoltare. So che stavo correndo il rischio che mi trovassero, ma dovevo sapere cosa stava succedendo. Dovevo saperlo perché volevo fare qualcosa. Qualsiasi cosa possibile. Ho sentito le voci di due uomini. Hanno detto a mia madre di sedersi e di stare zitta. Lei, però, ha continuato a parlare... sa com'è fatta. Beh, può darsi che non lo sappia, ma...»

Josie sorrise. «Lo so.»

«Giusto. Insomma, lei non la smetteva di parlare e loro hanno cominciato a innervosirsi. Lei continuava a dire: "Non fatemi del male. Prendete quello che volete e andatevene, ma lasciatemi in pace". Le hanno chiesto dove fossi e lei ha mentito dicendo che non ero in casa. Poi uno di loro ha detto all'altro che non avevano bisogno di me, potevano semplicemente perquisire la casa. Mia madre si ostinava a discutere, dicendo che non aveva nulla che loro potessero volere. A un certo punto mi è sembrato che uno dei due stesse per salire al piano di sopra, perché ho sentito il pavimento del soggiorno vicino al pianerottolo che scricchiolava, e a quel punto sono scappata. Sono corsa in camera mia, ho preso il telefono e poi ho pensato: se salgono a cercare, il primo posto in cui guarderanno è la mia stanza! Così sono andata a nascondermi nell'armadio del corridoio e stavo per chiamare la polizia, ma poi mi sono resa conto che se avessi parlato mi avrebbero sentita e allora le ho mandato un messaggio. Dovevo fare qualcosa. Dovevo cercare di salvare mia madre. Ho pensato anche che sarei dovuta scendere e parlare con quegli uomini. Magari, se l'avessi fatto, a quest'ora mia madre starebbe bene. Voglio dire, continuo a pensare a Dina e a come l'ho lasciata da sola e ora è morta.»

«Alison, non è stata colpa tua.» le disse Josie.

La ragazza si fermò e incrociò lo sguardo di Josie.

«Sì, invece! L'ho lasciata da sola! Mi sono messa a correre e non sono nemmeno andata a chiedere aiuto. Sono scappata e mi sono nascosta come una vigliacca.»

«Alison...»

«E se *avessi potuto* salvarla? Non sono certo Supergirl o chissà cosa, ma non ci ho nemmeno provato. E se avessi potuto fermarlo o se avessi potuto fare qualcosa? Se almeno avessi cercato aiuto fin da subito. Magari, adesso, Dina sarebbe ancora viva. È tutta colpa mia!»

Via via che parlava, i suoi occhi diventavano acquosi per il pianto. Una lacrima solitaria le scivolò dall'occhio destro e colò sulla guancia contusa.

Josie si spostò e si appoggiò al bordo della barella. Guardò la ragazza, così giovane, ma già appesantita da un evento così grave. Josie ne sapeva qualcosa del senso di colpa dei sopravvissuti. Era passato più di un anno dall'omicidio di sua nonna, eppure continuava a rivederne gli eventi, a ripercorrere tutte le azioni che avrebbe potuto compiere in modo diverso e che non avrebbero causato la morte di sua nonna. Ma non importava quanti scenari inventasse in cui Lisette non si piazzava davanti a quel fucile per proteggerla dai colpi esplosi, perché Lisette rimaneva comunque morta e invece lei era ancora viva.

«Alison...» disse Josie. «Anche se fossi rimasta con Dina, anche se avessi cercato di impedire a Elliott Calvert di attaccarla, o anche se fossi andata a chiedere aiuto immediatamente, non è detto che saresti riuscita a salvare la vita di Dina.»

Gli occhi di Alison si spalancarono per la sorpresa. «E questo dovrebbe farmi sentire meglio?»

Josie fece un sorriso malinconico. «Pensi che ci sia qualcosa che io possa dirti, o che chiunque altro possa dirti, che ti farebbe sentire meglio per la morte della tua amica?»

Lentamente, Alison scosse la testa.

«Qualche volta...» disse Josie, «anche nelle migliori circostanze, in un evento tragico le persone a cui tieni muoiono comunque.»

Alison la fissò per un lungo momento. Poi, con voce ruvida, disse: «Come con lo zio Billy.»

Non la intendeva come una domanda. Josie le concesse un minuto per elaborare quel pensiero. «Mio padre ha detto che in quell'incidente l'esito non poteva essere migliore di quello che c'è stato...» continuò. «I soccorsi sono arrivati subito, mio padre sapeva cosa fare per tenere in vita lo zio Billy fino all'arrivo dell'ambulanza, io ero lì ad aiutare mio padre in modo che non dovesse interrompere la rianimazione per chiamare i soccorsi, e sono arrivati in meno di quattro minuti. Avevano tutte le attrezzature necessarie per provare a tenerlo in vita, e ci sono riusciti. Fino all'ospedale. Anche in quel caso, c'era un chirurgo traumatologo all'ospedale, pronto e in attesa che l'ambulanza lo portasse dentro. È morto lo stesso.»

Josie annuì. «Ma scommetto che tuo padre si dà ancora la colpa, dico bene?»

«Sì, è così. Si era distratto mentre guidava. È così che è

successo. Io mi do ancora la colpa per Dina. Sta dicendo... sta dicendo che questo non passerà mai?»

«Non so dirtelo.»

Alison ci pensò. «E se non se ne andasse mai? E se mi dovessi sentire così per sempre?»

«Si impara a conviverci.» disse Josie.

Alison alzò una mano e se la premette sul petto. «Dovrei imparare a conviverci? Tutto qui? È questa la sua risposta? Ma che razza di adulto è lei?»

Josie disse: «Il tipo di persona che crede che mentirti e raccontarti un mucchio di banalità del cazzo sulla morte, sul dolore e sul senso di colpa non ti servirà assolutamente a niente. A me non è mai servito. La verità, Alison, è che queste cose che senti... sono la dura realtà. Sono difficili da sopportare. Possono perfino diventare invalidanti. Ma non importa quanto adesso tu stia soffrendo, quanto ti senta in colpa, perché non cambia niente. Non cambia assolutamente nulla. Neanche lontanamente.»

Alison la fissò, attonita, con gli occhi spalancati.

«Allora perché non affrontare di petto queste emozioni?» continuò Josie. «Con gli occhi ben aperti. Devi dire a quel senso di colpa opprimente e a quel dolore: "Io ti vedo". Smettila di combatterlo con tutte le tue forze. Accettalo. Non puoi cambiare ciò che è stato. La vita va avanti e, che ci piaccia o no, anche noi. Quindi sì, con il dolore, con il senso di colpa... devi trovare il modo di conviverci. Non so quale sia il modo migliore per te, ma ti sconsiglio caldamente di annegarli nelle droghe e nell'alcol.»

Alison rise. «Beh, ora sì che sembra una vera adulta...»

Josie fece una risatina secca. «Forse uno di questi modi è riuscire a reagire in modo diverso nelle situazioni future. Come con tua madre.»

Un'altra lacrima scivolò sulla guancia di Alison. «Ma non ho agito diversamente con la mamma. È lì dentro che lotta per sopravvivere.»

«È vero.» concesse Josie. «Sta lottando per la vita, Alison. Ha una possibilità perché ti sei messa subito in contatto con me. Perché hai colpito quel tizio in testa con una padella quando è sbucato dal seminterrato. Sei stata davvero tosta, sai?»

Alison arrossì e un piccolo sorriso le disegnò le labbra.

«Cosa sarebbe successo se avessi aspettato a contattarmi?» riprese Josie. «Se avessi aspettato a chiamare la polizia? Tua madre avrebbe potuto morire dissanguata. E se non avessi colpito quel tizio? Quegli uomini avrebbero potuto farle ancora più male, avrebbero potuto fare del male a tutti noi.»

Alison la guardò incerta. «Non credo proprio. Lei ha lottato come una selvaggia contro quel tizio. L'ha affrontato... e quella mossa che ha fatto con il tostapane. Poi ha continuato ad attaccarlo. L'ha buttato fuori dalla cucina.»

«Perché mi hai aiutato tu.» disse Josie. «Mi hai aiutato a respingerlo. Proprio come hai aiutato tua madre. Adesso ha una possibilità. Sei tu che le hai dato questa possibilità.»

Si sentirono delle scarpe da ginnastica scricchiolare sulle piastrelle e delle voci che si avvicinavano.

Si sentì la voce di un uomo che diceva: «Abbiamo bisogno di dare una pulita in Trauma Uno.»

Josie scostò la tenda e vide il dottor Ahmed Nashat, uno dei medici del Pronto Soccorso, quello che aveva curato sua nonna, davanti alla sala traumi vuota.

«Detective Quinn...» la salutò.

«La donna che era in quella stanza si chiama Marlene Mills...» disse Josie con un cenno della testa in direzione di Alison, «Ed è la madre di questa ragazza.»

Il dottor Nashat rivolse un sorriso mesto ad Alison. «Tua madre è forte e sta tenendo duro, ma aveva bisogno di un intervento immediato. Le hanno sparato due volte e uno dei proiettili ha danneggiato il fegato e l'altro l'intestino tenue. Era necessario intervenire subito su entrambe le ferite. In questo momento il chirurgo traumatologo si sta occupando di lei.»

Poi il dottore tornò a guardare Josie. «L'altro uomo con la ferita da arma da fuoco non ce l'ha fatta. La dottoressa Feist lo prenderà in consegna a breve. Immagino che dovrete condurre un'indagine.»

«Grazie.» disse Josie. «Può chiamarmi quando saprà qualcosa su Mrs. Mills?»

«Certamente.» rispose il dottor Nashat prima di andarsene.

«Alison...» disse Josie, «devi chiamare subito tuo padre. Deve sapere cosa sta succedendo. Dobbiamo prendere accordi per farti stare con qualcuno. Avremo bisogno del suo parere e del suo permesso. Per ora, starai con me. Devo andare a controllare una persona e poi tornare alla stazione di polizia per un po'.»

Il dottor Nashat le lasciò davanti al reparto di Traumatologia. Josie si infilò nella prima stanza e usò il telefono per scattare una rapida foto del serpente dalla forma curiosa tatuato sul braccio dell'uomo. Tornata in corridoio, vide che Alison stava ancora fissando il dottor Nashat. «Ha detto che uno di quegli uomini non ce l'ha fatta. Com'è successo?»

«Per una ferita da arma da fuoco. Uno degli uomini che hanno aggredito tua madre è stato ferito nel tentativo di fuggire. È morto all'arrivo in ospedale.» le rispose Josie.

«E l'altro uomo?» chiese Alison. «Siete riusciti a prenderlo?»

Josie guardò il telefono, scorrendo per cercare eventuali aggiornamenti, ma non ce n'erano. «No.» disse. «Non ancora.»

QUARANTASEI

Josie lasciò Alison in infermeria, sotto l'occhio vigile della responsabile del reparto, dandole istruzioni di cercare di mettersi in contatto con suo padre. Poi trovò Noah, che riposava comodamente su una barella dietro un'altra tenda. Il personale medico gli aveva dato un camice da ospedale, ma lui indossava ancora i jeans e gli scarponi. Le ginocchia dei pantaloni erano macchiate di sangue secco che si stava incrostando lungo le suole degli scarponi. Le sorrise, sollevando una mano. «Ehi.»

Dovette fare appello a ogni briciolo di autocontrollo per non attraversare di corsa la stanza e saltare sul letto al suo fianco. Quindi, si avvicinò e si appollaiò di lato, guardandolo in faccia. Sembrava stanco, ma era vigile, con gli occhi color nocciola che scintillavano. Sentì un improvviso bisogno di piangere. La sua voce era roca quando disse: «Non riesci a dirmi niente di meglio di "ehi"? Ti hanno sparato.»

Lui sollevò il camice, rivelando due macchie scure di lividi che avevano già iniziato a diffondersi con una rete di ramificazioni lungo tutto un lato del torso. «Ne ho presi due, ma sul giubbotto antiproiettile.»

«Ti hanno sparato, Noah.»

Lui cercò di mettersi a sedere, ma non ci riuscì, sibilando aria tra i denti serrati.

«Quante costole ti sei fratturato?» gli chiese e lui alzò tre dita.

Josie si alzò e gli si avvicinò, appoggiandosi a lui finché le loro fronti non si toccarono. Le sfuggirono alcune lacrime lungo le guance, nonostante avesse cercato di controllarsi. Con delicatezza, Noah allungo una mano e gliela passò intorno al collo. «Sto bene...» sussurrò e inclinando il mento verso l'alto, sfiorò le labbra di lei.

«Ti hanno sparato.» ripeté Josie con voce tremante.

«Il giubbotto mi ha salvato, Josie. Sto bene. Ho promesso di correre sempre verso il pericolo con te, ricordi?»

Lei sospirò sul suo viso e sentì che le asciugava le lacrime con i polpastrelli dei pollici. Un altro sussulto di dolore.

«È stata una promessa davvero stupida.» disse lei.

Lui iniziò a ridere, ma poi si fermò bruscamente. Facendo un altro respiro lento e attento, disse: «Era l'unica che avesse senso.»

Si baciarono dolcemente e Josie si ritrasse. «Ti tratterranno per la notte?»

Scosse la testa. Quei pochi movimenti erano bastati a provocargli un forte dolore, Josie lo capiva bene dal pallore che aveva assunto il suo viso. «Chiamo Drake e Trinity.» propose. «Così vengono a prenderti. Io devo sistemare Alison da qualche parte.»

«Non preoccuparti.» disse Noah. «Ci vediamo a casa.»

Dirigendosi verso la postazione degli infermieri, vide che Alison stava lasciando un messaggio vocale a suo padre, perciò, Josie le diede il tempo di finire, approfittandone per inviare un messaggio a sua sorella, che subito acconsentì ad andare a prendere Noah e a fornirgli a casa tutte le cure di cui aveva bisogno. Una volta che Alison ebbe finito di lasciare al padre un messaggio sconclusionato e con la voce rotta dal pianto, Josie la accompagnò alla centrale della polizia di Denton. Il parcheggio comunale era quasi completamente vuoto, il che non era una sorpresa, dato che la maggior parte delle unità era sulla scena di casa Mills a esaminare e a perlustrare la zona, a caccia dell'altro uomo o a perlustrare la città alla ricerca del fuoristrada di colore scuro con cui quasi sicuramente era scappato. Josie lasciò la macchina nel posto più vicino alla porta. Clint Mills chiamò sul telefono di Alison proprio quando Josie spense il motore.

«È mio padre!» esclamò Alison con voce che lasciava trasparire un po' di nervosismo e un po' di eccitazione. Nel momento in cui sentì la voce del padre, scoppiò a piangere. Josie fu grata che fossero ancora in macchina. I singhiozzi avvolsero il corpo della ragazza. Il telefono le cadde di mano. Chinandosi, Josie lo pescò dal fondo tra i piedi di Alison e se lo premette all'orecchio. «Mr. Mills?»

La sua voce tremò. «Chi è? E cosa sta succedendo? C'è qualcosa che non va? Dov'è mia moglie? Mia figlia sta bene?»

Josie si identificò e, nel modo più chiaro e calmo possibile, gli fece un resoconto della situazione. Dall'altra parte giunse un fruscio. Josie sentì il suono di un pianto soffocato e aspettò pazientemente, tenendo il telefono premuto contro l'orecchio con una mano e intanto con l'altra accarezzava la schiena di Alison. Clint Mills ci mise meno di sua figlia a calmarsi. Ci furono altri fruscii, poi un forte sospiro e infine disse: «Mi dispiace. Avevo bisogno di un minuto. Sto cercando di tornare dalla mia famiglia il più velocemente possibile. Io... oh, la mia povera Alison. Cosa farà? Non potete farla tornare a casa e non potete lasciarla in ospedale. Dov'è adesso? Dove si trova?»

«Siamo alla stazione di polizia» disse Josie, «e Alison starà con me finché non troveremo una sistemazione adeguata.»

«Una sistemazione adeguata? Oh, giusto, vi serve un posto dove farla stare finché non torno.»

«Ho bisogno che sia al sicuro, ma sì, ha bisogno di un posto dove stare. È esausta. C'è qualcuno di qui che possiamo chiamare?»

«La migliore amica di mia moglie. Sadie.»

Alison si mise a sedere diritta e disse: «Mamma non voleva coinvolgerla.»

All'orecchio di Josie, Clint fece un verso di irritazione. «Ma per favore! Quelle due sono amiche per la pelle. Dica ad Alison che la chiamerò io, d'accordo? La chiamo subito. Se Sadie non pensa di essere al sicuro, allora pagherò per farle stare da un'altra parte. In un hotel o un altro posto. Dirò a Sadie di venire a prenderla alla stazione di polizia, d'accordo?»

«Sarebbe perfetto.» disse Josie.

«Mi può ripassare mia figlia?»

Josie restituì il telefono ad Alison e aspettò che la conversazione si concludesse. Alison sembrava molto più calma quando riattaccò. Asciugandosi il naso con la manica della felpa, disse: «Avremmo dovuto andare subito da Sadie.»

«Andiamo.» disse Josie. «Entriamo e aspettiamola dentro. Devo fare delle telefonate.»

Dieci minuti dopo, Alison era seduta al tavolo della sala conferenze, con la guancia appoggiata sulle braccia conserte. In pochi istanti, i suoi occhi si chiusero. Il naso le fischiava a ogni respiro. Dopo aver spento le luci, Josie la lasciò lì e andò in corridoio per comunicare al sergente Dan Lamay che Alison stava riposando nella sala conferenze e che lei sarebbe salita al secondo piano per fare alcune telefonate. «Se esce a cercarmi...» si raccomandò Josie, «mandala su.»

«Agli ordini, Boss.» disse lui.

Salita al piano di sopra, Josie si sedette alla sua scrivania. Tirò fuori la foto che aveva scattato del tatuaggio dell'uomo morto e la studiò. Aveva pochi dubbi sul fatto che gli uomini che avevano invaso la casa dei Mills e sparato a Marlene fossero anche quelli che avevano torturato Dina Hale e che erano stati visti vicino alla casa di Max Combs prima e dopo il suo omicidio. Josie era convinta che fossero legati a una qualche banda o, più probabilmente, a un braccio della malavita. Tutto di loro, dall'aspetto, alla presenza, alle cose che avevano fatto, puzzava di criminalità organizzata. Rimaneva da capire: per chi lavoravano? Josie sperava che, una volta analizzata la scena del crimine e fatta l'autopsia sul corpo, avrebbero potuto scoprirne l'identità o un numero di telefono che avrebbe dato loro almeno una parte di quelle informazioni, ma per il momento tutto ciò che avevano era quel tatuaggio. Non era detto che le avrebbe permesso di scoprire chi fosse quell'uomo, ma era possibile che le rivelasse il suo mandante. Purtroppo, non c'era una banca dati in cui poter cercare un riscontro della foto. Il Commonwealth della Pennsylvania teneva traccia dei tatuaggi attraverso un database carcerario apposito; oltre a questo, alcune prigioni di contea conservavano le fotografie dei tatuaggi quando schedavano i nuovi detenuti. Ma entrambi questi database erano limitati e richiedevano più informazioni di una semplice foto. Il database delle prigioni statali, per esempio, sarebbe stato utile solo se il proprietario del tatuaggio fosse stato un detenuto. Non era questo il caso, dal momento che l'uomo che avevano abbattuto era su un tavolo dell'obitorio. Da anni l'FBI stava cercando di sviluppare un database nazionale in cui le forze dell'ordine potessero cercare i tatuaggi usando delle fotografie, ma non era ancora a disposizione, il che lasciava a Josie poche opzioni. C'era, naturalmente, una risorsa che poteva usare, anche se in via non ufficiale: mandare un messaggio a Drake.

Hai lavorato a qualche caso legato alle gang, vero? E a casi che coinvolgono la mafia?

La sua risposta arrivò un attimo dopo.

Molto poco, però sì. Di cosa hai bisogno?

Josie gli inviò la foto e scrisse: *Sto cercando di capire se questo tatuaggio significa qualcosa o se il tizio che se l'è fatto aveva una passione per i serpenti in posizioni strane.*

Passò un altro minuto. Poi arrivò la risposta di Drake.

Posso chiedere in giro. In via non ufficiale.

Grazie, scrisse Josie.

Chiuse l'applicazione dei messaggi e aprì la rubrica: dall'ospedale le dissero che Marlene era ancora in sala operatoria e non c'erano novità. La telefonata successiva fu per Noah: era a casa, steso a letto con Trout al suo fianco e imbottito di molti antidolorifici. Parlarono per diversi minuti, finché lui iniziò ad avere un'aria assonnata. Riattaccò e chiamò Gretchen, che le riferì che stavano ancora analizzando la casa dei Mills e che non erano stati individuati né il secondo uomo né il fuoristrada di colore scuro, ma che il capo aveva autorizzato a continuare le ricerche per tutta la notte. «Gretchen, sappiamo che questi tizi hanno girato per Denton con questo fuoristrada creando scompiglio per almeno una settimana. Quando hanno rapito Dina, non l'hanno portata in qualche edificio; l'hanno tenuta a bordo, parcheggiando in un'area esterna isolata.»

«Il che significa che non hanno una base operativa da queste parti.» concluse Gretchen.

«Esatto. Potrebbero non essere di qui, no? Potrebbero venire da fuori Denton?»

«Pensi che alloggino in un hotel? Qui in città?» le chiese Gretchen.

«Beh, magari non in città, ma fuori, sì. Dovremmo mandare delle unità in tutti gli hotel della zona per chiedere informazioni su due uomini con un fuoristrada. Hai trovato qualcosa sul tizio all'obitorio?»

«Nessun documento. Un telefono, ma è usa e getta e ha

chiamato solo un altro numero. Abbiamo provato a chiamarlo, ma non è più attivo.»

«Scommetto che è dell'altro.» disse Josie. «A questo punto se ne sarà già sbarazzato.»

«Probabile.» convenne Gretchen. «Sicuramente a quest'ora l'avrà abbandonato da qualche parte. Senti, farò fare un giro alle unità negli hotel della zona, d'accordo? Vediamo se così riusciamo a trovare qualche pista.»

Josie la ringraziò e riattaccò. Si alzò e si stiracchiò, avvertendo solo in quel momento i vari dolori sparsi su tutto il corpo: alla schiena, a una spalla, alle gambe e su un fianco. Frugò in uno dei cassetti della scrivania finché non trovò un flacone di ibuprofene mezzo pieno. Mandò giù due pillole a secco e tornò al piano di sotto. La porta della sala conferenze era chiusa. Guardò da una parte all'altra del corridoio. L'interno dell'edificio era deserto proprio come l'esterno, con tutte le unità disponibili ancora in giro a cercare il secondo uomo. Josie girò la maniglia e spinse, ma la porta non si aprì che di uno spiraglio, dal quale riusciva a vedere solo una piccola porzione della stanza. Josie sbirciò attraverso la fessura della porta. «Alison?» chiamò.

Poteva vedere solo una metà del lungo tavolo. Tutte le sedie erano al loro posto, tranne una. Quella più vicina alla porta. Si rese conto che era quella incastrata sotto la maniglia della porta.

«Alison!»

Josie sentì un sussulto, poi un grido strozzato, un grugnito e infine un forte schianto. Il suo cuore si mise a galoppare all'impazzata. Le ci volle una frazione di secondo per girare la testa e valutare la distanza dalla porta all'atrio e viceversa. Valeva la pena perdere quei secondi per chiedere aiuto al sergente Lamay? Josie gridò il suo nome più forte che poté, poi prese la rincorsa e si lanciò con tutto il suo peso contro la porta, che tremò nel telaio, ma non si aprì.

Per un attimo la raggiunse la voce di Alison: «Aiut...» ma fu interrotta bruscamente.

Mentre Josie faceva un altro passo indietro, sentì il rumore delle sedie che cadevano dall'altra parte della porta. Alzò il piede e tirò un calcio con forza contro la porta, concentrando la forza proprio a lato della maniglia.

«Polizia!» gridò. «Aprite la porta!»

Neanche al secondo tentativo la porta si aprì, nonostante lo scossone. Josie continuò a tirare calci, urlando per tutto il tempo, alternando i richiami al sergente Lamay e intimando a chiunque si trovasse dall'altra parte della porta di aprire. «Boss?» chiese Lamay raggiungendola di corsa nel corridoio, il più velocemente possibile, il che non significava poi così veloce data la sua età e il suo ginocchio malandato. Proprio in quel momento, i calci di Josie spostarono la sedia dall'altra parte e la porta si aprì di un mezzo metro. Lei si fece strada a forza attraversandola. Nella metà della stanza che non era riuscita a vedere, le sedie erano rovesciate e un uomo dai capelli scuri incombeva su Alison, tenendola ferma contro il muro. Le stava stringendo la gola con entrambe le mani. I piedi di Alison penzolavano nel vuoto, si dimenava, cercava di dargli dei calci, ma lui era troppo alto e poteva allontanare le gambe e il bacino pur continuando a tenerla in posizione. Le dita di Alison si arricciavano sulle mani dell'uomo, cercando di allontanarle dal collo. Aveva gli occhi spalancati.

«Dov'è?» ringhiava l'uomo.

A Josie bastò un secondo per registrare la scena. Dietro di lei, Lamay urlava a pieni polmoni a quell'uomo di lasciarla andare. Per Josie il tempo rallentò. Il suo cervello colse il labirinto di sedie rovesciate e spinse il suo corpo sopra il tavolo, arrampicandosi sulla superficie lucida. Con un salto volò sopra di lui e gli colpì il fianco con una gomitata, passando sotto le braccia alzate. Il rumore delle sue costole che si incrinavano le diede grande soddisfazione. Sbalordito, l'uomo si dimenò, allentando la presa su Alison e barcollando all'indietro. Josie gli afferrò un polso e lo fece girare su sé stesso e con l'altra mano gli prese la nuca e gli schiacciò il viso sulla superficie del tavolo. Lui lanciò un grido quando lei gli strattonò le braccia dietro la schiena, bloccandogli i polsi. Lo tenne fermo fino a quando Lamay non riuscì a superare il groviglio di sedie e lo ammanettò.

«Sei in arresto.» dichiarò il sergente.

Josie si voltò verso Alison, che era scivolata sul pavimento e si stava massaggiando la gola con entrambe le mani e quando le riabbassò, Josie poté vedere dei segni rossi da pressione che le erano rimasti sul collo. Le si inginocchiò davanti e le chiese: «Stai bene?»

Alison annuì. «Sto... sto... ah! Mi... fa male a parlare.»

«Non c'è bisogno che tu parli.» disse Josie. «Ti porteremo in ospedale e ti faremo visitare. Riesci ad alzarti?»

Alison annuì di nuovo e inciampò nei suoi piedi, aggrappandosi alle braccia di Josie per sostenersi. I suoi occhi cercarono l'uomo oltre le spalle di Josie. Ora che la ragazza era al sicuro, Josie si prese un momento per dare un'attenta occhiata all'aggressore di Alison. La prima cosa che notò fu la testa piena di capelli. Non si trattava quindi dell'aggressore fuggito dalla casa dei Mills.

«Andiamo.» disse Dan, facendo alzare l'uomo in piedi.

«Oh merda.» disse Josie a mezza voce.

Alison le strinse il braccio. «Cosa c'è?» gracchiò.

Lamay spinse l'uomo dall'altra parte del tavolo per evitare che si avvicinasse a loro mentre lasciavano la stanza. Josie aspettò che uscissero e quando sentì i loro passi allontanarsi lungo il corridoio disse: «Quello è Pierce Fuller. È un membro del Consiglio comunale.»

Josie era tra il sonno e la veglia sulla sedia di vinile accanto al letto di Alison, al Pronto Soccorso. Una delle infermiere aveva spento le luci che si trovavano sopra il letto e aveva tirato la tenda, in modo che potessero avere un po' di tranquillità, ma i rumori dell'affollato reparto le raggiungevano ugualmente: infermieri e medici che si urlavano istruzioni l'un l'altro; pazienti che chiedevano a gran voce di essere aiutati, di poter avere altre medicine o che semplicemente lamentavano fortissimi dolori; i campanelli per chiamare gli infermieri, gli acuti segnali acustici dei macchinari che segnalavano le flebo vuote e i segni vitali che accusavano qualche problema. A dispetto di tutto quel rumore, Alison si era addormentata quasi subito. Josie invece si opponeva alla stanchezza, chiudendo gli occhi, ma promettendo a sé stessa di non cadere in un sonno profondo.

La tenda frusciò e Josie, nel suo stato di dormiveglia, balzò dalla sedia, pronta a combattere. Ma poi vide che stava entrando una donna bassa e robusta.

«Sadie...» la accolse Josie.

Sadie guardò Alison e mantenne la voce a un sussurro. «Sta bene? Sono andata alla stazione di polizia dopo il mio turno, come mi aveva chiesto Clint, ma mi hanno detto che era capitata qualche emergenza e che Alison era qui. Non le dico quanto ero preoccupata. E Marlene! Clint mi ha detto cosa le è successo. Non si sa ancora niente?»

Josie le fece cenno di prendere la sedia che lei stessa aveva appena lasciato. Sadie si accomodò, ma tenne gli occhi puntati sulla ragazza.

«Marlene è uscita dalla sala operatoria. L'operazione è andata bene, mi dicono, ma è ancora in condizioni critiche e rimarrà in terapia intensiva almeno per i prossimi due o tre giorni. Non è ancora fuori pericolo. Le ferite di Alison non sono gravi, sono solo contusioni.»

Sadie si allungò verso Alison e le prese una mano, ma nel constatare che, anche nel sonno, la ragazza trasaliva e si ritraeva, si abbandonò alla sconsolatezza.

«Ne ha passate tante negli ultimi giorni.» convenne Josie. «Sarà nervosa per un po'.»

«È naturale.» disse Sadie. «La dimetteranno stasera?»

«Sì.» disse Josie. «Dovrebbero portare i documenti a minuti.»

La tenda si mosse e si aprì. Il capo Chitwood apparve davanti a loro, immerso nelle forti luci fluorescenti della sala. «Quinn...» disse, «sono venuto il prima possibile. Il sergente Lamay mi ha raccontato tutto.» Si voltò, accorgendosi della presenza di Sadie e chiuse la bocca.

Josi fece le presentazioni. «Sono venuta per portare Alison a casa.» disse Sadie. «Oppure dovremmo prenotare in un albergo.»

«Sono felice che sia qui, Ms. Bacarra.» disse Chitwood. «È un bel gesto che abbia voluto accogliere Alison in un momento così traumatico, ma credo che per la sua sicurezza, e per quella della ragazza, sia più sicuro mettere Alison sotto custodia protettiva, specialmente alla luce di quello che è successo nelle ultime ore.»

Sadie si alzò in piedi, intrecciando le dita intorno alle cinghie della borsa. «Custodia protettiva? Cos'è? È come il programma di protezione dei testimoni?»

Il capo sorrise. «No, niente del genere. Voglio solo che Alison possa beneficiare della presenza della polizia per il momento. Vorrei anche assicurarmi che lei e la sua famiglia non corriate alcun rischio. Solo finché non avremo risolto il caso.»

Sadie guardò Alison e poi il capo. «L'ho promesso a suo padre.»

«Credo che suo padre sia d'accordo sul fatto che tenervi sotto controllo sia la cosa migliore da fare.» Le mise in mano un biglietto da visita. «Può chiamarmi in qualsiasi momento se ha domande o preoccupazioni, ma quello che vorrei che facesse adesso è andare a casa. Si assicuri di chiudere bene porte e finestre e chiami la polizia se ha anche solo la minima impressione che ci sia qualcosa che non va. D'accordo?»

Sadie guardò il biglietto, Alison e poi di nuovo Chitwood. «Pensa che io sia in pericolo?»

«No.» disse il capo. «Ma Alison lo è, e non vogliamo che lei sia messa a rischio di riflesso. Come ho detto, solo finché non avremo chiuso il caso.»

«Dove la porterete?» chiese Sadie.

Il capo sorrise, si avvicinò e la prese per un gomito, guidandola oltre le tende fuori dal box. «Lasci che ce ne occupiamo noi, intesi? Ci terremo in stretto contatto con il padre di Alison.»

Josie guardò il capo che accompagnava Sadie all'uscita. Quando tornò, gli disse: «Custodia protettiva?»

Il capo le fece cenno di seguirlo nel corridoio, lontano dalle orecchie di Alison, anche se Josie poteva capire dai rantoli affaticati del suo naso che era profondamente addormentata. «Un membro del Consiglio comunale in carica si è introdotto nel comando di polizia e ha cercato di strozzare una ragazzina di diciassette anni. Quinn, finché non avremo capito esattamente cosa diavolo sta succedendo in questa città, non dobbiamo per nessun motivo perdere di vista Alison Mills. Mi sono spiegato?»

Josie annuì. Con una mano si sistemò i capelli dietro la nuca. «Come intende fare?»

«Voi due rimarrete a casa mia per adesso...»

«Signore...» cominciò a dire Josie.

«Daisy è già da Palmer e sua figlia Paula è lì con lei. Fraley mi ha detto che voi due avete ospiti e loro si prenderanno cura di lui. E a parte questo, io sono il capo. Tutti voi siete sotto la mia responsabilità. Porta quella ragazzina a casa mia. Almeno per stanotte. E domani vedremo come muoverci.»

«Non in un albergo?» chiese Josie.

Lui scosse la testa. «Troppo rischioso. Troppo visibile. Troppe persone che possono essere facilmente convinte a cedere il numero di una stanza per una manciata di dollari. Non so cosa diavolo stia succedendo qui, con architetti e consiglieri comunali che aggrediscono le ragazzine e i malavitosi che vanno in giro per la città a sparare alla gente, ma dobbiamo tenere in vita questa ragazza. Sei con me, Quinn?»

Josie era troppo esausta per pensare a qualcosa che non fosse un letto morbido e qualche ora di sonno.

La casa del capo era isolata, sorgeva in mezzo a un vecchio terreno agricolo di diversi ettari; quindi, poteva stare certa che Alison sarebbe stata al sicuro lì per le ore successive. «Sì, Signore.» disse. «Sono con lei.»

QUARANTOTTO

Aveva quasi quindici anni quando suo padre aveva mostrato la sua vera natura. Era accaduto di nuovo nel garage. Quella volta stava cercando delle bottigliette di plastica vuote per un progetto scolastico e nel bidone del riciclaggio ce n'erano a bizzeffe. Era un pomeriggio di un giorno infrasettimanale. La scuola era stata chiusa in anticipo a causa di un allarme bomba che si era rivelato niente più che una bufala e tutti i suoi compagni ne avevano approfittato per andare a pranzo fuori; invece, Perla era tornata a casa. Dal giorno in cui il suo mondo era andato in frantumi non aveva più voglia di fare niente. Suo padre le dava il tormento per la scuola praticamente ogni giorno, così aveva deciso di dedicarsi presto al suo progetto.

Quella volta non aveva visto un gruppo di uomini: c'era solamente suo padre. Se ne stava in piedi, con il petto gonfio, sul suo volto si leggeva un'espressione che mescolava la sua sete di sangue con l'assoluta soddisfazione di fronte alla sua opera che aveva fatto precipitare Perla in un baratro.

Prima che lei potesse voltarsi dall'altra parte, lui l'aveva vista. E le aveva sorriso.

Una voce nella sua testa le aveva detto di scappare, ma dove poteva andare? Non aveva altro. Quello era ciò che aveva nella vita. Quella era la sua vita. Poteva scappare, ma quell'uomo sarebbe sempre stato suo padre.

Aveva sentito gocciolare qualcosa, aveva visto suo padre voltarsi verso di lei, con le mani ai fianchi. «Ho dovuto farlo, Perla.» le aveva spiegato.

Avrebbe voluto distogliere lo sguardo dalla carneficina che aveva davanti, ma non ci riusciva. Dai recessi della sua mente, erano riemerse le parole di Mulo: «*A nessuno va di combattere, ma certe volte è necessario per difendere ciò che si ha.*»

L'aveva sempre saputo? Una parte silenziosa della sua mente aveva sempre saputo che suo padre era un mostro? O era solo una bambina stupida che viveva una vita di fantasia sotto gli occhi vigili di sua madre e del braccio destro del padre?

«Perla...» le aveva detto suo padre; la sua voce era roca, ma non era triste, né dispiaciuta, né conteneva alcuna emozione umana che Perla potesse comprendere in un momento simile.

No, quella era euforia e le faceva venire voglia di vomitare.

Si era avvicinato di più. «Perla mia...»

«Non dirlo.» aveva detto Perla con voce stridula che si faceva largo tra i nodi della gola. «Stai lontano da me. Non avvicinarti. Mai più.»

QUARANTANOVE

Un tocco leggero sulla guancia trascinò Josie fuori dal sonno. Dita familiari le spostarono i capelli dal viso. Tornò a galla e tutto il suo corpo si riempì di calore alle carezze di Noah. Un sorriso le si allargò sul viso prima ancora di aprire gli occhi e quando li riaprì, lui era davanti a lei, con il viso sospeso sopra il suo e gli occhi nocciola pieni di preoccupazione. «Ehi.» sussurrò.

Josie si tirò su a sedere e si guardò intorno, osservando un ambiente sconosciuto, e intanto gli eventi della notte precedente le tornavano in mente tutti insieme, colpendola come uno schiaffo. Alison e Marlene Mills. I due uomini che si erano introdotti in casa loro. Le ferite di Marlene. Alison aggredita da Pierce Fuller, un membro del Consiglio comunale. Il capo che insisteva perché restassero a casa sua per la notte. Alison che era a malapena cosciente quando Josie e il capo l'avevano portata fuori dall'ospedale e caricata in macchina. Non aveva fatto domande e, una volta arrivati a casa di Chitwood, quando lui le aveva mostrato il letto in cui avrebbe dormito, era crollata a faccia in giù. Nel giro di pochi secondi, il naso aveva ripreso a fischiare regolarmente. Josie aveva insistito per dormire nella stessa stanza con lei.

«Non dobbiamo per nessun motivo perderla di vista, significa proprio questo.» aveva risposto al capo.

Lui le aveva prontamente fornito una brandina da campeggio, una coperta e un cuscino. In circostanze normali, non l'avrebbe trovata affatto comoda, ma niente di quello che era successo nell'ultimo giorno, o di quello strano caso, rientrava nella normalità e lei era troppo esausta per avvertire qualsiasi forma di disagio. Girò la testa e vide che il letto di Alison era vuoto. «Dov'è?»

Noah era inginocchiato sul pavimento e passò a sedersi accanto a lei sulla stretta branda, con una serie di manovre rigide, accompagnate da smorfie di dolore.

«È di sotto con il capo. Le ha preparato qualcosa da mangiare.»

«Ha cucinato lui?»

Noah sorrise incerto. «Non mi azzarderei a chiamarla cucina, ma a quella ragazza non sembra importare molto.»

«E tu cosa ci fai qui?» chiese Josie. «Dovresti essere a casa a riposare. Devi stare parecchio male...»

«Non è così grave.» le assicurò lui. «E poi volevo vederti.»

Josie si protese in avanti e lo baciò. «Sono felice che tu sia qui. Ci sono novità? Hanno preso l'altro uomo? Hanno trovato il fuoristrada?»

«Hanno trovato il fuoristrada abbandonato vicino all'Interstatale. Era a noleggio. Gretchen sta cercando di risalire al nome di chi l'ha noleggiato e quando. Ha detto anche che non sono emersi indizi da nessuno degli hotel in cui abbiamo chiesto, ma è abbastanza sicura che qualcuno stia mentendo. Con tutta probabilità qualcuno in uno degli hotel o dei motel più squallidi, dove si accettano solo pagamenti in contanti, senza fare domande.»

«Esatto.» disse Josie. «Sarebbe la cosa più ovvia.»

«Non c'è traccia dell'uomo, anche se abbiamo ripreso il fuoristrada con alcune telecamere e pensiamo che tu abbia ragione: hanno parcheggiato nella strada dietro la proprietà dei Mills e hanno raggiunto la casa passando per il bosco.»

«Questo significa che ha trovato la strada per tornare al fuoristrada dopo essere fuggito nel bosco. Se non avessi perso le sue tracce, se non fossi stata disorientata, avremmo potuto arrestarlo.»

«Josie...» disse Noah.

Prima che potesse aggiungere altro, Josie chiese: «E il tizio che è stato ucciso? Non è stato ancora identificato?»

Noah scosse la testa. «No.»

«E che mi dici di Pierce Fuller?»

Noah distolse lo sguardo e Josie capì dal linguaggio del suo corpo, per quanto rigido, che non le sarebbe piaciuto quello che stava per dirle. «Ha chiesto un avvocato circa cinque secondi dopo essere stato preso in custodia. Gli hai rotto una costola, quindi è stato portato in ospedale per essere curato. L'avvocato lo ha raggiunto lì. È stato medicato e rilasciato sotto la custodia dello sceriffo della contea di Alcott per essere processato.»

Sebbene la polizia di Denton disponesse di celle di detenzione proprie, qualsiasi indagato che fosse accusato per un reato veniva trasferito nella struttura di detenzione della contea, che era molto più grande e di gran lunga più equipaggiata, dove veniva schedato e trattenuto in attesa dell'udienza.

«È già fuori, vero?» disse Josie, con il cuore che affondava.

«Sì, purtroppo.»

«Ha cercato di uccidere una ragazza di diciassette anni. Una ragazza indifesa. In una stazione di polizia. Cosa c'è di più sfacciato e incontrollabile di questo? Come lo ha potuto permettere il giudice?»

Noah sospirò. «Sai come funzionano queste cose, Josie. È un Consigliere comunale. Un cittadino onesto, senza trascorsi di violenza e senza precedenti penali. Neanche una multa per divieto di sosta.» Le sue parole grondavano sarcasmo e lei capì che stava citando l'avvocato di Pierce Fuller. «È un marito devoto e nutre profondi legami con la comunità. Non è affatto a rischio di fuga. Il giudice gli ha concesso la libertà su cauzione e la moglie l'ha pagata.»

Josie si alzò e sistemò la polo e i jeans della sera prima che aveva ancora indosso. Alle gambe dei pantaloni erano ancora appiccicati polvere e quello che sembrava farina d'avena della cucina dei Mills. «Incredibile. Neanche una cavigliera con localizzazione GPS per assicurarsi che non si avvicini più ad Alison?»

«Nemmeno quella.»

Josie pensò a come si sarebbe sentita Alison quando avrebbe saputo che quell'uomo era di nuovo a piede libero, dopo che si era introdotto in una stazione di polizia e aveva tentato di ucciderla. Pensò ai genitori di Alison e a come si sarebbero sentiti. «E su Marlene Mills?» chiese Josie. «Ci sono novità?»

«È ancora in terapia intensiva. Non ci sono stati cambiamenti. Il capo ha parlato con Clint Mills, che è ancora in Francia.

Ha detto che dovremo fare tutto il necessario per tenere Alison al sicuro finché non tornerà a casa. Onestamente, anche se non so molto di Clint Mills, ho seri dubbi che sia in grado di affrontare tutto quello che sta accadendo in questa città.»

Il rumore di pneumatici sulla ghiaia spinse Josie a guardare dalla finestra. Scostando la tenda, vide con sollievo la piccola Fiat Spider rossa di Trinity che percorreva il vialetto del capo Chitwood. Si fermò accanto all'auto di Noah, la portiera del lato guida si aprì e ne uscì Drake.

«È arrivato Drake.» annunciò Josie.

Noah andò alla porta e prese una borsa con il necessario per le notti successive. Porgendogliela, le disse: «Perché non ti cambi e non ti lavi i denti? Ci vediamo di sotto.»

Josie non si era resa conto del suo stato finché non entrò nel bagno del capo e si vide allo specchio. Da una parte i capelli erano tutti appiccicati alla testa. Dall'altro lato erano tutti dritti in una forma che non riusciva a domare. Fece del suo meglio per darsi una rinfrescata, passando la spazzola tra i capelli che non collaboravano, sciacquandosi il viso e le mani, lavandosi i denti e cambiandosi con vestiti puliti prima di scendere al piano di sotto.

Alison era al tavolo della cucina con il capo e si stava ingozzando di cibo. Al centro del tavolo c'era un grande piatto di uova strapazzate e pancetta. Di fronte ad Alison, il capo aveva solo una tazza di caffè mezza vuota. Noah e Drake erano rimasti in piedi, ognuno appoggiato a un bordo del bancone che formava una L in mezzo alla stanza.

Il capo fece cenno a Josie di sedersi. «Mangia un boccone.» le disse.

Non pensava di avere fame, ma l'odore della colazione le fece venire l'acquolina in bocca. Sapeva in quale credenza il capo teneva tutti i piatti, avendolo aiutato a riprendersi da un infortunio alcuni mesi prima, così recuperò un piatto e una forchetta e si unì a lui e ad Alison al tavolo. Tra un boccone e l'altro di uova strapazzate, disse a Drake: «Hai trovato qualcosa su quel tatuaggio?»

Lui piegò le lunghe braccia sul petto e annuì. «Puoi scommetterci che ho trovato qualcosa.»

Il capo chiese: «Quale tatuaggio?»

Josie gli fece un rapido riassunto.

«Il serpente a forma di lettera D...» cominciò Drake, «che di solito si trova sull'avambraccio, è un marchio dell'organizzazione criminale Discala.»

«Discala?» ripeté il capo. «Intendi dire Johnny Discala?»

«Di Philadelphia, sì.» disse Drake. «La sua organizzazione opera da New York fino a Baltimora, con Philadelphia come punto di riferimento. Droga, riciclaggio di denaro sporco, traffico di esseri umani, gioco d'azzardo... insomma, di tutto. Ha le mani in pasta in qualsiasi cosa. Ha fatto la gavetta nell'organizzazione di Lugo, è stato per anni il suo vice fino a quando non ha fatto fuori Lugo e si è imposto come boss. È particolarmente noto per la sua brutalità.»

«Non sono tutti mafiosi?» disse Noah.

Drake fece un cenno di assenso con la testa. «Sì, direi proprio di sì.»

Il capo disse: «Questi due tizi che girano per la mia città, pensi che siano uomini di Discala?»

Drake alzò le mani. «Non penso nulla. Quinn mi ha chiesto di indagare su un tatuaggio. Se ci sono due uomini che girano per Denton con quel tatuaggio, allora sì, sono uomini di Discala. Gli scagnozzi se li fanno una volta entrati nell'organizzazione.»

Alison, che non aveva ancora detto una parola, ma ascoltava con attenzione, disse: «Picciotti?»

Drake disse: «Le organizzazioni mafiose italiane hanno una certa struttura: il boss è il pezzo grosso, quello che comanda tutto. Poi c'è il suo secondo in comando, e un consigliere, che funge da consulente e intermediario del boss e del suo vice. Sotto di loro ci sono i capi, che gestiscono squadre proprie e hanno proprie attività o aree di cui sono responsabili. Ogni capo ha i suoi picciotti, che fanno rapporto a loro; sono solo scagnozzi, gregari di basso livello, che eseguono gli ordini.»

Alison deglutì a fatica. «Pensate che la mafia sia coinvolta in...» Si indicò il viso, che presentava ancora un assortimento di lividi antiestetici, e poi la gola, coperta di impronte di dita. «Tutto questo? In quello che mi è successo?»

Guardò Josie. «Credevo avesse detto che Elliott Calvert era un architetto e che il tizio di ieri sera era un Consigliere comunale. Cosa c'entra la mafia in tutto questo?»

«È quello che stiamo cercando di capire.» disse Noah. «Il tuo vecchio responsabile, Max Combs, aveva dei grossi debiti di gioco. Potrebbe essere questo il collegamento con Discala. Max

Combs ha ricattato Elliott Calvert e magari anche qualcun altro, vista la quantità di denaro che aveva nascosto in casa...»

«Qualcuno dovrebbe fare una ricerca sulle finanze di Pierce Fuller.» propose Chitwood. «E vedere se ha frequentato l'Hotel Eudora o se è mai entrato in contatto con Max Combs. Cercate di capire per cosa potrebbe essere ricattato Fuller. Metti al lavoro Mettner e Palmer. Vedi cosa riescono a scoprire.»

Noah tirò fuori il telefono e si mise a scrivere i primi messaggi.

«D'accordo...» disse Josie, «diciamo che Max Combs stava ricattando Elliott Calvert e forse anche Pierce Fuller per poter pagare i suoi debiti di gioco. Se alcuni o tutti quei debiti erano verso Johnny Discala, per quale motivo Combs non avrebbe dato i soldi agli uomini di Discala quando si sono presentati a casa sua per poi torturarlo e ucciderlo?»

«Max è morto?» sbottò Alison. Tutte le teste si voltarono verso di lei.

«Porca...» disse Noah.

«Scusa Alison...» disse Josie. «Non potevamo dirlo né a te, né a chiunque altro, almeno finché i suoi parenti più prossimi non fossero stati avvisati e dato che non credo che lo abbiano già fatto, dovrai tenertelo per te.»

Alison agitò una mano con fare sarcastico. «E a chi dovrei dirlo?»

«Siamo tornati alla domanda che ha dato inizio a tutto questo...» sentenziò Noah, «a che diavoleria sta dando la caccia tutta questa gente?»

Josie guardò Drake. «Cosa potrebbe volere Johnny Discala per evitare di farlo finire nelle mani sbagliate, tanto da mandare qui un paio dei suoi sgherri a cercarlo?»

Drake ci pensò su per un minuto e alla fine scosse la testa. «Non riesco a immaginarlo. Non c'è niente che si applichi a questo tizio. Sono in parecchi a essere convinti che abbia in pugno diversi giudici e procuratori distrettuali, visto che ogni volta che si cerca di intentare causa contro Discala e la maggior parte dei suoi uomini, appena le accuse vengono formulate, vengono ritirate un attimo dopo e le prove tendono a sparire.»

«Quindi anche se ci fosse, per esempio, un video di Discala che fa fuori qualche tizio a sangue freddo, in base a quanto ci stai dicendo, per lui non sarebbe una vera minaccia?» riassunse Josie.

«Una prova di omicidio? Quella potrebbe essere una causa più difficile da battere, ma non mi sorprenderebbe se anche in quel caso le accuse venissero ritirate. Certo, il video dovrebbe sparire molto in fretta nel corso del procedimento. D'altronde, quando si ha a che fare con Discala, non c'è notizia che arrivi alla stampa. Qualche anno fa, un'altra associazione mafiosa ha avuto a che ridire con Discala e hanno preso di mira la sua famiglia. Hanno ucciso la moglie mentre era in chiesa. Discala ha perso la testa. Ha spazzato via quasi tutta l'organizzazione e le rispettive famiglie; è stato un vero bagno di sangue. Il pubblico ministero pensava di tenere sotto scacco uno degli assassini, ma poi alcune prove fondamentali sono scomparse e il Procuratore Distrettuale ha dovuto ritirare le accuse. Subito dopo, il nostro uomo è scomparso dalla faccia della terra. Dopo aver sterminato decine di persone, Discala è uscito di scena come se niente fosse.»

«Sono i suoi uomini che hanno sterminato decine di persone.» riformulò Chitwood. «Lui ha dato gli ordini.»

Drake rispose con un'alzata di spalle. «Si dice che lui stesso ne abbia uccise alcune con le loro famiglie. Ma naturalmente, non c'è modo di dimostrarlo.»

«Quanto tempo fa è successo?» si informò Josie.

«Due o tre anni fa.» rispose Drake. «Se non anche quattro. La stampa non ne ha parlato molto. Credo che un giornale ci abbia fatto sopra un pezzo, ma niente di più. Potete cercare la data esatta dell'omicidio della moglie. Si chiamava Renatta Discala. Comunque, sentite, devo scappare.» Guardò da Josie a

Noah e viceversa. «Visto che siete immersi in un caso che sembra piuttosto complicato, io e Trinity andremo a stare dai vostri genitori per un paio di giorni.»

Josie si alzò e gli andò incontro per abbracciarlo. «Grazie.» disse.

Lui le augurò buona fortuna e se ne andò. Josie cercò il suo telefono, rendendosi conto di non sapere dove l'avesse lasciato. O se l'avesse mai rimesso in carica. Il capo disse: «Se stai cercando il tuo telefono lo trovi in soggiorno. L'ho collegato al mio caricabatterie.»

Josie gli fece un sorriso e andò in salotto a recuperarlo. Tornata in cucina, usò il suo browser Internet per cercare informazioni su Johnny Discala. Nel corso degli anni erano apparsi diversi articoli di cronaca che lo accusavano di vari reati, tra cui racket, corruzione ed estorsione; ma, proprio come aveva detto Drake, ne era sempre uscito pulito, o perché le accuse erano cadute o perché era stato assolto. Un articolo di sette anni prima riportava una foto in cui era stato immortalato mentre usciva da un edificio federale a Philadelphia. Era circondato dai giornalisti, ma lui li sovrastava, alto e robusto, imponente nel suo elegante completo a tre pezzi. Aveva folti capelli neri pettinati all'indietro e una mascella dai tratti marcati. Gli occhi da falco punivano la macchina fotografica, in contrasto con il ricciolo compiaciuto sulle sue labbra.

La giuria federale assolve Discala nel caso di estorsione recitava il titolo. Scorse l'intero articolo e quando arrivò a un'altra foto rimase scioccata. Questa mostrava Johnny Discala e un altro uomo che salivano su una berlina nera. L'altro uomo stava dietro la portiera aperta del lato guida e guardava la macchina fotografica con un cipiglio sul volto. Era alto e grosso, la sua struttura massiccia sovrastava la macchina. La luce del sole gli illuminava la testa calva.

Josie scorse rapidamente la didascalia.

Il presunto boss mafioso Johnny Discala e il suo socio Matteo "Mulo" Marrone lasciano il tribunale federale dopo la sorprendente assoluzione di Discala.

Girò il telefono verso Noah e il capo e puntò un dito verso Marrone. «È lui! È il tizio con cui ho combattuto nella cucina dei Mills.»

Il capo si infilò un paio di occhiali da lettura e guardò il telefono. «Beh, porca puttana.»

Passò un lungo momento di silenzio. Poi Noah disse: «Come vogliamo gestire la situazione?»

Il capo si tolse gli occhiali da lettura e si guardò intorno in cucina, come se le risposte potessero trovarsi sul tavolo o sul bancone.

«Signore?» disse Josie.

«Non voglio che la stampa ne parli. Non ancora. Comunicherò ai nostri uomini che questa è la persona che stiamo cercando, ma niente di più. Per il momento. Vado a prendere il telefono.»

Andò in salotto e Noah lo seguì. Josie chiuse la finestra e ne aprì una nuova, cercando informazioni sulla morte di Renatta Discala. Non ci volle molto. C'era un necrologio e poi un articolo di una piccola redazione locale di Philadelphia.

Il titolo recitava: *Freddata a colpi di pistola in chiesa la moglie del presunto boss mafioso, Johnny Discala.* Josie notò che l'omicidio era avvenuto quattro anni prima. Quando scorse l'articolo, il suo cuore andò in fibrillazione.

«Che mi venga un colpo...» mormorò.

«Quinn?» disse il capo, rientrando in cucina.

Lei alzò lo sguardo dal telefono e incrociò il suo. «Può stare qui con Alison?»

Lui la guardò per un lungo momento, poi decise di darle fiducia. «Certo.» disse. «Se devo uscire, me la porterò dietro o farò venire qualcuno a stare con lei.»

Josie sentì la mano di Alison sul braccio. «Non voglio stare con nessun altro. Voglio venire con lei.»

«No.» le disse Josie. «Non puoi. Qui sei più al sicuro.»

La voce di Alison si alzò di un'ottava. «Sono più al sicuro con lei.»

Josie mise la propria mano su quella di Alison e sorrise. «Tornerò tra qualche ora, promesso. Devo fare una cosa importante.»

«Dove sta andando se è così importante?» chiese lei, ritirando la mano.

«A parlare con la figlia di Johnny Discala.»

CINQUANTA

Il campus della Saint Catherine of Siena Academy era situato
su una quindicina di ettari sparsi di dolci colline verdi nella
zona sud di Denton. Comprendeva una chiesa, due edifici riservati alle attività accademiche, una biblioteca, una piccola struttura contrassegnata dalla dicitura "Manutenzione" e una
vecchia scuola elementare che era stata riconvertita in residenza
a tempo pieno con dormitorio per gli studenti. Le doppie porte
da cui vi si accedeva erano chiuse a chiave. Sulla parete di
fianco c'era quello che Josie supponeva fosse il lettore in cui gli
studenti dovevano passare le chiavi magnetiche per entrare, un
videocitofono con altoparlante e un pulsante. Premette il
pulsante e aspettò.

Noah disse: «Sei sicura di volerlo fare?»

«Non è una coincidenza che l'unica figlia di Johnny Discala
frequenti la scuola qui e che i suoi scagnozzi vadano in giro a
sparare alla gente.» disse Josie.

«Lo so, ma la figlia di Johnny Discala è qui per un motivo.
Una scuola privata ed esclusiva, con quanto? Al massimo una
cinquantina di studenti in tutto, che costa decine di migliaia di
dollari all'anno, nel bel mezzo della Pennsylvania centrale... È

qui per mantenere un basso profilo. Non abbiamo motivo di pensare che sia coinvolta in questa storia, qualunque sia.»

«Lavorava per un uomo che con tutta probabilità è stato fatto fuori dagli scagnozzi di Discala.»

Noah alzò le mani. «L'Hotel Eudora ha moltissimi dipendenti. Discala potrebbe non accettare che la polizia interroghi sua figlia.»

«L'abbiamo interrogata all'hotel.» gli fece notare Josie.

Il videocitofono emise un segnale acustico. «Posso aiutarvi?»

Josie tirò fuori il suo distintivo e lo avvicinò alla telecamera. «Siamo la detective Josie Quinn e il tenente Noah Fraley della Polizia di Denton. Siamo qui per parlare con Gianna Sorrento.»

Noah borbottò: «Presentarsi alla sua scuola privata per interrogarla da sola è diverso dall'interrogarla nell'ambito dei colloqui con tutti i dipendenti dell'hotel.»

«Un momento, per favore...» sentirono la voce dell'uomo all'altro capo del videocitofono.

Josie mise le mani sui fianchi e guardò Noah. «Non mi va molto a genio che questo tizio lasci scorrazzare i suoi scagnozzi nella mia città e non me ne frega niente se è il più grande mafioso del mondo. In questo momento abbiamo un'adolescente ammazzata per strada, un uomo giustiziato in casa sua, una donna in ospedale che lotta per la vita e un'altra adolescente che non possiamo perdere di vista un secondo perché tutto ci porta a ritenere che i suoi galoppini girino liberamente per questa città e siano disposti a farla fuori perché pensano che nasconda qualcosa. Sto facendo il mio lavoro. E fare il mio lavoro significa parlare con Gianna Sorrento.»

L'uomo al videocitofono disse: «Potete entrare.»

Come promesso, si udì un ronzio, seguito dallo scatto della serratura della porta che si sbloccava. Rapidamente, Noah aprì una delle porte e fece cenno a Josie di precederlo nell'ambiente fresco e luminoso che si trovava tra le porte e l'atrio.

Mentre raggiungevano una scrivania presidiata da una

guardia di sicurezza, Noah si avvicinò a Josie e le sussurrò: «Il fatto che nessuno riesca a intimidirti mi eccita un po'.»

Lei gli fece un rapido sorriso. «Ne parliamo in un altro momento.»

La guardia di sicurezza impiegò diversi minuti a studiare le loro credenziali. Poi chiamò la stazione di polizia di Denton per avere conferma che fossero chi dicevano di essere, prima di registrarli entrambi in una cartellina con la dicitura "Visitatori". Infine, scannerizzò le fototessere dei documenti di entrambi per l'archivio informatico dell'istituto. Josie vedeva bene cosa potevano comprare i soldi di Johnny Discala alla scuola privata Saint Catherine of Siena Academy.

La guardia di sicurezza puntò un dito contro Josie. «Stanza tre zero sei. Lei può salire...» poi puntò l'indice in direzione di Noah. «Lei non può.»

Noah aprì la bocca per protestare, ma Josie lo interruppe. «Va bene.» e rivolgendosi a Noah, disse: «Tieni gli occhi aperti in caso arrivino i nostri "amici".»

La guardia la fece passare nell'atrio, un'area aperta con molti divani, sedie e tavolini raggruppati, evidentemente per incoraggiare la socializzazione. Addossata lungo una parete c'era una serie di tavoli alti con sotto degli sgabelli. I punti di ricarica per i telefoni sporgevano dalle loro superfici a intervalli di mezzo metro. Di fronte ai tavoli c'erano distributori automatici. Una studentessa, molto più giovane di Gianna, stava infilando un dollaro nell'alloggiamento. Josie le passò accanto per raggiungere un'ampia scalinata, ma la ragazza non la degnò di uno sguardo. Raggiunto il terzo piano, Josie cercò la stanza numero 306. La pesante porta di legno era socchiusa quando arrivò. Batté comunque le nocche contro la porta e aspettò che Gianna rispondesse. Vestita con una tuta da ginnastica rosa e con i capelli che le ricadevano sulle spalle, sembrava una persona completamente diversa da quella che Josie e Noah avevano interrogato all'Hotel Eudora. Fece capolino nel corridoio, scrutando in ogni direzione. «Avanti.» disse.

La stanza era spaziosa, più grande di alcuni monolocali in cui Josie era stata. Anche se non poteva vedere un bagno o un angolo cottura, l'ambiente era abbastanza spazioso da contenere un letto a due piazze, una scrivania e persino un divano a due posti. La luce del sole filtrava dalle grandi finestre disposte lungo un'intera parete. Vestiti, scarpe e borse spuntavano da un armadio vicino al letto. Altri vestiti erano sparsi sopra il divano. Una borsa per i libri semiaperta era appoggiata sul pavimento accanto alla scrivania, la cui superficie era cosparsa di cosmetici e di un piccolo specchio. Uno spesso tappeto copriva il pavimento in parquet. L'arredamento era quasi tutto in tonalità di rosa. Il tappeto, il divano, le lenzuola.

Gianna si mise tra il divano e la scrivania, con le mani sui fianchi. «Cosa vuole?»

Josie disse: «Tu sei la figlia di Johnny Discala.»

Gianna non disse nulla.

«Gli uomini di tuo padre sono stati avvistati in diversi luoghi della città negli ultimi tempi e crediamo che siano responsabili di almeno un omicidio, se non anche due.»

«Sta parlando con il membro sbagliato della famiglia Discala. In realtà, non sono nemmeno più della famiglia. Mio padre mi ha permesso di cambiare il cognome con quello da nubile di mia madre quando mi sono trasferita qui perché, dopo quello che è successo a mia madre, ha convenuto che continuare a portare il suo cognome sarebbe stato troppo pericoloso.»

«È per questo che sei qui? Per la tua sicurezza?»

Gianna alzò gli occhi al cielo e si buttò sul divano.

Non invitò Josie a sedersi. «Sono qui perché volevo allontanarmi da mio padre. La distanza non è grande, ma lui paga le spese, quindi eccomi qua.»

«Quanto sai delle attività di tuo padre?» le chiese Josie.

Gianna voltò la testa e sogghignò ricambiando il suo

sguardo. «Pensa di essere la prima della polizia che cerca di ottenere da me informazioni su mio padre? Pensa che io sia un'idiota? Che non sappia chi è o chi dicono che sia?» disse alzando le mani facendo le virgolette. «Presunto boss della malavita. Presunto don della mafia. Se la polizia ha domande su mio padre, deve farle a mio padre.»

«Mi sembra giusto.» disse Josie. «Mi permetti di chiederti una cosa? Hai una tua scorta personale? Te la fornisce tuo padre?»

Gianna rise. «Qui? No. Voleva affibbiarmene una, ma l'ho convinto che non era necessario. È già abbastanza brutto che io sia bloccata qui in mezzo al nulla, senza una vita, senza uno straccio di amici. Ma, perlomeno, sono lontana da lui. Posso sopportare di stare in questo vecchio e noioso collegio in questa noiosa città, se questo significa non avere contatti con mio padre. Non potrei sopportare di avere le sue guardie del corpo che mi sorvegliano, che gli riferiscono ogni mio movimento.»

Josie disse: «Allora non conosci nessuno a Denton che abbia legami con tuo padre?»

Gianna alzò gli occhi al cielo. «Gliel'ho detto. Se ha domande su mio padre le deve rivolgere direttamente a lui.»

«È stato lui a procurarti il lavoro all'Hotel Eudora?»

«No. Lui non vuole assolutamente che io lavori. Ho visto su Internet che cercavano personale per la ristorazione e ho fatto domanda.»

«Ti vedevi con Max Combs?» le chiese Josie.

Gianna scoppiò a ridere. «Con Max? Dio santo, no!»

«Avevi una borsa a tracolla nera che ti è stata rubata o che è sparita dal lavoro nelle ultime due settimane?»

Gianna la fissò con un'espressione quasi vuota. Quasi. Un tremolio impercettibile della palpebra, un movimento delle ciglia, fece capire a Josie che Gianna sapeva qualcosa della tracolla; che fosse stata sua o di Max Combs, non poteva esserne certa.

Gianna si leccò le labbra prima di rispondere: «No.»

Josie fece un passo in direzione dell'armadio e indicò il mucchio di vestiti, scarpe e borse che ne uscivano. «Non hai una borsa a tracolla?»

«Può darsi.» disse, girandosi per guardare oltre lo schienale del divano. «Ho molte borse di vario tipo. A tracolla, senza manici, borsoni... borse normali. Zaini. Ne dica un tipo e sono sicura di averlo. Regali del mio paparino. Lui può permettersi di farmi vivere in questo posto, no? Ho anche qualche borsa di Gucci. Vuole prendere in prestito qualcosa?»

Josie rise. «Ti sembro il tipo di persona che va in giro con le borse di Gucci? O di Coach se è per questo?»

«No, non direi.»

«Tuo padre ti compra le cose, ma tu lavori ancora all'hotel. Perché?»

I suoi occhi tornarono su Gianna in tempo per vedere una striscia di pelle esposta sulla sua pancia. Con un braccio appoggiato allo schienale del divano e il corpo inclinato in modo da poter guardare l'armadio, la felpa si era sollevata. Lì, a sinistra dell'ombelico, c'era una spruzzata di lentiggini disposte a forma di S che si estendeva fino alla cintura. Josie sentì il cuore sobbalzare.

«Volevo qualcosa di mio, capisce?» spiegò Gianna. «Soldi miei. Una cosa mia. Sono stanca di dipendere dalle sue volontà. Non voglio rimanere per sempre condizionata da mio padre. Sarei felice se potessi non vederlo mai più. Come se lui lo permettesse...»

Cambiando argomento, Josie chiese: «Perché hai mentito sul fatto di non conoscere Elliott Calvert?»

Gianna chiuse la bocca. I suoi occhi si spalancarono, lo sguardo fluttuò verso la porta, come se stesse valutando se scappare o meno. Non ottenendo risposte, Josie aggiunse: «Non si è limitato a farti delle avances, vero? Voi due avevate una relazione intima. Un uomo sposato che ha una relazione con una ragazza minorenne... con la figlia minorenne di un boss mafioso. Non posso immaginare che la cosa sia andata bene a tuo padre.»

Gianna si alzò in piedi, incrociando le braccia sul petto. «Come fa a saperlo?»

Josie si avvicinò a lei. «Elliott Calvert aveva delle foto sul suo telefono.»

«No.»

«Sì.»

«Non può provare che sono io. Aveva promesso che non mi avrebbe mai ripreso il viso.»

«Com'è iniziata, Gianna?»

Lei abbassò lo sguardo sui suoi piedi scalzi. «Lei come pensa che sia iniziata? Gliel'ho detto come è iniziata.»

«Lui ti ha abbordata al bar dell'hotel...» rispose Josie. «Per quanto tempo è andata avanti?»

«Ha importanza?» chiese Gianna.

Josie pensò a Elliott Calvert che adescava una minorenne, aveva una relazione con lei e usava le camere dell'albergo. «Come ha fatto Calvert a prenotare le stanze?»

«Cosa?»

«All'Eudora. Era là che vi vedevate. Deve aver prenotato una stanza. Ma non risulta tra gli ospiti.»

«Come diavolo faccio a saperlo?» chiese Gianna. Spinse Josie da parte e cominciò a camminare su e giù per la stanza. «Non voglio parlarne. Non può dirlo a nessuno. Non ha importanza. È finita.»

Max Combs doveva aver scoperto di Elliott Calvert e Gianna Sorrento e quindi aveva ricattato Calvert, il che significava che Combs doveva avere delle foto o addirittura dei video in cui erano in compagnia l'uno dell'altra, qualcosa che provava che erano stati insieme; una prova del genere Johnny Discala sarebbe stato disposto a uccidere per tenerla nascosta.

«Ma non è finita, Gianna.» disse Josie. «Gli uomini di tuo padre si aggirano per Denton e sono alla ricerca di qualcosa.

Qualcosa che si trovava in una tracolla nell'ufficio di Max Combs. Dina Hale l'ha presa e ha pagato con la vita. Non sapeva nemmeno cosa contenesse. C'era della droga in quella borsa e lei pensava che nascondendola si sarebbe messa nei guai e così l'ha venduta sotto l'East Bridge. Ma non si è mai trattato di droga. Immagino che gli uomini di tuo padre stiano cercando delle prove della tua relazione con Elliott Calvert.

Magari non ti importa di Dina Hale, so che non c'era un grande amore tra voi due, ma ieri sera gli uomini di tuo padre sono entrati in casa di Alison Mills e hanno sparato a sua madre. Adesso è in ospedale, tiene duro ma è in pericolo di vita. Sua madre, Gianna...»

La ragazza si fermò sul posto, con le mani che le tremavano lungo i fianchi. Aveva gli occhi puntati in direzione di Josie, ma erano sfocati e vitrei; era come se fosse altrove. Dopo qualche istante, sbatté le palpebre e Josie percepì che era tornata nel presente.

«Cosa vuole da me?» le chiese.

«Ho bisogno di sapere quello che sai, Gianna. Tutto quello che sai.»

«Gliel'ho detto quello che so. Cos'altro vuole da me? Cos'altro vuole che le dica?»

Josie riesaminò mentalmente il puzzle dell'indagine: era quasi riuscita a risolverlo, ma c'erano ancora dei pezzi che non combaciavano. Se Max Combs aveva sempre avuto il materiale per il ricatto, perché la tracolla rubata aveva fatto saltare tutto quanto? Come avevano fatto gli uomini di Johnny Discala a scoprirlo? Come faceva Calvert a saperlo? Che ruolo aveva Pierce Fuller in tutta quella storia? Possibile che Max Combs avesse conservato delle informazioni così delicate in una normalissima tracolla e poi l'avesse lasciata in giro per il suo ufficio all'hotel? Considerando poi che si era preso la briga di nascondere i soldi in una presa d'aria dell'impianto di condizionamento di casa sua, che motivo aveva di essere così negligente con delle informazioni che avrebbero potuto farlo ammazzare? Oppure era sua intenzione che la tracolla passasse nelle mani di un'altra persona, ma Dina l'aveva intercettata prima? Era così che gli uomini di Discala lo avevano scoperto? Max Combs aveva intenzione di darla a loro o anche a Elliott Calvert, ma poi Dina gliel'aveva presa? Però Dina aveva dato agli scagnozzi di Discala il contenuto della borsa quando si erano presentati a casa sua. Alison aveva detto che Dina aveva dato ai due uomini il tablet e loro se l'erano portato via, lasciandola viva, e che erano tornati per torturarla di nuovo solo quando si erano resi conto che il tablet non conteneva ciò che stavano cercando.

In mezzo a quel flusso di pensieri, a Josie venne in mente un'altra domanda: e se Dina avesse mentito fin dall'inizio sulla tracolla? Tutte le informazioni che avevano ricevuto sul contenuto della borsa e su ciò che Elliott Calvert, gli uomini di Johnny Discala e Pierce Fuller stavano cercando, erano pervenute a loro di seconda mano, tramite Alison. Quindi era possibile che Dina non avesse detto alla sua amica la verità su ciò che aveva preso. Oppure, era anche possibile che avesse detto la verità e fosse stata Alison a mentire. Elliott Calvert aveva dato la caccia a tutte e due le ragazze, ma gli uomini di Johnny Discala e Pierce Fuller avevano preso di mira Alison, anche dopo la morte di Dina; questo Josie se lo era spiegato partendo dal presupposto che Dina avesse passato ad Alison delle informazioni o che le avesse consegnato l'oggetto che tutti quanti cercavano.

Dina si era ritrovata qualcosa tra le mani; casa sua era stata messa completamente sottosopra, cosa di cui la polizia aveva avuto conferma indipendente dal padre di Dina. L'autopsia aveva confermato che Dina era stata torturata.

Ma tutti i particolari che non potevano vedere, che non potevano sapere, che non potevano quantificare, misurare o dimostrare in modo tangibile erano stati estrapolati dalle informazioni che aveva fornito Alison.

«Penso che dovrebbe andarsene.» disse Gianna, distogliendo Josie dai suoi pensieri. «A meno che non voglia arrestarmi con qualche accusa. Ma io non ho fatto niente. Non testimonierò contro Elliott, quindi non ci provi nemmeno. Non mi ha mai costretto a fare nulla.»

«Conosci Pierce Fuller?» le domandò Josie.

«Chi?» chiese Gianna, con aria sinceramente confusa.

«È un membro del Consiglio comunale.» spiegò Josie tirando fuori il telefono e cercando con il browser Internet una foto di Fuller sul sito web della città per mostrarla alla ragazza.

«Non lo conosco.» rispose dirigendosi verso la porta e aprendola. «Ora, per favore... penso che sia meglio che se ne vada.»

Josie la seguì fino alla porta, si fermò sulla soglia a fissare intensamente la ragazza negli occhi; se non le fosse stata così vicino, non sarebbe riuscita a cogliere un altro rapidissimo battito di ciglia, quasi impercettibile.

«Gianna...» disse, «non credo che tu mi abbia detto tutto quello di cui sei al corrente. È perché hai paura di tuo padre? Di quello che potrebbe fare se tu dicessi la verità sulle cose che sai?»

Il labbro inferiore della ragazza fremette. «Mio padre non mi farebbe mai del male. Questo deve esserle chiaro. Non farebbe mai niente per ferirmi. Ma, detective, voglio che le sia chiara una cosa: mio padre metterebbe a ferro e fuoco l'intera città se venisse a sapere qualcosa di quello che ci siamo dette, se sapesse che lei è venuta qui a parlare con me. Io non ho paura di lui, ma lei dovrebbe averne.»

CINQUANTUNO

Josie lasciò cadere la borsa con il cambio per la notte fresco di
bucato sul pavimento del soggiorno del capo. Dietro di lei,
Noah chiuse a chiave la porta, appoggiandovi la schiena, con le
braccia conserte sul petto. Josie capì dal suo pallore che stava
soffrendo molto, ma sapeva che avrebbe ignorato qualsiasi esor-
tazione a tornare a casa a riposare. Da dentro la coperta che si
era avvolta addosso, Alison li scrutava con un'espressione
malconcia. Chitwood era seduto sulla poltrona, con gli occhi
puntati sul telefono. Non alzò lo sguardo fino a quando Josie
non prese il telecomando del televisore dal tavolino da caffè e
premette il pulsante di accensione, facendo piombare la stanza
nel silenzio. «Perché ci ha messo tanto?» le chiese Alison.

«Avevo bisogno di farmi una doccia e di cambiarmi i vestiti e
ho dovuto fermarmi a casa per un paio d'ore. Ho chiamato
l'ospedale per sapere di tua madre. Sta tenendo duro.»

«L'ho saputo.» disse Alison. «Me l'ha detto il capo. Ha
parlato con la figlia di quel tizio? La figlia del mafioso?»

Josie non prestò attenzione alla sua domanda e fece il giro
intorno al tavolino da caffè e andò ad appollaiarsi sul bordo del

divano accanto ad Alison. «Che cosa aveva preso Dina dall'ufficio di Max Combs?»

«Cosa?» chiese Alison spostando lo sguardo da Josie a Noah e poi a Chitwood.

«Guardami.» le disse Josie. «Non sono arrabbiata con te. Non sei nei guai. Ho solo bisogno che tu ci dica la verità. Che cosa aveva preso Dina dall'ufficio di Max Combs? Non era una tracolla, vero?»

«Sì, invece. Ve l'ho detto.»

«Alison, non mentirci.»

Lei si portò le ginocchia al petto e di nuovo scrutò la stanza con occhi imploranti. La sua voce si alzò di un'ottava quando disse: «Non sto mentendo. Ve lo giuro. Dina aveva preso una borsa. C'era una borsa nell'ufficio di Max. Esattamente come vi ho detto.»

Noah fece qualche passo in avanti finché con le gambe non sfiorò il bordo del tavolino. La sua voce era gentile. «Allora dicci cosa c'era davvero nella borsa, Alison.»

«L'ho fatto. Ve l'ho detto. Cioè, voglio dire, non l'ho proprio visto. So solo quello che mi ha detto Dina. C'erano della droga e un tablet...»

«Max Combs si è ritrovato con un proiettile in testa per quello che c'era in quella borsa.» la rimbrottò Josie.

Alison si interruppe. «Ma vi sto dicendo la verità.»

«Max è stato torturato per quello che c'era in quella tracolla.» aggiunse Noah. «No, anzi, mi correggo: è stato torturato perché non aveva ciò che c'era in quella tracolla. Non è stato torturato per la droga o per i soldi o per il tablet che, stando a quello che ci hai detto, Dina aveva trovato all'interno della tracolla. Dicci cosa conteneva veramente!»

«Ragazzina...» intervenne il capo. «A noi non puoi raccontare storie, mi hai capito?»

Lo sguardo di Alison si spostò su Chitwood e poi di nuovo su Josie. Il silenzio riempì la stanza in quell'attesa. Basandosi sulla sua esperienza, in particolar modo con i giovani, Josie sapeva che l'attesa funzionava. Non riuscivano a sopportare il silenzio. Dovevano riempirlo. Ma Alison era molto spaventata o molto testarda. O entrambe le cose. E non disse nulla.

Allora, Josie provò in un altro modo. «Alison, ti terremo al sicuro, ma devi dirci la verità. Dobbiamo sapere con cosa abbiamo a che fare. La tua migliore amica è stata strangolata. Al tuo capo hanno sparato in testa. Tua madre è in terapia intensiva con due ferite da arma da fuoco. Cos'è che non ci stai dicendo? Ci sono degli uomini che stanno cercando di ucciderti per le cose che stai nascondendo. Posso assicurati al cento per cento che, di qualunque cosa si tratti, non vale la tua vita.»

La voce della ragazza si fece così bassa che Josie dovette fare uno sforzo per sentirla. «Non pensavo che le cose sarebbero andate a finire così... male.»

Dalla poltrona, il capo emise un lungo sospiro. Un sospiro nel quale Josie avvertì tanta delusione quanto sollievo.

«Dicci di che si tratta, Alison.» la esortò Noah.

Lei si rannicchiò, premendo la schiena contro il divano e stringendosi di più la coperta attorno al corpo. Con le ginocchia premute contro il petto, non era più grande di uno dei cuscini oversize del divano. «Mi dispiace tanto. Dico davvero.»

Josie alzò una mano. «Per ora vogliamo solo sapere la verità. Tanto ci basta.»

«Non siamo arrabbiati, figliola...» le disse Chitwood.

«No, ma siete delusi. Lo vedo. È peggio che se foste arrabbiati. Anche i miei genitori saranno così delusi quando scopriranno il casino che ho combinato che non ci posso pensare.»

«I tuoi genitori saranno sollevati quando sapranno che sei salva, Alison.» le fece notare Noah. «Questa è l'unica cosa che conta. Possiamo continuare a tenerti al sicuro solo se sei completamente sincera con noi. C'era davvero una borsa a tracolla nell'ufficio di Max Combs?»

Con la testa Alison fece un cenno di assenso. «Sì. Non ho

mentito su questo. Era tutto vero. Dina aveva visto Max al bar con Gianna e si era ingelosita. Era andata a dirgliene quattro, ma lui non c'era. Ha visto una borsa sul pavimento dietro la sua scrivania. Ha pensato di fargliela pagare sonoramente dicendo di aver visto Gianna che gliela rubava.»

«Avevi detto che non pensavi che Max si vedesse con Gianna.» disse Josie.

«Certo, ma Dina sì. Per questo ha preso la borsa. Ce l'aveva a morte con Max.»

«Davvero non c'erano documenti all'interno?» chiese Noah. «Non c'era modo di sapere se apparteneva davvero a Max o a qualcun altro?»

«È quello che mi aveva detto Dina. Vi ho detto la verità su questo e su quello che Dina mi aveva raccontato di averci trovato: l'ossicodone e quel tablet. Della droga se n'è sbarazzata, il tablet se l'è tenuto e la tracolla l'ho buttata nel cassonetto.»

«Quando quegli uomini sono venuti a cercarla, lei ha consegnato il tablet.» riprese Noah. «Ma non era quello che stavano cercando, infatti poi sono tornati indietro. È vera questa parte?»

Alison annuì con decisione. «Sì, è tutto vero. Quando sono tornati, lei non aveva nient'altro da dargli.»

«Hai trovato tu quello che stavano cercando, vero?» la pungolò Josie. «Quando hai recuperato la tracolla dal cassonetto.»

Alison annuì. «C'era un piccolo scomparto cucito sul fondo della borsa. Sembrava un'altra cucitura, ma in realtà era una chiusura a velcro. Non l'ho notata finché non ho iniziato a guardare la fodera. Avrei dovuto tagliare la fodera come mi aveva detto Dina, ma non l'ho fatto. Non una volta trovato lo scomparto.»

«Cosa c'era dentro?» chiese il capo.

Alison emise un sospiro. «Era uno stupido quadernino, va bene? Non capisco per quale motivo tutti si siano scatenati per un quaderno.»

Noah chiese: «Che tipo di quaderno?»

«Non lo so, sembrava una specie di piccolo diario o di registro. Aveva una semplice copertina blu. Era come un raccoglitore, forse poco più grande. C'erano scritti solo nomi e numeri.»

«I nomi di chi?» chiese Josie.

«Non lo so, va bene? Non ho guardato con attenzione. L'ho solo sfogliato velocemente. Non ero nemmeno sicura che fosse quello l'oggetto al quale davano tutti la caccia.»

«Non c'era nient'altro insieme al quaderno? Nient'altro in quello scomparto? Una chiavetta USB? Una scheda SD?»

Perplessa, Alison disse: «No. Solo quello stupido quadernetto.»

«Hai riconosciuto la calligrafia?» le chiese Noah.

«No.»

«Hai detto a Quinn di aver riportato la tracolla nell'ufficio di Max Combs.» disse il capo. «Anche il quaderno?»

Con l'aria imbarazzata, Alison si tirò indietro nella coperta, come una tartaruga che si ritira nel suo guscio. «Ho rimesso a posto la borsa, ma ho tenuto il quaderno.»

«Quindi, sapevi che la tua migliore amica era stata torturata e che la sua vita era stata minacciata, ma non le hai detto del quaderno?» chiese Noah.

«Stavo per farlo, lo giuro!»

Josie le toccò una delle ginocchia. «Perché non l'hai fatto, Alison?»

Alison si rannicchiò di più nella coperta. «Perché valeva qualcosa.»

«Di cosa stai parlando?» chiese il capo.

Alison tenne gli occhi puntati su Josie. «Doveva pur valere qualcosa se tanta gente era disposta a fare delle cose spaventose per riaverlo, vi pare? Se quegli uomini erano disposti a rapire una ragazzina in pieno giorno e a infilarle degli aghi sotto le unghie, allora va da sé che avrebbero pagato profumatamente per riaverlo, giusto?»

Noah le rivolse un'occhiata sbalordita. «Pensavi di poterlo usare per... ricattare gli uomini che avevano sequestrato Dina?»

Alison non rispose.

«Perché hai messo a rischio la vita della tua migliore amica e la tua per cercare di ricattare quelle persone?» le chiese Josie. «Cosa ci avresti fatto con quei soldi?»

«Volevo aiutare la mia famiglia. Siamo al verde. Mia madre non lo ammetterebbe mai con nessuno, ma da quando c'è stato l'incidente non ci resta più un centesimo. Ecco perché mio padre è a Hong Kong. Non aveva altre alternative. Ha dovuto accettare quel lavoro, altrimenti avremmo perso la nostra casa, e con ogni probabilità anche tutto il resto. E gli tocca restare laggiù per mesi, forse anche per un paio d'anni. Potremmo non vederlo per un altro anno e mezzo! Tutto per colpa mia! Non è lui che è rimasto ferito nell'incidente, ma io. Prima ha perso l'attività, e ha detto a mia madre che deve ancora dei soldi a un sacco di gente, poi ci sono state tutte le mie spese mediche.»

«Pensavi di ricattare dei gangster per poter ripagare le spese mediche?» le chiese Noah.

Alison alzò gli occhi al cielo. «Non sapevo che fossero dei gangster! Non sapevo nemmeno se sarei andata fino in fondo. Non avevo pianificato le cose. Avevo pensato semplicemente... non so cosa avevo pensato. Il problema era che una volta detto a Dina che non avevo trovato nulla, non riuscivo a pensare a un modo per dirle che avevo mentito. Voglio dire, temevo che avremmo potuto litigare di brutto. Pensavo che non sapesse del quaderno, che non l'avesse mai saputo e che se all'hotel avessero già raccolto la spazzatura, non l'avrei saputo nemmeno io. Se Dina non ce l'aveva, non avrebbero potuto ucciderla per questo e loro non l'avrebbero avuto.»

Josie chiuse brevemente gli occhi. Dopo averli riaperti, guardò Noah. Si vedeva che stava trattenendo a stento la sua frustrazione. Per l'ingenuità dell'adolescenza erano arrivati a quel punto, lasciandosi alle spalle una scia di distruzione. Josie vedeva bene che lui avrebbe voluto inveire contro quella ragazzina tanto quanto lo voleva lei, rimproverandola della stupidità monumentale e dell'assoluta illogicità del suo comportamento, ma questo non li avrebbe aiutati allo stato delle cose. E poi avevano ancora bisogno che Alison collaborasse con loro; perciò, rimproverarla non sarebbe servito a niente.

Da parte sua, vedendo il gioco di sguardi che passava tra di loro, Alison fece capolino tra le pieghe della coperta e disse: «Lo so che è stata un'idiozia, d'accordo? Adesso l'ho capito. Anzi, l'ho capito praticamente un attimo dopo aver preso quello stupido libricino e aver mentito a Dina. Mi sono subito resa conto che non avrei potuto nemmeno mettermi in contatto con gli uomini che lo stavano cercando. Che non avrei saputo quanto chiedere... o come avrei gestito lo scambio. E una volta che avessero saputo che avevo io il quaderno, cosa li avrebbe fermati dal farmi fuori e prenderselo? E anche se, per miracolo, fossi riuscita a farmi dare i soldi, cosa ne avrei fatto? Avrei portato a casa una borsa piena di contanti e avrei detto ai miei genitori qualcosa del tipo: "Ta-da! Guardate, abbiamo abbastanza soldi per evitare che papà debba rimanere a lavorare a Hong Kong". Come se da quello non sarebbe partita una sfilza di domande. Adesso mi rendo conto di quanto possa sembrare stupido. Ma, in quel momento... volevo soltanto trovare un modo per aiutare la mia famiglia. Tutto qui. Quando ho capito che non sarei mai riuscita a trovare il coraggio di dire a Dina la verità, ho pensato che se mi fossi sbarazzata del quaderno sarebbe stato come se non fosse mai successo. Sarebbe tornato tutto alla normalità.»

«Cosa ne hai fatto di quel libretto?» le domandò Josie.

Noah e Chitwood la guardarono in attesa. «L'ho nascosto.» disse Alison.

«Dove?» chiese Josie. «Dove si trova adesso?»

«A casa di Dina.»

«Hai nascosto il libro a casa di Dina?» esclamò Noah.

Alison lo guardò come se fosse uno stupido. «Beh, certo. La sua casa era già stata rivoltata come un calzino. Non è che sarebbero tornati a guardarci. Sapevano già che non c'era. L'ho nascosto nella sua camera da letto.»

Il capo si alzò e puntò un dito contro Alison. «Alza il culo. Andiamo a prendere quel libretto.»

CINQUANTADUE

Alla stazione di polizia, Alison aveva preso posto alla scrivania di Josie e teneva la testa inclinata all'indietro, gli occhi chiusi e la bocca aperta. Josie capì dall'ansimare del suo naso che stava dormendo profondamente. Era andata nel panico quando il capo aveva suggerito di andare a casa degli Hale, così avevano mandato Mettner a recuperare il quaderno con le istruzioni dettagliate di Alison su dove trovarlo. E ora Josie, Noah, Gretchen e il capo si trovavano intorno alla scrivania di Mettner. Tra le mani, sulla scrivania, teneva un sacchetto di carta, contrassegnato come prova. «Non è stato difficile trovarlo.» disse Mettner. «Ho portato Hummel con me, dice che deve prendere le impronte, ma so che voi dovevate vederlo. Avete dei guanti?»

Un paio di guanti di lattice apparve davanti a Josie. Si voltò per vedere Noah che glieli tendeva. «Grazie.» disse, infilandoseli.

Mettner liberò uno spazio sulla scrivania e Gretchen tirò fuori il telefono, pronta a scattare qualche foto. Josie prese il piccolo quaderno dalla busta delle prove e lo posò sulla scrivania. Le prime pagine erano in bianco. Poi si riempirono di elenchi. Prima di tutto, il nome di un uomo. Sotto di esso, un numero di telefono, presumibilmente a nome della persona in questione. Sotto c'erano le iniziali seguite dalle date. Ogni data aveva una X accanto.

Mettner disse: «Non capisco.»

Josie sfogliò le pagine fino ad arrivare al nome di Elliott Calvert. Le annotazioni iniziavano quasi sei mesi prima. Tutte le iniziali sotto il suo nome erano uguali:

G.S. 13/4 X
G.S. 27/4 X
G.S. 1/5 X
G.S. 20/5 X

E continuava così. C'erano alcuni spazi vuoti tra le date, ma nessuno spazio maggiore di tre settimane.

Poi trovò il nome di Pierce Fuller. La sua lista era un po' più lunga e risaliva a quasi un anno prima. Josie contò almeno quattro serie di iniziali diverse sotto il suo nome: A.P., G.M., R.C. e G.S. Tutte le voci di Pierce Fuller erano contrassegnate da una X.

Josie fu sollevata di non vedere le iniziali A.M. da nessuna parte.

Gretchen chiese: «È quello che penso che sia?»

«E cioè?» disse Noah.

Il capo allontanò Gretchen e studiò le pagine via via che Josie le girava. Alcuni nomi li riconobbe, altri no. La nausea le turbinava nello stomaco. «Oh mio Dio.»

Mettner guardò più da vicino. «Aspettate un attimo. Non può essere. Non è possibile!»

Il capo disse: «Fai una lista di tutti i nomi che riportano le iniziali G.S. Dobbiamo sapere quanti altri ce ne sono. E voglio un elenco di tutte le ragazze che lavorano o che hanno lavorato nel reparto di ristorazione per gli eventi all'Hotel Eudora, a qualsiasi data risalgano. Le confrontiamo e le convochiamo qui a parlare.»

«Di cosa state parlando?» domandò Alison sul finire di uno sbadiglio. Stiracchiò le braccia sopra la testa e si mise a far girare la sedia di Josie in semicerchio. I suoi occhi si posarono sul quaderno nelle mani di Josie. «Oh...» disse.

Josie la guardò in faccia, oramai trasformata in un turbinio di gialli e verdi che si accompagnavano al nero e al blu dal collo agli occhi. «Non sai cosa significa tutto questo?»

Alison scosse la testa. «Pensate che stia mentendo di nuovo?»

«È molto importante.» disse Josie. «Non sei nei guai. Ne sai qualcosa?»

Alison alzò entrambe le mani e si schiaffeggiò le cosce. «Adesso vi sto dicendo la verità. Sì, ho mentito altre volte, ma ora non lo sto facendo. Come avete detto voi, non ne vale la pena.»

Noah disse: «Davvero non sai cosa significa tutto questo?»

Alison fece una faccia spazientita. «No che non lo so. Dovrei?»

«Alison...» disse Gretchen, «non ti sei resa conto che Max stava facendo una...»

«Palmer!» la riprese il capo, scuotendo rapidamente la testa e costringendo Gretchen a tacere. Si stavano ancora occupando di un'indagine attiva e, sebbene Alison fosse affidata a loro, non era necessario che fosse messa a parte di ogni dettaglio e di certo non delle cose che non avevano ancora intenzione di rendere pubbliche.

«Alison...» disse Josie. «Quando ci hai parlato per la prima volta di questo quaderno, hai detto che non riconoscevi la calligrafia. Intendevi dire che non sai di chi sia questa calligrafia o che non ti sembrava quella di Max Combs?»

La ragazza rispose con una scrollata di spalle. «Entrambe le cose, direi. Non l'ho riconosciuta perché non assomiglia alla calligrafia di nessuno che conosco.»

Josie alzò il quaderno, con le pagine aperte in modo che Alison potesse vederle. «Stai dicendo che questa non è la calligrafia di Max Combs?»

Alison si guardò intorno, come se cercasse aiuto da qualcuno nella stanza. Ma poiché non arrivava nessuno in suo soccorso, disse: «Beh, non posso dirlo con certezza, ma non mi sembra la sua calligrafia.»

Josie girò il quaderno e lo scosse. Poi aprì la prima di copertina e tastò all'interno, alla ricerca di una cucitura o di una qualche fessura. Fece lo stesso con la quarta di copertina.

«Cosa stai facendo?» chiese Mettner.

«Sto guardando se c'è una scheda SD.» disse Josie. «È l'unica cosa abbastanza piccola e sottile da contenere materiale video e da stare in questo quaderno.»

Chiuse il quaderno e lo esaminò dall'esterno. Proprio in cima al dorso, c'era una piccola apertura. Josie diede una gomitata a Mettner e lo portò sotto la lampada sulla sua scrivania.

Sospirò. «Niente.»

«Nessun video?» domandò Noah.

Abbassando la voce in modo che Alison non lo sentisse, il capo disse: «Il quaderno da solo è abbastanza probante, se riusciamo a raccogliere un numero sufficiente di informazioni per dimostrare il nostro caso. Ci sono scritti i nomi di vari uomini, possiamo trascinarli tutti qui dentro. Se Max aveva un socio, uno di loro potrebbe saperlo.»

La mente di Josie galoppava nel tentativo di comprendere le nuove informazioni. Si adeguò al tono sommesso del capo. «Ma questo non è un indizio.» disse.

«Cosa vuoi dire?» chiese Mettner a bassa voce. «Quello che faceva quest'uomo in quell'albergo è piuttosto disgustoso.»

Josie rimise il quaderno nella busta delle prove. «Ma da solo non significa nulla. Non per Gianna Sorrento. Non per Johnny

Discala. Se lei fosse in un video in compagnia di questi uomini, la storia sarebbe diversa.»

«È vero.» convenne Gretchen a bassa voce. «Potrei immaginare che si sia spinto all'estremo per assicurarsi che i filmati venissero distrutti.»

«A meno che non fossero i filmati ciò che stava cercando...» disse Chitwood, «ma che invece puntasse solo all'elenco degli uomini.»

«Per poterli uccidere.» concluse Noah. «Se quello che ha detto Drake è vero, su come ha gestito la banda rivale dopo la morte della moglie, sappiamo che sarebbe pronto a eliminare dalla faccia della terra tutti gli uomini che hanno frequentato sua figlia.»

«Questo spiegherebbe perché Elliott Calvert e Pierce Fuller sono impazziti nel tentativo di recuperare questo quaderno.» disse Chitwood. «Max Combs deve averli informati che era stato rubato. Poi deve aver cercato di ricattarli. Sapeva che era stata Dina ad avergli preso la tracolla; dunque, gli è bastato parlare con lei per riaverla, ma nel frattempo ha ottenuto centinaia di migliaia di dollari sia da Calvert che da Fuller. È facile presumere che abbia minacciato di consegnarli a Johnny Discala. Ma poi Dina ha gettato la borsa nella spazzatura e tutto è andato a puttane. Non escluderei che sia stato proprio Max Combs a indirizzarli su Dina.»

«O magari...» suggerì Gretchen, «Max Combs ha detto sia a Elliott Calvert che a Pierce Fuller che avrebbe rivelato il nome di chi aveva il quaderno se lo avessero pagato e poi, una volta ricevuto il denaro, Combs li ha messi alle costole di Dina. Non gli importava cosa le sarebbe successo.»

«Ma quando entrano in gioco gli uomini di Discala?» chiese Josie. «Anche loro stavano cercando il quaderno, perciò qualcuno deve averli avvertiti.»

«Ancora non abbiamo tutti i pezzi.» concluse Chitwood.

Josie ripercorse mentalmente a ritroso il caso, cercando di

incastrare i pezzi che avevano in diverse configurazioni, sperando che qualcosa che non avevano ancora preso in considerazione le saltasse all'occhio. «Quando ho parlato con Gianna, mi ha detto che suo padre avrebbe raso al suolo l'intera città se avesse saputo che sono andata a parlare con lei. Solo a parlare con lei. E nemmeno che le stavo chiedendo cosa era successo con Elliott Calvert. Credeva che la sola mia presenza nel suo dormitorio lo avrebbe fatto infuriare a tal punto. Quando sua moglie è stata uccisa, ha giustiziato decine di persone.»

«Dove vuoi arrivare?» chiese Mettner.

«Vuole dire che se sapesse di questo quaderno, decimerebbe l'intera città.» spiegò Noah. «Non si limiterebbe di certo a mandare soltanto due dei suoi scagnozzi a recuperarlo senza sollevare troppa polvere.»

«Ma non ha soltanto mandato "due dei suoi scagnozzi".» ribatté il capo. «Uno di loro è Matteo "Mulo" Marrone, che, dalle ricerche che ho fatto da quando Quinn ci ha mostrato la sua foto, è praticamente il secondo in comando di Johhny Discala.»

«Esatto, per una faccenda tanto delicata, un boss avrebbe mandato più di un paio di uomini.» sottolineò Josie. «Non è stato il padre di Gianna a ordinare ai suoi scagnozzi di venire qui e di occuparsi di questo problema con la figlia; è possibile che Discala non ne sia neanche al corrente.»

Mettner disse: «Scherzi, vero?»

«Se non è stato Discala a mandarli, chi diavolo è stato?» domandò Gretchen.

«Gianna.»

La fissarono tutti.

«Dobbiamo tornare a parlare con lei.» affermò Noah.

«Ci vado io.» si propose Josie. «Gretchen, questa volta ci vieni tu con me. Voi altri restate qui a sorvegliare Alison e scorrete l'elenco dei nomi nel quaderno.»

CINQUANTATRÉ

Nell'ingresso dell'edificio studentesco della Saint Catherine of Siena Academy, l'addetto alla sicurezza squadrò Josie e Gretchen con aria accigliata. «Miss Sorrento non è qui al momento.»

«Come fa a saperlo?» lo apostrofò Gretchen, puntando un dito verso il computer di fronte a lui. «Ha controllato?»

«Non ho bisogno di controllare. È uscita da qui circa mezz'ora fa con sua madre.»

Josie e Gretchen si scambiarono un'occhiata. «Come fa a sapere che la donna con cui è uscita era sua madre?» gli chiese Josie.

«Perché ha detto di essere la madre di Miss Sorrento.» spiegò l'addetto come se fosse la cosa più ovvia del mondo.

Josie si sporse lungo la scrivania, mettendosi faccia a faccia con lui. «Quando io e il mio collega siamo stati qui, qualche ora fa, lei ha esaminato i nostri identificativi almeno tre volte. Li ha scannerizzati nel suo dannato sistema informatico e ha chiamato la nostra centrale per assicurarsi che fossimo chi avevamo dichiarato di essere. Invece, appena una donna qualsiasi si presenta qui e dice di essere la madre di Gianna Sorrento, a lei non sembra che ci siano problemi?»

«Non ha chiesto di salire.» spiegò il sorvegliante, lasciando trasparire un guizzo di dubbio nel suo sguardo. «Mi ha solo chiesto di avvisare Miss Sorrento per dirle che sua madre era qui, e così ho fatto. La signorina è scesa nel giro di cinque minuti e se ne sono andate insieme.»

Gretchen toccò il monitor. «I video. Ci servono i video della donna che si è presentata a questo ingresso.»

L'addetto allargò le braccia. «Non posso farlo. Dovete presentare un mandato.»

Un rossore di rabbia si irradiò dal collo di Josie fino alla radice dei capelli. «Lo capisce che Gianna Sorrento potrebbe essere in pericolo? La sua vita potrebbe essere a rischio. Vuole farci perdere tempo con queste sciocchezze sul mandato? Vuole dire lei al padre malavitoso che ci ha rallentato nella ricerca di sua figlia per seguire la procedura burocratica?»

«Boss...» disse Gretchen a bassa voce.

Il sorvegliante si ritrasse sulla sedia. «Sono spiacente ma devo seguire le regole. Se non lo faccio, vengo licenziato.»

Gretchen afferrò Josie per un braccio e cercò di allontanarla dalla scrivania. «Come vuole...» disse rivolgendosi al sorvegliante. «Torneremo con un mandato.»

Josie, invece, rimase salda al suo posto. «Che aspetto aveva? Non occorre che presentiamo un mandato per ottenere la descrizione della donna che ha visto.»

Lui fece un'alzata di spalle. «Così su due piedi... altezza media, corporatura media. Capelli biondi.»

«Rasati da un lato?» chiese Josie, pensando subito a Felicia Koslow.

Un'altra alzata di spalle. «Non mi ricordo. Non ci ho fatto caso.»

«Ha fatto caso se quella donna sembrava avere l'età giusta per essere la madre di Gianna Sorrento?» gli domandò Gretchen.

«Beh, insomma, non lo so. Credo di sì.»

Josie tirò fuori il telefono e cercò il profilo Instagram di Felicia Koslow. Trovò un selfie che Felicia si era scattata nel parco pubblico. «Era questa?»

Il sorvegliante studiò la foto per qualche secondo. «No. Non era lei.»

Gretchen strattonò di nuovo Josie per un braccio. «Andiamo a procurarci quel mandato, Boss.»

Josie non riusciva a darsi pace nemmeno quando furono risalite in macchina.

«Chi pensi che fosse questa donna che si è spacciata per la madre di Gianna Sorrento?» le chiese Gretchen.

«Bella domanda.» rispose Josie. «Quante persone ci sono a Denton che conoscono Gianna e che potrebbero avere l'età giusta da farsi passare per la madre?»

«Non mi viene in mente nessuno.» ammise Gretchen. «Pensi che Gianna sia nei guai?»

«Non è da escludere...»

Josie si mise a ripercorrere mentalmente il caso a ritroso, adesso con una nuova prospettiva, considerando che fosse Gianna a tirare i fili. Com'era possibile che fosse a conoscenza del quaderno? Era stato Max Combs a parlargliene? O era stato il suo socio invisibile? E questo socio invisibile era una donna, la stessa che si era spacciata per la madre di Gianna? E per quale motivo questa donna aveva finto di essere sua madre? Anche lei sperava di recuperare il quaderno?

Ancora una volta, c'erano degli aspetti su quel quaderno che tornavano ad assillarla: a un primo sguardo, la sua esistenza avrebbe dovuto essere una sorpresa per Gianna; per questo adesso Josie cominciava a valutare uno scenario in cui anche per lei potesse essere motivo di preoccupazione. Tanto per cominciare, un quaderno era uno strumento semplice sul quale tenere traccia delle sue operazioni senza ricorrere a dispositivi informatici che avrebbero lasciato tracce digitali; il che significava che del contenuto del quaderno non esistevano copie multiple in giro per il mondo o su Intenet. Inoltre, se estrapolato dal contesto, non provava un bel niente. Sopra non c'era nemmeno il suo nome, ma solo le sue iniziali, che potevano passare per le iniziali di chiunque.

Cos'altro si stavano perdendo?

«Mett dice che farà preparare il mandato, lo farà firmare e notificare.» la avvertì Gretchen.

Josie non si era nemmeno accorta che Gretchen stava parlando al telefono. «Benissimo.» rispose lei.

«Potrebbe volerci un po'. Qual è la prossima mossa?»

«Andiamo all'ospedale.» disse Josie. «Voglio parlare con Elliott Calvert.»

CINQUANTAQUATTRO

C'era un nuovo agente di guardia fuori dalla stanza di Elliott Calvert, seduto su una sedia di vinile, e stava guardando il suo telefono. Fece un cenno a Josie che lo superò per entrare nella stanza. Calvert era seduto a letto, con il braccio rotto appoggiato sullo stomaco e gli occhi fissi sul televisore appeso alla parete di fronte al letto. L'audio metallico del programma che stava guardando proveniva da un piccolo apparecchio portatile attaccato al letto. Quando la vide, sgranò gli occhi. Con la mano buona cercò di prendere il telecomando, premendo i tasti finché il suono non cessò.

«Fuori di qui.» la ammonì.

«Non sono venuta a parlare di Dina Hale o di Alison Mills.» disse Josie.

«Non mi interessa. Se ne vada.»

Josie non gli prestò attenzione e avanzò verso il letto finché la sua maglietta non sfiorò la spalliera. Gli lesse i suoi diritti e quando gli chiese se li avesse compresi così come glieli aveva illustrati, lui rispose: «Non importa. Non intendo parlare con lei.»

«Non ti ho chiesto se hai intenzione di parlare con me.»

disse Josie. «Ti ho chiesto se capisci i tuoi diritti come te li ho appena letti.»

«Oddio...» mormorò Calvert, guardando lo schermo del televisore silenzioso. «Lei è implacabile. Bene... Non importa. Ho compreso i miei diritti. Abbiamo finito?»

«So cos'è successo, Elliott.»

Senza badarle, Calvert alzò di nuovo il volume del programma e le risate preregistrate di un gioco a premi riempirono la stanza.

«Andavi all'Hotel Eudora per vedere una ragazza. Gianna Sorrento. Solo che non era... una cosa consensuale.»

Il dito di Calvert trovò ancora una volta il tasto per mettere in muto e stavolta la guardò dritta negli occhi. Le sue labbra si contrassero. Per un momento, sembrava che stesse combattendo una guerra interiore per decidere se rispondere o continuare a fare scena muta. Alla fine, a malincuore, disse: «Era del tutto consensuale. Completamente.»

«Però pagavi per la compagnia di Gianna.» disse Josie.

Calvert rimase in silenzio e immobile, con lo sguardo rivolto alla televisione.

Josie continuò: «Max Combs assumeva ragazzine adolescenti nel personale del servizio di ristorazione per gli eventi dell'Hotel Eudora e ci si gingillava per vedere fino a che punto poteva spingersi, cosa tolleravano e cosa non tolleravano. Alcune di loro erano disponibili, magari non alle sue avances, ma all'idea di poter guadagnare un sacco di soldi in più. Poi si occupava di procacciare i clienti, come te, di selezionarli, di prenotare la stanza a nome di un collega, in modo da non essere mai collegabile a questa attività, e... la ragazza era già lì, non è vero? O comunque nei pressi.»

Calvert rimase muto come un pesce.

«Gianna Sorrento era una escort e tu eri un suo cliente.»

Anche a questo, Calvert non pronunciò una parola. Il suo dito si posò sul tasto Mute, ma non riattivò l'audio.

«Max Combs preparava le ragazze e selezionava i clienti, ma non era lui che gestiva l'attività, dico bene? Questo compito spettava a qualcun altro. A una donna. Una maîtresse. Teneva un registro con i nomi e le date e le crocette per indicare che ogni incontro era stato pagato correttamente. Non teneva registri elettronici perché non voleva lasciare tracce che facessero risalire a lei. Un registro può essere bruciato, senza che ne rimanga traccia, senza che ne rimangano tracce digitali. Nessun modo per stabilire con certezza la proprietà.»

Gli occhi di Calvert si allontanarono dalla televisione e si diressero verso la finestra. La mano libera cominciò a tremare e lui la chiuse a pugno stringendo le lenzuola.

«Ti ha chiamato, vero?» disse Josie. «Oppure avevi chiamato tu per prendere un appuntamento ed è così che l'hai scoperto? O è stato Max a dirtelo?»

Si morse il labbro inferiore, grattandosi con i denti la pelle screpolata.

«È stato Max.» concluse per lui Josie. «È stato lui a dirtelo. Qualcuno aveva preso il registro; tra l'altro, la escort con cui ti eri incontrato negli ultimi cinque mesi è la figlia minorenne di un importante boss mafioso. Può darsi che Max ti abbia detto il suo nome. O può darsi che tu l'abbia cercato su Internet. A prescindere da com'è andata, dev'essere stato un bel momento.»

Gli occhi di Calvert si posarono su di lei e lei poté vedere il lampo di panico nel suo sguardo prima che si spostassero di nuovo sulla televisione. «Io non sono... non sono una cattiva persona.» disse a denti stretti.

Josie dovette trattenersi dal ricordargli che aveva tradito la moglie, la quale aveva appena dato alla luce la loro prima figlia, con una escort minorenne, prima di strangolare un'altra adolescente nel tentativo disperato di coprire il suo crimine. Non le importava cosa pensava di sé stesso; quello che le serviva erano delle informazioni. Perciò, ignorando la sua dichiarazione, continuò. «Max Combs ti ha detto che poteva riprendersi il quaderno e che nessuno lo avrebbe mai scoperto. Perché sapeva chi lo aveva preso. Una ragazza che lavorava nel servizio di ristorazione per gli eventi. Una ragazza dai capelli scuri che era sempre in giro e che pendeva dalle labbra di Combs. Lei non sapeva di cosa si trattava, l'aveva preso solo perché ce l'aveva a morte con lui. Tutto ciò che Combs doveva fare era ricorrere al suo fascino e l'avrebbe riavuto, senza problemi. Ma non lo avrebbe fatto senza chiedere niente in cambio. Così ti ha ricattato: dovevi dargli tutto quello che riuscivi a prelevare velocemente dai tuoi conti, ovvero duecentotredicimila dollari, e Combs avrebbe riavuto il registro. Ma se tu non gli avessi dato i soldi, Combs sarebbe andato direttamente da Johnny Discala e gli avrebbe raccontato tutto quello che tu aveva fatto alla sua unica figlia.»

Le guance di Elliott Calvert presero una sfumatura rossastra. «Lei la fa sembrare una cosa di così... scabrosa. Quando invece non lo era per niente. Gianna mi piaceva. E parecchio.»

Josie era sicura che lui ci credesse davvero. Certo che gli "piaceva" una ragazzina di diciotto anni che veniva pagata per farlo sentire bene. Era una fantasia, ma Elliott Calvert era troppo stupido per rendersene conto. Tuttavia, Josie non gli fece notare l'assoluta insensatezza di ciò che gli usciva dalla bocca.

«A prescindere da questo...» riprese Josie, «Può darsi che non avessi paura di Max Combs. Può darsi che non avessi paura che tua moglie lo venisse a sapere e ti piantasse seduta stante. Può anche darsi non avessi nemmeno paura di essere accusato di reati penali. Perché tutto questo ti sarà sembrato una vacanza rispetto a quello che Johnny Discala ti avrebbe fatto.»

Elliott Calvert la guardò di nuovo. «Guardi che so bene chi è. Ho letto di suo padre. Ho fatto qualche ricerca per assicurarmi che Max Combs non mi stesse raccontando storielle. Lo sa cosa fa Discala alle persone? Lo sa cosa fa alle persone? Perché non importa se niente di tutto ciò che fa può essere provato, è abbastanza semplice da intuire. Sapeva che i tizi che si credeva avessero ucciso sua moglie sono stati trovati parzialmente scuoiati con i loro... con alcune parti tagliate? Prima li ha torturati e poi li ha fatti fuori con un colpo di pistola. In un articolo che ho letto, il medico legale aveva dichiarato che presumibilmente uno di loro doveva essere già morto ancora prima che gli sparasse, a causa delle torture. Sì, ho paura di Johnny Discala. Sì, volevo riavere quel registro, ma soprattutto non volevo che Discala lo trovasse e ci leggesse il mio nome.»

«Ma non hai avuto il registro.» disse Josie. «Hai dato i soldi a Max Combs, ma lui non aveva ancora il registro. Così sei andato all'hotel un paio di volte per capire cosa diavolo stesse succedendo e lui ti ha chiesto altri soldi. Ma tu non li avevi, così hai deciso di prendere in mano la situazione. Combs aveva lasciato il quaderno in mano a una ragazza di appena diciotto anni come assicurazione per sé stesso. Cosa avrebbe impedito a te, o agli altri uomini che Combs stava ricattando, di picchiarlo a sangue o addirittura di farlo fuori e di riprendersi il quaderno? Niente. Ma se invece lo avesse avuto una ragazza senza nome, lui sarebbe stato tutelato. Non gli sarebbe mai venuto in mente, neanche in un milione di anni, che tu, o chiunque altro ci fosse sulla sua lista dei ricatti, sareste diventati così disperati da avvicinarvi alla ragazza, tanto meno da farle del male. E non ti ci è voluto molto per capire di quale ragazza stesse parlando Combs: era quella che seguiva ogni sua mossa, che lo guardava con le stelle negli occhi, quella che faceva la civetta con lui. Lui te l'aveva già descritta. Tutto quello che dovevi fare era seguirla.»

E una volta che Dina Hale fosse uscita di scena, nessuno degli altri uomini con cui Max Combs aveva intrapreso il suo pericoloso giochetto avrebbe avuto troppe difficoltà a capire che la sua migliore amica, Alison Mills, poteva essere in possesso del registro incriminato o poteva sapere dove si trovava. Erano disperati quanto Max. Pierce Fuller, in particolare, era così disperato che aveva preferito correre il rischio di aggredire Alison niente di meno che alla stazione di polizia.

La voce di Elliott Calvert la raggiunse bassa. «Preferirei qualsiasi pena detentiva a quello che mi farebbe Discala.»

«Esaudiremo il tuo desiderio.» disse Josie.

«No.» disse Elliott. «Discala può comunque arrivare a me, anche dentro. Se scopre di me e Gianna e capisce cosa è successo, manderà qualcuno a togliermi di mezzo. E ci scommetto che prima mi torturerà. Io volevo soltanto riprendermi quel registro. Se riuscissi a impedire che il mio nome salti fuori, che arrivi a Discala, allora la prigione non sarebbe la cosa peggiore che mi possa capitare.»

Josie non aveva bisogno di dargli ragione ad alta voce; sapevano entrambi che questo era lo stato delle cose. E con ogni probabilità era lo stesso identico ragionamento che aveva spinto Pierce Fuller a recarsi alla stazione di polizia per aggredire Alison.

Elliott Calvert allentò il pugno, lasciando andare il lenzuolo e liberando la tensione della mano. Si passò le dita tra i capelli unti. «Sono fottuto.» disse.

Josie non dissentì.

«Non è venuta qui per dirmi quello che già so. Cos'è che vuole?»

«Sapere chi era la maitresse.»

«Non credo proprio che dovrei... voglio dire, non ha fatto nulla di male, davvero. È stato Max. Ha fatto tutto Max.»

Josie non si meravigliava più di quanto fosse deviata la bussola morale di Calvert. «La contattavi al cellulare quando voleva fissare un appuntamento, o sbaglio?» chiese, dicendogli il numero del telefono usa e getta che avevano trovato nei suoi tabulati telefonici. «Hai provato a chiamarla dopo aver scoperto che il registro dei clienti era sparito, ma il telefono era staccato. Avrai voluto assicurarti che non avrebbe fatto la spia a Discala come aveva intenzione di fare Combs. Che cosa hai fatto allora?»

«Se le dico chi è, non ottengo altro che di metterla in pericolo.»

Josie afferrò la spalliera del letto e si chinò verso di lui. «Se non mi dici chi è, Gianna sarà l'unica a essere in pericolo.»

A queste parole le sembrò davvero sconvolto. Josie si sforzò di capire se si trattava di un'emozione reale o meno. Per quanto sgradevole, sembrava che avesse sviluppato un sentimento di qualche tipo per Gianna Sorrento.

«Non so come si chiama.» disse. «Non me l'ha mai detto e io non gliel'ho mai chiesto. Non indossa una targhetta con il nome. Lavora all'hotel. Fa le pulizie.»

CINQUANTACINQUE

Gianna aveva diciassette anni quando era diventata figlia di suo padre. Non voleva che qualcuno si facesse del male, ma non poteva rischiare che lui, o chiunque altro, scoprisse quello che stava facendo. La prima volta che si era resa conto che qualcosa non andava era stato quando il lavoro aveva cominciato a rallentare. «Dobbiamo mantenere un profilo basso.» le dicevano. «Stiamo ricevendo molte attenzioni.»

Ma le altre dipendenti, si era accorta, continuavano a lavorare come al solito.

Lei si era opposta. Non poteva perdere quel lavoro. Le mancava poco a compiere diciotto anni e finalmente si sarebbe diplomata. Suo padre l'avrebbe costretta a tornare a casa e lei avrebbe avuto paura di quello che sarebbe successo dopo. Da quando sua madre era morta, lui si era fissato sul fatto che lei era la sua principessa, perfetta e intoccabile. Come se fosse una specie di animale esotico che lui doveva tenere sotto una campana di vetro e ben distante dal resto del mondo. Lo standard che lui aveva costruito nella sua mente di ciò che lei avrebbe dovuto essere si era ormai allontanato così tanto dalla realtà che Gianna aveva paura di ciò che sarebbe accaduto quando, inevitabilmente, avrebbe finito col deluderlo. Lui non le avrebbe mai fatto del male, non fisicamente. Di questo era sicura. Ma c'erano altre cose che lui avrebbe potuto farle. C'erano altri modi in cui suo padre avrebbe potuto farle del male: la libertà di cui avrebbe potuto derubarla.

Dal giorno in cui lo aveva trovato nel garage e aveva visto cosa aveva fatto agli uomini che sospettava avessero ucciso sua madre, non aveva pensato ad altro che a uscire dalla sfera d'influenza di suo padre. Avrebbe potuto rivolgersi alla polizia e raccontare quello che aveva visto, quello che sapeva. Avrebbe potuto sperare di essere inserita nel programma di protezione dei testimoni e iniziare una nuova vita in un altro posto. Ma questo sarebbe stato alle condizioni definite dal governo. Avrebbe ottenuto soltanto di passare da una prigione invisibile a un'altra. E Gianna voleva essere libera, voleva avere la possibilità di agire autonomamente, come usava dire sua madre. Sarebbe scomparsa, perché era quello l'unico modo per sfuggire veramente a suo padre. Anche in prigione, lui avrebbe potuto esercitare qualche forma di controllo su di lei. Però lei lo avrebbe fatto alle sue condizioni. Per questo aveva bisogno di ogni centesimo che il lavoro poteva metterle in tasca.

Quando aveva chiesto spiegazioni sul perché le altre stessero ancora lavorando, le era stata finalmente detta la verità: Max aveva scoperto chi era suo padre e la cosa lo rendeva nervoso. Per questo motivo, dovevano lasciarla andare. Su tutte le furie, era andata da Max e lo aveva supplicato di darle il permesso di continuare a lavorare. Non importava che suo padre fosse Johnny Discala. A Denton, solo lui e Sadie conoscevano la verità sulla sua identità. Sadie lo aveva sempre saputo e non era mai stato un problema per lei. Anzi, era stata lei a proporle di lavorare all'hotel. Gianna aveva bisogno di quel lavoro. Aveva bisogno di soldi. E dato che Max aveva un debole per lei, le aveva detto di dargli un po' di tempo, che l'avrebbe fatta rientrare nel giro. O, almeno, questo era ciò che lei pensava. Solo molto tempo dopo si era resa conto che Max aveva un tornaconto personale.

Tutti hanno un proprio tornaconto.

La prima volta che si era resa conto che c'era qualcosa di molto sbagliato era stato quando aveva scoperto che il registro era scomparso. Che lei non era l'unica persona a sapere di quella lista. Che da qualche parte, chissà dove, c'era una prova di ciò che aveva fatto. Quello che aveva fatto la principessa perfetta di Johnny Discala, la sua dolce Perla. Allo stesso tempo, aveva scoperto che non era scomparso soltanto il registro: era stato trafugato anche qualcos'altro; qualcosa a cui Gianna teneva molto di più di quanto non tenesse al registro. Qualcosa che le era stato promesso. Aveva trascorso mesi a manipolare, a convincere e a sollecitare per ottenerlo. Aveva rinunciato a una parte dei suoi guadagni per assicurarsi che le venisse consegnato. Mancava così poco. E all'improvviso era sparito, insieme al registro. Le decisioni che erano state prese su questi oggetti, su Gianna, non avevano tenuto conto di lei, addirittura, erano state fatte a sua insaputa.

Aveva bisogno di agire autonomamente.

Aveva chiamato Mulo. Lo aveva sempre visto come una figura paterna, più del suo vero padre. In tutta la sua vita, era sempre stata l'unica persona di cui si fosse fidata completamente. Quando lei gli dava degli ordini, che fosse recuperare un registro o un oggetto prezioso senza dirlo a suo padre, lui non faceva domande. Non giudicava. Non esitava.

CINQUANTASEI

Josie si ritrovò con Gretchen davanti alle porte degli ascensori e, premendo a ripetizione la freccia per scendere, le fece un riepilogo di ciò che aveva appreso da Elliott Calvert. L'arrivo dell'ascensore fu annunciato da un campanello. Le porte si aprirono. Josie e Gretchen aspettarono che le persone uscissero e poi salirono. Da sole all'interno, Gretchen disse: «Bene, ora sappiamo chi è la "madre" di Gianna. Chiamo subito la centrale e informo il resto della squadra. Mett può cercare l'auto registrata a nome di Sadie e far passare qualcuno a casa sua, anche se dubito che ci sarà. Possiamo emettere un mandato di cattura per lei.» Detto fatto, Gretchen si attaccò al telefono mentre uscivano dall'ascensore del primo piano e si dirigevano verso il parcheggio. Salite in macchina, Josie rimase seduta con le mani sul volante, immobile.

«Boss?» la chiamò Gretchen riscuotendola.

La mente di Josie continuava a frullare, raccogliendo ogni pezzo del caso, scartandolo e riprendendolo. «Cos'è che mi manca?» borbottò.

«Cosa vuoi dire?» le chiese Gretchen. «Abbiamo risolto tutto. Abbiamo capito tutto. A un'indagine approfondita su

Felicia Koslow non avremmo ottenuto nessun risultato concreto, ma se avessimo scoperto subito che Sadie Bacarra e Max Combs avevano messo su un giro di prostituzione sfruttando le ragazze minorenni che lavoravano nel servizio di ristorazione per gli eventi, avremmo capito abbastanza in fretta che era proprio Felicia la copertura di Combs, perché era a suo nome che prenotava le stanze all'Hotel Eudora. E questo avrebbe dato a Combs il tempo di inventarsi qualche favola o, chissà, forse anche di fuggire. Comunque, indipendentemente dal servizio di escort, sono convinta che Felicia fornisse a Max della droga.»

«Sono d'accordo.» convenne Josie. «Penso che tu abbia ragione.»

«Però non sei soddisfatta di come abbiamo risolto tutto...» finì per lei Gretchen. «Lo vedo da quell'espressione che hai stampata in faccia.»

Josie le rivolse un sorriso.

Gretchen tirò fuori il suo taccuino e sfogliò a ritroso gli abbondanti appunti che aveva preso sul caso. «Dina ha preso la tracolla, che ora sappiamo conteneva il registro con i clienti di Sadie, e questo ha scatenato l'intera faccenda. Credo che il modo in cui hai messo insieme i pezzi sia, con un minimo margine di errore, esattamente quello che è successo: Max Combs ha ricattato Elliott Calvert con il registro, minacciando di andare da Johnny Discala se non avesse pagato. Ma, una volta che Calvert gli ha dato il denaro, Combs non gli ha potuto restituire il registro. Probabilmente Calvert ha fatto una ricognizione all'hotel, ha capito che il registro era finito tra le mani di Dina e poi ha aggredito lei e Alison. È facilmente presumibile che Pierce Fuller si trovasse nella stessa situazione: aveva pagato Combs con la convinzione che gli avrebbe restituito il registro, ma poi Combs non l'ha fatto e non ha avuto modo di sapere che fine avesse fatto il registro finché Dina non è stata uccisa.»

«E Alison è scomparsa.» aggiunse Josie. «Ne hanno parlato al notiziario. È stato in quel momento che Fuller ha iniziato a ingraziarsi il capo riguardo all'unità cinofila. A lui non interessava, stava cercando di ottenere informazioni privilegiate sull'indagine.»

Gretchen sfogliò due pagine del suo taccuino, scrutando gli appunti scarabocchiati. «Probabile. Nel frattempo, Gianna Sorrento aveva deciso di prendere in mano la situazione, così ha chiamato gli scagnozzi di suo padre e li ha incaricati di recuperare il registro. Sapeva dove indirizzarli, però.»

«Grazie a Sadie.» disse Josie.

Gretchen alzò lo sguardo dal taccuino. «Sì. Ha senso che Gianna abbia scoperto da Sadie che il registro era scomparso. Sono sicura che Sadie ne abbia parlato con Max quando è successo.»

«Allora la tracolla era di Sadie.» disse Josie.

«Può darsi.» disse Gretchen.

«No, non può darsi.» disse Josie. «Quel registro era in uno scomparto segreto della tracolla. Non è stato buttato dentro a casaccio. Quella doveva essere per forza la borsa di Sadie. Tenderei a dire che anche l'ossicodone doveva essere suo. Felicia potrebbe aver fornito droga sia a Max che a Sadie. Può darsi che Sadie abbia una sua dipendenza dall'ossicodone.»

Gretchen annuì, seguendo il discorso di Josie. «Questo avrebbe senso. Potrebbe anche aver preso l'ossicodone da Max che l'ha preso da Felicia. Questo potrebbe spiegare perché la borsa era nel suo ufficio.»

Josie osservò una famiglia che si dirigeva verso l'auto dall'altra parte del parcheggio. Madre, padre, figlia. «Questo ha senso. Sadie e Felicia si odiavano a vicenda. È molto più probabile che Sadie comprasse la droga da Max. Gestivano già insieme l'attività delle escort. Lei lasciava la borsa nel suo ufficio, lui ci depositava dentro la droga e lei la ritirava in un secondo momento. Così, nessuno poteva accorgersi di nulla.»

«Finché la borsa non è sparita.» disse Gretchen. «Il che sarebbe stato altrettanto catastrofico per Sadie quanto per

Calvert o Fuller. Non era certo nel suo interesse che quel registro passasse di mano in mano in luoghi imprecisati.»

La madre e il padre abbracciavano la loro bambina e la prendevano ciascuno per mano, per farla volare in aria insieme. Lei cominciava a ridere e non la finiva più. Josie riuscì a sentire che diceva: «Ancora, ancora.»

«Ma Gianna non ha mandato gli scagnozzi del padre a cercare Sadie.» sottolineò Josie.

«Perché Sadie ovviamente non aveva il registro.»

«Invece, li ha mandati a cercare Max Combs. Perché? Combs era socio in tutta la faccenda delle escort. Per quale motivo Gianna avrebbe dovuto mandarli da Combs a cercare il registro? Combs non poteva avere niente su cui esercitare qualche leva, sarebbe stato condannato a morte se Gianna avesse raccontato a suo padre dell'intera faccenda e questo Combs doveva immaginarselo. Allora che motivo aveva Gianna di mandare gli scagnozzi a saccheggiare casa sua, a torturarlo e a eliminarlo?»

Gretchen emise un lungo respiro. «Perché non stavano cercando quel registro.»

«Calvert e Fuller stavano puntando al registro. Non Max.» disse Josie.

«Quindi c'è dell'altro.» disse Gretchen.

La madre e il padre stavano facendo volare la bambina in aria di nuovo, questa volta più in alto, provocando uno strillo acuto e le risate di tutti e tre.

«Sì, c'è dell'altro oltre al registro.» concordò Josie. «Qualcosa di molto, molto importante.»

«Ma gli scagnozzi, e anche Gianna, non sanno cosa.» disse Gretchen. «Altrimenti l'avrebbero chiesto espressamente a Dina.» Girò rapidamente altre pagine del suo taccuino, andando a ritroso. «Dina ha dato ai due scagnozzi il tablet e loro l'hanno preso, ma sono tornati giorni dopo insistendo sul fatto che lei aveva mentito. Significa che non sapevano esattamente cosa stavano cercando. Porca miseria. Cosa diavolo può essere? Pensi che Alison non sia stata del tutto onesta con te quando ti ha parlato del registro?»

Josie scosse la testa. «No. Credo che non ci fosse nient'altro in quella tracolla quando Alison ci ha messo le mani sopra. Di qualunque cosa si tratti, ce l'aveva Dina.»

«Qualcosa che non avrebbe consegnato nemmeno dopo essere stata torturata due volte?»

La madre, il padre e la figlia avevano raggiunto la loro auto. La madre stava aprendo la portiera posteriore del lato passeggero e si chinava all'interno. Teneva appoggiato un ginocchio sul sedile e armeggiava con la cintura di sicurezza.

«Perché se n'era già sbarazzata. Non sapeva nemmeno che fosse una cosa importante.»

«La droga?» chiese Gretchen.

«No. Qualcos'altro. Qualcosa che non voleva tenere.»

«D'accordo.» disse Gretchen. «Che cosa ne avrà fatto?»

Padre e figlia erano rimasti in piedi vicino al bagagliaio dell'auto, stavano parlando, e intanto la madre sistemava la cintura di sicurezza in modo che scorresse bene. Dopo qualche secondo, si alzava in piedi e faceva cenno alla figlia di salire. Il padre guardava la bambina, sorrideva e le scompigliava i capelli.

«Porca puttana...» esclamò Josie quando si rese conto della situazione.

«Che ti prende?»

Si sentì attraversare da un'ondata di rabbia. Accendendo il motore, disse: «Quel figlio di puttana.»

Col piede schiacciò il pedale dell'acceleratore e l'auto uscì dal parcheggio. Presto stavano percorrendo la strada verso l'alta collina che portava al Denton Memorial Hospital.

Gretchen si aggrappò alla maniglia della portiera di fianco.

«Chi?»

«Needle.» disse Josie.

CINQUANTASETTE

Il sole del tardo pomeriggio si era abbassato all'orizzonte, lasciando una brezza fresca nella sua scia. Sulla riva, sotto all'East Bridge, un'aria ancora più fredda sferzava la superficie del fiume in piena. Gretchen lottava per tenere il passo di Josie, che passava da un rifugio improvvisato all'altro chiamando Needle con il suo vero nome. «Zeke! Zeke! Sono JoJo. So che sei qui sotto. Vieni fuori, subito.»

Dopo diversi minuti, una donna uscì dalla sua tenda e disse: «Zeke non è qui. Non sta in questa zona. Se volete parlargli, andate da quella parte...» e indicò la direzione della roccia piatta su cui Josie e Noah lo avevano trovato a prendere il sole qualche giorno prima. «Vive in una piccola baracca tra quegli alberi laggiù, non lontano dall'acqua. Dovrete aspettare, però, perché ha già una visita.» Guardò Josie e Gretchen dall'alto in basso. «Un paio di donne come voi. È un tipo davvero popolare.»

Josie la ringraziò e cambiò direzione. Gretchen sbuffò per rimettersi al passo con Josie. «Paula ha ragione...» disse. «Devo assolutamente iniziare a fare un po' di esercizio.»

«Due donne.» disse Josie mentre si faceva strada tra le rocce incrostate di fango. «Sono Sadie e Gianna.»

Gretchen le chiese: «Come facevano a sapere di venire qui?»

Josie sospirò. «Ho detto a Ganna che Dina era venuta all'East Bridge per sbarazzarsi della droga. Sono sicura che sta facendo un tentativo alla cieca. Sono pronta a scommettere che quelle due sono venute a chiedere qui in giro finché qualcuno non le ha indirizzate verso Zeke!»

Gretchen tirò fuori il cellulare. «Avverto subito la centrale. Non hai visto altre macchine in cima al ponte, vero?»

Superarono la roccia piatta, al di là della quale, il terreno diventava fangoso.

«No.» disse Josie. «Ma ci sono altri posti dove parcheggiare. Proprio da questa parte, lungo la riva. Chiunque potrebbe arrivare da quella parte. È meglio chiedere che le unità arrivino da entrambe le direzioni.»

L'argine del fiume si restringeva fino a quando non rimaneva che un mezzo metro di terra, uno al massimo, tra il fiume e gli alberi. Gretchen chiamò per i rinforzi e poi insieme iniziarono a farsi strada tra gli alberi. L'aria era pungente, ma Josie percepiva l'odore del fuoco, del cibo in decomposizione e degli odori corporei. Erano vicine.

«Quella non è certo una baracca.» sussurrò Gretchen quando trovarono una piccola radura. Al centro c'era una struttura di legno pericolante, non più grande di una casetta da giardino. Le assi con cui era costruita si erano deformate e scrostate, e ormai si tenevano a malapena insieme. I cardini della porta erano marciti e quello che rimaneva della porta se ne stava storto sopra l'apertura buia. Una metà del tetto era crollata. Gli odori in quel punto erano ancora più forti.

Josie mise la mano sulla fondina, la sganciò e fece un passo avanti. «Needle... Zeke!» chiamò. «Sono JoJo.»

Anche Gretchen aprì la fondina e guardò Josie. «Polizia di Denton. Mr. Fox, si faccia vedere per favore.»

Non ottenendo risposta, Josie fece un movimento con la

mano, indicando a Gretchen di andare avanti. Rimasero a distanza dalla porta, muovendosi ai lati dell'entrata. Josie scostò i resti della porta. «Esci fuori, Zeke. Dobbiamo parlare con te.»

Josie sentì un fruscio all'interno e alcune voci sommesse. Gretchen estrasse la pistola e Josie fece lo stesso. Le tennero puntate verso l'ingresso. Un attimo dopo Zeke, a piedi nudi, con i vestiti logori che gli pendevano addosso, uscì. I suoi passi erano lenti e circospetti. Teneva le mani in alto. All'inizio Josie pensò che lo facesse perché lei e Gretchen gli puntavano addosso le pistole, ma poi, proprio quando varcò la soglia, vide la canna di una pistola premuta sulla sua nuca. A dispetto della situazione in cui si trovava, Needle sorrise a Josie come se fossero vecchi amici. «Piccola JoJo.» la salutò. «Sei venuta a salvarmi. La vita è curiosa...»

La pistola gli spinse la testa in avanti, facendogli perdere l'equilibrio. Per poco non cadde, agitando braccia e gambe e con i piedi che sbandavano. Quando fu di nuovo stabile, lanciò un'occhiata alle sue spalle. Sadie Bacarra gli stava puntando la pistola in mezzo agli occhi.

«Ms. Bacarra...» la chiamò Josie. «Metta giù la pistola.»

Sadie non rispose. Tenne gli occhi puntati su Needle, che ora si era girato verso di lei. Con le mani ancora alzate, sorrideva. «L'hai sentita. Metti giù la pistola.»

Gianna emerse dal rifugio, dietro Sadie, sbattendo le palpebre alla luce del giorno. Incrociò brevemente lo sguardo di Josie prima di abbassare gli occhi sui suoi piedi.

«Questo sì che è uno spettacolo di merda.» mormorò Sadie.

«Ms. Bacarra...» la ammonì Gretchen. «Metta subito giù quell'arma. Pistola a terra, mani in alto. Adesso.»

Con un filo di voce Gianna disse: «Sei in svantaggio, Sadie. Lascia perdere.»

Gli occhi di Sadie si ridussero a due fessure e le sue mani si strinsero intorno all'impugnatura della pistola. «È facile per te dirlo, piccola stronza privilegiata. Se metto giù la pistola sono io che finisco dietro le sbarre. È colpa tua se mi ritrovo qui. Tutta questa storia è colpa tua.»

Gianna fece un passo avanti, girando intorno a Sadie in modo da poterla guardare in faccia e si mise a un metro di distanza da Needle. A Sadie sarebbe bastato spostare la pistola di quarantacinque gradi verso destra per sparare alla ragazza. Josie e Gretchen rimasero ferme ai lati del terzetto, puntando le pistole su Sadie, ma posizionandosi in modo da non correre il rischio di spararsi l'una contro l'altra se avessero premuto il grilletto.

«Metta subito la pistola a terra.» le ordinò Josie.

Gianna si avvicinò a Sadie, con gli occhi che lampeggiavano di furore. «Colpa mia? Pensi che sia colpa mia? Sei tu che hai lasciato quella dannata tracolla in giro. Non sarebbe successo nulla di tutto questo se non fossi stata così sbadata. Sapevi cosa c'era dentro. Sapevi quanto fosse importante per me.»

«E, secondo te, io volevo che venisse rubata? Non hai la minima idea di cosa ho dovuto fare per riaverla. Non ne hai idea!»

«Bacarra!» esclamò Gretchen, con voce più alta. «Metta giù la pistola e alzi le mani.»

«Mi sto stancando, signora...» disse Needle. «Ascolta, ti ho detto che ti avrei mostrato dove l'ho nascosta, ma ora devi darti una calmata. Hai a che fare con JoJo adesso...» e ridacchiando aggiunse. «Non ti piacerà.»

«Sta' un po' zitto.» gli intimò Sadie.

«Dov'è?» chiese Gianna.

Prima che Needle potesse rispondere, sentirono un'altra voce provenire da dietro di loro. Era la voce di un uomo, calma e quasi divertita. «Ma tu guarda che casino...»

Johnny Discala e Mulo Marrone entrarono nella radura. Entrambi indossavano jeans, scarponi neri e semplici magliette nere. Tutti e due impugnavano una pistola, con una sola mano, in una posa quasi casuale. Josie distolse gli occhi per incrociare lo sguardo di Gretchen. Lavoravano insieme da così tanto tempo e avevano affrontato così tante situazioni spaventose e imprevedibili che non avevano nemmeno bisogno di parlare per comunicare. Josie fece un piccolo cenno di assenso e tornò a concentrarsi su Discala, mentre Gretchen guardava Sadie, che era diventata bianca come un cencio, con gli occhi spalancati dalla sorpresa. Ma anche in un frangente simile, manteneva la pistola puntata su Needle.

«Papà!» esclamò Gianna. L'incrinatura della voce spinse Josie a guardarla per una frazione di secondo: sparita ogni sfumatura di colore dal suo viso, a metà tra la sorpresa e il terrore, Josie non poté fare a meno di chiedersi se anche allo stato attuale Gianna fosse davvero convinta che suo padre non le avrebbe mai fatto del male. Si voltò per guardare Discala, che aveva le labbra incurvate da un sorriso privo di umorismo. «Principessa mia, pensavi davvero di poter usare i miei uomini, le mie risorse, per mettere a posto il piccolo pasticcio che avete combinato in questa città senza che io lo venissi a sapere?»

Gianna superò Josie, facendo attenzione a girarle intorno per non passare davanti alla canna della pistola di Josie e si avvicinò a Mulo. Una lacrima le scivolava lungo la guancia. «Come hai potuto?»

Mulo non la guardò.

Johnny Discala afferrò con gesto brusco il braccio della figlia e la costrinse a girarsi, scuotendola. «Guarda che casino. Guarda in che situazione ci hai cacciati. Questi sono poliziotti, Gianna! Poliziotti! Possibile che tu sia così stupida?»

Le narici di Gianna si dilatarono e con rabbia, disse: «Come se per te fosse un problema far fuori dei poliziotti.»

Mulo disse: «Johnny...»

«Mi starei stancando parecchio, qui, gente...» ricordò Needle ai presenti. «Non mi interessa un fico secco di quello che avete in ballo tra di voi, ma vi darò quello che ho, così potrete andarvene tutti per la vostra strada.»

Discala usò la sua pistola per fare un movimento verso Josie e poi verso Gretchen. «Voi due maiali siete in svantaggio di tre a due.»

Con la coda dell'occhio, Josie percepì le spalle di Sadie abbassarsi un po' per il sollievo.

«Mettete giù le pistole e allontanatele con un calcio.» disse Mulo.

Josie e Gretchen avevano già deciso cosa fare. Dovevano solo rimanere in vita abbastanza a lungo da permettere alle unità di supporto di intervenire; rimanere coinvolte in una sparatoria in cui sarebbero state in inferiorità numerica, in una piccola radura con due persone innocenti e disarmate, era una situazione che nessuna delle due voleva affrontare. Senza proferire parola, ciascuna di loro si accovacciò, posò la pistola a terra e la allontanò con un calcio in direzione di Mulo e Johnny Discala. Muovendo la pistola come se fosse la paletta di un vigile nel traffico, Discala li radunò e li fece mettere con le spalle contro la baracca di Needle, a lato della porta.

«Bene.» disse Discala con un sorriso soddisfatto. Strinse il braccio della figlia fino a farla strillare per il dolore e poi disse: «Ecco due signore abbastanza intelligenti da sapere cos'è meglio per loro. A differenza di te.»

Spinse Gianna da una parte e si avvicinò a Sadie.

Josie vide che Sadie cominciava a tremare. «E tu. Puttana impicciona. Avevi un solo compito: occuparti di mia figlia. La mia principessa. Ti ho permesso di vivere dopo quello schifo che hai combinato con la moglie di Antony. Ti ho permesso di trasferirti qui per tenere d'occhio la mia Gianna. Ed è così che mi ripaghi?»

Le braccia di Sadie tremavano vistosamente e lei strinse la presa della pistola finché le nocche non le divennero bianche. «È venuta lei da me, Johnny. È stata una sua idea.»

Discala rivolse lo sguardo verso la figlia, che era rimasta congelata sul posto, con la bocca aperta, deformata dal terrore.

«Posso credere che la mia principessa ti abbia chiesto di usare la tua relazione con Antony per indagare sull'omicidio di sua madre. Ne è ossessionata da quando è accaduto.» Di nuovo, Discala guardò la figlia e lei si fece piccola sotto il suo sguardo. «A quanto pare, i miei sforzi in tal senso non sono stati apprezzati.»

La mente di Josie si mise all'opera per incastrare queste nuove informazioni nel puzzle. Era stata proprio Sadie a raccontare di aver vissuto a Philadelphia e di essersi trasferita solo di recente a Denton. Felicia aveva raccontato che il matrimonio di Sadie era finito a causa di una relazione.

Una relazione con uno degli uomini di Johnny Discala.

Gianna fece alcuni timidi tentativi per muovere le labbra prima che ne uscisse qualche parola: «Hai ucciso indiscriminatamente e senza motivo.» sbottò. «Hai usato la morte della mamma come scusa per uccidere i tuoi... nemici. Non ti sei mai preoccupato delle prove. Hai ucciso tutte quelle persone, indipendentemente dal fatto che avessero svolto davvero un ruolo nell'omicidio della mamma. Tutte quelle persone. E per cosa?»

Discala la fissò.

Gianna protese il mento verso di lui, con aria di sfida.

«Pensi che non abbia raccolto delle prove?» le chiese. «Ho mandato tutti gli uomini che avevo per scoprire chi era stato a uccidere tua madre.»

«Non hai raccolto le prove.» ribadì Gianna. «Le hai rubate. Le hai fatte rubare all'accusa in modo che l'assassino venisse rilasciato. E poi... non l'hai nemmeno trattato come hai trattato gli altri. Ho visto cosa hai fatto agli uomini che pensavi l'avessero uccisa.» Chiuse un pugno e se lo sbatté contro la tempia. «È impresso a fuoco nel mio cervello. Ogni volta che chiudo gli occhi, lo rivedo. Niente di quello che faccio me ne libera. Poi il presunto assassino è stato rilasciato ed è scomparso. Questo è quanto. Perché? Cosa stai nascondendo?»

«Tesoro...» intervenne Mulo, ma lei non gli prestò attenzione e lo sguardo tagliente di Johnny Discala gli impedì di proseguire il discorso.

«Non è compito tuo mettere in dubbio le mie azioni, Gianna.»

La ragazza strinse i denti, emettendo un suono a metà tra un gemito e un ringhio. «Lo so! Per te io devo solo essere la tua principessa, tenere la bocca chiusa e pensare a farmi bella...»

Discala riportò l'attenzione su Sadie. «Antony ti aveva detto di che cosa si trattava? La prova che gli avevi chiesto di rubarmi?»

Lei scosse la testa. «No. Non ho fatto domande. Gianna sapeva che avevi fatto rubare le prove del caso di Renatta dall'ufficio del Procuratore Distrettuale e mi ha chiesto di indagare.»

«Te l'avrei "chiesto"?» le fece eco Gianna. «Io ti ho scongiurato! E quando anche le preghiere non sono servite a niente, ti ho pagato con i miei guadagni.»

Discala ignorò lo sfogo della figlia e continuò a tenere l'attenzione fissa su Sadie.

«Ho parlato con Antony.» riprese Sadie. «L'ho convinto a prendere la prova. Me l'ha portata in una scatola. Volevo darla a Gianna. Tutto qui. Non ho mai guardato cosa ci fosse dentro.»

Discala scosse la testa e con un sospiro, disse: «Come faccio a crederti, Sadie? Hai agito alle mie spalle. Ti sei servita di uno dei miei uomini per tradire la mia fiducia. E poi, quello che hai fatto alla mia principessa. L'hai messa in mostra come se fosse una prostituta di strada.»

«È stata lei a chiedermelo!» gridò Sadie. «Voleva allontanarsi da te. Stava risparmiando per lasciarti per sempre.»

Con velocità fulminea, Discala alzò la pistola, premette la canna sulla testa di Sadie e fece fuoco.

CINQUANTOTTO

Il corpo di Sadie si afflosciò su sé stesso e cadde a terra. Tutti i presenti, eccetto Gretchen e Mulo, trasalirono. Needle fece un balzo all'indietro, cadendo sulla schiena. Gianna si premette le mani sulle orecchie e iniziò a strillare; Mulo le si avvicinò e le mise delicatamente una mano sulla spalla, ma lei se la scrollò di dosso. «Non toccarmi!» gridò.

Josie sentì la mano di Gretchen che toccava la sua e con un dito le batteva cinque volte contro l'interno del polso: mancavano cinque minuti all'arrivo delle unità. Il che implicava aggiungerne altri dieci o quindici prima che le localizzassero. Potevano farcela a rimanere in vita così a lungo?

Discala tirò un calcio ai piedi scalzi di Needle. «In piedi, drogato. Hai qualcosa che mi appartiene. La rivoglio indietro.»

Senza emettere un fiato, Needle si alzò in piedi e si diresse verso l'ingresso della sua baracca, dove quella misera imitazione di una porta era caduta di lato. Spostandola, si inginocchiò e con le mani rimosse la terra, i sassolini e il muschio nel punto in cui la baracca si posava a terra. Sotto il pavimento della baracca si apriva un buco grande come una scatola da scarpe. Needle si sdraiò, rotolò su un fianco e infilò il braccio nel buco fino alla spalla. Josie lanciò un'occhiata a Mulo per vedere se stava ancora tenendo d'occhio lei e Gretchen. Gianna era rimasta immobile al centro dello spiazzo. Il corpo di Sadie giaceva fra lei e la baracca. Spostò lo sguardo su Discala che dava un colpetto all'altra spalla di Needle con la canna della pistola. «Niente trucchi, tossicomane. Mi hai capito?»

Sempre noncurante, Needle fece cenno a Johnny Discala di allontanarsi con un movimento della mano. Con un grugnito, tirò fuori una piccola cassetta di metallo. Dopo essersi alzato e averla consegnata a Discala, Mulo gli fece cenno di mettersi accanto a Josie e quando prese posto, Needle sfiorò con la spalla quella di Josie. Il fetore di odori corporei che emanava era opprimente. Discala si mise la scatola sotto un braccio e agitò la pistola verso Josie, Gretchen e Needle. «Forza, Mulo. Occupiamoci di questi tre e andiamocene da questo posto.»

«Oggi vieni a casa con me.» sentenziò, guardando la figlia. «Discuteremo più tardi di ciò che ti accadrà.»

Gianna alzò un dito tremante e lo puntò verso la scatola. «Prima voglio vedere cosa c'è lì dentro.»

«Non sei nella posizione di darmi ordini, ragazzina.»

A queste parole, vedendo il padre allontanarsi di un passo dalla baracca, Gianna lanciò un urlo, primordiale e pieno di rabbia, dal profondo dei polmoni. Si precipitò in avanti, gli strappò la scatola da sotto il braccio e lo spinse da una parte. Si buttò sulle ginocchia e con mani frenetiche sollevò il coperchio. Mulo fece un passo in avanti, ma Discala alzò una mano per fermarlo e con un'espressione rassegnata, guardò la figlia che tirava fuori qualcosa dalla scatola. «No...» Quella singola parola racchiudeva un universo di dolore che attraversò Josie come un coltello che le penetra nelle interiora.

Gianna teneva l'oggetto come se tra le mani tenesse una specie di offerta, e lo fissava come se fosse una testa mozzata, prorompendo in un pianto silenzioso.

Josie allungò il collo per vedere cosa teneva in mano. Una

pistola con un'impugnatura personalizzata. Per quello che poteva vedere da dove si trovava, l'incisione le ricordava tanto il viso della triste mietitrice. Gianna se la rigirò tra le mani e passò il dito sull'altro lato dell'impugnatura della pistola. Scavò con un'unghia in una scanalatura dove si trovava uno dei denti della mietitrice.

Gretchen batté il dito sul polso di Josie. Un battito. I rinforzi li avrebbero trovati a momenti se addirittura non erano già arrivati e stavano interrogando gli abitanti sotto al ponte e lungo l'altra sponda del fiume, dove era probabile che avessero lasciato la macchina Discala e Marrone.

Gianna alzò lo sguardo verso il padre, cercando di riordinare la sua espressione scomposta. «La tua pistola?» ansimò. «Hai ucciso tu la mamma?»

Discala sorrise e Josie dovette sforzarsi per non indietreggiare fisicamente. Nel pronunciare le parole che seguirono, sembrava che Discala provasse un grande piacere. «Non sono stato io, Principessa.» Spostò lo sguardo, carico di significato, verso Mulo, che abbassò la testa, incapace di incrociare lo sguardo di Gianna.

Per la prima volta da quando erano arrivati, né Discala né Mulo stavano tenendo d'occhio nessuno di loro. Josie cercò di calcolare quanti metri ci fossero tra il punto in cui si trovava e la pistola abbandonata a poca distanza. Non avrebbe mai fatto in tempo. Mulo o Discala, o entrambi, le avrebbe sparato prima ancora che riuscisse a raccoglierla.

«No.» disse Gianna. «Non ti credo.»

«Diglielo.» disse Discala.

Mulo alzò lo sguardo, con una smorfia che gli si allungava su tutto il viso. «Sono stato io. Mi dispiace, tesoro. Devi capire...»

«Sta' zitto, Mulo.» disse Discala. «Vedi, Principessa, Mulo è fedele a me. Non a te.»

«Perché?» gridò Gianna. «Perché? Era mia madre! Era tua moglie!»

«Era in contatto con i federali, Gianna.» le spiegò il padre. «Stava per distruggerci tutti. Volevo che si rendesse conto del peso del suo tradimento. Volevo che il lavoro fosse fatto bene. Per questo ho mandato Mulo. Per questo gli ho dato la mia pistola. Perché tua madre capisse cosa aveva fatto. Nonostante tutte le cose che Mulo ti ha insegnato, non ti ha mai messo in testa la cosa più importante, sbaglio forse?»

Ma Gianna non gli chiese quale fosse la cosa più importante. Con mani tremanti, rimise la pistola nella scatola e chiuse lentamente il coperchio. Discala rispose comunque alla domanda inespressa.

«Nessuno muove un dito se non lo ordino io.»

Quelle parole rimasero sospese nell'aria.

Josie sentì Needle che le sussurrava in modo impercettibile: «Ci faranno fuori, JoJo. Meglio inventarci qualcosa.»

Josie resistette all'impulso di piantargli una gomitata nelle costole. Aveva ragione, però. Non appena la riunione tra padre e figlia fosse finita, si sarebbero ritrovati tutti cadaveri. Ma prima che Josie potesse escogitare un qualsiasi tipo di piano, Gianna scattò in avanti, superò suo padre e si scagliò sul corpo di Sadie, raccolse la pistola che le era caduta di mano e si girò verso suo padre, mirando in mezzo al petto.

Josie non avrebbe saputo dire se Johnny Discala stesse reagendo per istinto o se avesse davvero intenzione di fare del male a sua figlia, ma alzò a sua volta la pistola in risposta.

«Gianna!» gridò Josie.

Il tempo rallentò. Con perfetta chiarezza, Josie vide il dito di Gianna serrato intorno al grilletto. L'espressione di Johnny Discala esprimeva tutta la sua sorpresa e la sua confusione. Anche lui appoggiò l'indice sul grilletto. Josie si slanciò in avanti, puntando addosso a Johhny Discala. Era il più vicino. Poteva fargli perdere l'equilibrio, fargli perdere la linea di tiro. Con la coda dell'occhio, vide Mulo che alzava la propria pistola e mirava dritto su di lei. Il dito di Gianna premette sul grilletto.

Una, due, tre volte. Sempre con la coda dell'occhio, Josie vide una forma riempire lo spazio tra lei e Mulo. Un quarto colpo rimbombò. Needle e Johnny Discala crollarono nello stesso momento. Josie sbatté le palpebre per tornare al tempo reale e i suoni e gli odori del momento presente tornarono vividi ai sensi. In qualche modo, Gretchen aveva attraversato lo spazio che separava loro e le loro pistole, e aveva aggirato Mulo proprio mentre lui prendeva la mira su Josie. Ora Gretchen era in piedi accanto a lui e lo teneva sotto tiro con la sua arma d'ordinanza. Stava gridando qualcosa, ma Josie non riusciva ancora a sentire niente al di sopra dell'eco degli spari che le rimbombava nelle orecchie. Ma si rendeva conto perfettamente che Mulo teneva la pistola ancora puntata al suo petto. Il cuore lanciato al galoppo le faceva tremare la gabbia toracica.

Gianna, invece, era in piedi e teneva la pistola di Sadie puntata verso il punto in cui poco prima si trovava suo padre. Il petto le si gonfiava e quando si girò verso Mulo, Josie disse: «Ferma Gianna. Mettila giù. È finita.»

Gianna tirò su col naso. «Non è finita finché non muore.»

«Non farlo, Gianna!» le disse Josie, avvicinandosi alla ragazza. La canna della pistola di Mulo la seguì. «Non ne vale la pena.»

Mulo disse: «Va tutto bene, tesoro.»

«Chiudi la bocca!» gli intimò Gretchen. «Metti giù la pistola e alza le mani. All'istante.»

«Perché?» chiese Gianna, come se intorno a lei e a Mulo non ci fosse nessun altro presente. «Perché l'hai fatto? Io mi fidavo di te. Più di chiunque altro.»

Mulo scosse la testa, con le labbra serrate. Josie sapeva che non c'era risposta che avrebbe mai soddisfatto Gianna, soprattutto quella più ovvia, cioè che lui era uno psicopatico a sangue freddo. Ma lui, anziché rispondere alla sua domanda, le disse: «Mi dispiace, Perla.»

Josie si piazzò tra Gianna e la canna della pistola di Mulo, in attesa. Ai suoi piedi, Needle giaceva rannicchiato su un fianco e ansimava. Sotto il suo corpo, una pozza di sangue penetrava nel terriccio. La vista evocò un'inaspettata ondata di terrore nel profondo del suo cuore e si odiò per questo. «Gianna.» disse. «Ti prego. Metti giù quella pistola. Non rendere le cose peggiori di quanto non lo siano già.»

Ma Gianna rimase salda al suo posto.

Josie si rivolse a Mulo. «Marrone, puoi spararmi, ma poi avrai due pistole puntate addosso. Anche se Gianna abbassa la sua, ti resta da affrontare la mia collega e non sei abbastanza veloce per girarti, prendere la mira e premere il grilletto prima che lei possa fare fuoco su di te. Abbiamo chiamato i rinforzi, arriveranno a momenti. Se arrivano e ti trovano armato, non c'è modo per te di uscirne senza che ti abbattano. Puoi portarmi con te, ma ti neutralizzeranno comunque. A quel punto saresti solo l'uomo che ha ucciso una donna disarmata prima di essere eliminato.»

«Una donna disarmata come mia madre...» mormorò Gianna.

Mulo parve perdere tutte le energie: afflosciò le spalle e abbassando la testa, gettò la pistola a terra. Come se l'avesse fatto centinaia di volte, si mise in ginocchio e intrecciò le dita dietro la testa. Anche Gianna lasciò cadere la sua arma. Si mise a sedere esattamente nel punto in cui stava e si portò le ginocchia al petto, dondolandosi e singhiozzando. Josie aiutò Gretchen a mettere delle fascette intorno ai polsi carnosi di Mulo. Poi si chinò a terra e controllò Needle. La sua pelle era fredda e umida. Lo girò sulla schiena. Aveva gli occhi spalancati. Gli premette due dita sulla gola e si accorse con sollievo che c'era ancora battito.

«JoJo...» gracchiò lui.

«Sono qui, Zeke.» disse lei. «Tieni duro, d'accordo?»

«Vai fuori a giocare, JoJo.» sussurrò lui prima di cadere in uno stato di incoscienza. «Vai fuori a giocare.»

Josie batté le nocche sulla porta della stanza d'ospedale numero 407. Non ricevendo risposta, bussò di nuovo e una voce la invitò a entrare. Aprendo la porta, vide Needle disteso sopra le coperte, con indosso solo un camice da ospedale. Le sue braccia e le sue gambe erano più sottili di quanto Josie si fosse mai resa conto, ma forse per la prima volta in tutta la sua vita le appariva pulito. Una delle infermiere gli aveva persino fatto la barba. L'odore antisettico del sapone dell'ospedale era un'assoluta delizia.

Lui le rivolse un gran sorriso e batté un dito sul tavolino accanto al letto. «JoJo, cosa mi hai portato?»

Josie appoggiò lo zaino che aveva acquistato quella mattina e lo aprì. Gli elencò gli articoli via via che li tirava fuori e li posava sul tavolino. «Due magliette nuove, due paia di pantaloni nuovi, un paio di calzini, qualche paio di mutande, del deodorante... e, dico davvero, Zeke, se pensi di usare soltanto una cosa di quello che c'è in questo zaino, fa' che sia il deodorante... spazzolino da denti, dentifricio... e un pettine... un'idea innovativa, lo so.»

Zeke la guardò con aria consapevole. «A nessuno piacciono i sapientoni, JoJo.»

Josie fece una pausa tenendo una mano ancora infilata nello zaino. «Questo non è vero. A me piacciono i sapientoni. Sono divertenti.»

Needle scosse la testa. «Che altro hai lì dentro?»

Lei riprese l'inventario. «Un nuovo paio di scarponi.»

«Niente di buono, quindi.»

«E una stecca di sigarette.»

«Ah, ora sì che ragioniamo.» esclamò lui prendendole la confezione dalle mani, con un sorriso tutto denti come quello di un bambino il giorno di Natale.

«Non è permesso fumare qui dentro.» gli ricordò Josie.

«Lo so.» disse lui, anche se aprì la scatola ed estrasse un pacchetto di sigarette portandoselo al naso, inspirando profondamente. «Ma potrò farlo più tardi, quando mi lasceranno andare.»

Josie si allontanò dal tavolino. Guardò la sedia accanto al letto, ma decise di non sedersi. «È oggi, quindi?»

«Sì. Devo stare in un ricovero e farmi medicare la ferita un altro paio di volte all'ambulatorio finché non starò meglio. Hanno detto che, se avessi accettato queste condizioni, sarei potuto andarmene oggi stesso.»

Josie sapeva senza ombra di dubbio che lui non avrebbe fatto nulla di tutto ciò.

Needle tirò fuori una sigaretta e se la strofinò sotto le narici. Josie stava iniziando a pensare che avrebbe dovuto lasciarlo solo quando lui disse: «JoJo, com'è andata a finire con quella bella ragazza? Quella che ha sparato a suo padre?»

«Gianna Sorrento? È in un mare di guai con la legge in questo momento, ma suo padre le ha lasciato un sacco di soldi e il suo avvocato pensa di poter sostenere la legittima difesa; se contribuirà ad arrestare i clienti del caso delle escort, potrà uscire in libertà vigilata.»

Needle annuì. «È un'ottima cosa, davvero ottima...»

Era certamente un buon risultato per Gianna, ma Josie si sentiva piena di tristezza ogni volta che pensava alla quantità di danni profondi che il caso aveva lasciato sulla sua scia. La polizia aveva individuato le altre ragazze che avevano lavorato come escort per Sadie e Max Combs. La maggior parte di loro era disposta a testimoniare contro i clienti, ma le loro vite non sarebbero più state le stesse. Il padre di Alison era finalmente tornato a casa e sua madre era stata dimessa dall'ospedale e affidata alle cure della famiglia. Avevano più spese mediche di quante ne avessero mai avute e Alison doveva convivere con il peso di aver tradito Dina e con tutto ciò che era successo dopo, ma perlomeno erano tutti sani e salvi e la famiglia era ancora unita. Non era lo stesso per gli Hale, che ne erano usciti distrutti per sempre con la perdita della loro unica figlia. Anche Tori Calvert e la sua preziosa Amalise avevano dovuto affrontare le conseguenze del tradimento di Elliott Calvert e dei suoi crimini.

«Non devi essere così triste, JoJo.» le disse Needle, riportando l'attenzione di Josie al presente. «Sei stata brava. Hai risolto un altro caso importante!»

«Zeke, perché non mi hai detto che Dina Hale ti aveva portato una pistola quando ti ha dato la droga da vendere?» gli chiese Josie.

Lui sorrise e le fece l'occhiolino. «Perché non me l'hai chiesto.»

Lei stava quasi per rinfacciargli che avrebbero potuto sbrogliare l'intero caso molto prima se lui le avesse detto la verità fin dall'inizio. Ma sentì il telefono vibrare nella tasca. Lo tirò fuori e trovò un messaggio di Trinity.

Dove sei finita? La merenda è quasi pronta e sono già arrivati tutti. Ci sono una dozzina di bambini di sette anni e due uomini adulti che giocano su uno scivolo gonfiabile. Non vorrai perderti questo spettacolo.

Josie sorrise e rispose rapidamente: *Sto arrivando.*

Quando alzò lo sguardo, Needle la stava fissando con un'espressione di rassegnazione. «So che devi andare, JoJo. Non c'è problema. Sei stata davvero gentile con me da quando sono qui e lo apprezzo molto.»

Josie sentì l'acido bruciarle la gola. Lui le stava offrendo una via d'uscita e lei voleva accettarla con ogni fibra del suo corpo. Voltarsi, dirigersi verso la porta, andarsene e sperare di non vederlo più per anni, ammesso che lo rivedesse.

Ma i suoi piedi non si mossero. La sua bocca si aprì e le parole le uscirono da sole. «Mi hai salvato la vita, Zeke.»

Tre volte con questa, aggiunse nella sua testa.

Lui sembrò sorpreso di sentire quelle parole, anche se si era gettato davanti a un proiettile per lei. «A quanto pare è così, JoJo.»

Pronunciare quelle parole non le aveva fatto così male come pensava. «Ti ringrazio.»

UNA LETTERA DA LISA

Vi ringrazio per aver scelto di leggere *Sparita ragazza del posto*. Se vi è piaciuto questo libro e desiderate rimanere aggiornati su tutte le mie ultime uscite, iscrivetevi al seguente link. Il vostro indirizzo e-mail non sarà mai condiviso e potrete disiscrivervi in qualsiasi momento.

italia.bookouture.com/subscribe/

Come sempre, è stato un grande piacere e un privilegio assoluto presentarvi un altro libro di Josie Quinn. Adoro scrivere queste storie per voi. Come in tutti i miei libri, anche in *Sparita ragazza del posto* ho fatto del mio meglio per presentare gli elementi procedurali della polizia nel modo più autentico possibile. È frequente che ci siano aspetti che sono costretta a sacrificare o a cambiare, o su cui devo sorvolare per il piacere dell'intrattenimento, dato che si tratta, in ultima analisi, di un'opera di finzione. Quindi, vi prego di non dimenticare che eventuali errori o imprecisioni nel libro sono di mia responsabilità.

Non è un segreto il mio affetto per i miei adorabili e fedeli lettori. Sono sempre felice di ricevere le vostre impressioni. Se volete, potete mettervi in contatto con me attraverso il mio sito web o uno qualsiasi dei social media che trovate qui sotto, oppure attraverso la mia pagina Goodreads. Inoltre, vi sarei molto grata se voleste lasciare una recensione e se poteste consigliare ad altri lettori *Sparita ragazza del posto*, o uno qualsiasi dei titoli della serie di Josie Quinn che vi sono piaciuti. Le recensioni e le raccomandazioni attraverso il passaparola sono estremamente preziose nell'aiutare i lettori a scoprire i miei libri per la prima volta. Vi ringrazio infinitamente per la vostra passione per questa serie. Significa tantissimo per me!

Sono veramente grata della vostra presenza e del vostro sostegno! Spero che tornerete per la prossima avventura!

Grazie,

Lisa Regan

www.lisaregan.com

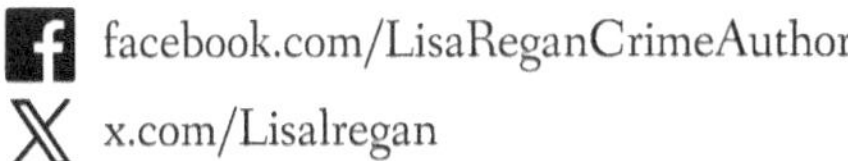

RINGRAZIAMENTI

Meravigliosi lettori: come sempre, devo ringraziare voi per primi, perché senza l'incessante entusiasmo che nutrite per questa serie, non saremmo qui insieme sulla pagina. Voglio gridare al mondo intero che siete i migliori lettori che si possano desiderare! Lo dico dal più profondo del cuore e spero che ve ne rendiate conto e che lo ricordiate. Vi ringrazio per essere stati al fianco di Josie (e al mio fianco) in ogni avventura.

Devo rivolgere un ringraziamento particolare a mio marito, Fred. Questo è stato il primo libro che ho consegnato in tempo da quando è morto mio padre, e se ci sono riuscita è soprattutto grazie a lui, che mi ha aiutata a rimanere in carreggiata, mi ha tenuta motivata e mi ha tenuta a scrivere; ha anche contribuito, apportando molta creatività alla stesura di questo libro, non solo per trovare il modo di tenermi concentrata, ma anche per arricchire la storia stessa. Ha avuto idee straordinarie per risolvere i punti di trama che ho voluto incorporare, ed è stato al mio fianco per tutto il processo di scrittura, aiutandomi a risolvere i problemi della narrazione. Glielo ripeto in continuazione che ha clamorosamente mancato la sua vocazione: avrebbe dovuto dedicarsi alla scrittura e creare racconti avvincenti. E questo lo sostengo a gran voce.

Come sempre, ringrazio la mia pazientissima e solidale bambina, Morgan, che capisce sempre quando deve lasciarmi lavorare e quando può interrompermi, e che dice sempre la cosa giusta al momento giusto per tirarmi su di morale. Grazie alle mie prime lettrici: Katie Mettner, Dana Mason, Nancy S.

Thompson e Torese Hummel. Grazie a Matty Dalrymple e Jane Kelly. Grazie alla mia insuperabile amica, nonché favolosa assistente, Maureen Downey, per aver pensato a tutto, per aver intuito cosa pensavo e cosa volevo prima ancora di doverlo dire ad alta voce, per avermi aiutata a mantenere la rotta, per aver sopportato le mie preoccupazioni, per avermi fatto ridere e per essere stata una lettrice molto critica, benché fosse alle prime armi. Grazie alle mie nonne: Helen Conlen e Marilyn House; alla mia famiglia: Donna House, Joyce Regan, il defunto Billy Regan, Rusty House e Julie House; ai miei fratelli e alle mie cognate: Sean e Cassie House, Kevin e Christine Brock e Andy Brock; e le mie adorabili sorelle: Ava McKittrick e Melissia McKittrick. Un grazie va anche a tutti i soliti sospetti, per il vostro continuo sostegno e per aver sempre diffuso la notizia: a Debbie Tralies, a Jean e Dennis Regan, a Tracy Dauphin, a Claire Pacell, a Jeanne Cassidy, a Susan Sole, alla famiglia Regan, alla famiglia Conlen, alla famiglia House, alla famiglia McDowell, alla famiglia Kays, alla famiglia Funk, alla famiglia Bowman e alla famiglia Bottinger! Come sempre, voglio ringraziare anche tutti i fantastici blogger e i recensori che tornano a Denton, libro dopo libro, per ogni nuova indagine di Josie e che sono così generosi a offrirmi il loro sostegno!

Ci tengo a ringraziare, come sempre, il tenente Jason Jay per aver risposto a tutte le mie domande che, me ne rendo conto, non finiscono mai; è sempre molto paziente e solidale, e gli sono incredibilmente grata. Un grazie va a Lee Lofland per aver risposto a tutte le strane e imperscrutabili domande sulle forze dell'ordine con cui l'ho sommerso e per avermi sempre messo in contatto con gli esperti del settore quando ne ho avuto bisogno. Grazie a Stephanie Kelley, la mia meravigliosa consulente in materia di forze dell'ordine, che ha risposto in modo così gentile ed esauriente a tutte le domande che le ho posto e che ha poi letto l'intero libro, fornendo spunti e riflessioni estremamente dettagliati. Ho imparato molto grazie a lei e sono estremamente grata di poter contare sul suo aiuto. Vorrei ringraziare l'architetto Jaime Kelly che mi ha dato una mano a inquadrare bene la vicenda dello Studio Stamoran. Grazie a Kisber Mettner e Sylvia Knorr per la competenza medica in materia di infermieristica d'emergenza! Grazie a Dana Conlen per avermi suggerito il nome del bar annesso al ristorante dell'Hotel Eudora, "Da Bastian"!

Grazie a Michelle Mordan per il suo meraviglioso contributo con tutto ciò che riguarda le Squadre del Pronto Soccorso! Un grazie particolare va alle seguenti lettrici per averci suggerito alcuni nomi dei locali di Denton: a Candice Gold per il "Cadeau", a Michele Taylor per il "Lotus Lounge" e ad Amanda Schmeltzer per il "Locke Heights"!

Grazie a Jenny Geras, a Noelle Holten, a Kim Nash e a tutta la squadra di Bookouture, compresa la mia adorabile copy editor, Jennie, e alla mia correttrice di bozze, Jenny, che sono state, come lo sono immancabilmente, eccezionali. Infine, ma non per questo meno importante, ringrazio l'editor più impareggiabile del mondo, Jessie Botterill. Cos'altro posso dire che non ho già detto? Jessie salva la situazione in ogni occasione e riesce tutte le volte a tirare fuori il meglio di me, in qualche modo. Le sono grata per non aver mai perso la fiducia in me e per essere sempre stata così paziente. Sarei completamente persa senza di lei, e ogni singolo giorno mi sento infinitamente grata di poter lavorare insieme a lei!